高手

苏迅 ——

著

天津出版传媒集团

百花文艺出版社

图书在版编目（CIP）数据

高手 / 苏迅著. -- 天津：百花文艺出版社，2025.
1. -- ISBN 978-7-5306-8870-0

Ⅰ. I247.7

中国国家版本馆 CIP 数据核字第 2024BS4088 号

高手

GAOSHOU

苏迅　著

出 版 人：薛印胜

选题策划：汪惠仁　　编辑统筹：徐福伟

责任编辑：李　跃　美术编辑：任　彦

出版发行：百花文艺出版社

地址：天津市和平区西康路 35 号　邮编：300051

电话传真：+86-22-23332651（发行部）

　　　　　+86-22-23332656（总编室）

　　　　　+86-22-23332478（邮购部）

网址：http://www.baihuawenyi.com

印刷：山东临沂新华印刷物流集团有限责任公司

开本：880 毫米×1230 毫米　　1/32

字数：227 千字

印张：10.25

版次：2025 年 1 月第 1 版

印次：2025 年 1 月第 1 次印刷

定价：58.00元

目 录

古城记忆

虚实

雾散不去,古城益发像一张雕版的地图了,刷印在白色玉版宣上的那种。它是平面铺展开的,这样的地图,只有重点,没有背景,背景就是空白。其实那也不是空白,只是被忽略了,长期引不起世人的瞩目与重视,退一步到白色的背景当中去了,貌似习惯成自然、不情不愿中又似合情合理地被遮蔽起来,融化了,分解了,消失了。如同文人画中的留白,看着是空,懂画的能告诉你,那里其实也是有延伸的构图存在的。又如同中国书法,渴笔写出的牵丝引带,往往没有留下墨痕,可懂字的还是告诉你,那里的笔画没有尽,看着是没有,实则那里是气韵充溢甚至墨色翻滚的。不同的是,书画上的空白看着无,其实是有,而古城这个地方是实则到处都满满当当,很多的部分反而倒像是浑然不存在了一样。尽管那空白之处,可能竟也是弦索铮钑、烟水活泛,甚至是活色生香的,乃至高到诗情画意里去的,但终究是被忽略了。外面的人读得懂的有限,身处其中的能感觉出、体会到,可是同样很多人他是说不清道不明的。抬头看看小巷上方的一条天幕,便又低眉顺目沿着围墙往家走或者从家里走出来,靠蜿蜒曲折、错落高矮的围墙指引着每天的路。这便是古城人的日常。

雾终是不散,飘荡到文庙赭黄色的山墙处,可它是无法遮掩住如此阔大的建筑的。几百步长度的高耸山墙稳稳坐在马路一侧已经好几百年之久,哪怕被树荫、浓雾遮挡去一角半脊,遮住了这块显露出那块,没有用的,枉费心机!它的巍峨昭示着从容,它的悠久体现出坚定,它这样的事物从诞生之日开始就注定是古城这张地图上的重点,所有的留白都是为了和围绕着这样的重点而展呈。又如同雾走到马路对过的沧浪亭,虽然亭台榭阁比不得文庙堂皇轩冕,但是这样的事物落实到一张平面上去,它也仍然是凹凸有致、风情万种的,立时就从平面上跳出来,从浓雾中挣脱开来,争取到它作为重点的应有位置。浓雾过处的古城,丧失了很多的细节,淹没了太多的具象,如同那幅镌刻于南宋青石碑上的《平江图》一样,实则漫漶得只剩下城市的轮廓了,没有景深,只有平面,但是依然重点明确,主次分明,伦常井然,不容稍有含混。这里面有传统的力量,也有现实的需要,还有一些扯不清的因果,客观的和主观的交织在一起,政治的外加经济的、文化的掺杂到一块,你根本无法立时立刻去挪动改变它什么,甚至你都很难彻底看清它、真正了解它,只能由着它慢慢去发展、演化、变异。

你要睁大眼睛,拐过马路侧面,看见那一个个小小的豁口了吗?像门牙没长整齐出现了一条缝隙,它没有门齿掉落的那样干脆,有时连平板车也拉不进去的一条"齿缝",肌肤雪白干净、装束文静的少妇就会连同那辆屁股后面冒着青烟的助力车一闪就消失得无影无踪。那是小巷的出入口,是这张地图被遮蔽和忽略部分留下的唯一暗示。说无视当真冤枉了世人，说实在的，无数人曾经关注过古城的小巷，在一般人眼中，小巷似乎也能够代表古城的形象了。可是，他们仅仅只是把小巷当作一个符号，或者是一种意象去隐喻或代表抽象的古城，这从小巷的角度来讲，往往是事与愿违的，是含着怨气的，有时候还带着点愤愤难平。他们关注的小巷，只是描摹加重的背景，最多只是反衬法则的素材而已，小巷从来就不是真正的主角。这小巷七拐八弯，不够堂堂正正，往往倒是琐碎、世俗，乃至鸡零狗碎、摆不上台面的。小巷的种种，哪怕他们从正面意义上去解读出的所谓幽深、雅致以及风情等等，也多见教条主义痕迹，实属文化上的惰性所致。

要是小巷走得多了，在小巷中敲开的门多了，在白天也需要拉开电灯的悠长备弄里走多了，在小巷犄角的某一间书房的落地雕花木窗下喝茶喝久了，你才有可能领略到小巷的深邃和宽广。往往你走进一条小巷，走几步看见巷底，转个弯再走几步，又看得见巷底，你反而心中没底，如果没有巷子里的朋友作陪，便开始惴惴不安起来，然后是心慌乱起来，想掉头离开。你若是个有心人，自当明白小巷不仅仅是明面上的那一条条弄堂，它更是围绕着弄堂铺陈开来、鳞次栉比的一进夹杂一进、古旧和新搭建起来的房屋，因为不断有各个时期后续的搭建，你已看不出房屋原来的格局了。甚至一个荒芜的园子，沿着四面内围墙，已经被好几家搭建出了厨房、储物间乃至房间，当中小小一块还露着天，地上淌满终年不干的洗菜水，发黄的菜屑和鱼鳞浮在窨井口，后续搭建起来的墙角也已经长满青苔，那是平常的岁月；墙上裂了缝隙，那是平常的岁月；粗粗糊上的白垩稀稀落落掉了好几处，那也是平常的岁月。若非庭院当中粗过碗口的青葱黄杨树或者放倒在墙角业已为尘土半埋的古代太湖石，你有时候真不容易发觉其实这应该是一所古宅的花园。这样的古宅进得多了，你就会发现，很多这种并不周正的院落原来应该是大宅子的偏院或者最后几进房舍，再联想到备弄的方位，大致可以推断出这宅子原来的门厅、正厅应该在什么位置，宅子原来的规模大致有多大。按照脑子里想象的地图，看看前面原本应该是门厅、正厅的位置方方正正的一块地上的房屋，果然是比其他房舍年份浅，则可以想见当年可能厅堂是遭了回禄，又或者是隔代易主之后被拆了重建过。因此，不要看小巷沿街多民国甚至年份更近的房屋，顺着一条停满自行车的备弄向纵深走进去，里面说不定是清中期的古宅甚至有更为古老的遗存。而后起的房屋被反复分割，显得门户紧小，反倒没有旧宅的气派。夹心里的旧宅又因被多户拆分，也早失了气氛，坏了格局，多成了小家小户，于是小巷里就形成了东一榔头西一锤、粒粒屑屑的景象，越发不起眼了。自然，小巷是有充分理由被遮蔽和忽略掉的，因为，这里是古城啊。

可是，小巷又是不容小觑的——这，毕竟是古城啊。任何一条寻常巷陌，里面都可能住着一位书画家、诗人或者在某个领域里名头响当当的人物，又或者是一位手艺精湛的玉雕师、心灵手巧的裱画师、见多识广的收藏家、学养深湛的文化产品经营者，又或者是失去了光环的巨族遗胄、名人后裔：在他局促的床头书桌之上，摊开的翁同龢折扇是货真价实的真迹，光绪年间作者亲手馈赠给现在主人祖父的遗物，一面书法不稀奇，另一面翁同龢的亲笔水墨山水就少见了；在她朝北的会客室、书房兼卧室三位一体的斗室之中，粗劣的杂木案桌上横陈着的，是那架在民国年间曾经声动沪上的明代古琴，张大千聆听之后连赞三个"好"字，至今也是余音袅袅；正房、厢房早已几易主人，在他蜷缩的亭子间里，冬天犹张着发黑的蚊帐，墙上悬挂着他的父亲、光绪戊戌科著名翰林的书法对联，娟秀的馆阁体楷书，因为保存不善，落了水迹，发黄了；庭院里的老者打着赤膊，戴着老花镜，就着榉木骨牌凳在修书，进入到最后的装订阶段了，白棉线穿过锥孔，打了个暗结，线头藏进了书脊中间，这是一册明朝汲古阁刻本的诗文集，竹纸的，初刻初印，翻起来发出哗哗的脆响；年轻人缓缓停下自行车，俯身下车的一刹那轻快得像只低掠过屋檐的燕子，摸黑就在备弄里把车安放得妥妥的，今天没有"铲"到大件，只收到一只黄花梨帖盒，散了架的，但是不缺，拿在手上就几块薄薄的小木片儿，他心里清楚：榫卯一拍就又是一只盒子，配上铜包角、铜合叶就齐活，面板上有"鬼脸"，子口起着灯草线，明朝的东西，不算什么名贵货，好在收来的价格低呀……如果要说起这些小巷里面曾经居住过的拥有更大名头、更高声望的人物，那也是多得数也数不清。古城实在是太古老了啊，多少知名人物在这里出生、生活、消亡，又有多少历史人物在这里驻足、流寓、定居，他们留下的足迹和逸闻跟古城的房子一样多，甚至多过了巷子，多到影影绰绰、层层叠叠，是数也数不清的。

每条小巷七弯八转都能跟至少一两位名人挂上钩，古城古往今来的名人委实是太多了，太多了就不稀奇，标准就会被不断地抬高，于是名人也被划分成了三六九等。在塔尖尖上的，是翻开任何一部政治史、文学史、艺术史或者学术史都必须名列其中的名公巨卿、文豪大师，那自不消说，他们跟文庙、沧浪亭、玄妙观一样，是古城这张地图上的重要组成部件，不容或缺，也是断不会被忽略过去的。而处在六等九等乃至等外的小名人们，多半是小文人或者小官僚，就没那么好的待遇了。他们在古城的礼遇跟普通人其实已经没多少区别，年代越是靠前的，被氧化和稀释得就越是充分。越小的名头，就只在越为狭窄的专业人群中才会被偶尔提及。就这样,古城的"文化"被平均分摊到了各个街厢、里弄、小巷,最后连同身份、阶级、名声乃至成就也跟普通市民混为一谈、不分彼此了。再后来,他们搅拌在一起被时光和城市逐渐淡忘,以致被严严实实遮蔽起来,丝毫没有重见天日的希望了。只有那些声名卓著的大人物,像采芝斋芝麻糊上撒下的松子仁、瓜子仁和红绿瓜丝,是化不开、融不掉、藏不住的,他们在水平线之上凸出来,多少年来始终保持着有头有脸的状态,成为日后世人需要仰视的部分,也依然活跃在街谈巷议、普通市民千百年来的谈资中间,说书先生会说着说着就拿出来当一回插科。

但是,古城这些业已成为标志、时时闪耀到人眼的大人物,也多半居住在巷子里,不过往往住在巷口等显要位置,或者他们的居宅比普通人家阔大一点罢了。说是阔大,也没那么显眼,至少跟世人认识中的所谓深宅豪院存在着些距离,按着《红楼梦》比一比宁荣二府则更是天壤之别,这也是古城的奇怪之处。就连钮家巷的状元宰相潘家、阔家头巷的尚书府第沈家那样的巨族宅邸都不能算有多么豪阔,这些大人物在古城似乎很是刻意地保持着低调。不低调又当如何呢?在古城,什么都可能缺,千百年来可独独不缺"人物"这种特产,更何况还有那么多在外面成了气候的"人物"来落脚,挤挤挨挨的,成了风景,成了后花园。脚碰脚的人物实在是太多了呀,不把头压得低低的,行吗?

底色

大人物一旦成就为大,不管他是做官发达,还是为文坐大,不管他是石括铁定的古城人，还是寄籍此邦的流寓人士，其实就不能算作是单纯的古城人了，因为他们的身上已经没有多少纯正的地域特征和城市品性了，就像一张粮票，已经成为全国联用，功能上没问题，虽然在古城也通用，但到底跟本城的粮票是不同的。一个人物如欲得到一城的公认，那他的身上必须带有浓厚的本土特质；一个人物如欲得到一省的公认，那他的身上必须脱离一城之趣味而形成省域气质；一个人物如欲得到举国公认，那他身上也是必定要摆脱一省之趣味而形成国家气质的。社会地位、文化地位的突破和超升，是基于个体质地的升华。身处政治文化中心之外的人要想摆脱一城一省乃至层层的局限性，那是很难的事，故而能走到宝塔尖上的大人物总是有限，任何一个时代莫不如是。因此像范仲淹、徐有贞、王守溪、唐伯虎、沈石田、文徵明、祝枝山、冯梦龙、沈德潜、冯桂芬、潘祖荫这样的人物，若讲真实的状态，你是说不清他身上哪一点是单单属于古城的，哪一点是属于整个时代的。而民间传说中附加和附会给他们的种种，自然涂抹得全心实意、一厢情愿、干脆明白，而那却也不能说是真实的了。能够体现一地一城文化特性的，恰恰是那些小名人尤其是小文人，他们不断刻意加重其身的本土特质，往往因为描摹得过头，失之夸张与变形。但当事人是无从觉察其技术拙劣的，因为有过于明确和专注的执念在，也有无数前辈的成例可供因循，哪怕已经顾此失彼乱了方寸，倒也无怨无悔，甚至自得其乐。他们混同于普通人群，虽然心有未甘，却又挣之不脱；处处想标新立异，却又同时遭受身边人和外面人的双重诧异。外面人看不惯，视之为做作、怪异，而古城人却见怪不怪，并没有过分放在眼里，更没有突发惊艳的效果，于是局面就变得不尴不尬、别别扭扭。

　　古城的普通市民跟小名人之间，有着奇异的反差。这里不说挑着四季水果和栀子花、玉兰花，穿着蓝色斜襟布袄、头上包着绣花方巾的古城四周乡野的村民，单就说城市里的普通人，这反差就足能够让外人真真切切感知到。总的来说，普通市民的性格是偏向于"软"，凡事凡物他们都愿意迁就，所谓待人宽而责己严，都特别在意别人的看法和主张，在没有摸清对方态度之前，他们说话都是犹豫的、可进可退的、模棱两可的。他们表达意见之前总是关注到对方的表情，那神情是生怕与你的看法相左，以致在哪一点上无意中得罪了你。他说话的语速是慢的，笑意是始终保持着的，说的话也永远是推一句拽一句的，这样就不至于过于偏激，不仅温和而且显得公允，很多时候甚至让对方无法捉摸。当摸清楚对方的基本态度以后，如果对方的意见竟与他不同，他就开始嘁口不言，微笑着听你讲，直到你停了为止。如果双方的看法居然不谋而合，他这才会陡然松弛下来，开心得一拍手掌心道："着啊，偶就是这个意思嗫！"他是不会主动抛出自己的看法的，就像杜十娘不到最后一刻断断乎不会亮出自家百宝箱，一切都需鉴貌辨色，随时调整，顺势而动。普通市民的这点性格，大概是基于对现实的满足和横向之间比较之后的气馁，长期锤炼，综合出来的心理惯性。而小名人们的行为习惯则是偏向于"硬"，喜欢拗着来，讲话的声气、手势的温和那是自然，他顺着你的意思敷衍过几句，才算真正切入正题，往往将话势一转，把话头由"从前"说起，然后表达出另外一层甚至是完全相反的意思来，这意思是从老话开始说起的，是引经据典的，是有人证、物证的，自然也应当是板上钉钉的。对于不同的见解、不同的说法，他们也是勇于直接"商榷"的，古城多的是理论依据，古往今来先圣大贤的金玉良言、真知灼见、高头讲章多如牛毛，名人异士的奇闻轶事也是俯拾即是，随手薅出几句，就可以既当挡箭的盾，又当进攻的矛。

古城是一座文化之城,但是普通市民并不掩饰他们对于名利世界的向往。他们是见过些市面的,对于金钱、名誉、身价、地位等等,因为饱看过历史上的风光,见识过名利给个人、给家族带来的是何等的富贵、繁华和荣耀,因此他们的艳羡是目标明确且具体的,也是坦荡的、真实的,是不会违心违意去心口不一的。但是他们对于名利却也是有其原则,靠不正当手段得来的,他们总是悄悄按捺下暗生的些许羡慕而断然鄙薄。虚空中的事物很少引起他们的热情,他们之间的谈论往往都是落到实处的:"偶家兄弟在几十里外的个座工商小城参加工作,现在工资比偶还高出一百多,佗工龄可比偶少脱四五年的,个年苏北插队回城工作呒落塘,就只好调去小城了。嚇,如今看看么偶还不及俚。"另一位则来安慰他:"想开点啰,少赚么少花点啰,搭苏北插队的日脚比比么,现在日脚算是好个哉,偶讲啊对? 侬阿姐蹲了上海工作,工资还要高了,看看住个啥? 一家四口人住个鸽子棚,还不及偶侬了! 到上海看看只物价,吓煞个人!"

至于巷子里某某人家的阿二得到组织的培养与重用,最近提拔当上了正科级的处长;某某人家在真丝市场做生意发了大财,正在申请翻建老房,说是要造巷子里唯一一幢小洋楼等等,他们也是愿意挤出一定时间来传播、讨论一下的。讲到"组织上"的事情,他们有很多的词语就出自文件,是标标准准的书面语,好像他们在机关里工作过一样。讲到做生意、市场经济,他们的语汇又多来源于马路边读报栏里的晚报新闻,很多字眼儿都是公开出版物上的提法,市委和市政府正式会议上念的格式,这些规范的话语形式,表达出他们自觉靠拢的某些心理印记。因为他们对于功名利禄的正面直视乃至带着一些明明白白的崇拜、艳羡,他们就无需装出口是心非的姿态,他们的心气是平和的,他们的心理是安顺的,他们希望有朝一日能得到些许名和利，获得更多人的认可和肯定，那是荣耀和光彩的。关于这一点，古城历史上的那些大人物都是励志的好榜样。你说这是虚荣？虚荣有什么不好？总比什么也没有好吧。如果得不到，那是没法，只好安贫乐道，古城人自会运用他们得天独厚的文化底蕴慢慢去化解心中的重重块垒。

　　而古城的小名人们，尤其是那些小文人，他们对于名利的姿态恰恰与普通市民相反。他们是耻谈名利的，那些公然挂在嘴上、求名访利的言行为他们所不齿，似乎只有拒绝名利才是值得标榜的，也只有在这样的当口，他们才能显示自己高出普通市民一头似的。他们的最高典范是隐士，是陶渊明，或者是王维、倪云林，至少也是唐伯虎，对的，还有文徵明。"就说唐伯虎吧，都考上南京解元了，考个进士会考不上？被人诬陷了！最后也就不屑再做官了，隐在桃花坞里做桃花仙，看看那诗文，那才叫文章！王守溪官大吧，对他是怎样的推崇怎样的尊重？这就叫文人！文人就是布衣傲公侯！还有那个文待诏，朝鲜使节出那么大价钱求他一张画，求不到！想拜见他老人家一面，不见！人家朝鲜使节是只能在船头朝着古城的方向叩头而去呀！"小文人们津津乐道之间，仿佛唐伯虎、文徵明就是他们自己的化身，这些古贤给他们精神上的力量，鼓动他们义无反顾。千百年来，其实他们没闹明白，在中国当所谓的隐士，是必须要有资格的。这个资格就是，你要有不当隐士的条件。唐伯虎、文徵明是几百年才出一个的人物，是你想学就学得像的？因为求之而不得，嘴上又常常硬话说得过了头，也不好意思再自扯篷自落篷，终是放不下身段去实干，于是往往就事与愿违，人生与理想渐行渐远，于是内心里就充满矛盾，积下了怨气，而行为上就要摆出"粪土当年万户侯"的耿与硬来。

在这种心态牵引下，他们的言行往往是任诞的，是率性的，是以不修边幅为最大最真实的，这就表现为种种的"才子气""名士气""文人气"或者"狂狷气"。这种状况的底下，其实是自卑导致的心理错位。古城过分强大的文化传统，无形当中给具备了文化自觉的文人们施加了太多压力，而之前的一切辉煌与荣耀都足以令他们相形见绌、躁动不安，自恋与自大似乎可以达到掩饰不足的目的。由于这种性格中的"硬"实则是脆弱的，是四角不落地的，禁不起从物质层面和现实层面上去深究或考问，终致这种种的"气"显得乔张做致，还有些华而不实。自然，如果略微紧缩一下他们过度膨胀的自我意识，稍事收拾一下他们过于强烈的表现欲望，古城的这些小文人们自然是有着过人之处的，也是可爱的。

古城里最笃实、最美好的景象，不是某个文化人盯着一件艺术作品作自我陶醉状，嘴里发出啧啧的声响，生怕别人都不懂得，还要指点着絮絮叨叨作进一步的阐释："这幅有点味道哉，这几笔有点妙手偶得了……"说者似乎十分地谦逊，听者却感觉出自说自话式的高抬一格，这样的景象好笑却并不见得可爱。真正美好的景象应该是这样的：小巷里的孩子在箱子底翻捡出一件从未见过的古物，可以是一块古玉或者是小小一方刻铜墨盒。孩子们争论不休，而隔壁穿着白色纱衫、摇着蒲扇、头丝匹滑的老太太凑上来一瞥，就三言两语为他们断了代、定了性，说出了子丑寅卯来。老太太不识字，却能轻松道来："小的辰光这些玩意儿家里面常踢脚绊倒，要在以前个辰光，这种小玩意儿家家都有嘛，唔啥稀奇的……"小名人和普通民众，他们的身上才能体现货真价实的古城风貌。用宏观的、历史的眼光去看待，这些芸芸众生均是很快将会被城市遮蔽和忽略掉的部分。作为一个城市的底色，他们的喜怒哀乐可能是飘忽的，但却也是最为生动的、最为真实的。

节点

若要说起古城的好来，老人们大凡必须从大明朝讲起，至少从成化、弘治说起，一路讲到嘉靖、万历。讲到天启的时候，那个皇帝混账，派锦衣卫到古城来抓捕东林党人，由于那是一个公认的好人，也是一位好官，于是古城一反常态地被激怒，爆发了民变，最后朝廷还以冤杀无辜好人做了了结。虽然四百年时光荏苒，可古城人至今提起天启这个年号来都耿耿于怀，一脸的不屑，仿佛那场激烈的抗争就在昨天。这段往事，被明朝张溥写在他的名篇《五人墓碑记》中，也被搬上过舞台，那戏的名字叫作《清忠谱》《五人义》，至今传唱不辍。古城的大明朝自然是值得讲讲的，那时古城的风光是无与伦比的。唐宋辰光尽管也是有点讲头，来古城做官的大诗人韦应物、白居易、刘禹锡以及他们为古城所作的大量诗篇，就颇值得拿出来说道炫耀一番，但是要讲到城市的地位，跟同时期的长安、洛阳、汴梁乃至杭州去一比，就明显气短，也只好服气。只有到了大明朝，古城在文化上甚至经济上实现飞升，陡然就超越了几乎所有的城市。明朝之后的清朝，古城人当然也是愿意谈谈的，但是其乾隆年的风头被扬州抢了去，同光之后的光彩属于旁边开埠的上海，而民国之后它的名声又一度被旁边那个工商小城所侵夺，所以古城人对于大明朝就越发情有独钟。

如果你是一个当代人，现在正值中年光景，对古城在大明朝时期的风光自然是无缘识荆，就连民国江苏省政府时期的气派也是观之不及。在古城最近的小几十年历史上，世纪之交的前后那几年，是有着些特殊意味的,甚至是十分紧要的转折点。因为再往前推几年,它只是个靠文化遗产度日的旅游城市,在发展状态上只是个惯常,尤其是横向与纵向再一比较,那毛病就越发无处遁形了:在工业、商业上都乏善可陈,就是文化上也因为缺乏经济强劲有力的支撑而显出了颓势,古城有了彻底败落的迹象,古城人长期处在灰心与丧气的心态之中。而之后的几年,古城在经济上的飞跃发展,把这座城市迅速推入中国社会一体化发展的搅拌机当中去了,尤其是最近的十余年,它已经在当代中国城市中厕身领跑者之一。这座城市从本质上已经决绝地与之前的历史分割开来,它跟所有的城市一样,日趋同体同质。古城这个概念从此愈行愈远,这座城市只存在于行政体系和地理概念之上,文脉上的那座古城日渐成为历史陈迹和文化印象。得以瞻仰和体验它最后的风情,实属侥幸。得以目睹包括亲历它文化上的解体乃至分崩离析,徒留一声叹息。不过作为一个明白人,很快也就释然了,社会总是要发展的,断断不会因为人的留恋与怀旧就有理由去拖住后腿。文化财富越丰赡,到后来负担也越沉重,哪怕是悠久且优秀的历史传统,也往往令人左顾右盼、失了分寸、忘了饥寒,最后成了临水照花却断绝生路的水仙。最美的东西,常常脱离了实用价值。美是只对欣赏者负责,而欣赏美需要间离效果,欣赏者与你保持着距离呢;美却对亲历者无用,因为亲历者是身处其间的,这时美不仅脆弱,有时候反而还碍手碍脚。只要是发展,就会有旧的败亡、新的产生。再完美的旧,那也只是旧。再美好的旧当中,也未必能够自觉涅槃出真正意义上的进步来。有时候,一种进步是源于对既往美好的果决割舍,历史的进程原本就是无从假设、无可复制的,也是现实的,甚至带着点残酷的。

世纪之交的那几年,古城仍然是静谧的。大年初二或者初三的日子,时间也不早了,雾已经悄悄散去。你若走在古城,站在本该最为热闹和繁华的人民路上,眼前的安静景象会让你吃一惊。这个时辰,倘若是在大都市上海或是那座工商小城,都决计不可能出现这样的光景。一座城,日照晏眠,还在做着清梦,揉揉眼兀自不肯醒来。这静谧在当时可以解读为一种知足、一种享受,也是一种高贵的气质。可是,以古城人日后的眼光来看,这静谧是睡眼惺忪、哈欠连天的,这种静谧让普通市民想打瞌睡,让少数有识之士恨铁不成钢,想跳脚骂娘。这种安静里实则包含着一些不思进取的慵懒、一些左右为难报国无门的无奈、一些偷得浮生半日闲的颓废,也包含着一些死气沉沉的垂暮气息。这些心思一旦用"文化"包裹起来,又有了迷醉人心的功效,起到麻痹世人的作用,以致当时的很多古城人并没觉得有任何的不妥,因为"文化"就应该具有如此忧郁的贵族气质,就应该有保持原状的定力。但是当所有的后果落到实处,那状况是再明显不过的:古城人的工资水平跟东面的大都市和西面的小城比,都矮了一截;市政建设也落后至少十年,交通是一天几回地堵,黄梅天暴雨来了窨井倒出水,几十年间地面已经抬升高于房基;房价听着是低啊,狮子林旁边的商品房,市中心黄金地段,二居室的横套只要八万多。"只要"八万多?跟其他城市比是便宜的,可没钱啊;住房条件更是不用说,旧宅居多,上漏下霉,外面游客看了说好,居民住着窝心,每天拎着马桶大老远去公共厕所刷洗,一路的木樨飘香……外面游客进来点钞票时暴发户式的姿态让古城人看不惯,也看不起。看不起是看不起,古城人还是愿意跟外面人做交易,十块二十块的人家不斤斤计较啊。你跟本城人去做做看,为了十块钱讨价还价半天,起腻,从前年的行市说到去年的,论了半天还一转身走了——不开心了。不要怪古城人吝啬,不要怪古城人小气,不要怪古城人难伺候，没办法，经济基础决定上层建筑，也影响人的性格。不过，现在古城人知道，像那个时期那种静谧的日子，是不再会有了，当然，这是后话。你若用历史的眼光回过去再看就能发现，这个时期的古城明面上枯井无澜、纹丝不动，暗地里其实已经开始苏醒，珠胎暗结式的，带点私情意味。它深埋在地下的根系已经萌动起来了，很多东西也同时开始瓦解——每个时代，都是有潮流的——这种运动在数年之内从地下迅速延伸到支杆乃至枝枝叶叶、脉脉络络，直到最后一切都在刹那间绽放了，就像动画片里出现的，千树万树梨花开，转眼又结出了果。而这变化则更将是革命性与根本性的，还带着切肤之痛，只是当时的人还没察觉，日后的人往往遗忘了而已。

　　在后来的几年里，古城人投身时代大潮的行动，表现出的决心与态度几乎是毫不迟疑、义无反顾的，也是一下子全身心就扑上去，死心塌地，扑火飞蛾似的。压抑得太久了。时至今日，这座城市被公认为是经济发达的，也是特别有文化的，并且它当下的辉煌是与历史上的文化积淀存在着因果和必然联系的。今天的古城，文化上的繁富与璀璨那是何等耀眼，文化上的一切似乎那么合情合理、顺理成章、毫无悬念地复活了、激荡了、辉煌了，这一切貌似都在逻辑之内，没有一点一滴抛洒出轨迹之外。但是，作为多年浸淫其中的外来者，你会发现其实在很多方面，这座城市在最近短短十余年间所发生的变异是根本性的。自然，昆曲还是那么雅致，评弹还是那么动听，书画还是那么精妙，手工艺还是那么有气息……但是，一切换了天地，洗毛伐髓了，脱胎换骨了，内在的芯子都已经不同了，市场经济的模式无孔不入，工业时代大生产的痕迹也无法磨灭，这座城市的内部现在有一台永动机在轰鸣着、催促着。就像古城制作的红木家具，以前是用斧头、榔头、凿子、锯子，老师傅的手艺是决定品质的关键;现在则是用电动工具乃至最先进的三维电脑雕刻,决定商品特性的已经是资本,而不再是人。最为根本的是,古城的人,尤其是普通市民,他们的质变在所谓的"代沟""舶来"等等的掩饰之下,已经悄然完成。古城原本的含蓄、知足、柔和、缓慢、稳定等延续着浓厚农耕文明特点的城市个性已被彻底颠覆。古城原来的样貌是两个少女在咬耳朵,窃窃私语式的;也是带着文艺腔的初恋,少男少女保持着一尺的距离,只望得到嘴唇在动却听不清在讲些什么,也不知道到底讲了一句什么就要别过脸去红到颈窝。现在这座城市是生机勃勃、勇往直前、洋溢着欲望的,也充满了力度感和速度感,像熟门熟路的热恋了,这都是符合甚至契合市场经济发展与现代都市要求的。价值观变了,人心人性变了,那么城市里的人就变了。人变了,城市就不再是原来的那座城市了——哪怕他们依然会被遮蔽和忽略——但历史真的就是被他们创造着的。

古城的传统本来是保守的,这一点从古城人对于外来人的态度上表现得尤为清晰。曾经的古城不是后花园嘛?它不仅是上海这座大都市的后花园,给在商场鏖战的富豪们作栖息之所,也是北平、南京的后花园,给失意政客、退休高官、著名文人们提供疗伤地或者颐养处。那是自然,这些大人物,古城是不会也无从拒绝的,还要为他们的进入提供诸多便利,以便在古城这张地图上做最后的确认,为他们画下浓重的一笔。应当看到,对于普通人,古城是鄙夷乃至排斥的,"外地人"三个字透露出的意思,是包含了要剥夺某些权利的味道。从古至今这里就地寡人稠、资源紧张,普通市民觉悟不高,对于企图瓜分他们生存资源的人自然是无法强颜欢笑表示欢迎的。

尤为突出的是,外地手艺人历来很难在古城立足。因为古城本身就是各种手工业会聚之所,各类名工巧匠不计其数,大小门类的技艺传统渊源有自，一切都自成体系，是名震天下的"苏工"，这也是五百年来古城值得矜傲的地方。陆子冈治玉，鲍天成治犀，周柱治镶嵌，赵良璧治梳，朱碧山治金银，马勋荷、叶李治扇，张寄修治琴，范昆白治三弦，上下数百年无敌手，外人想以一技一艺在古城占上一只角？痴梦！明清两朝，宫廷匠师，古城人约占其半。古城人什么没见识过？什么样的手艺你敢斗胆来献丑？妄想！

　　传统的力量是强悍的，在世纪之交的那几年，这种局面方得以被打破。先是河南、安徽、浙江以及江苏等地的玉雕师傅逐渐在古城驻足、聚集、成市，开始的时候他们也很受了点压力，只要一提及他们，古城的同行是一定要"嗤"那么一下的，还要反问一句："他们凭什么叫苏工？"然后是来自安徽、浙江、福建的木匠、制扇师、核雕师悄悄加入，再后来是来源更为广博复杂的南北各路手艺人、从艺者、经营者的大举会聚。只要是古城原有的行当，都有外来人进入，即便是以前没有的新兴行业也已诞生出了不少。慢慢地，外来的总量其实远远超过了本地的总量。外来人出奇胆大、敢想敢拼，有时仅凭一股蛮力，却也能在石头缝里钻出水来，谁让碰上了好时代呢，千年等一回了！他们纷纷在古城锤炼成精、头角峥嵘，甚至比古城人更早更快地发达显阔起来。还能说什么呢？和光同尘吧，各行其道吧，和衷共济吧，携手奔钱吧。在共同目标的感召下，各路人马空前一致，各种技艺技法空前融合，于是打出一面大旗曰"新苏工"。到底什么是苏工、扬工、京工、海派？嘿，现在谁还能说得清呢。

　　这五湖四海的人物聚拢来，说是手艺人、普通人，其实也都是能人、狠人、聪明人，心比天大，否则怎么就敢抛家舍业，光身滑溜到古城这种地方来闯荡？那又是什么把他们吸引过来，让他们扎根下来，得以生息？若说是所谓的文化积淀，那古城的文化自古就在那里，明明白白,怎么早不成晚不成,他们偏偏在那几年当中像约好了似的,得到号令似的,起哄似的纷纷进驻古城?而也只有在那时期,他们才真真切切成了事,成了局面,成了气候?若说是所谓的产业基础,这文化产业的基础又脱胎于文化传统,到底是文化在先还是产业在先,终究也是说不清楚。古城原本的文化产业基础自是雄厚坚实、源远流长,但日后反眼过来一看,跟十余年之后的景况一做对比,却迅即变得微不足道,沦为小巫见大巫,几百年时间都似乎是白活了。明白人不得不感叹,市场这只无形的手,真是无所不在,无所不能,所有的奇迹都能够被创造出来。

古城的一切,在世纪之交结束;古城的一切,也在世纪之交发端。

乐斋记事

一

　　眼看将近年关，进入寒假最冷的一天，郑月提着两箩"金刚肚脐"，九块七打张票，登上了去古城的火车。这是小城一种著名的佛寺素食点心，他昨天特意赶去惠山直街上朱顺兴油酥店买好，一箩给老太太，一箩给林伯夫妇，牛皮纸上浸润出淡淡金黄色的菜籽油。这列绿皮火车是昨天从江西发出的，经过了无数的站点与短暂停靠，到了早晨犹自像瞌睡的旅客一样没有醒透，摇摇摆摆，一路向东。满车厢都是奇怪的宿夜气味，好在只有四十五分钟的车程。郑月今天运气好，找到了一个位子坐下，闭一闭眼等着消耗这短短的一点时间。

　　郑月今天的行踪，得从他认识古玩店的仇爷说起。仇爷的店，透着一个怪，挂着古代字画，也挂着当代名家的手迹，还挂着他自己的作品，同时陈列零零碎碎的器物，古的如明清青花小罐、粉彩大瓶之类，新的有陶瓷、雕塑等等，你说不清这到底是一家画廊，还是一家古玩店。仇爷每天坐在店里聊天、画画，也做点买卖。其他的，他当初看不明白，经历了这两年多的交往，说实话，至今也没完全看明白。当时古城的古玩店还是质朴的，很少有店堂用到红木家具，仇爷店里则是全套明式"苏工"。店堂同时兼做画室，有宣纸、颜料、毛笔、用具以至废画等等，乱是肯定的，乱的状态虽然掩盖了红木家具的豪华，但如果你经常去，就会发现那个乱其实也另有一种章法。仇爷看着就不像是四六不辨的糊涂人，犀利的眼神摆在那里呢。郑月走过这店，偶尔也会进去欣赏一下书画，看完就冲店主点一下头，悄无声息再退出去，从没搭过一句话。

　　一日，怪店挂出了一副怪对联，远远望去，那楷字写得似篆似碑，笔如蚯蚓。这书法怪虽怪，却也苍劲古朴、气势不凡，写的是："万丈长虹横绝塞，一弯新月话危楼"。待走近一看，果然是"太炎章炳麟"。裱是新裱，挺括的梗绢整挖，越发显出字的质感，只可惜上款被人割了，裱画师以旧纸拼补过，不透光看很难发现。行里都知道，太炎行世多为篆书，更多见代笔，弟子汪东常年为他捉刀。割了上款的对联难免上轻下重，识者本应察觉，只是太炎楷书绝少，疑惑与惊异会分散鉴赏者的眼力心神，让人往往忽略了这一点不足也是旁证。郑月在市场里转了一圈又绕回去，却见仇爷跟一高黑胖子正站在门口辩经，大概正争论到相持不下的境地，见是熟客面孔倒也不避讳他。仇爷咬定对联是真迹，对方判定其赝，说书风如此怪异跟作者前后风格均不契合，鄙藏真品数件，可证臆造无疑——话都说死了，局面就尴尬了。像这样当面争辩真假的情况，在古城的行里并不多见。今天反常了。更反常的是，今天郑月没守规矩，插话了："这件作品属章太炎没问题，非但是真迹，而且不是代笔！"另外两人就全愣了。仇爷见来了帮手，心下一喜，倒催促他："说说。"高黑胖子问："请教依据？"郑月道："章太炎于民国初年被袁世凯软禁于龙泉寺，当时孙中山二次革命失败，章太炎因此深受刺激，书风大变，行为怪诞，袁世凯称他为'章疯子'，他此时的书法风格确实与前后都不一致。"高黑胖子追问道："哪里能见到标准件？"郑月说："他被囚期间与夫人汤国梨的通信后来被上海古籍出版社影印出版，常见书，去图书馆一对便知。"高黑胖子记住了书名，对仇爷说："等我两个钟头！"便骑上脚踏车咔咔一路响着走了。

仇爷邀请郑月进店喝茶，人没坐稳，他倒先急："你刚才所说不会有误吧？"郑月一笑："我在大学期间专门研究过这个问题。"仇爷此时才神态一松，说："经常看见，面熟，一直也没说上话，请问怎么称呼呢？"郑月就简单自我介绍了一下，说是教书匠一个，喜欢玉，常来古城市场闲逛。仇爷就"哦"一声，叫了一声"郑老师"。这个称呼好，显得既尊重又完全符合对方的身份。

一个钟头刚过，高黑胖子回来了，话没一句，三万块现金拍在桌上，卷起对联低头就走。郑月看呆了，当时章太炎一副对联可远远不值这个价呢。仇爷笑得脸上滴下油来："郑老师，你可认得此人？"没等郑月摇头，他接着道："此人就是鼎鼎大名的贝天声呀，古城'文革'以后第一家古玩店，喏，就是他开的。他被北京、上海几位鉴定大师收到门下列为入室弟子，看书画的眼力公认是古城第一！今朝，走眼了！"仇爷今天是真高兴，这副对联的真假他太清楚了，可是贝天声一来两人却硬杠上了，为了面子都把话说过了头。一个说："如果是假货就一口一口吞吃了它。"一个说："如果这样的也是真货，你开的价我一分不还，还付你双倍！"仇爷说："今天如果被贝天声说了假，那这件东西在古城真也就变成了假，永世也翻不了身了！一件东西事小，我仇爷的名声可就打折扣啦！"两人正说着话，对门古玩店的老板却走进来了，仇爷舞着手又对他讲了今天的胜绩，那位含着笑，欲言又止的样子。郑月见状，知道该回避，连忙起身告辞。仇爷看了一眼那位，迟疑了一下，说道："郑老师请留步，坐下大家一起商量吧。"那位张大了嘴巴有点吃惊。仇爷道："这位郑老师不是本城人，是位教书先生，也就业余玩玩，他又不做本行生意，可以放心！"郑月听这意思含着郑重了，预见到一个绝大的秘密马上要揭晓，心底倒莫名兴奋起来。郑月此时知道了那位是朱老板，瓷器高手，也算是古城古玩行的老人了，论资历其实比仇爷还高了小半辈。

朱老板舔舔嘴唇说："已经约好了，今天下午可以过去。"仇爷"嗯"了一声，转头对郑月说："我们花了几年时间，敲开了一个老户的门，家里有东西，之前拿出书画、瓷器我们敢买，玉器我们两个都不在行，没动手。郑老师，你今天帮了大忙，如果请你吃顿饭就打发了，就是我不够意思了，我可以带你一起去看看，但是你必须答应此事绝不透露给任何人。"郑月一听，自然马上答应，一摸口袋，也自知只能跟着去开开眼界、长长见识而已。

三人一看时间早已过午，便关了店门，寻个安静小馆简简单单把饭吃了，拦一辆出租车直奔老户而去。吃饭的时候，朱老板把进老户人家买货的规矩对郑月讲了一遍，如不能左顾右盼，不得随意指东问西，只能看菜吃饭，主人拿出什么看什么，不能随便还价，以及讲话的禁忌，等等。郑月其实也是大户人家出身，这些规矩从小训练有素，他又是个知识分子，岂能不懂？听朱老板交代却也是连连点头，没有丝毫违拗执拗。正是这样，郑月跟着他们踏进了乐斋，此后两年多时间就体验了一些奇异的经历，彻底改变了多年以来"玩"的状态，甚至改变了以后的生活轨迹。

二

下了火车,郑月乘上公交车,在这座再熟悉不过的城市里兜转。临近春节,古城寒冬的早晨是惫懒的,公交车里乘客很少,路上自行车也都没出来呢,似乎就不容易辨析出这座城市现在所处的时代。并不十分宽阔的马路比平时显得空旷,公交车也比平日走得快,不到半个钟头郑月就到站了。他下车沿马路转了几个弯,看到一家出售过年礼盒的店,买了一个通红的大大礼盒,一路拎着走进巷子口,背心暗暗发了汗芽。郑月把羽绒服的脖领拉开一点,捂了捂两只耳朵,重新又拎起东西,向那两扇黑漆小门走去。

他还很清晰地记得跟着仇爷和朱老板第一次踏进这个庭院的情景。那天他们走进这条曲折背巷,转了几个弯,方到了人家。因是事先约好,林伯开启院门,看来了三位,神情倒有点不悦。朱老板马上解释,这位年轻人是亲戚,教书先生,也是玉器行家,规矩人,才敢冒昧带来。进门是个极逼仄的庭院,面北的朝向,靠门搭建了一个披间,应该是厨房。庭中种的芭蕉高过房顶,手臂粗的蔷薇沿支杆攀缘而上,开满了半墙的花。下面是一口古井,旁边撑着晾衣架,其实终年没得一丝阳光,只能阴干。院墙角落的苔藓长到离地一尺的高度,青砖地上湿湿的。几步跨过庭院,上了台阶,就是一厅两厢的正房。厅正中安着一张榉木大圆桌,围着几只红木圆鼓凳,开着电灯,仿佛进入一个民国世界。

三人站在厅里,一会儿东厢房的门拉开一半,林婶抱着几卷画轴从门缝里挤出来,一边把画放到圆桌上,一边招呼:"你们坐。"郑月看另两位没有落座,倒回转了身在看那扇门,便也不敢坐下去。林婶又进去,出来的时候捧着个青花瓷盆,这次身后还跟着个老太太,人比林婶缩了整整一廓，那会儿比现在精神健旺得多。老太太招呼："你们坐呀。"她自己侧身靠东面坐定了，三人才靠西围坐上来。林婶把瓷器放定到桌心，自己退去一边，搬把小竹椅靠墙角剥毛豆。朱老板就又向老太太解释一遍，这位郑老师是位教书先生，规矩人，带他来实属冒昧，请多谅解，等等。老太太看郑月白面书生一个，倒不再介意，说了一声"没事"，大家才把心安下。这天一切都很顺利，仇爷买下四件书画，朱老板到手一个光绪官窑的龙纹盆子。

老太太看郑月文质彬彬，坐在一边没什么言语，举止倒是懂规矩，问道："小先生你喜欢些什么？"郑月就回答了："以前家里也有点底子，从小喜欢玉器。"老太太说："听口音不是本城人。"郑月如实回答，是小城某处。此时老太太却来了兴致，说："哎呀呀，我外婆家就在那里，小的辰光多少次坐小船过去做亲眷，可也是七十多年前的事了。"于是他们的话就多了起来，朱老板和仇爷看他们一老一少有了谈兴，对看一眼暗自高兴，想想这关系又拉近一层，别人再要撬行抄后路就更难了。老太太站起身走进厢房，出来的时候，掌心里多了一只小小的白玉兔子。郑月拿在手上看了半晌，心里暗叫糟糕，他看不明白这玉兔是古是新，这件的做工太精致、太完美，跟他以前接触到的粗糙简陋的古玉完全不一样。老太太却说："今天难得碰上妈妈的家乡人，送你个小兔子，做纪念吧。"郑月吓了一跳，哪里敢收，老太太却道："亲不亲家乡人，长辈给小辈的东西，哪里有往回拿的。"郑月看看仇爷和朱老板，两双眼睛也全是欢喜，就斗胆收下了。

回到仇爷店里，三人把门一关，在里面却议论开了。仇爷对着朱老板道："你看，这位郑老师是个福人吧。"朱老板也眯着眼直笑。他们花足了心思才敲开人家的门，可是古玩行里多少人精都在满城转悠呢，闻着气味呢，他们的鼻子可比狼狗还管用。像这样的老户，是多少人梦寐以求想踏进门去的，因着这户只有三位老人，都在七八十岁的年纪，所以待人是谨慎的，要得到他们的信任是十分难的。朱老板每次去跟林伯约定时间，必花费许多的口舌，经过几番的周折，这次开了门，也不知道下次能否再为你开门。仇爷就对郑月说了，今天那副对联其实就是她家之物，她公爹可是清末民初的风云人物，对联原来是有上款的，她取出来时发现了，当场拿剪刀把公爹的名讳给剪了下来。郑月知道，这就是老户人家的规矩，出卖先人遗物，都要把家族痕迹处理干净，如卖古籍、碑帖就往往会把收藏印章割掉，否则拿出去让人看见是个坍台的事。朱老板认为，经过今天，这家已经向他们敞开大门，从已知的东西可以判断，还将有更为名贵的器物露面。老户出手家藏，都有一定之规，他们是深谙此道的老手，想想即将要得手的宝物，个个摩拳擦掌。三人在那天约定，为了避免矛盾，今后凡是字画都归仇爷，瓷器杂件都归朱老板，玉器就尽着郑月先买，他们就是沿着那次的约定一直走到了今天。

　　郑月一敲门，林伯很快就探出头来，笑意盈盈的。这两年他们每个月见几回，有时郑月跟另外两位一起来，更多则是他自己一个人悄悄过来。到了寒暑假，见面还更密一些，越来越熟了，像亲戚一样走动。林伯接过篾箩，说："郑老师，你每次来都这么客气，怎么好意思！"林婶也丢下手上的活，过来打招呼。郑月说："这个也算是小城的百年名牌点心，全素的，老年人好消化，钱是不值的。"林婶就招呼着往里引，庭院里芭蕉、蔷薇都入了冬，凋谢着，院墙上镶嵌的白石题额就显出来了，镌刻着"乐斋"两个重重的颜体字。林婶走进正厅推开东厢房的门，把点心礼盒放在茶几上，说："姑婆，郑老师来了。"老太太就从沙发里抬起头来，招手请他坐。老太太现在的精神头儿可比不得前两年了，房间里开着取暖器。

要说这老太太其实也是个苦命人。她公爹本是世家子弟，在清末又做到了封疆大吏，民国以后倒也没做遗老，还在政坛上很活跃了一阵，少爷小姐一大堆，上海、广州、南京遍地有产业，古城只算小小一处别业。老太太进他家当丫头，被少爷看中收了房，因她是古城人，就安置在了此处。偏这个少爷短命，抗战乱哄哄中丧了命，她没有子嗣，把本家侄子也就是林伯的父亲从乡下叫来帮着料理家事，单个儿在古城过日子。开始倒也衣食无忧，后来世道艰难，她只好把大宅子分割开租或者卖，自己则从主宅正院逐步退到了这偏厅跨院，又从第一进退到最末的一进。前面的房子都割让了出去，现在的庭院是朝北的，其实是将当年的后门当作了正门来进出。中华人民共和国成立那会儿，这一大家子人就纷纷从广州、上海奔到中国香港、美国，更没人来理会她了。四围的厅堂花园因为不断变更的新主人的拆和建，原来的格局几十年间已被彻底改变。她因只住了这样一座小小的院落，实在引不起旁人的瞩目，多年跟外人又素无往来，是恩怨皆无，就像是团缩在这条背巷底的一个影子，阳光终年也照不到她。她一辈子没离开过这条小巷，小巷却永远也没有看清过她，靠着东藏西埋留下来的一点家当，带着两个亦亲亦佣的人活着，熬到了耄耋的年岁。现在，她乡下的本家侄孙们有事没事都会来找她求她，造房、娶亲、开店、送终，不过为了一份钱，理由又似乎都是充分的："姑婆，您如果留着东西留着钱，那家美国或中国香港的后代也终是要来接收的，不如照顾本家穷亲戚吧，日后都会说您一声好。"旁人都好说，阿林夫妇几乎一辈子服侍她、依靠她，父子两代人了，眼看第二代也到了古稀之年，总要为他们两口子做个百年之计，不过就是个卖罢了。

　　郑月说："今天来是回老太太您的话，那两件宝贝我请不动了，这几年您一直关照着我,实在是心里过意不去。这两件原本不是寻常之物,须待有缘人得了去,方不至于辱没了它们。"老太太点点头,道:"这个家以前就卖地亩房子,中华人民共和国成立了是黄白之物、珠宝首饰,后来'四旧'东西越来越不值钱,近十多年市面行情才慢慢好起来,又卖字画和瓷器。郑先生,我们一见如故,这些东西藏来藏去存了那么多年,玉器倒是没有散失,都给了你,要说你也是个有缘人了。"郑月说:"我自小喜欢玩玉,可从来也没敢想自己能拥有这么多,质量又如此之高,大喜过望了,时常会有如履薄冰的感觉。要没您家这批藏品,我始终也只是个井底之蛙,玩了十几年也不过学到点皮毛!我终生得感激您。那两件宝贝也称得上是珍贵文物了,您就答应其他的人,价格还可以高很多……"两人说了一会儿话,老太太就有些气喘,郑月连忙拜了个早年,退出来。

郑月跟林伯夫妇在厨房又说了几句,提到老太太的身体他们老两口儿也惴惴不安。他说了些安慰的话,就辞别出来,往市场里去。

前几个月,老太太曾拿出最后两件玉器给他看,一件白玉活环瓶,一尺多高,雕刻着蕃枝莲花纹,瓶肚开光,镌刻御制诗,落着"乾隆丙午御题"的款;一件白玉高浮雕山水人物大如意,也有一尺多的长度,手柄上也镌刻着诗文,镶嵌了金粉。老太太说,这两件玉器来头就大了,当年八国联军打进北京城,慈禧太后和光绪皇帝跑出宫,公爹带了三千骑兵北上护驾,从山西一路护送到西安。太后老佛爷回銮之后,御赐赏下来这两件乾隆造办处的玉器,当年公爹在世也是万般珍视。老太太问郑月,中意不中意?吓得他倒不敢吱声。最后郑月实话实说,这样的宝贝肯定要拿出一笔整款,他怕是心有余力不足。老太太倒是诚心成全他,给了他一个价格,这笔钱是她盘算了许久才确定的,刚够她把所有人都打发掉,也包括她自己在内。郑月是深深感念她的，这样的东西她只要肯拿出来，那些上门收古董的老板是至少该给翻倍的价码的。郑月当时跟老太太约定两个月期限，能不能买春节前都会来回话。这两个月可把他折腾苦了，这两三年他买玉从没停过手，总是缺钱缺钱，他已经把之前多年积攒的玉器、书画托朋友们帮着几乎都卖完了，这钱也还是没够。他本来就没什么积蓄，这两年就更是入不敷出，上哪里去弄这样一笔巨款呢？跟妻子商量了多次，最后脑筋动到了房子上。他岳父在街镇上倒有一处空置的私房，也愿意装修了让他们居住，妻子虽然有些不情愿，却架不住他来回磨，似乎也松动了，同意把现在住的商品房卖掉。他喜出望外，忙着请中介估价，可一估又来了问题，这房价离玉价还差着老大一截，总不能卖了房子又去借债吧，事到如今也只好打起了退堂鼓。

三

郑月走到仇爷店门外，朝里一看有客户，跨进去的脚就准备缩回来，仇爷眼尖，拉住他到一边咬了几句耳朵，说还有两块玉要不放这里再卖卖看，节前节后的说不定有人会买去，说着塞给他一个信封。一手指指朱老板的店，道："这个人心态不好，在外面乱说话，你劝劝他。"

于是郑月就转到朱老板店里去。他夫妻二人刚到的样子，脸上还冒着寒气，看见郑月赶忙招呼他坐下，洗了茶杯，泡红茶来喝。说实话，郑月内心是一直有点畏惧仇爷的，仇爷为人仗义是不假，但是处处透着一股狠劲，很多时候你不知道他在想什么，所以跟他在一起你是心里没底的。这个朱老板呢，精是精，你别想占他便宜，可他的精明都是事先跟你约法三章的，什么事都要跟你算算清楚的，这样的人心地是软的，凡事也是留有余地的，所以这两年郑月跟朱老板反倒交流得多，跟仇爷则是有话则长无话则短，能少说一句是一句的。朱老板也帮他卖掉了一块玉，按照约定的底价，叫他老婆拿出现金来给了郑月。郑月道了谢，却问："怎么，跟仇爷有点口角？"朱老板望了一眼那店门口，说："郑老师，我们认识也有几年了，一起铲了乐斋那户的东西，我这一辈子没有买到过这样灵、这么多的好东西，我知足！前年为了那件手卷的事，你也清楚情由。今年老太太那里东西见了底，最后拿出来那盒印章，你说，该谁拿？"

　　入秋的时候，他们三个去乐斋，林婶端出一只阔大的红木盒子，老太太说这是最后一点东西，往后就不必再上门来了。打开来看，却是三四十枚印章，印泥都干涸在印面上，颜色发紫发黑。老太太说："这是公爹和太老爷的用印，本来想叫阿林把字磨了再拿出来，但想想，两代先人也算是名人，磨了怪可惜，就没下手。仇爷拿过来看了几枚，没吭气。朱老板虽说是瓷器杂件方面的行家，这印章其实却是一个单独门类，你不认识篆字，不懂得篆刻艺术，就没法掂量价值。看了一下材质，有鸡血，有寿山，有青田，他大致能懂，其他的就说不上了，反正这家东西高档，他心里也有底。郑月这两年即便他一个人私自跑来见老太太，也只买玉，他毕竟经济来源有限，又不开店做生意，这些玉已叫他时时捉襟见肘，哪里还顾得上其他。问一问价格，一口价，三万块。朱老板心里一盘算，每枚合近一千块，那价格高了，就有些犹豫。仇爷扭头对朱老板道："要不，我来吧？"仇爷没等朱老板言语，就付款起了身。三人出了大门，郑月问："仇爷，那个鸡血石的是赵之谦的吧？"仇爷一阵狂笑："岂止赵之谦，好几个吴让之、吴昌硕的呢！"朱老板的脸色就有点灰。按照当年的约定，仇爷只能买书画,印章属于杂件,自然该朱老板买。

　　过了几天,朱老板就听人说了,仇爷捡大漏了,到手三十七枚印章,名头大得不得了,徐三庚、吴让之、赵之谦、吴昌硕、王福厂、王冰铁、邓尔雅,清晚期篆刻四大家独缺一个黄士陵了。材质更是惊人,两方田黄就重两三百克,旧时一两田黄七两金哪,想想那是多少钱!再过几天,又听说那批印章有台湾买家已经出价到十五万元了,这个价格当时在古城足可以买套商品房了。朱老板就更窝火了,甚至有点怨愤了,碰到熟识的朋友就要嘀咕几句,话说多了,就要漏气,就要冒泡,很多事情就越泄露越多,越来越瞒不住。有行业内的人听出了些影踪,再加上揣测,前后一联想,就恍然大悟了:"好啊,挖到'金矿'啦你们,难怪这几年货源充足,生意越做越旺啊!你们倒是闷声发财,瞒得滴水不漏!"进入老户铲货,总有很多鬼魅伎俩是见不得光的,一旦那些行径暴露在众目睽睽之下,那闲言闲语也是夹枪带棒,叫人不好招架的。尽管如果进去的是他们自己的话,也同样会使上这些手段,可只要本人不在事态以内,他们还是乐意用道德去鞭笞和审判别人的。仇爷从同行和朋友那里不断轧出种种苗头,甚至有人当面对他说出了"这批印章来价只有三万元,你想赚多少"的话来,就让他越发感觉事态严重,不可能再回避了。等应付完客户,他抬脚就过来找他们两个。朱老板的老婆看三个男人有话说,转身去菜场买小菜,让出了场地。

　　仇爷倒是痛快,开门见山,说:"老朱,你别不开心,这批印章现在被你说漏了气,人家都把底价说到我脸上了,这样的东西还指望着它赚钱?我找个外地客户卖了六万块,赚的钱咱们人人有份。"说着,他从大衣口袋里摸出两摞钞票,放在了桌子上。朱老板没想到他这样痛快,倒显得自己猥琐卑劣了,反而不好去拿那钱了,嘴上却还硬着:"不是我不上路子,仇爷你想想,这几年我们去乐斋,你占了多少便宜,我们可曾开过口?"仇爷愣了:"我们三个踏进乐斋,哪个没有占过便宜,哪个不是奔着占便宜去的?"朱老板脸红了,他是个要面子的人,这次是豁出去了:"我们各人买东西价高价低都看本主,前年你白拿一个手卷,那你一个人独占可没道理!"仇爷一听事出有因,源头却在这里,反问道:"老朱,我们上门,老太太都送过东西,郑月头一回跟去就白得一只玉兔,你买瓷器,人家也送过你道光官窑碟子,我买那么多字画,人家送我个手卷怎么啦?"朱老板脸憋红了,说:"我的碟子是冲线的,送你手卷那不一样,老太太那是不知道卷子上是有画的,那、那是骗!"

郑月当然记得那天的情景。林婶不在厅上,圆桌上放着一扎旧报纸包起的画轴,仇爷就开始解,那报纸都脆了,一摸手上全是灰。仇爷打开一副对联,上联拉开来却是个空白,再拉下联,还是个空白,晚清民国裱画店里常有这种裱成空白的对联、中堂、手卷发卖,对联、中堂一般供寿堂献礼应急之用,有时候现写了再去装裱来不及,就买这种现成的空白裱头直接写,写完就直接送了。空白手卷多用于凑足名头或者异地唱和,请名家一一在上面画和写,前后内容人家也可以通看,待内容凑足,再请裱画师揭下来重新装池,此时主人也可以将不满意的作品割舍。看到对联是个空白,老太太就站起来了,拉开手卷,开了七八尺也是空白。老太太倒笑起来了:"今天你运气勿好,要交白卷了。"说着走进东厢房去另取字画。仇爷将手中的卷子再拉开一段,发现画面露出了头,慌忙一掩,把那卷子卷了起来,嘴上说道:"是个白卷,是个白卷。"待老太太重新取出两轴字画来,谈妥了价格,仇爷道:"老太太,要不把这两个空白裱头送我算啦?"老太太自然不会计较,让他带走了。三人回到店里,打开那个手卷,却是五六尺长黑黑的一幅水墨山水,后面拖了十几家题跋,最末一个题跋到咸丰,前面的引首却空着。因为装裱不惜工本,天头很长,副隔水、前后正隔水也长,加上引首部分,起首空白之处倒有十多尺的长度。仇爷轻描淡写道:"是个小名头,也能玩玩。"朱老板却生了心,这样豪华的裱头,后面那么多题跋,只是"小名头"?后来他果然悄悄问郑月,这幅画到底值多少。郑月说:"是清初金陵八大家之首龚贤的山水,此风格叫作'黑龚',市场上没见过这个档次的,拍卖上估估几万的样子吧。"后来朱老板含沙射影对仇爷又提过几回,仇爷只当没听懂也就过去了。

仇爷看朱老板今天把话挑明了,索性也快刀斩乱麻,说:"眼看就要过年了,弄得大家心里不痛快,何必呢?那个手卷本是个老冲头,去年出手了,也得了几万块,老朱既然觉得该分润,我再拿三万块出来,你们每人一万五。"朱老板看今天费了点口舌就白得了两万五,脸上有点笑意了。郑月缺钱,虽也欢喜,终归有点忸怩,说不好意思拿这个一万五。朱老板就在桌子底下踢他的脚。他们两个以为今天的事就此圆满解决了,仇爷却道:"今天有正事跟二位商议。"两人倒有点出乎意料。

仇爷的意思是,乐斋那里东西也见底了,这三年来的组合就自然解散了,他呢,打算跟女儿定居澳大利亚去,开年先把店关了,准备收摊了。散伙之前还要说句话:"我们这几年的事呢,按理也是这个行业里的常态,虽说也是无可厚非,但是毕竟有些行径是摆不上台面、见不得光亮的,希望大家从此忘了这些事,也忘了这些人。说到底,每个人都得到了太多,满则溢的道理该懂的,以后不要说交情,就是走在路上碰了面也只当是陌路吧!"他的话讲得果决,行事更是泼辣,朱老板还想说点什么,仇爷把手一摆,说了句"自求多福"。

开了春,仇爷那古怪的店果然就从古城消失了。郑月逛到朱老板店里,他老婆没什么心机,说道:"我们家老朱到北京找拍卖公司的朋友去了,以后这北京上海是有得跑了。"他只好再转到以前朋友的玉器店里喝茶,一切似乎又都恢复到三年之前的样子。

四

现在朱老板也没以前勤快了,郑月有时候路过去看看他,经常是三天两头不开店门。店开了二十来年,也是该厌倦。又一次郑月走过,门倒是开着,就进去打招呼,朱老板胖了,看到郑月也挺高兴,招呼着喝茶。说来说去,自然就说到了仇爷身上去。

郑月说:"要说仇爷这个人吧,其实还不错,你看最后那次,乐斋都已经完事了,传出去也没什么,东西都在他手上呢,原是不必拿出钱来封我们口的。"

朱老板笑笑,说:"他干的暗事又不是一桩两桩,哪儿禁得起人说!"郑月听他意思是话里有话,倒好奇起来,盯着问为什么。

朱老板却顾左右而言他,反问道:"你看仇爷的画技如何?"郑月说:"属于时髦的新式文人画吧,玩玩小技巧的,略浅薄了些,说不上好吧。"

朱老板又说:"你也在这古城市场里玩了好多年了,你看看哪家的生意做得最大?"郑月摇摇头:"这么多店聚在市场里,谁能知道?"朱老板说:"这家店你认识的。"郑月更疑惑,经他一说心里也猜疑,反正是不敢相信。朱老板说:"我告诉你吧!这些开店的老板里面,只有仇爷是在湖边买了别墅的。"

朱老板站起身,从柜子里取了一轴画出来,在墙上挂起来。那浓墨重彩的山水,工细而明丽,远远看去就知是张大千盛年时期的作品。郑月不由赞道:"好笔头!"待走近一看,却落着仇爷的款,回头望朱老板,看到一丝诡异的笑容。"这幅是他十多年前画的,你看他是有功力还是没功力?"

郑月有点看不懂了,说:"如果仇爷肯用功画这一路作品的话,那他的画在市场上也是能卖得动的呀,没见过他店里挂过这个风格的作品。"朱老板道:"画得再好,也没张大千本人好吧。即便真的画得比张大千好,也卖不过张大千吧。"

郑月细想想,这些年对仇爷以及他那个店的疑惑,仿佛明白了什么,又仿佛还是不明白。朱老板说到这里,就不肯再继续讲下去了,这个行业就是如此,很多事你只能去猜测或者自己去领会,别人不会都说明白。摆在明面上的事,往往都是障眼法,就像仇爷的那个店。

朱老板这天有点特别的感慨,回忆起了自己这六十多年的人生道路,从二十世纪八十年代起自己和老婆工作的那家国企就一直效益不好,于是靠着自小喜欢古玩那点基础,瞒着单位业余"打野鸡",收收贩贩贴补家用。后来企业越来越无起色,他只好泡病假请长假,一只脚跨出来,直至后来签了买断工龄的协议,开了店公开干起这一行。幸亏古城文化积淀丰厚,古玩行业的基础优于他处,这碗饭还能将就。人人都说做古玩能发财,古玩行是个暴利的行业,现在连个小市民都会说,你们这一行"三年不开张,开张吃三年",似乎有赚不完的钱,有捡不完的便宜,可他们就没好好体会前面那一句"三年不开张"是个啥光景。生意做了二十年,说没挣钱也是假话,可盘算一遍也没大富大贵,只是比一般的工薪阶层手头略微宽裕一点而已。钱都到哪里去了呢?这二十多年古玩一路涨价,听着是好,年年利润增长,可货总是要进的,生活开销的成本也在翻啊。先脱手的总是精品好货,等再去进货质量下降不说,本钱也得跟着加,挣的钱于是又还给东西,还给菜市场,还给房子,还给医院,还给儿女了。你干这一行如果一辈子没有撞大运,没有抓住大的机缘,那也无非混个自由自在的温饱日子,这个"大运""机缘"说到底,就是捡到大漏,挖到"金矿",撬开老户。

末了,朱老板对郑月说,自己也到这个年纪了,该收山了,人不服老是不成的。他忍了忍,还是没忍住,道:"乐斋那一拨,算是赶上了,是步大运。"

过了年,朱老板果然收山了。店关了。

没多久,古玩市场的疯狂涨价开始了,越涨越没真东西,越没真东西越涨。景德镇的瓷器商都跑到古城来收民国粉彩了,上海书画商都跑到古城来收民国海派小名头了,台湾古玩商都跑到古城来收文房杂件了,紧接着,上海人再赶去景德镇买了那民国粉彩,江浙人再赶到上海买了小名头字画,北京、天津的又奔去台湾人开的会所里买了那些文玩清供……郑月偶尔去古城转转,也实在看不到像样的东西,看现在那些玩家拿着有点年份的低档老货在那里自说自话,奢谈什么"文化"啦,"气息"啦,"味道"啦,连旧货跟古玩都没分清楚,实属可笑,也懒得搭理他们,慢慢就去得更少了。

就这样,市场疯狂了有好几年。

他曾去过乐斋,走到那条马路口,却发现连巷子也消失了。整个街区都拆成了一片建筑工地。

有一年春节,郑月去古城走走,市场里一如既往撤换了很多招牌,也更迭了很多面孔,走进去也难得遇见一两个熟人,那些开开关关的古玩店里,越发看不到几件老货了。他正意兴阑珊准备开车走人，远远却看见一个熟悉的身影迎面走过来，仔细一想，这不是朱老板吗，赶忙挥手致意。满头银发的那位见了他，也挥手，明明是认得，话到嘴边却"哦哦"了几次也叫不出他的名字。郑月于是大声喊着自己的名字："郑月，郑月！"朱老板笑起来了："郑老师！人老了，不中用了。我们多少年没见了？"郑月一算，正好十一年，说："朱老板，您都有七十六了吧？"两人拉着手，似乎有话，却说不出来。

朱老板主动提议："旁边茶室，坐一坐吧。"他脱离古玩市场多年，终于完全回归普通人的言谈举止了，不谈生意也有闲情跟人喝口茶了。他们在冬天的暖阳中就各焐着一杯茶。朱老板忽然说："那年乐斋取出那批印章，说是最后的东西，其实后面还有两个大件。"郑月说："是，一只玉瓶、一只玉如意。"朱老板笑了："你也去过。"郑月也不瞒他："老太太是先给我看的，我凑不齐钱，才放弃的。"朱老板道："最后还是仇爷买了去。"

朱老板问："你在乐斋到底买了多少？"郑月说："不少。"他又反问道："您拍卖上卖了几件？"朱老板说："够花。"两人相视嘿嘿一笑。

郑月说："这么多年，其实一直也没真正想明白，仇爷到底是个什么样的人。"

现在一切都已经时过境迁，朱老板也早已退出江湖，讲话就没有那么多禁忌了。朱老板道："其实也不是仇爷怎么样，是别人利用他的手而已。他有那一手硬功夫，可是画得好有什么用，价位靠名气，名气靠炒作，他一个寻常百姓，谁来炒作他？有的书画商、拍卖行就叫他画张大千的，但不许临摹也不许创新，完全按照张大千的风格来，'创作'出新的构图，他们再拿去请人落款、做旧、套裱头，甚至办展览、造著录、造拍卖纪录。拍场上那么多张大千的画，有几张是真的？"郑月此时才明白，仇爷要挣那份暗钱，就只有深藏自己的技艺,明面上画些浮夸的新式文人画,实则是为了掩饰真正的手段。原来一直以为仇爷深不可测,可哪知这个深不可测的背后,还有那么多看不见的无形的手。朱老板说得好,这个行业里,你看见的都不是真相。

说到这里,郑月却想起来了,说:"前年我在古城好像看见过仇爷,还没来得及打招呼,他扭头就走开了,真就是陌路人一样。"朱老板道:"我也曾经遇见过他,倒是说了几句话,好像他现在是澳大利亚和国内两处住,行踪不定。"

郑月说:"他这样一个人,如果真待在澳大利亚,不就是废人一个了吗?"

五

那年夏天,郑月没事翻翻《收藏市场》杂志,一眼看到一条拍卖信息:年度春拍龚贤名迹四千万成交。再仔细一看,那件手卷眼熟:黑白对比强烈的水墨山水,后面拖了十几家题跋,画角钤着"乐斋寓目"的鉴藏章。不同的是,前面的引首部分已经题写着"欲秀而老"四个端秀大字,落着成亲王的款了。

貔貅必须微笑

出世

1

时光如流水，世事多更迭，按照历史的惯常，世界不会因为某一人某一物的缺位就停止发展。但是如果对于具体的个体足够重视，也许可以发现，哪怕只是任何一点小小的异样，也终将产生出另一番因果与必然。

2

当时，崇宁路地摊已经被取缔，城中公园里开起了花鸟市场，经营户搬迁进店面，节假日从全国各地赶来的临时地摊则照常，都被集中到公园里的一片广场上，市场开始有了点规范的气象。这个行业都说"一放就乱，一抓就死"，现在比以前规整多了，却丝毫没有死的迹象，还是那样活泼，还是那样兴旺。赶上了好时代呀，谁说不是呢。各地都在大拆大建搞基础建设，不要说荒郊野外兴修高速公路、拓建工业园区这样的基建项目要挖出多少古墓遗迹，就是在城市中，多少古街古区成片被改造或拆迁，又有多少旧族老宅的古物遗存流散出来，流通进了市场，成为地皮客、古玩商手上奇货可居的尖货，成为鉴赏家、收藏者书斋里的名件、心头好。百年难得一见的历史性机遇，赶上是你运气好，抓住了机会也是命里该着。没赶上，甚至有些人看着机遇擦肩而过，转瞬即逝？命里无时莫强求，也是你活该！

　　说是花鸟市场，其实品类繁杂，并不囿于花鸟宠物和玩具杂物，市场的主角倒是那些今天开门明天不开门、吊儿郎当的古玩店。你一盆花一只鸟能值多少钱？兰花炒得热了吧，可一苗好兰花到底能卖多少？上万的算高级货了吧，十几万一苗听是听说过啊，可并不在这种市场里啊，对于这市场里的人来讲也不过就是茶余饭后的传闻，过过嘴瘾罢了。要说真金白银做大交易，当然只有人家古玩店。人家那行话怎么说来着？一百人民币叫作"一块"，一万现大洋只不过"一百块"，口轻飘飘的，人民币就像是西瓜皮，妈的！

　　如果单位事情不忙，他下午两点来钟多半会去花鸟市场逛一圈。机关里开会一般都在上午，如果安排在下午则一点钟，至迟一点半肯定开场。到了两点，脚头松的人已经编着理由"外出"了，而中午溜出去打牙祭的同志怕还没回来呢，办公楼里人就稀松了，每个处室确保都开着门亮着灯，有那么一两个人留下来接接电话就行了。谁溜谁留，各自在长期的实践过程中会约定俗成形成一定之规，都是些头顶拍拍脚底板会响的人，谁心里不记着一本账，谁肯吃亏呢？这种单位里，明面上是由各种规章制度在管着，可暗地里起到约束和平衡作用的，还是人心。谁都不可能也没有办法做得太过分，要讲偷懒，大家基本上也就是匀着来轮着来，否则怎么摆得平？但是行政办公室的工作有点特殊,按照惯例是局长没到你该先到,局长没走你不能走。现在的这位局长就说过"办公室工作无大事,办公室工作无小事"嘛,他本人是从市政府副秘书长职位上下派的,对这个部门的工作理解很深透。

他在行政办公室好几年了,却发现这个部门其实也有点特性。就以他本人的工作来说,局长一般找他吩咐文稿任务都是在上班之前或者下班以后,下午一点到下班前的那段时间,他可以弹性控制。反正坐在办公室里人来人往、电话不断也没办法落笔写稿子,索性溜出去逛逛,透透气,正好可以逃避不少闲事和闲话。那机关所在的是一座清代末年的官僚园林,这座百年的园子实在是太陈旧了,特别是黄梅天里它挥发出来的陈腐气息更是无孔不入、经久不散。这样的地方,外人看来是精致高雅的,但是长期身处其中的人其实非常闷气无聊。他有时候在池塘边的回廊里踱步,旁人认为他是在替局长构思文稿,不由得暗中感佩他的敬业精神,实则他是逃避屋子里的钩心斗角、无聊争宠,他宁愿低着头一遍遍去数方砖的数目。也数了好几年了,其实闭着眼睛他也清楚,那回廊里的方砖是横四块、竖六十三块。大家也都知道,这秘书其实是个苦差,是份熬夜的活,再说了,除局长本人好像也没人合适去管他,因此也就不会有人来攀比。

他自小喜欢古物,家里原也有点底子,好在那时市场正处于缓慢孕育时期,一切都没有后来那样喧嚣浮躁,他慢慢摸索也玩得颇有声色。在机关这种环境,想要置身事外又不至于显得过分消极,有一个业余爱好是很不错的分身术,其实也是一种障眼法。他于是毫不隐讳自己玩玉的热情,身上隐蔽处随时佩戴着十余件宝贝,还源源不断随时更换。他平日很少有情致跟同事,领导谈论单位里的人或事,但是只要一聊到玉器古玩,便眉飞色舞,滔滔不绝。时间长了大家也就见怪不怪,都说他是个"书呆子""玉痴子",甚至局长闲暇时候心情好,也会拿他调侃几句,话里话外倒是没有任何心机和成见,还带着点由衷而起的善意。都知道他有一个好人缘,特别是在这种文化机关里,有文化毕竟还是受人尊敬的,对一个痴气的书呆子,总不能过分苛刻吧。

3

那个机关离城中公园很近。他出来就是最热闹的商业街中山路,走到商业大厦门口排几分钟的队,两块五买张新出炉的滚烫牛肉饼,用牛皮纸包着先咬开一个口子,让里面的热气散出来,其间他不断换着手抓住热饼。裹挟在人流里从斑马线上匆匆穿过中山路,迎面就到了城中公园大门口。走进公园,在林荫道的条凳上坐下来,他绞着腿把饼慢慢吃完,掏出餐巾纸擦擦嘴,然后朝花鸟市场那栋楼走过去。机关里有些人已经买了手机,摩托罗拉的,他则还是腰里别着BP机(无线寻呼机)。倒不是为了别的,他怕这手机太便捷了,这便捷甚至带着要反过来控制主人的危险,有了它得生出来多少事情?就像此刻他在花鸟市场闲逛,局长或办公室主任抽冷子一个电话过来,旁边是狗叫鸟叫或者市场里其他嘈杂的声响,这电话你接还是不接?BP机多好,像一只风筝,看着远在天边,却有一根隐形的线连着,人跟人的距离不远也不近。反正局长的电话号码他记得,转身回到局里也不过一次大解的时长;其他电话呼他,可以回也可以不马上回。

说是一个花鸟市场,花鸟宠物的摊位设在附楼裙房,虽然有通道相连,但跟主楼是分着区的。两层主楼里都是经营古玩工艺品的店铺,底楼的铺面内容芜杂,楼的里面门对门分割成两排几十间,朝南外墙那一圈又破了墙开出铺面,跟对过一排临时搭建的简易房形成面对面的两排。这四排店铺大多也挂着匾额立着字号,货品是驳杂一些,有的店无非图个老,民国细瓷、白铜手炉、杂木家具甚至陈年的月份牌,但凡有点年份的旧物都上了架,充其量只能称是旧货铺。有的店主要经营新件玉器之类,但是摆不满铺面呀,也需要另拿出早年收的那些翡翠花片、金戒指、银圆、银酒器或者当代字画撑撑场面。这驳杂从铺面门前的过道其实就能鉴察,这里每家门口多少都堆叠着一两件破损的家具、石礅石槽或者其他粗笨大件古旧器物,那些缺了靠背的榉木扶手椅、断了隔板的杂木茶几上,可能还摆放着几盆吊兰或者金钱草,因为水浇得勤,植物倒很青翠鲜活。有的家具虽然残损或许多少还有点市场价值,店主便拿一根细铁链子环绕起来,捆锁于门框一侧,宣示一下主权的意思,诚心要偷的话毫无困难。这些店面虽然狭窄简陋些,却也一规一制,暗地里各有各的活法,各有各的门道。

二楼被分隔成较为敞亮的几大间,那时可没有哪家私人古玩店、工艺品店能够撑出这样大的排场。每个大间里面由关系密切的几个老板共享,每人安放几节柜台,各自出货等待买主。每个老板又都有明确的经营重点,或明清古玉,或青花瓷器,或文房杂件,也有专门做海派乡贤字画的。这二楼环境整洁,柜台里货品少而精,价格自然不菲。因为店主多半是术业有专攻的行家,你在他们手上很少会买到假货,但是也很难捡到便宜。当时造假尚未兴起,他们入行早、眼光毒、经验丰富,实战水平还远远领先于时代。

他偶尔也去二楼玩玩,但去得并不多。有次他看中一块白玉长命锁,到代的乾隆工,两面浅浮雕榴开百子图案,工好还在其次,那样精白的料子实属难得。尤为可贵的是,这玉色白不说,质地还细润得没一点结构,就是以新玉标准来衡量也是高级货。他心里暗自估算着价格:这种清中期长命锁在北京、上海的大拍上都能过万,一般南京、苏州国营文物商店里标价也得这个数,找熟人最多打个八五折。私人店铺出现这种品级的货色一般可以开个四五千,也要三千来块才能够成交,高低个几百块价钱也属正常,要看来路、成本和货主的心气了。但那一般都是青白玉质,而这一块却是纯白玉细料,怎么说也得是翻倍价格。当他指着玉锁询价,店主开出一万二,还是把他吓了一跳。他没吭气,店主却多话:"这也就做成了一块长命锁,如果当初雕刻成两块子冈牌,现在值多少?瞧瞧这厚度,如果再切薄一点,甚至可以做成四块玉牌子!一万二不贵,也就你们一年的收入。"他是从来不愿得罪人的,这个行业也有很多老规矩在那里摆着呢,不接口笑笑也就过去了。

更多的时候,他是在底楼那些店铺之间闲逛,逛久了就有点固定下来,总是在那几家货品翻新快、价格相对实惠的店铺坐坐。物以类聚,人以群分嘛,玩家也是分着类群的。其实市场里这样的店铺并不多,也就三五家的样子,不过对他来讲也已经够了。跟这些老板结识,往往是由一桩上门生意作为开端的。他在这里买到不少小巧而精美的古玉,一块雕着山水诗文的白玉帽正,一个巧雕的渔翁得利的圆雕,一块透雕花卉蔓草纹带板,又或者一枚带着红皮的白玉扳指,都是在这里淘到的。跟他们熟悉之后他发现,其实很多好货并不一定在店面上,老板收到东西经常是先戴在身上盘着玩着,自己先得点趣头,顺便把包浆盘出来,那卖相自然就上了一个台阶。他们虽然实力有限,不可能一次性购进很多货品,但是出手一件很快又购入一件,源源不断地细水长流着,说明他们多年浸淫其间也暗存着广博的人脉与门路。

同时,他们的眼力也是各有高低,因人而异。有次一位老板拿出个雪白小童子给他看,说是去杭州岳王路出摊,捡了同行的漏。因为料子过于白净,没人敢认,他则将错就错三百元到手。藏在袖管里摸了几个星期,包浆变得油光水滑,玉上还隐隐约约出现了淡黄色的桂花沁,但那玉色却白中开始泛黄。千年的白玉转秋葵嘛,现在变得十分开门了。他几次盯着老板想买,老板却因为已经泄露了成本,又不好意思加价太猛,反而不方便卖给他,只好推托说自己也喜欢,想暂时留一留。过些时日他发现,终究还是被老板出手了,一千三。此后老板就像欠了他人情似的,有些别扭。直到后来,便宜收到一副明代白玉绞丝小连环,没加多少价就转让给了他,算是弥补前面的亏欠。这个看似杂乱的市场里,因为还是秉持着熟人社会的旧传统,总能让人心得到一点温暖和宁静,于是就会产生出相应的精神上的依赖感和满足感,令人流连其中,十分享受。

4

他走到一家熟识的店铺门口,却发现卷帘门紧闭。正打算反身走人,对门那家老板恰好站在门口浇花,主动点头跟他搭讪:"今天对门好像打烊,请进店里来喝口茶。"经常看见他出入市场,老板知道他是个玩家。他有点犹豫,这家店他以前也曾粗粗浏览过,东西实在不敢恭维,坐进去怕过路的人看见误以为自己跟他是一路呢。但是招架不住对方的笑脸呀,这情形怎么好意思扭头就走,那不是打人的脸吗?他只好点着头,含着笑坐进去。

估计店里很久没有像样的客人了,老板十分客气,泡出了很浓的宜兴红茶,两人不咸不淡闲扯着。这个行业里,客户不问商品来路,商家也不问客户身份,彼此又各怀着戒心,因此如果相互不很熟悉的话,往往就没什么话好深谈。这个老板年纪虽然不轻,却主动攀谈着,并没什么忌讳。很多不该问的他也问,不该提的他也提,其实问了也是白问,人家是不会接你的口的,即便敷衍几句也未必就是实话真话,他却一点知觉也没有。有的人就是如此,哪怕在这领域里已然时日不浅,可其实他从来也没有真正走进过这个行业的内里,多少年也只能算是个外行;而老板却觉得自己在这行业里有一定资历,并且所知甚多,阅历甚广。他保持着笑容,等着喝完两开茶,好起身告辞。

老板说现在是小辈英雄的时代了,很多年轻人的眼光比那些老藏家、老玩家还老辣。他说着就从柜子上搬下一个碧绿色玉跪人来,说,一次有位年轻人就一眼看懂这件是商代的东西,很多老人却连什么材质也看不明白!他看着这件绿玛瑙雕件心里一阵发笑,这热水瓶似的一件仿货,比安阳妇好墓出土的原件可放大了十倍都不止。原件收录在《中国玉器全集》里,这书是最基本的玉器图录。他没搭老板的话,推托说自己玩明清玉器,对高古玉器所知有限。老板闻言用手指指进门处的那节玻璃柜台:里面有些明清玉器不错,请随便看看。他乘机放下茶杯,站起身走到柜台那边去观看,准备意思意思就乘势抬腿出门,那样便可以完美地"抽签"离场了。

柜台里面小零碎玉器层层叠叠,都是些地摊上收来的河南货,灰尘仆仆的,似乎在诉说主人长期以来的灰心丧气。他看了一圈,刚打算一只脚朝外面迈出去,忽然余光瞥过,发现角落里一只青白玉小兽昂首挺胸,十分有神,他那只脚不由自主就往里缩了回来。老板发现了他的神情,马上凑过来,得意道:"我说还值得看看吧。"

他用手指了几件玉器,老板一件一件拿出来放到玻璃柜台上面。

他也是一件一件拿在手里看,看到那只小兽的时候,只是简单地扫了几眼就放下。其实看似漫不经心,关键之处已经观察清楚了:这是一只仿六朝造型的貔貅,龇牙奋目,扭臀阔步,头、身、尾三点呈流水"S"形,富于动感。眉毛用阴刻线丝丝缕缕刻画出来,尾巴不是汉魏六朝时期常见的两股分叉,也不是明清时期常见的丝毛长尾,而是分成五股紧贴在尾根部,像一朵盛开的菊花,每股上都精细地丝着毛,跟唐代石像生的处理方式有点接近,饶有古意了。它昂着头,嘴齿部用管钻对穿,又碾磨出唇齿线条,牙齿一粒粒都做出来了,两对獠牙也苍劲有力,在咧着嘴笑呢。东西是件小东西,可做得精到,线条没有一点蹦茬,均是纯熟的古代砣具手工所为,这是件乾隆时期宫廷工艺的仿古杰作。毕竟也两百余年的历史了,貔貅前胸有一绺淡黄的汗水沁色,前脚处有一点小小磕碰,略微有灰尘沁进去,不仔细看都不容易发现。因为质地是最紧致细密的青白色和田籽料,工艺又是如此精细,造型十分罕见,这貔貅乍一看就跟新的一样。

老板竖起大拇指夸对方眼光好,说挑出来的这几件都是真品、精品,他则每件都问一问价,老板逐一做了回答。貔貅开价是一千,他心头一颤,没声张。

这时,他们同时听见一阵清亮的蟋蟀虫鸣,老板觉得奇怪,四下张望寻找秋虫身影。他从皮带上摘下BP机一看,是局长的电话号码,连忙打招呼:"领导找了,得赶紧回单位。"老板眼看生意就要有眉目,却横遭突变,倒先有点急了,连声道:"优惠,可以优惠!"

他随手拿出貔貅,说:"那先买个小东西玩玩,实价?"

"八百,八百!"老板张开拇指和食指,使劲摇了一摇。

"好！"慌乱中他似乎无心恋战，立马同意了。

老板眉开眼笑，终于成交了一笔。

他一摸口袋，却发现钱没带身上，只掏出一把十块、五块的钞票。老板脸色一僵，站定在一旁，等待着他继续掏。他却把钞票往口袋里一塞，一边拔腿往门外快步疾走，一边回头问："明天几点开门？我上午就来付钱。"

老板眼睛里的光头顷刻涣散，挺直的腰板一松，低头漫口应声道："九点。"连他自己都没把握对方到底有没有听清楚。

这样事败垂成被放鸽子，也不是一回两回了，老板深感沮丧，一屁股坐回到里面茶桌旁去了。

5

第二天早晨，老板撅着屁股正拿钥匙捅地锁孔呢，蓦然一侧脸，觉察身后晃着个人影，倒猛吃了一惊，定睛看去，却是他，笑容随即浮上脸庞，脱口笑道："你真的来啦？"

怎么会不来呢，一夜没睡好，早就来了，转了好几个圈了，看见老板的身影这才走近。他点点头，没多话。这个时候话越少越好。

老板没来得及去开灯，马上"哗"地拉开柜门，拿出昨天那只貔貅来，塞进他的手中。他则紧紧攥住，没动声色，另一只手掏出一卷预备好的钞票递过去。

老板被感动了，实话实说："昨天以为你要放我鸽子，没想到这么诚信，开张生意，再找你五十！"

他接过一张五十元钞票说："谢谢，谢谢。"

老板顿了一下，说："这件玉器我可不打包票啊，你是行家，东西要你自己看好，我卖的可是新货的价格。"老板心里发虚，把丑话先说前头了,其实也是个聪明的人。他笑笑:我心里有数,就买个喜欢。

此时,老板才感觉生意是铁定成交了,迟疑着欲言又止。他问老板有何见教,老板却反问道:"这件玉器,你看是新是老?"

他也是明人不做暗事,把玉器藏进口袋,笑着答:"我看是清代东西,但大多数人会说是新货、假货。"

"让你说着了。"老板拍了记巴掌,"这才是真懂的行家!也不必瞒你,这件东西在我手上前后卖出过两次,被退货了两次,一次卖得比一次低,我都完全丧失信心了,今天才算碰到个识货的明白人。"老板说完又有点后悔,怕对方反悔,微斜着目光窥测了一阵对方神色,发现并无异样才定心。老板总算是管住了自己的那张嘴,要请他进去喝茶。

他说等会儿单位里有事,不敢长久耽搁。正准备转身离去,老板抢上一步,拉住他的手握住,又使劲抖了好几下,说:"这件东西我心里明白,肯定是老玉!我前后跑了好几趟荡口古镇,从一位八十多岁老人家手上亲自铲出来的,可是世人不识,楼上那几位行家都摇头,我又有什么办法?"

今生

6

上他身的第二年,我开始还魂。

没错,我就是那只微笑的貔貅。这些年,他每天贴肉佩戴着我,须臾也不离身,奉献给我足够的热量、水分、体脂、微量元素甚至微生物,有时候还让我晒晒太阳,帮我松松筋骨。直到有一天,我忽然感觉到自己眼前闪过一片白光,灿烂至极,使我猛然意识到:这个世界上原来有一个"我"的存在！从那一刻起我便是有知觉的了，并且这种知觉越来越强烈起来，这个过程，差不多长达两年的时间。这恢复期的日子真是不好过啊，开始的时候我皮肤抽搐，浑身酸胀，感觉总有什么东西在往我身子里面钻，丝丝缕缕的，蛆拱蚁蚀的，越钻越深，我的躯干都快要散架了，我的意念也差点崩溃。幸亏，经过他耐心地侍弄，不断汗水浸润和指掌按摩，这种痛苦的感觉才奇迹般地逐渐消失。到了第五个年头的时候，我对自己的状态日益满意，我竟然觉察到自己越来越丰满、越来越充盈、越来越健旺，那个时候，我得意得都快要笑出声来了！当然，像我这样一只玉貔貅在体形上是不可能真的发福的，我是说我的外观上肯定发生了很大的变化，人们应该可以从视觉上观察得到。我从原来的干涩枯槁逐渐变得油润有灵气，而我自己则只能是这样一种内心逐渐充实的感觉而已。

后来我复原得越来越快，我甚至恢复了记忆。我回忆起很多往事，有两百多年之前的，有一百多年之前的。在距今百年左右的时候，我的记忆却戛然而止，陷入一片黑暗。我后来判断出，那时我应该是被当时的主人锁进了箱底，以致逐渐缺氧失水而休克了。

现在，我是一只有灵魂、会思考的貔貅了。除了不会说话和动作，其他的我一样也不缺，我甚至已经跟他——我现在的主人心有灵犀了。我有作家一样细腻敏锐的洞察能力和哲人一样逻辑严密的思辨能力，他什么也瞒不了我，哪怕他脑子里一闪而过的念头，也甭想逃得脱我的眼睛。我甚至洞悉了他的一切，包括之前的所有情况。当然，这一切他都无从知晓，这就是我十几年来的烦恼，也是我的失败之处。没办法，谁叫我是这样一只玉石做成的貔貅呢？

这最近十多年时光发生了太多的事情。从大处说，城中公园里的花鸟市场烟消云散了，随之崛起了规模更庞大、更为嘈杂的南禅寺工艺品市场。每天有成千上万的人在里面川流不息,争名夺利。这些年物价飞涨,这个行业则更是离奇得疯狂:市场里的玩家大换血了,以往那些有点文化的工薪阶层逐步被淘汰出局,他们的收入是再也支撑不了这里的物价啦。在社会急剧变化过程中,少部分人的财富迅速膨胀起来,他们资产的增值速度比滚雪球还要快。这才短短几年时间啊,那数额就达到了一个个天文数字,这数字往往可以令正常思维的寻常百姓们瞠目结舌。钱来得容易,自然花起来也简单,他们挥金如土,手面阔大,而这一切,又为他们获取更大的成功提供了支撑。现在,那些成功人士已经走到了收藏舞台的中央。

而他,离开了那个古老的园子,成为一家古玩店的店主,现在是市场里受人尊敬的古玉鉴赏高手。在他店的里间角落,挂着一幅请朋友挥毫的隶书立轴,写的却是这样几句话:

生年三十九,拜官八品从。
四六辨不清,二五任嘲弄。
学无一字成,家徒七面空。
奉旨卖旧货,好学杭大宗。

这首打油诗,是那年他辞职出来开店时候的有感而发。其时他刚好临近四十岁。那幅字的落款处还有几行小字,写道:"中年辟减堂于市廛买卖破铜烂铁,俨然涤器相如矣,人生矛盾莫过于此,作打油自嘲。不辨四六,乡曲土谚也;二五郎当,南京俗语也;别户家徒四壁,我且连天地六面,更主人脸面全无,因之七面皆空也;杭大宗,革职翰林贩卖古董为生,高宗赐书'买卖破铜烂铁'六字予之,刻薄甚矣。"一把辛酸泪,满纸荒唐言,瞧瞧他这牢骚发的!按说这人到中年,也该圆通点了吧,可他这个人呢本性难移,怎么就不能勉为其难,稍微从俗一些呢? 百战百胜不如一忍啊! 任凭你才高八斗,总是要跟大多数的人共处在一个矮屋檐下,忍一忍不就全过去了吗? 真有那么多看不惯的人和事吗?

人生贵适意。以我两百多年的尘世阅历来看,凡事不要太较真才好,随遇而安顶要紧。当然,话也说回来,人类这一辈子也委实太过短暂了。人的这副血肉之躯在我看来,任凭你活到了七老八十,那也离成熟还差得很远呢。要让一个刚刚步入社会才一二十年的人真正看得明白,想得透彻,行得老辣,谈何容易!

7

他那个朋友又上门来了,看到他闪烁的眼神,我就知道他又要旧事重提了。

朋友还是满面春风般荡漾着笑容,慢慢抿着茶,讲话也比平时更加慢条斯理,不过依然中气十足。经过缜密斟酌,他才从嘴里将字一个一个放出来,像鱼缸里的小型热带鱼在吐泡泡。因为彼此太过熟识,也经常互相开开玩笑,只有这样刻意慎重地交谈,才显出行事的郑重与正规。

他也是微笑着烧水、冲泡、沏茶,等朋友把理由讲完,方好想出合适的话来婉拒。

开店做了生意,他才感觉到这一行的难。你不下海不开店,纯粹保持一个业余玩家的身份,甚至领受着半个师傅的角色,很多话、很多事情的处理上你完全可以由着性子来,无须过多顾虑。可是,现在成为商家,垒起了七星灶,总得要招待十六方的呀。商家有商家的标准,商家有商家的要求,很多话你不能说,很多事处理起来就要掂量着办了。就像之前，多少玩伴半开玩笑要求他转让玉貔貅，他完全可以带着讥讽的神情道："做梦，想也不要想！"而玩伴呢，也只好哈哈一笑，就是想生气也是没有理由呀。

可是，现在呢，譬如眼前的这位朋友，他说："以前不敢开口，可现在你下海经商，我呢，也是其他店都信不过，诚心诚意促成你生意，正所谓货买心头好，那只貔貅老兄就割爱让给我吧！"现在朋友说出这话来就掷地有声，显得堂堂正正，那还是给他面子。而他呢，婉拒了多次，每次却都要寻些恰当的由头来搪塞，还要考虑到对方的感受和面子，讲起话来倒显得腾挪避让，似乎有点不够光明正大，不很摆得上台面的样子，弄得自己很苦。

已经拒绝过朋友几次，每次都要想出不同的理由来，着实也是难为了他。而朋友呢，其实也不容易，每次来开口，都要变换合适的说辞。如果将上次的话重新再讲一遍，那也显得太不近人情了呀。对方之前已经向你解释过了，怎么能牛皮糖一样黏人呢，又不是小孩子！然而，话说是人强气不强，狠人也拗不过自己的欲望啊。怎么办呢？只好找准店里闲暇时候，想办法继续谈呗。

今天，朋友将带来的好茶叶往桌子底下一放，首先回顾起两人的交往史，这么一说就至少要追溯到十几年之前了。他们年龄相仿，当时朋友们跟着他一起玩玉。那群玩伴还为数尚少，没有形成气候，因此这朋友倒是这群人里头的元老级人物。前些年二人结伴遨游江湖，苏州、上海每年要一起跑好多回，甚至有时候他奔远路，到山西、河南，到北京、天津，朋友也经常丢开手头的生意陪着一道出去。一则是他自己兴味盎然，二则也是做个伴的意思，真算得上贫贱之交的同路人。朋友的眼光虽说进步得慢些，那也是因为人家的心思不在这里呀，喜欢是真喜欢，可精力毕竟有限啊。近几年生意日益发达,身份也越爬越高,什么商会副会长啦,光环一大圈。忙完商场还要应酬官场,哪一方面也不敢稍有疏忽啊,时间就越发金贵起来了,这兴头才有点松懈下来。不过,哪怕再忙,逢年过节都会想到他的。即使自己脱不开身,也要吩咐手下人搬一大盆俏色的鲜花,捎带上大包小包的礼盒,情谊都在那里了。也不是一年两年的交情,十几年来都是如此,这份情可怎么说?

他是个吃情面的人,别人对他的好,自然无时无刻不挂念在心里。朋友现在当面来这样温故知新,就如同银行里的零存整取,似乎那本来就是他的,你就不得不立时三刻让他提现去。

今天他朋友一上来就城头上出棺材——远兜远转,我便觉察出不对劲,拿交情当筹码,含着要挟的味道,看来是势在必得。朋友每回忆起两人共同的点滴往事,那路途的辛劳、市场的险恶以及同甘共苦的心声,都会为自己那边的天平增加重量。他是个吃软不吃硬的性子,以我对他的了解,这回他准保吃不消,我看是要完,要完!

他涨红了脸,找不到合适的话抵挡,内心也焦躁起来,今天对方的势头让他无从招架。那相当于一种软功,可以化作绕指柔,却又足以拨千斤,你顶也不是丢也不是,可怎么好呢?

这些年多少人在想这件貔貅,他从来没有松过口。有时候为了让朋友们死心,他就喊出一个离谱的价码:"低于十万那可是免谈!"他只剩下最后的一根救命稻草了,心存侥幸,这话就脱口而出。

当年他是花七百五十元买下的,这点旁人都知道,现在硬硬心肠喊个辣价钱,把朋友吓退了再说。有哪个脑子进水的肯心甘情愿被人坐地起价拿捏一把呢?只要朋友稍有犹豫,他就一拍两散,借机逃生。不过这心里毕竟是不忍,想想这样一开价,岂非坐实了自己是个唯利是图、无情无义的不良奸商?心头一软,这嘴上就发虚,反过来带着点央求的意思，道："我藏品中清代小貔貅倒另外还有几件，我让你任选一两件精品，随意付点成本就行，可好？"

朋友却逮了个正着，手伸进包里，夹出一张白金卡，在面前晃了晃，笑道："十万就十万，不许赖！"

这事情就把自己弄被动了，他是进也不是，退也不是。十万天价本是句唬人的托词，难不成真的下这样的黑手，好意思按这价卖朋友？

现在轮到朋友不依不饶了："玩玉是我跟你学，这做生意你可得向我取经了。俗话说货卖当时，随行就市，除了自己的老婆孩子，这个世上根本就没有不能卖的东西，只存在价格到与不到的区别。这貔貅的品质，现在拍卖价格确实不会低于十万，但是嘉德、瀚海历年的拍卖纪录中，从来没有出现过相仿的造型。物以稀为贵，严格说来，赚便宜的还是我！"

这朋友不愧是生意场上的老手，话说得漂亮极了。这下算是完了，现在是不卖也得卖了，他反欠了人家一个绝大的人情。

我差点气得晕过去！可心里就是一千个一万个不情愿，也没办法跳起来抗议啊！老天爷，为什么你赋予我思想的能力，却剥夺我行动的权利？这算什么天理！这下彻底玩完，我就要归别人了，我只好跟着别人走了。我可怜的软弱的主人，冲动是魔鬼，我们算是后会无期了——作为一只玉貔貅，我只能眼睁睁地接受这个事实，却无可作为。

他们两人还在对坐着喝茶，他忽然有点感触，对朋友说："原来在机关里面工作一直认为自己身不由己，倒是羡慕商场上白刀子进红刀子出，干脆直接，没有那么多的弯弯绕。自己下海经商了方才明白，其实很多事情还是个无能为力。"朋友听了一愣，不过因为彼此熟悉,知道他原不过偶有感怀,并非针对自己,也就大度地笑笑,深有体会地点点头。

他忽然想到一个恶俗的比喻,内心有点发笑,便也一并讲出来:"这下海经商其实跟当妓女没两样,也分着三六九等。八大胡同下等妓女是逢人能上,杜十娘就要挑挑客人了,甚至卖艺不卖身。原本下了海,自己还想挣个红姑娘的资格,既要当那个又想立那个,对吧?现在看来,是杜十娘也当不上。"这话讲得尖刻了,朋友有点尴尬,他也觉察出了自己这话有点尖酸过头,只好闷头喝茶。朋友的文化程度并不高,嘴里却冷不丁蹦出来一句古话:"人间莫若读书好,世上无如吃饭难。"

晚上回家,他跟老婆说起白天的事,老婆说:"本来嘛,你这也不卖那也不卖,得罪了多少人。想想这貔貅是多少成本来的,现在赚了多少倍,这就叫在商言商,还不知足!这笔钱抵得上家里一年的开销了。学校来通知,女儿假期的补课费可是要交了,不正好吗?"

他默然。

8

我还没弄明白是怎么一回事,才一个饭局的工夫,自己又落到了这位领导的手上。人类的事情真是变幻莫测、复杂透顶,我的古板脑子显然已经不够使了。

领导的家十分雅致,客厅和书房里整套明式红木家具,美观又实用。墙上得体地挂着北京、上海著名书画家的作品,里面有一幅书法,写的字我虽然识不全,不过落款倒是认出来了。那人经常在电视上露面,白发稀疏,面色红润,可以称得上是鹤发童颜。戴着时髦的宽边眼镜,年轻女记者一上去采访,他就会摇头晃脑半吟半唱,做痴情沉醉状。他必定谈到当年京城里大人物们对他的赏识及倚重,这一切自然不得不令人折服于他的才情。更何况,据说他还是位著作等身的"国学大师"呢。博古架上的器物虽说是新物,但都十分精美,包含着当代人那种久经训练的艺术感,一看就知道均是出自工艺名家的手笔。这里的一切都透着高端和文雅,是我自诞生之日起便适应的那种环境,因此从一开始我就有点喜欢上这个新家了。

更可贵的是,领导家里很清静。除了他们夫妇二人,只有一个全职保姆,平时也几乎没有外人上门。电视柜上放着一张合家欢照片,上面一共是六个人:领导夫妇、一对年轻夫妻,还有两个孩子。大点的那个是男孩,四五岁的样子;小点的那个还包在婴儿包里,看不出是男孩还是女孩。照片上老年的这一对,可能因为保养得好,显得白皙,尤其是领导本人,坐姿端庄,俯视着镜头以外的人,有掌控全局的气势。年轻的一对可能由于长期处于不同纬度的日照区域,反而肤色有点黧黑,但是体型健硕,没有一点赘肉,是长期坚持有氧运动的那种。虽说他们的神态有些随意,眼睛里却是那种精英人士特有的严谨感。那男孩站的位置跟坐着的领导隔了半个人的间距,他就站定在那里了,让人感觉很难勉强他什么,你硬拉他过来也不行,他有独立的思想了。他的注意力是完全关注着镜头这边的,跟两位老人明显没有发生情感上的交流。不过,这男孩也是笑着的,没有什么拘束,是我们身边大部分年轻人很少展现的那种笑容,可见他的内心十分自由与阳光。除了领导夫妇,照片上的其他人我一次也没见过。这个家庭的安谧很让我着迷,似乎永远没有烦恼,没有干扰,这才叫作生活啊。

我在这个家里见到的第一个外人,是位年老的专家。

他似乎有点紧张,也可能有点受宠若惊的感觉。进门坐定之后,他便弓着腰,双手团握在大腿内侧,这姿势保持到出门也没改变。甚至他的下巴睁开后忘记合上,嘴巴那块区域流露出隐约的错愕感,整个脸部就很长时间显得有点僵硬。他只是偶尔下意识地做点小动作,如交替搓几下手,但很快就会让自己停下来,这说明他内心里是绷着一根弦的。领导却很和蔼,不时提醒道:"不必拘谨,就当在自己家里一样。"

领导说其实也没什么要紧的事,他夫人看中了一件玉器,想找个专家给鉴定鉴定。这项任务,本是由局长指派到博物馆,馆长推荐了专家,然后再一层层汇报上来,经过领导首肯,他才被一辆小车接到了这里。专家把头压得低低的,不敢多话。

领导拍拍他的膝盖,道:"不要有思想顾虑,我知道你们圈子里有规矩,不能说'假',只能说'好',对不对?这件东西呢,还没有付钱,你专家说真,我夫人就买了;你若说东西不灵,我就让人给退回去,免得花冤枉钱呀!你看今天特意请你到家里,也是免得外面人多眼杂,给你引来不必要的麻烦。"

专家在心里琢磨了半天,稍微抬起头,说:"领导,您就是这方面的专家,早有耳闻您眼光独到、藏品丰富,我这不是班门弄斧吗?"专家是看今天机会难得,本意想奉承几句,表现一下自己也是消息灵通的,可是目光仍然不敢跟领导对视。

领导却不接他的话,摆了摆手,那姿势幅度较大,含着一种不耐烦,嘴上却还是平易近人的。他很和善地说:"误传,误传,不要信谣传谣!"专家就不敢吱声了,抿紧了两片薄薄的嘴唇,怕自己再说错什么。

领导把我从盒子里拿出来,放置到两人面前的茶几上。他就是不开口,也有一股凛然的气势,让人无法拒绝。专家从口袋里掏了几次，摸出个很小很专业的放大镜，双手捧起我，凑近了来观察。透过镜孔的玻璃，我看见了一颗巨大无比的眼珠子，瞳孔在紧张地收缩，像遥远天空里一个旋转着的星球，猛一看差点把我吓得灵魂出窍。

刚才领导的话在专家脑海里开始迅速发生复杂的反应。以往在电视台的鉴宝节目点评群众送上来的宝物，他是居高临下的，也是不用承担任何后果的。他尽可以凭着自己的感觉出口成章、谈笑风生。但是今天，他感到了前所未有的窘迫，这种只有两个人的场合，他更是无从推卸任何的压力。他的手开始微微颤抖，脑门儿上出现了一层油光。

"这个貔貅造型，古玉之中倒是见所未见，说是东西两汉的吧，明显带着后代的特征；说是唐宋元明清的吧，又跟中古、近古历代的典型器物沾不上边……"专家内心越是慌乱，就越是转专业术语，那样至少说明他够"专业"，尽量不把话说死，留有余地最好。

领导的眼光在他脸上扫过几眼，那就是催促的意思了，就是在等下文。专家明白，今天不给个明快话是过不了关了。领导说这件玉器还没有付钱，谁也摸不清底细，这个暂且不管。如果自己说真，人家真的买下来，这东西就一直押在他手上，到底真还是不真，就永远悬着个危险。如果自己说假，哪怕东西已经买下来了，后面去退货也好，确实没有付钱把东西还回去也罢，都跟自己再没任何关系，管他东西真不真，都成了无头案。如此算来，说假的风险就小很多。而且，只要说假，总能显得自己眼光高人一等不是？

专家知道自己不能再犹豫了，再拖延就显得自己水平不行了。他抬起头，很诚恳地向领导先做了个检讨："领导，我是个搞专业的，不太会讲话，今天就我们两个人在，那我斗胆就实话实说了。"领导说："这就对了嘛，知识分子讲求的就是个实事求是，有什么说什么，说。”

专家就把依据先讲了三条,说自己分别从器物造型、工艺水平、原料质地三个角度上看都发现了破绽,其实只要任何一条坐实就足以给出判假的结论。然后,他很肯定地告诉领导:“这是件具有一定水准的臆造品,从工艺美术角度或者市场空间角度看,价值均不算高。”

领导都是从善如流的,听取完专家的意见,他一身轻松地说:“那我就放心了,东西可以完璧归赵,这下倒替我省钱了嘛!”说完,他还哈哈笑了起来。专家见状,心里的石头才落了地。

我都被气蒙了,恨不得上去踹那个专家几脚,扭住他耳朵好好问问,你算哪门子的专家,你会看东西吗?你拿个放大镜“鉴定”的时候,你那生鸡眼的眼珠子根本不懂该看哪里,什么痕迹是可疑的,什么痕迹是正常的!你在看什么?你是盯着玉料上一个黑点研究了半天,那是玉矿石形成过程中天然生成的瑕疵,你观察个什么劲!可是,等我神志清醒过来,他已经频频点着头,像只大虾米一样弯着腰,一闪,出门去了。气死我了!

专家走后,领导一个人坐进红木圈椅里,摇了摇头,苦笑了几声,自言自语道:“不能啊,这个小王!”

我原来主人的那位朋友,姓王。

9

后来我在家里还见到过另外一个生人,这位年轻的下属低着头,似有满腹委屈,正在向领导的夫人倾诉,他管夫人叫阿姨。能踏进这个家里,关系自然不会简单。

阿姨给他剥了个橙子,推过去,下属还是低着头,一副想不通的样子。有点卖宠的意思了，其实透着一个亲热。阿姨劝慰道："还年轻嘛，来日方长，以后机会多的是，他心里都有数的。阿姨看方便的时候再帮你吹吹风，这么多任秘书里头，他最欣赏的就是你，喜欢还喜欢不过来呢，怎么会不管你！"

两人正说着话，领导从楼下锻炼完开门进来，下属站起来问好。领导没来得及点头直奔卫生间，门也没有关，撒了很大一泡尿才出来，那哗哗的水声很有劲。夫人把位置让给领导，指着玄关口堆放的礼品数落下属，说："这孩子又乱花钱，咱们的关系还用得着每次登门都带东西来？"下属笑笑，没有说过多的漂亮话，今天有点心不在焉。

领导坐下来，一时也找不到合适的话题，很多问题都只能心照不宣，再怎么算嫡系，也不可能跟个小青年掏心掏肺的。夫人知道当着当事人的面，是不适合谈实质性问题的，这也是多年做官太太所养成的基本素质。下属自然深谙官场之道，也懂得很多话、很多诉求是不能直接跟领导本人提的，很多事情必须转圜，由领导身边的人去说更稳妥，否则时机不对，领导拒绝过一次，那今后就再也不好开口，再也不用妄想，反而把自己的路给走绝了。

领导忽然想起一桩事来，说道："前段时间你阿姨去外地旅游，在一家古玩店里看中件玉器，她心血来潮一冲动就买了下来，你算是玩玉的行家了，也帮着鉴赏鉴赏？"他跟夫人眼光一对，夫人会意，就立起身进房间里去找东西了。下属诚惶诚恐起来："这么多年跟着您才学到一点点皮毛，我们不还都是您的学生嘛，阿姨买了高级品，让我也开开眼界。"年轻人是很识趣的，句句讲在点子上。他们这些身边人的那点喜好都是随着上级来的，有时候跟风甚至可以上升为一种政治表态，能够影响一个人的前途命运。领导喜欢玩收藏，他手底下的人就多半也会养成这一雅好，但这往往又是不足为外人道的，只是一种潜在的意思，最后其实也就形成了一种默契。因此你如果进不了那个圈子，很多暗语你听也听不明白，很多事情的原委你也无从揣测，那么他们对你也就不会产生认知度和认同感。

夫人把我从抽屉里翻出来，用手擦了几下才走出房间，放到下属的手心里。下属仔细看了一阵，连连叫好，说："阿姨您眼光过人，捡了大漏，这件玉器太珍贵了！太可爱了！"夫人很得意地冲老头一笑，说："你看，好几位行家都说物有所值，我眼光也差不到哪里去吧！"领导笑笑。她话锋一转，扭头又对下属道："不过，自从买了这件貔貅，就出了点麻烦。"下属很奇怪，紧赶着问："阿姨，啥麻烦？"

阿姨就如实告诉他："有位懂风水的帮着算过，说家里不能出现龙啊，貔貅啊这些东西，否则对主人不利。你看，现在说把东西送人吧，好像舍不得，毕竟花了两万来块钱呢。要说转手吧，多少人等着想要，但咱这个身份，也不合适啊，难弄了。"

下属说："阿姨，别为难啊，有难办的事您交给我啊。我有几个朋友是做这行生意的，我出面请他们帮忙出手就是了，外人也不会知道是您这里的藏品，只管放心！"

夫人跟领导对视一下，暗自点头。

就这样，我又被下属带离了这个家。此时我感到了深深的痛苦，我拥有了独立的思维和意志，面对现实却毫无招架之力，甚至连张嘴抗议一下的机会也没有。我就只能如此被拨弄来拨弄去，在命运的长河里随波逐流，这种景况还不如不思不想、无知无觉呢。我现在也懒得再去胡思乱想，破罐子破摔算了，由他们去折腾吧！

隔了没几天，下属就悄悄把两万元现金送到了夫人手中。夫人关切地问："这么快就出手了，不会是你自己垫的钱吧？"下属忙说：

"哪能呢？这么好的东西，一送到朋友店里，人家玩收藏的就出价三万了，开店的图利，他还净赚一万哪！"

夫人心说，这小子是个人才。

宿命

10

我是做梦也没想到，我竟然会跟他——我原来的主人——又见面了！

我咧着嘴冲他笑；他呢，惊讶得张大了嘴巴，半晌说不出话来。不过，幸好他没说话，事情终于朝着我所期盼的方向往下发展了。

自从我到了下属的手上，过了几个月时间，这年轻人终于忍不住暗中四处打听，最后转了好几道弯，经过一个熟人介绍，来到他的店里，说要请"老法师"帮忙鉴定，下个结论。

他将我握在掌中，迎光端详着我，像是在审视斟酌，又像是在检讨自己曾经的过失，怜悯我明珠暗投的可悲际遇。那神情教我也伤感起来。好在他是个自制力极强的人，没有在外人面前失态，总算让我渐渐安下心来。

下属的目的其实很简单：评估一下这件玉器的实际价值，哪怕值不到两万块，他也好综合核算一下这笔交易的成本。

这次他一反常态，居然没有给对方一句准话，说的都是些含含糊糊、可进可退的老生常谈，这些话被那些"专家"经常挂在嘴上，早已经说油了。下属到底年轻，沉不住气，眼看"老法师"也没多大把握，就直奔主题，恳请他帮忙估个价。

他就笑了，说："古玩工艺品这东西，识货是宝，不识是草，价格高低因人而异的,可怎么估得准?"看下属愣在那里反应不过来,他只好进一步做出说明:"譬如我一眼看到这个貔貅就有眼缘,心生欢喜,就愿意多出几千。不对你的眼,你看来看去是个仿品,怎么看怎么别扭,就是几千卖你,你也嫌贵不是?"

这下属依然没有摸到准星,却也觉得他说得在理,不由得点头。现在是求人帮忙,身段自然要低,下属似乎推心置腹起来,告诉他这件玉器原是有位领导想出手,自己一时好胜说了大话,拍胸脯保证可以帮忙,现在却把自己吊在半空中了。他还是笑着不接口,道:"很多当官的都有叫部下或老板'帮忙'的事,谁叫你有求于他呢?但凡是真品、精品,怎么可能出手,他们缺这几个钱?你又何曾见过他们做吃亏的生意?"下属听了,不好作声。

看年轻人已经掩饰不住灰心,他便随口问了一句:"你那位领导,要的价码不是很高吧?"下属也是存着一线希冀,无奈说出了实话:"两万。"

他有点坐不住了,站起来给茶壶换茶叶。电磁炉上的矿泉水已经烧开,突突喷出白雾。他重新洗净茶壶,换好茶叶,回身将略微降温的开水注入壶中,这温度就控制得刚刚好,泡出来的茶汤,色很正。

还是年轻人沉不住气,再一次主动试探道:"老师您刚才说,一眼看到这个貔貅就有眼缘?"

听下属说出这句话,我就知道这个年轻人完蛋了。我要笑死啦,我知道我又将重归主人的怀抱了!

果然,后来局面就完全被他控制了,最后成了年轻人求着他买下我,只要他肯松口,就是晚几天再结账也没关系。事情就这么妥了!

他现在紧紧把我攥在掌心里,是怎么撬也撬不开的了,他的手心源源不断在沁出汗水。

年轻人千恩万谢地走了,临出门,还如释重负地呼了一口气。

11

令我猝不及防的是,这次重归主人,我却只在他身边待了几天的时间。

他居然悄悄把我锁进了家里的保险柜。这暗无天日的日子教我怎么过?难道我现在是这么让你掉分,让你拿不出手了吗?开始的时候我心里有点难过,后来就越来越愤愤不平起来。我在外面遭受的冤屈至今不明不白,你都不替我洗刷,却将我打入冷宫,这难道就是一个赏识者应有的态度吗? 这甚至勾起我的旧怨来了,当初你就不该将我卖给朋友,这一切难道不是你的过错吗? 一步错,步步错,这才招致我后来的不白冤案!

可是,并没有任何一个人来同情我、安慰我。残酷的现实,迫使我慢慢冷静下来。

我发现只有在冷静理智的时候, 才开始重新跟他心意相通,感知到他纷杂的心念。我忽然觉察到,他是那样无奈与困惑,他被迫承认了这样一个现实:我是一只著名的貔貅,所有人几乎都知道当初那个捡漏的故事。因为那个故事,一开始我的身上就带有传奇的色彩,这色彩无形中也令我身价陡增。而朋友强求强买的经历,则更是为我的非凡做出了有力的注解。即便当时他并不情愿,可事实就是如此,我至少具有十万块的身价,这是铁一样的事实。现在,我到外面转了一圈又重新回归原位,一旦现身,谁说得清当初所谓的十万块成交究竟是一个故弄玄虚的商业噱头,还是最终被市场所检验所证实,落了个退货淘汰的下场?即便有了解内情的人可以帮忙解释,努力去说明这饶舌而隐晦的一切,那事实也不过就是说明,十万块卖出的东西,最终却花两万又收购了回来。这叫什么事呀?

世人有几个是自己用眼睛去观世的? 又有几个是真有眼力,确实能够洞察世间的真赝呢?

在这个昏暗的天地里,我正在失去光泽,失去脂分,失去水分,氧气也变得愈加稀薄。我开始睡意沉沉,越来越不想动弹,我的思维已经出现间歇性的停顿。这种感受对于我来讲,其实已经并非第一次领略,因此我显得比百年之前那次要从容得多。我知道,等待我的将是再一次被剥夺思想和灵魂,这可能是一种浮沉尘世的宿命,也可能只是一种短暂的处境。

在我还有最后一丝意识的时候,我总是在想,他本来或许可以避免这荒诞透顶的结局的,他只要不再收我回来,事情就不会这样糟糕。那出现的局面,应该是这样的:他捡了个大漏,并且成功套现离场,获取了巨额商业利润,他的传奇将在市场中传颂一时;朋友花重金购得宝物,并成功馈赠出手,办成了想干的事情,他也心想事成;领导平白多出件藏品,即便贱卖也净赚真金白银,不费吹灰之力;下属明面上花费了两万元资本,可他其实得到的最多,既获得了垂涎已久的职位,又到手一件价值十万元的珍贵古玩,管他看得懂还是看不懂呢,事实可不就是如此吗?

本来事情到这里就该结束了, 哪怕其中也充满着荒唐的成分,但毕竟以皆大欢喜收场,没有一个是悲剧。那样的话,整个轮回所付出的全部代价,都将由我一个来承受,反正我又不会说话,没有叫屈的权利。

可是,这一切都被他打破了。他又一意孤行、感情用事,忍不住出手回购了我,这就完全颠覆了所有的逻辑!现在,事实就演变成了这个样子:他拯救了沦落风尘的宝物,但是从此宝物光鲜体面的身份却被抹杀掉了,此后我只能以一个隐身者的资格黯然存在;朋友花费重金馈赠古玩给领导,却被证明这玩意儿不够货真价实,即便领导一时失察而帮他办成了事,这遭人怨恨的芥蒂算是记在心里了;领导先是被商人蒙蔽,弄假成真,后又被下属欺骗,将真作假,他若知道所有事实真相,不气疯了才怪;下属明明从领导那里得了便宜捡到大漏,可是反手却又黄雀在后被他啄了眼——这是一幅多么离奇的场景啊!这个世界上,难道还有比这更加荒谬的事儿吗?

然而当夜深人静之时,我再度陷入理性思考,却又产生出新的无可辩驳的质疑:这一切,难道,真是他的错吗?在过程与结果、代价与结局的权衡取舍间,世人中的绝大多数都会暴露出过度的功利色彩。他们合力推进,制造出了太多的荒诞,以致我想破了脑袋,也得不出一个令自己信服的答案。

作为一只具有两百余年历史的貔貅,我一度饱经风霜、世故老成。现在,面对这个全新的世界,我却深深感到自己无可救药的幼稚。面对命运的安排,我保持着必须的微笑,让自己再一次回归无边的寂静中去……

进城

一对金丝楠木牛腿终于得手,正宗徽工戏文人物,精细得跟画出来的似的,小胡决定动身了。

小胡将他的存货拾掇起来,满满装足两个巨大的编织袋。大都是些笨重家伙,除了那对牛腿,还有从建筑或家具上拆卸下来的雕花木板,以及瓷器、铜器、线装书之类。一个背上肩,另一个拎着,他这人就又小了一圈儿,汗衫被牵扯得变了形,走起路来明显有点打摆。火车要过安检,电视上铁路部门打击文物贩卖行为的新闻时有所闻,他决定坐长途汽车。同样都是大包小包外出打工的人,把编织袋塞进大巴车底厢,过省界无须再拿出来检查,这些小胡早就探听得一清二楚。

古城这个市场可真是大啊。上千个摊位聚在朱红高墙围砌起来的广场上,那片声响显出一种奇怪的喧阗。其实也没有几个人高声说话,可走近这里的人都感觉到讲话费力,整个广场发出嗡嗡的响动,那是一种背景音,因着混沌而无从攻破,身处其间的人就显得渺小起来。卖什么的都有，邮票明信片、像章纪念币、和田玉料玉件、折扇毛笔、放大镜、猪毛刷、各色丝线、包装盒、器物座子甚至收藏类图书画册……跟"玩"有关的这里应有尽有。广场上有一块区域是专门为做"旧货"的商贩划定的摊位，小到有点年份的针头线脑、瓷片瓦块，大到修配过的古家具、古门墩，这里都有。小胡的摊位自然属于这个片区。

初来乍到，难免心气高，小胡开价不低，尤其那对金丝楠木牛腿，在这个市场里独一份，他更是觉得奇货可居。多少双脚在他面前停留，徘徊，又走开，坐在小板凳上的小胡不断仰头看过客的脸，一次次看到了迎面洒下来的剧烈的白色刺目光线，有点眩晕。偶尔有问一问价格的，那穿着皮鞋或健身鞋的脚尖甚至指了指木雕，停了片刻，又走了。接连两天，小胡只卖出一只青花过墙龙纹瓷盘，从八百元被砍到三百元，想想一日三餐的费用和每天八十元的招待所住宿费，咬咬牙，成交了这笔生意。小胡接过三张钞票，感觉轻忽得跟空气一样，那钱早已经预支出去，并不属于他。第三天是工作日，广场上倏忽冷清了下来，除了几十个固定摊位畏缩在角落树阴里，顾客比摊位还少，连收摊位费的老头都没有出现，省了他十元成本。这一天，小胡居然听见了蝉鸣，不过这嘶鸣声跟家乡的不太一样，是带着某种焦躁情绪的，短促而急切。这是城市里的蝉，他想。

旁边的摊主是位乐观的本地人，自从下岗以来摆摊已经多年，现在领着每月四五百元的退休金，每个星期有几天走街串巷铲点地皮，另外的时间就在这个广场上打发掉。多年的摆摊生涯历练，早已经将原来国企职工特有的刻板和拘谨消磨殆尽。他鼻梁上架着一副太阳镜，一块蓝镜片一块黄镜片，你无法看清楚他是在打盹儿还是睁着眼睛，他睁着眼睛的时候充分显示出乐观的个性——乐观的人话多。小胡跟他交流过，说自己是听说古城玩家多、经济发达、生意好做才特意赶奔过来，自己摊上可都是从第一线收来的正宗老货，为什么生意倒清淡得很？老人呵呵地笑，说："小朋友，你的东西旧是不假，但是太普呀，古城这种地方，此类普货遍地都是，你都当古玩来开价，这生意怎么做呢？"小胡听了不响，经过两天的实证，倒心里先凉了半截。老人却又安慰他："你这对镂雕牛腿倒是个高头货，本地古建筑上几乎见不到如此精美的构件，材质也高级，如果碰到有缘人想必可以赚上一笔。"这两天小胡其实很细致地观察过地摊的状况，他第一次切身感觉到了大城市的某种不可测，或者说与他原本预想的很不一致。他原来偏执地认为，这样的经济发达地区应该是缺乏古代遗存的，凡是有年头的古物，在这样的繁华大城市均应该是稀罕并可贵的。他所在的那个偏僻小县城，如若能够收到一柄青花瓷灯盏或者背面浇铸花纹的铜镜，就足以在同行中炫耀一番。可是在古城，这些玩意儿地摊上到处都是，居然成了用脚尖指指点点的破烂。大城市怎么倒这样？奇怪！

　　小胡在摊位上有点坐不住了，这一天一百多元的成本有点吃不消，他决定抓紧时间深入"考察"一下古城的市场。小胡拜托老人帮忙照看摊位，自己抬脚往广场旁边的古玩市场里走，想到无时无刻不在累计着的成本，脚下不觉加快了步伐。一圈走下来，小胡有了整体印象：古玩市场里一两百家店铺，分布成几条小街巷，都是统一搭建出来的低矮平房，每户十几平方米的样子。这样的酷暑天气，石条路面都快冒出白烟了，店铺三三两两开着门，有的店主把躺椅在门口凉棚下一横，闲人免进的架势，有的干脆直接埋头伏在柜台上，小电扇哐哐转着，好像是特意赶到店里来补昨夜所欠的好梦。本身就是个懒散的行业，也没什么好惊怪的。

他终于捕捉到一个鲜活的人了。一个穿着白棉老头汗衫、圆口黑布鞋的胖子，正蹲在店门口洗西瓜，他的动作很有力，哗哗溅了一地的水，宣泄出过剩的精力。那个翠绿的西瓜在他肥厚的掌心里滚动，像一件有趣的玩具似的，小胡觉得他是这个死气沉沉的午后最有生机的一道景象了。胖子回头望了一眼，看见站在影子圆心里的小胡，难民似的，倒笑起来："小伙子做什么的？""摆地摊。"小胡回答得很简洁，他想在这种天气攀谈，最好直奔主题，谁也没有足够的耐心跟你迂回曲折。"进来坐坐，主要做什么生意？"胖子再看了一眼这个外地人，果然伸出了橄榄枝。"收到什么做什么，我们那里老货多。"小胡跟他一起跨进了店铺，看到了满橱满柜的古旧器物，他的弦外之音很明确：自己可不是个简单的贩子，他是跑第一线上铲货的。胖子听出了小胡的口音："你们那里出好木雕哇。""对！这次我就带来一对难得的精品大号牛腿，戏文人物，金丝楠木的。"小胡提起这对牛腿掩饰不住的骄傲，这木雕是值得他说道一番的。"哦？卖掉了没？"胖子果然来了劲头，切开半个西瓜，推过来两片——好沙甜的大红瓤！有戏了！小胡自踏进古城以来，终于第一次感觉到点激动的情绪了，他两三口啃完西瓜，舔着恢复潮润的嘴唇，一搓手："我去收拾摊子，拿实物给你看！"

小胡一路小跑到广场上，却见管理处的老头在补收摊位费，他好说歹说少付了五元，向旁边摊位的老人道了谢，归置起东西连背带拎重新往胖子店里奔。

胖子擦着汗，把两大袋货看了一遍，只对楠木牛腿感兴趣。他俯身掂了一下分量，拿出块湿毛巾在平整处来回揩几把，深褐木色中泛出绸缎般的金黄荧光来，他拍拍散发着暗香的木雕，坐回椅子里："这对牛腿什么价？"

小胡在地摊上连着两天都开价四千元，没一个还价的，今天他得抓住机会，不能再落空，否则这一趟眼看就白跑了"底价三千五百元！"

　　"小伙子，你抢钱呢？就是大成坊古董店里也只能开这个价！"胖子先声夺人了，对付刚出茅庐的乡下新手，他有的是办法。"诚心想出手，就说个实在价！"

　　"老板，咱们有缘，我才报的实价！我在地摊上一直是开五千元。"小胡看胖子有意砍价，心知这笔生意有门儿了。行话说，褒贬是买主。看东西只怕你不说话，一个劲说"东西不错""是个精品"的，十有八九生意歇火，对方如果追着嫌弃东西不精、价格太高，则准是心动了。小胡也是混过几年江湖的人，这点会不明白？

　　胖子切开剩下的半个瓜，匀过来三片，看小胡吃完，才开口："小伙子，做生意要懂得灵活，价格上你松一松！乡下收上来不过仨瓜俩枣的价，生意成交才叫作赚，钞票落袋才是你的！说句痛快话，最低多少？"

　　小胡看他倒是个急性子爽快人，知道也不能绷得太紧，道："我们能够相识也是缘分，今天认你这个朋友，再让三百元！可是一分也不能再少了，再少就到肉里去了！"

　　"三千二百元？就一分不能让了？"胖子朝门外望了望，空空荡荡的，连只活物也没有。"再让点，我一口价，两千八百元！讨个好口彩，大家发发！"

　　小胡知道答应得不能太爽快，否则显得过分得计了，他愁苦着脸不应口，诉说着铲下这对精品委实费了老大的劲，赶了这么一趟长途，弄到最后却没有赚头，这一回算是白忙活了。胖子等着他说"成交"，看他嘴巴动个不停，似乎确实十分无奈憋屈，一把握住小胡的手说:"好了,小兄弟,今天我们有个良好的开端,今后有好东西你直接送我店里来,咱们争取长久合作。你也看到了,这市场里哪有客户,都是在压货,也不知道何年何月能卖出去呢。"小胡看火候到了,便也顺风落篷,也使劲一握胖子的手,说:"第一次生意,这回给老兄你面子。以后合作,你老兄要记得多照顾我小阿弟哟!"胖子把一对木雕摆放到柜台上,哪个角度看都是一幅绝好图画,很是满意。他"唰唰唰"点出了二十八张崭新的票子,笑吟吟地。

古城的这个市场里,从第一线铲来的新鲜货是不会直接在地摊上开卖的,都是先送到熟识的店铺里,挑剩下的东西才去地摊上甩卖。你说地摊上有哪个肯花大钱买东西呢,都是贪小便宜的主。这一天,小胡从胖子嘴里获得的很多信息,是他在小县城里根本不可能意想到的。这对金丝楠木牛腿他前后跑了五六趟花了六七百元才到手,原想着到古城能卖个四五千元,现在耗了几天时间才成交两千八百元,跟预期还是有些距离。但是总算打开了局面,真真切切做成了一笔像样的交易,尤其是跟胖子这半天的交流,让他感觉这笔生意是值的。他感到从此刻开始,自己才真正接触到这座城市内在的实情了,他跟这座城市发生着的一切关联,才开始变得真实和明确起来。

小胡问过胖子一个问题:他对其他货品为什么不感兴趣?提问完毕他附加一句:"这些东西价格优惠呀。"胖子的意思跟地摊上的老人一致,这些都是古代普通日用品,不是艺术品,所以只属于旧货的范畴,根本跟古玩不沾边!他从小胡的编织袋里拎出一只红铜香炉,举例道:"这只铜炉呢按说也有三五百年的年头了,但是器型、款字、手头都不行,就是一两百元的货!"说完,他从柜子里取出一只铜炉来,指点给小胡看:"这只炉子才是古代文人雅士书房里焚香用的陈设器,算得是件古玩,只可惜'大明宣德年制'六个款字疲沓了些,品级上就次了一等,不过这炉至少还有两千元的身价,真要放到高档古玩城里,保险卖过半万元!"这话说得小胡心里阵阵发热,他认识这种仿青铜器式样叫作鬲炉。小胡伸手接过这只铜炉,小小尺寸,倒有一斤出头的身重,炉身皮壳黄中泛红,炉膛内漆黑发亮,结垢很瓷实,县城里何曾见过这样上等的器物。他拿在手里左右摆弄,爱不释手了,听胖子的话音价格似乎不是很贵,便嗫嚅着探问道:"老兄,这只炉子收购价不会很高吧?"胖子今天捡了他的漏,心情正好,也不敢将收购价说得过高,一则怕日后他送铜炉过来价格上要攀比,二来怕他将木雕牛腿价格跟这个铜炉去比,万一感觉吃亏反生麻烦,就索性说了句大实话:"小兄弟,实话告诉你,铲地皮的朋友送货上门图的是个变现快,我们坐地收购也是要将本图利的,必须留出利润空间。虽说这铜炉在我店里可以卖个两千来元,但是收购价都不会超过市价一半,这是我八百元入手的。"小胡一听,心内狂喜,这样的宝贝即便是在老乡家里收购,只怕也不止这个数,便开口央求道:"老兄,牛腿我是没有利润白忙一场,这件铜炉你也不要赚钱了,转让给我玩玩吧。"胖子稍微一愣,有些后悔刚才没有在底价上"戴帽子",转念再一想,在那对牛腿上都可以找补回来,也乐得卖个人情,一分没赚就平转给了小胡。小胡千恩万谢。

小胡从胖子店里出来,决定在古城再多待一天。

第二天早晨,他拉门上了辆出租车,司机回头问他目的地,他说"大成坊古董店"——昨天,他听胖子提到这个地名,当时就死死记住了。司机说:"是大成坊古玩城吧?"他答道:"对!"

这才叫古玩城!整栋大楼上下三层,每层楼面整齐开设着三四十家古董店,家家挂着匾额,这个轩那个斋的,显得堂堂正正、气象庄严，令人不敢胡乱说话。每家店堂里都竖着精品橱柜，疏朗有致地陈列着挑选出来的精品，瓷器、玉器、文房杂件各有专长，墙上或多或少张挂着字画，也是各有优劣。应门的器物，跟识货的顾客暗通款曲，向外人透露着这家主人的雅好与实力。小胡找自己感兴趣的器物，请店主取出来上上手、问问价，那些古物的精美程度超出他以往所接触到的任何一件，那价格自然听了也叫他目瞪口呆。他忽然觉得自己以往在家乡时不时冒头的怀才不遇、目高于顶的心态竟是如此虚妄而不堪一击，面对人家雅洁整肃的店堂，原来那点自怨自艾顷刻之间变成了一种粗鄙可笑。他时时告诫自己不要露出马脚，以免让人看出他的惊慌与浅薄。

　　小胡发现一家主营铜炉的店铺"尊明斋"，不由看得格外仔细用心。店主是个精细人，见小胡一手拎着鼓鼓囊囊的包，不像过路闲客，倒主动问起来，是否家里有老货？小胡也爽气，说自己在家乡也收点古物，特意来大市场开开眼界。店主招呼他坐下来，问有没有好铜器。小胡道，只有件鬲炉可供一观。说着从包里取出那只铜炉来放到桌上，店主看其他的花板线装书之类并不感兴趣，掂了一下铜炉，手头还可以，问道："听听价格？"小胡开价两千元，他是按照胖子的套路出牌。店主点点头说："就是款弱了些，头次生意，一千五百元吧？"小胡没想到居然如此顺利，人家是大店，不好跟对方过于磨叽，否则显得自己不上台面了，就没有多话，一口答应。店主感觉这个小青年很懂规矩，做事上路子，说："下次收到好铜器，可以送我这里来，价格好谈，一分价钱一分货。"

　　第一次生意做下来，气氛十分融洽，小胡指着柜台里摆放在铜器中间的一件玉佩问店主："能上手看看吗？"店主递出来，是一块联珠纹云鹤小带板，碧玉材质，不大不小正好佩戴，绿油油的很是可爱。小胡一直想买件古玉随身佩戴,可惜小县城难得看到一两件古玉,偶尔在老户家里遇见,索价也很惊人,不是他能够染指的。店主看他喜欢,说道:"这件是朋友放在店里代卖的。这种实用玉器,早几年在古城是铺天盖地,每家古董店都能拿出几件来,近两年却也难得收到了。这件虽说美中不足是单面工,但毕竟到代明朝,价格不贵就是了。"小胡也直来直去,说这件玉器太有眼缘了,一见就喜欢。店主道:"朋友要价一千元,你拿去玩玩?"小胡知道对方是做大买卖的,不会为了几百元说谎,忙不迭连声道谢。店主帮他把玉器穿了线,又付出五百元现金,互相留了传呼机号码,小胡满面春风地步出了店堂。

走出古玩城,小胡实在忍不住了,猛地笑出声来,他赶紧找个僻静的街角站定,背对着马路一手扶住墙壁,笑到眼泪都流下来了。这角落里有人撒过尿,飘出阵阵尿臊气,可是小胡不觉得,他太喜欢这座城市了!他想吼出一声"好"!

小胡决定明天返家。他回到招待所房间,发现随身粗笨器物太多,路上实在麻烦,想了想,又往胖子店里去。胖子正哼着歌拿把刷子为楠木牛腿掸灰,见小胡进门倒是一愣:"小兄弟你还没走?"小胡笑笑,说:"这趟来古城长了见识,但是没赚什么钱,想便宜出手点货,路上也好轻便些。"胖子为难起来,那些玩意儿实在不容易出手,买了就是死货,再便宜也是耽误流动资金。两人毕竟相交日浅,这么一说,局面就有点尴尬了,谁也不好再开口。小胡到底年轻,脑子活络,忽然就问起胖子:"这边市场里好像看不到像样的古玉?"胖子松了口气,说道:"玉器、名家字画都是贵重品种,我们这种蓬门小户就难得收到了。"他眼光一闪,看到了小胡脖子上绕着的丝线——好家伙,挂着玉器呢,昨天也没注意到啊。胖子就请小胡取下玉器来容他欣赏一下,小胡眼中忽闪出一道清亮的光。胖子追问玉器价格,小胡却不愿意出手,说自己一个做古物生意的人,佩戴一件古玉很符合身份。君子佩玉嘛。胖子却开导他:"咱们做生意的人,除了老婆孩子,还有什么不卖的?"两人纠缠了半晌,胖子答应玉器连带那些花板一起打包,两千五百元成交,胖子点出钱来麻利脆。小胡想想日后若常跑古城,买到古玉的机会应该还很多,再想想这玉器入手半天时间就赚了翻倍的利,这简直暴利哇,也就迅速抚平了那点不舍之情。

古城的夜很安静,小胡平躺在散发出洗涤剂味道的床单上,听窗外河水静静流淌的声音,那水声里竟然也有层层叠叠的虫鸣蛙叫声。他贸然闯入这座城市的时候还是口袋空空,可是这才几天时间呀,此刻他的腰包里已经足足装了五千多元的现金,这是他在那个小县城里一年也很难攒下的一笔巨款。而刚来前两天的狼狈落魄跟后两天的日进斗金,人生更像是一种可以任意折叠的东西,一转眼当口就平白地翻转了一百八十度的大弯!这种被叫作传奇的事情,似乎只是大城市的专利?前两天现实冷酷而刻板地教他认识到,所谓城市就是成本,就是消费!没有钱真叫寸步难行,一文钱逼得死英雄汉。而后两天的经历又温情脉脉乃至激情迸发地挑逗他、诱惑他,城市就是变数,就是成功!伟大的繁华都市,是年轻人与命运之神自由搏击的战场,在这种地方,什么样的奇迹创造不出来?只要你有本事,只要你勤劳,你就能够收获,就能够实现在小地方永远无法实现的梦想!这一切似乎是对他二十多年平庸小县城生活的全盘否定,甚至是一种嘲讽。直到此刻,他才明白,这么多年闷闷不乐,彷徨焦虑以至内心的敏感脆弱、性格的极易受伤,其实只是为了期待一种现实的改变。而他长期以来不甘于困守穷乡僻壤,一心想着要走出去、走出去,可总也没有想明白到底怎么走出去,要走到哪里去,走出去干什么。现在,他终于是切实捕捉到这机会了!

古城的这个市场,地摊、低档店铺、古玩城里的古董商家这三个世界的分野显示出它体量的非凡厚重,分别活动在不同领域的人们各有各的优长,也各有各的局限,这三个世界可供能人穿行其间,依托信息的障碍、现实的幽闭,由他们来互通有无,创造出全新的商业机会。感谢历史的恩赐,这个市场就像一个巨大的湖泊,水域是如此深厚,水量又是如此的丰饶,它足以生生不息滋养起无穷的生物。哪像家乡那种小地方,它跟古城相比,简直就是一洼浅水,足可见底,却也纤毫毕现,只能养活蝌蚪、水藻之类,却无法容纳他栖身。在城市的水声月色之间,小胡做了一夜的梦,他发现自己变成了一条摇头摆尾的鱼,欢快地在往蓝汪汪的湖心深处游去……

同道堂开张了,就在大成坊古玩城三楼,位置虽说冷僻一点,但是房租实惠呀,紧靠安全通道楼梯口,比其他店铺还多出一个转弯折角,面积大了不止八九平方米。堂号是常来喝茶的申伯伯给取的,黑地金字的招牌挂在门楣上,欢迎同道中人光临的意思嘛。其实这底下还有另外一层寓意,乃是鼓励小严跟小胡两个人志同道合,把店经营兴旺呀。小胡现在松了一口气,这几年在古城奔波,总算是初见成果了,虽说是跟小严合开的店,但到底是让他站住了脚,扎下了根,尤其是在大成坊古玩城这样的高档地方,这可是他多年前就梦想达到的境地啊!

自从那年单枪匹马闯进古城,小胡就开始了往来于两地之间的奔波。一段时期实战下来,他日益发现小县城味同嚼蜡,为了铲一两件货,累断腿,磨碎嘴。老乡把普通物件都看得跟个国宝似的,没见过好货嘛，眼皮浅就全当回事，价格不便宜不说，来回折腾还费时费力。东西到手，拿进古城市场里一比，实则那质量也不过如此。细算算，回家乡铲货浪费的时间实在可惜，十天里倒有六七天是干耗着等消息，跑冤枉路，白白折损了。哪像在古城，两天休息日他一边去广场摆摊，一边就带只眼睛在同行摊位上捡漏，一边卖出一边买进，卖出是赚，买进其实也是赚。平时他是不出摊的，忙得很。新到手的货根据档次先送古玩城，挑剩下的再送到广场旁的旧货店铺去，生意往往是十拿九稳的。小胡迅速掌握了古城数百家店铺的状况，他发现了很多别人不曾注意到的商机，譬如古玩城里每家古董店的经营主业是各不相同的，主业货品的价格往往被店家看得高，而其弱项的货品则收购价一定偏向保守。你送货上门就要找契合对方主业的货品，这样容易出手。而在人家店里"交行"买点东西，就要挑他弱项的门类下手，倘若到瓷器店里偶尔买几件寿山石图章、象牙雕件之类，价格就往往比杂件店里优惠很多。你也不要以为古玩城高档店里的东西就一定贵，那店里货品成规模、生意做大的老板，对于中下等质量的玩意儿是不太上心的，很多货色也是多年之前购置的，成本就很低，你只要把人哄开心了，他甩手给你，那价格有时候反而比地摊上还实惠。人家老板大嘛，卖的是个开心！小胡像一条生猛的黑鱼，在这个市场的深浅水域之间穿梭，很多通道只有他才识途，委实畅快！到后来，他就在古城长租了房子定居下来，家乡约几个朋友帮他收货、供货，打开了一片属于自己的天地。现在胖子每次见他都会说："小安徽，你稳坐'古城第一捎客'交椅了！"是的，现在小胡做出了名声，也做出了信誉，现在他不仅可以在各个层次的商家和店家之间买进卖出，还能借货出来交易，可以先货后款，行话叫作"捎皮箱"，生意做得越发顺畅了。

小严是古城本地人，两人年龄相仿，他们是在广场摆地摊时结识的。那年小严高中毕业，俗话说毕业就等于失业，他父母都是国营工厂的下岗职工，上哪里找人帮忙招工就业呢？再说当时国营企业普遍亏损，破产的破产，改制的改制，转制的转制，青年人已经没有待业这一说，都是自谋出路。他从小喜欢收集邮票、小人书，后来发展到古钱币、小杂件之类。在古城这地方，历史遗存从来丰赡，像小严这样从小起步的有心人，总会有所斩获的。小严不好意思待在家里吃白饭，只好拉下脸来，到广场上去摆个地摊"下海"了，父母看儿子懂得体谅大人，倒也欣慰。小严是本地人，人头熟，门路广，又兼着嘴甜腿勤，几年走街串巷铲地皮收获不小，跟大户出身的老先生取经学习，鉴古玩古的技术突飞猛进。小严赶上了好时候！那些年正好是城市拆迁高潮，老户里流散出来的好玩意儿那是源源不断，他地摊上卖着旧货，家里积累着古玩字画，没几年时间，便已然成了行业里的后起之秀，很多老辈高手都悄悄直奔他家去挑选精品。小严和小胡摆地摊时经常凑在一起，几次接触下来，两个年轻人一拍即合——合伙开店！两个人的资源归并一处，抗风险系数自然提高，成功的胜算也极度增加。对小胡来讲，跟本地人合伙显得尤为紧要，因为说到底，古城人骨子里还是保守排外的呀！

同道堂的经营出奇顺利，从店堂的日常其实就可以看出点端倪来。古董这一行，生意能否兴隆，你看店堂里有没有常客、熟客就能判断。同道堂每天是有几位老者端坐着吃茶讲古的，到了休息日则是老少咸集、高朋满座了。行里古话说得好，老人是宝！这几位老者其实根本不是同道堂的客户，他们多半是旧时大户巨族后裔或者名工巧匠传人，喜欢找个热闹去处谈古论今，有的店堂不欢迎他们，因为带不来实在生意，势利点的老板还嫌弃他们的老人气，认为会影响自己的财运。可是,你做的是古董,不就图个老气嘛? 这几位老者都是小严和小胡结识多时的朋友, 有的是经常求教请益的师长,有的是帮助掌眼的高人, 有的是热心为他们提供很多老户信息的帮手,两个年轻人常年好茶好烟招呼着,一点不敢怠慢。而老者们呢,也是谨慎庄重,真心实意来帮衬。有时候两个年轻人结伴出门铲货,拜托老人帮着看守店堂,一切也似乎都合理合辙,并无什么不妥。古玩城里很多商家经营日久,处于市场食物链的顶端,养尊处优惯了,应对市场自有不紧不慢、不肯冒险轻进的惯性。小胡和小严是从地摊上脱颖而出的草根, 他们本来经营的路数就跟其他商家不同,从地摊而登堂入室,那经营的手法自然更为丰富和灵活。虽说是格外辛苦一些,但好在他们年轻,有的是精力和活力,街巷里弄跑进跑出劳累了一天,晚上喝口小酒慰劳一下自己,睡个懒觉,第二天又是浑身劲道,在市场里冲进杀出。同道堂短短几年间,就在古玩城里独占鳌头了。

小胡和小严字号合在一个屋檐下,生意上是有合有分,小胡主打杂件硬片,小严主要是字画软片。近年古城可铲的字画"源头货"日少,小严深察隐忧,把战线拉长,三天两头跑上海,维持了货品充盈、快进快出的局面。而小胡铲杂件,也感觉到瓷器、文房等货源紧张,第一线上非但出货数量没有前几年充裕,玩意儿的质量也逐年下滑,只好把杂件的门类进一步拓宽,瞩目于丝绸、织锦、服饰等原本不甚重视的品种。古城自明清以来就是丝绸贡品产地,以至宫廷还将织造衙门设在此地,中华人民共和国成立之后更长期是全国丝绸研发和生产基地。小胡得到申伯伯的帮助,铲出了原国营丝绸公司研究所资料库的库底。

丝绸公司转制以后,新老板只懂贸易,把研究开发视为社会职能,认为跟他的企业没有关联,果断关闭遣散了原来的丝绸研究所,他说企业就是赚钱,不养闲人。对于资料库开出十五万元的回收价要求下面尽快"消化"掉,因为研究所那栋楼他要另外装修,改造成新品展销馆。申伯伯得到消息,带着小胡前去商谈,那些具体管事的人其实就是转制前的国企管理人员,看在申伯伯的面子上开库房给小胡浏览了库底。楼里电已经全部断闸,库房里昏暗闷热、灰尘扑面。小胡初步查看了库存实物和库底清单,果然主要分三大部类:专业图书资料、历代丝绸原料样本、丝绸制品实物样本。申伯伯早年是轻工业局退休的,对这个库房有清晰的印象,这次小胡亲自验看以后,他判断出最近十几年这批库底并没有散失,完好保存到了今天。看现在的老板如此贱卖,心中也只好叫一声"作孽",他建议小胡赶紧出手。小胡悄悄塞给管事的每人两条香烟,那些人给了小胡一个痛快话,叫他尽快来签合同,付款以后即可将库房清空。

　　虽说这几年同道堂生意兴隆,但是这个行业就是这样,利润都滚进了货品,一时叫小胡拿十五万元现金出来,却也不容易。当时市中心一套像样的二手房也不过十来万元,这是一笔巨款了。好在小胡同业口碑极佳,他向同行商借腾挪了十万元才凑够款子,赶紧签了合同,对着清单把库底搬运了出来。东西到了自己库房,申伯伯帮着小胡一起清点,却见清单上的"旧袍料样本"里夹杂着清代织造衙门进贡的整匹织缎,缎边上还织绣着"大清乾隆五十一年"的字样,"清代官服样本"里混杂着缂丝绣金蟒袍,"历代服装样本"更是五花八门,既有清代宫廷服装又有民国旗袍等各色精品。申伯伯倒吸一口凉气,说道:"古城丝绸业的家底都在这里啦!中华人民共和国成立以后,从文管会、海关、文物商店陆续抽调过来的很多丝织文物都在这里面,作孽呀,作孽!"说归说,他申伯伯可不是个多事的人,对外是滴水不漏，一点风声也没走。

小胡先把图书分几批出手了，清代《耕织图》等线装书和民国外文版《丝绸》等稀见豪华精装书是一拨，请小严帮着送到北京拍卖公司上拍，民国简装书和中华人民共和国成立的后图书转手卖给了几位本地藏书家。图书上其实已经回本，小胡赶紧按照合约连本带利把同行的借款还了。这才短短几个月，就来主动还款，同行哪个是阿木林呢？个个是老君炉里百炼成钢的人精，头顶拍拍脚底板都会响的主呀，一时行里都在盛传，说今年小胡交大运了，肯定是挖到"大金矿"了，这小子发大财了！尊明斋的店主老陆说："那年小胡到我店里一坐，我就看出来了，这小子日后肯定能发达。现在，小胡手上几十箱丝绸文物就成了没本钱的存货，他可以从容等待时机了。"

小胡两万元卖给本城收藏家一件清中期石青缂丝蟒袍，从此消息在行内就算是放出去了，很多藏家、玩家盯上来要求供货。小胡把存货分成三拨，一批丝绸原料，一批民国服饰，另一批宫廷服饰，按批次整出，不再零卖。申伯伯听闻，心下有点欣慰。后来，申伯伯听说有个盛泽那边做丝绸的女老板在跟小胡谈判，想整体洽购，她正筹建一所丝绸博物馆，这批藏品一旦谈定，开馆就指日可待了。目前价格谈不拢，梗住了。行里谈大宗货品一时无法成交，互相绷着，是常有的事。冷处理，丢一边过一阵再看看吧。

这一来，小胡成了行里议论的热点，说来说去，大家发现同道堂的两位青年老板还都单着身哪。这可不成，也都是事业有成的优秀青年了，怎么可以这样！有热心人开始为他们操心起来了："这个小严嘛，条件出挑一些，本地人，面相也体面，这几年也赚足了。虽说年龄不小了，可是看他也不急啊，老往上海跑，花花世界见过世面的，肯定是要求高哇！"以前也有同行的老板娘来为他牵线，说的是尊明斋老陆的女儿,也算得门当户对。人家小陆虽说长得随他爸,黑胖了些,可终究是在银行工作的正式职员呀。热心人是先征求的老陆意见,他说:"男方没答应我女方可怎么好表态啊?"看他那一脸的笑意,心里自然是一百个满意的,你瞧瞧,他嘴上没答应,却撂下了一句闲话:"婚房倒是无所谓的,我家是早就预备妥的,找女婿,贪个人好!"古城人嘛,说好听是含蓄,说白了就是喜欢做劲!可是人家说到小严这里,他却来了个一言不发!热心人后来偷偷问同道堂的几位老者,申伯伯指指墙上挂着的胡三桥《执卷仕女图》,道:"小严啊?喏,他喜欢这个样子的!"热心人碰了一鼻子灰,脸上发烫,啐道:"那难找的,除非图画上摘下来!"这个小胡呢,人是瘦生些,可是为人和气呀,逢人便是笑容满面的,你就是当面喊他几声"小安徽",人家也没跟你急过吧?这些年同行都看在眼里,做事情中规中矩,老成持重,是个过日子的好品性。要说不足嘛,也就是个外地人,不过现在这个世道,古城人对这点似乎也都不很计较了,男人嘛,其他的都不要紧,主要看事业和人品嘛!热心人又说到尊明斋,老陆还是笑笑,没应声。热心人回来对小胡说:"别急啊,再等等,好事多磨嘛。"这事,就这么暂时搁置着。

小胡至今都回忆不起来,自己是如何狼狈地跨出那道门槛的。自己从那几间亮着橘红灯光的玻璃门口走过无数遍,每次他都别扭转头,努力不去看那些热情向他招手的女孩。好几次深夜路过,他看见一片红光里,穿着紧身衣、小短裙的女孩们在无聊地蹦迪,飘散的长发遮住了脸庞,那白花花的胸部可真像两只欢腾着的小兔呀!自己活了二十大几,还没摸过一把真正的女人,连那点可怜的性知识都是在三级片里看来的,他甚至无法确认高潮跟梦遗是不是同一种感受。好几次他都站定在玻璃门对面迟疑着，夜色给了他很好的掩护，但是最后他都命令自己的脚向着自己的出租小屋走去。可是最近的几个月，他在众人的目光中一遍又一遍确认出自我的身价，并从中寻找到了足够的自信，这一次他没有丝毫迟疑就"哗"地推开门，拉起一个雪白肌肤小巧玲珑的女孩的手，直冲冲往后面的小单间里闯……他尝到了甜头，此后屡屡光顾，甚至有了固定的女孩，现在这点开销对他来讲确实已经不成问题。直到这一次，当他被外间一阵尖叫吓呆，被呵斥着"穿好衣服，出来"的时候，他的脚下都像是踩着棉团，脑子里一片空白，对周围发生着的一切都丧失了真实感，在派出所做完笔录，思维才逐渐恢复正常状态。他是自由职业，无法通知工作单位取保，可是当干警问他通知谁来交保证金时，他愣了一下。最合适的人当然是小严，可是这种事情，如果被他知道，今后可如何抬得起头来。于是，他给胖子打了电话，请他送五千元钱来保人。胖子倒是义气，不到一个钟头就来把他带了出去，小胡千叮咛万嘱咐，不要外传。胖子贼眉贼眼道："我的胡老板呀，讲究人！现在也知道保持公众形象了？你累不累！都是男人，又没老婆，正常需求哟。要玩下次跟着我啊，熟门熟路从来也没有失过手！"

可是没几天，小胡就觉察出了异样，市场里每个人看他的眼神都不对了，最后小严甚至还向他探听起了那天的情形。从小地方走出来，举目无亲，孤身在陌生的大城市里一路打拼，而这个处处讲究文化传统的古城时时给外来人一种无形的挤压感，长期以来他都刻意压缩着自己。尤其是开店以后这些年，他更是夹紧了尾巴做人，逢人三分笑，把所有人都当神一样敬着！这一切努力也给他赢得了一个好名声，行里都知道，他小胡可是个文质彬彬的规矩人、体面人！但是这回，他感觉整个人都被剥开了，这些年的做人算是全白费了！

小胡好些天都没精打采,甚至感到无地自容,在古玩城进出都是低着头快快地走,唯恐遇见熟人要打招呼。终于,那位热心的老板娘扭怩着来对他明确回话了:"老陆说想找个本地女婿,外地人有诸多不便呢。"她说着不断偷瞄小胡的脸色,看他都把脸埋到了胸口,拍拍他肩膀,走了。其实,老陆的原话是这样说的,"这些外地人的素质总是靠不住的!你看,看着挺老实的一个人吧,做出这种事了吧?你看好,这样的人,就是成了暴发户,也是长久不了的!我们古城人最注重的就是个品行,找女婿还是要本地人。哼,外地人!到底是不一样的!"——这话,后来也慢慢传到小胡耳朵里了。

盛泽那位女老板办博物馆的建筑已然竣工,就等着藏品入驻了,找小胡谈判就立时升温,紧锣密鼓起来。前一阵小胡为了自己的烦心事心理压力一时难以承受,回老家住了几日,手机也不开。待回到古城跟对方谈交易,多少还有点心不在焉,这笔生意就一直没成。小严也劝过他,见好就收,快进快出才是王道。可小胡却一反常态,辩驳起小严来:"古董这个行业只有捂货才是正道,快进快出?你以为是小菜场卖鸡毛菜呢?"小严一时语塞,嘀咕了几句:"你这人现在是怎么了,总喜欢跟人拧着来呢?"他却认了真,铁青着脸不给小严好脸色看,说:"理全让你们古城人占了,我们外地人做什么都是个错!"小严看风色不对,店堂里岂是吵架的地方?挎起背包就奔了上海,眼不见为净。

其实小胡跟女老板的价格分歧并不大,小胡开出的打包价是四十万元,开始的时候女老板出价二十五万元。耽搁这么些时日,女老板松了口,已经逐步加到三十五万元,如果按照一般生意常规,在这个点位上双方两凑凑就可能成交了。可是女老板是成功人士,历来也是顺心惯了,看对方竟然油盐不进,丝毫不肯让步,又拖了这么久推三阻四悬而未决,就先有了一口气,脱口道:"你们这些外地人也真是的,脑子一点不活络,看得铜钱磨盘大,大家互让一步又怎么啦?"

殊不知现在的胡老板也不是初来古城处处赔着小心的小胡了,"外地人"三个字则更是触动了他的忌讳,顿时变了脸色,说:"是你找我谈的生意,又不是我找你!如果不是想保全文物的完整性,多少老板找上门了,我愿意卖早卖了!"

女老板更生气了,指责道:"小伙子,口气别这样大!人民币不是西瓜皮,几十万元的生意不是这样容易做的!"那神色里就带着一些轻蔑了。

小胡感到被深深伤害了,你本地人又怎么啦?有两个臭钱就了不起?爷我就不伺候!他冷笑道:"几十万元又怎么样呢?我没见过钱!这些玩意儿我哪怕一分不要捐给公家博物馆,随我愿意!"

女老板感觉小胡是乘人之危,明知道她开办博物馆的房子已经建好,就等米下锅了,你拿捏我一把?后悔当初不该心直口快将老底先交出来,现在倒被捏准了软处,想讹诈她的意思了。

生意再一次谈崩了。女老板以为只是价码上的问题,想稍待时日再重新谈过。而小胡却真的铁了心要捐文物了。申伯伯听小胡的意思,准备把丝绸文物整体捐给公家博物馆,尽管观念上也是接受的,但是作为朋友,看着小胡这些年白手起家的艰辛,好不容易才碰上这么一次千载难逢的翻身良机,却要身入宝山空手而返,心里直为他惋惜。作为过来人,他几次提醒小胡,这可能是他这辈子最大的一次捡漏机会,东西不卖没事,捐了就没了。小胡不响。

小胡真的忙着联系博物馆了,又是写捐赠信,又是开列详细清单,又是复印拍照,奔前奔后十分繁忙的模样。似乎除了这种涉及人类文明、民族文化的大事，其他的均属细枝末节、蝇营狗苟，现在都不在他的眼中，无足挂齿。申伯伯说："你捐一批文物，工作量倒比做成一笔大生意还繁重。"可不，现在的公家机构办事复杂着呢，你要捐文物，要自己先开列好清单，提供图片，他们请专家鉴定以后，才能决定接受与否。小胡提出捐赠的要求只有两条：一是召开捐赠新闻发布会；二是捐赠消息要在《古城日报》《古城晚报》同时见报。博物馆的经办人答复："这两点都没问题，你还有没有其他要求？"对方问了好几遍，小胡知道他是在问要多少奖励金额，心想：国家的博物馆能奖几个钱？我要钱的话随便出手就是几十万元。于是索性好人做到底，豪爽地告诉他："奖金多少无所谓，本人不是为钱。"公家机构做任何事都需要层层汇报、批示、回复，博物馆把捐赠活动方案报给文化局、文物局，局里批准同意后，再请示市政府秘书长和宣传部，得到明确批示之后才回复博物馆应如何如何操办。这样一圈转下来，三四个月就过去了。女老板再来接洽的时候，知道捐赠合同都已经签署了，急得跳脚，骂小胡"愚昧""昏了头"，但已无可奈何。

捐赠仪式是在博物馆的会议室里举行的，出席的领导有市政府副秘书长、宣传部副部长、文化局兼文物局局长，还有文管办主任、文物处处长、博物馆馆长，同时邀请了好几家报社和电视台的记者。台底下坐了博物馆等单位邀请来的百来人，他们鼓掌整齐划一，纪律良好，一看就知道经历过无数会议场面。小胡被邀请坐上主席台，位置在局长和处长之间，主席台上每个人面前都有打着名字的席次卡。仪式的前夜，小胡接到博物馆经办人的电话，通知他要"正装出席"，他特意去美罗商场买了一身深色西装，配上红领带很是得体。主席台上的大小领导一个个唇红齿白、器宇轩昂，镜头所到之处他们更是神态潇洒、顾盼自若，无论从哪个角度拍摄出来的新闻照片都是无懈可击的。小胡本来就瘦弱,脸颊有点干瘪,这种脸形原本就不上镜,再加上因紧张而神色慌张,后来刊登在报纸上的照片就尤其显得老气,人也没有精神,夹在官员之间显得很突兀。他当场就发现了这一状况,晚上看电视新闻时候特意多看了一遍回放,好在三十秒的新闻里主要是各位官员的镜头,他那张小脸只出现了一次。电视台记者比较专业,拍摄时打灯补了光,他的脸形就显得饱满白皙了些,效果比报纸上要好,他看后才放了心。一个多小时的仪式,其实主要是几位领导在讲话,轮到他发言的时候,事先约定给他十五分钟时间,他捏着申伯伯为他起草的两页的稿子对准话筒开始念,因为事先已经练过多次,倒也读得很顺溜。他感觉刚刚从"各位尊敬的领导、社会各界"开了个头,一会儿工夫怎么就念到"谢谢大家"了呢,有十五分钟吗?但是,稿子肯定一字不落地念完了,他听见台下和旁边的人都鼓了掌。

　　第二天,小胡身穿正装出现在店堂里,他买了五十份《古城晚报》,免费提供给人看。古玩城的同行和同道堂的老者们翻着报纸议论了两天,后来多余下来的几十份报纸就没人碰了,被小胡收进柜子里,有时候会连同那本副秘书长亲手授予他的《捐赠证》一起拿出来给新客户看。他其实有个遗憾一直没说出来:新闻里只报道了他捐赠文物的事迹,虽然记者也点了"据专家评估,这批文物具有较高研究价值和市场价值",但是他总觉得介绍过于笼统了,对于文物价值本身缺乏系统、详细的表述。但是事情过去了,就不再是新闻,没人理会的了。这次捐赠,博物馆代表市政府奖励他一万五千元,局长说:"物质的鼓励终是有限的,但是这种大公无私、高尚奉献的爱国爱市的义举是永远值得提倡的。"小胡觉得,这话是说得冠冕堂皇,却很难真正打动他的心。

自从捐赠过文物之后，小胡时常觉得自己已经跟之前的那个自己完全切割开了，他已经把原来的那个自己一脚踩在脚底下了。他又感觉自己应该跟市场里其他的人有所不同，因此时时提醒自己，不能"混同于一般"。其实，连他自己也搞不清楚，自己怎么会发生这样奇特的突变。有时候他看市场里的同行，莫名便会生出些厌恶鄙视的情绪：这些人真是无聊，除了想钱，他们竟什么精神追求也没有！这样的一生有什么价值？有时还生出些怜悯之心：这些愚夫愚妇目光短浅，哪里懂得什么叫作文化责任、社会担当！他们只晓得眼前的生意，浑浑噩噩还自以为精明，真是可怜！现在，他经常会发出这样的感慨：以前古玩行的前辈可不是这样的呀，他们都是跟翁同龢、王懿荣、张之洞这些大人物比肩论交的，他们那才叫替这个行业争气！现在的世道，没法说了！

年龄是大上去了，总归要成家立业，买房子是桩好事情。可是，申伯伯想不明白的是，小胡为什么不在靠近古玩城的地段寻套二手房，却一趟趟去老城区看老宅老房子。那老街区老房子，外人走马观花看着是个风情，住着可是活受罪呀。家里还使着马桶呢，黄梅天阴天落雨，屋里的返潮湿气爬到离地一尺多高，家具脚都要烂掉，那种日子怎么过？

小胡却有自己的打算！他看新闻得知政府已经开始规划老城区改造项目了，而平江路是重中之重，是首选的区域。现在平江路一套老房子的价格只相当于狮子林旁边同等面积二手房的一半，只要政府实施规划项目，将这里开发成旅游景区，此地的房价势必飞涨，翻倍是指日可待的。另有一层意思，小胡是不能明说的：这几年跟小严合伙开着同道堂，生意兴隆，两个人的实力都膨胀起来，共在一个屋檐、就显得局促了。如果日后各自成家，继续合伙也是不现实的。而大成坊古玩城仓促之间关闭，迫使商家们迁离出来分散进了另外几处工艺品城，这城市里的商城今天开明天关的，让人捉摸不定，枉自烦心。如果能够在平江路买套老房子，前店后宅，做个百年之计，一手就把所有问题给解决了。

　　小胡看中一套老宅，很符合他心目中的标准。三开间，前面是沿街的平房，古城人叫作"门厅"，当中是一个比天井阔大些的院落，可以种紫竹芭蕉，跨过花街铺地，后面是木结构二层小楼。房屋已十分老旧破败，那小楼的轮廓线完全走了形，一面山墙外用两根杉木长柱顶着房架，一阵风吹来只怕柱折房摧，又怕那柱子万一撑过了头，把楼推倒到另一边去了。房主开出的价格是诱人的——十八万元。这价格仅比附近三居室的二手房略贵，毕竟是一所四方折角的宅院呀！小胡是中意的，几次拉了小严、申伯伯去实地踏勘，小严现在对他的事是很少发表意见了，申伯伯说："只怕整修的代价比房价还高些！"小严在背后议论："我们是小本生意，这样的排场有必要吗？"小胡间接听到了，道："古城说是现代化大都市，古城人的意识却仍是保守落后的！"虽然这样说着，后来小胡还是放弃了宅院，不为别的，只为钱不凑手。买下了宅院你要不整修出来，是根本无法使用的，等于闲置，可你要整修，谈何容易！小胡请懂行的朋友去估算了一下，不投入个三四十万元根本免谈！申伯伯就对小胡说："当初那批丝绸如果不捐，你是有这个实力了。"小胡心里说，如果那批东西压到现在，一百万元也稳稳可以到手！

　　最后，小胡到底还是"买"了平江路的老房子，就在那所宅院隔开几家的斜对面，沿街的两开间两进平房。说是"买"房，到交割手续的时候发现了问题：这清代老房根本没有产权证，且平江路属于文物控制区域,政府早已明令不能转让房屋产权,不得擅自翻建。幸好街坊们足智多谋,指点双方签订了一个租期七十年的《承租协议》,将购房款作为一次性支付的七十年租房款,如此虽说买房终成了租房,房屋户主无法变更,但是七十年的使用权归了你。七十年以后怎么办?想必跟在座的各位都没什么直接关联了。老街坊说,这叫上有政策,下有对策。这前屋起得高敞,顶上架起框架,在内部就可以隔成两层,阁楼上照样直得起身,也有天窗可开。一侧贴墙安了楼梯,下面开店,上面是房间,后面的房屋就做了库房和厨房,果然是个店宅合一的格局了。小胡就此跟小严分了家,一归一置,分门另过。有时候,小胡在自家堂屋里抻着腰欣赏张挂起来的字画,感觉有了"拥书权拜小诸侯"的满足,时时会回想起自己第一次来到古城时所经历的种种。时至今日回忆起来,那艰辛似乎也都镀上了一层美好的迷彩。不过话说回来,日子一旦安定下来,这时间就似乎过得飞快了。

　　父母在老家给小胡介绍了个女朋友,比他小了十来岁,亲戚领着女孩子来古城相亲的时候,其实这事已经八字有了一撇。这姑娘是个小巧身段——看来家里物色对象时充分考虑到了小胡的具体情况——皮肤挺细,单眼皮,眼神像永远处于一种惊讶的状态。跟她说话,她低头一笑,那笑容是有所克制的,就很自然冲淡了眼睛里含着的那点惊恐的陌生感。凡事征求她意见,她多半不说话,也不反对,笑一笑就表示接受了,是个绵软的性子。双方都觉得合适。婚房已经是现成的,小胡和这女孩就在这里结了婚,很多同行朋友前来贺喜,小胡的父母初到大城市有点不知所措,只好是小胡亲自忙着前后张罗。第二年,妻子为他生了个大胖小子,孩子随父母,是个小骨骼,但是营养充足,长得滚壮,见人就笑,像小胡也有点像妈。

孩子只要脚一落地，就能见风长，跟个吹气娃娃似的。孩子该上幼儿园了，园方说孩子没有本地户口，只能进民办幼儿园。这情况给小胡当头不小的打击。此时他才发现，自己千辛万苦拥有了房子，可那只属于"事实婚姻"，并没有法律的保障，户口是迁不进平江路的。原来自己至今还不是个硬当当的古城人，他仍然只是个外地人！幼儿园还好说，托了几个朋友找门路，最后缴纳了一笔借读费，总算开后门把孩子送进了公办幼儿园。读小学的时候却没办法想了，教育局一律取消借读这项弊政，你不符合条件肯定进不了公办学校，孩子就只能到了民办的外来务工人员子弟小学，那师资和教学质量摆在那里，跟公办学校没法比。读到三年级，妻子说话了，四年级如果再不转学，这学籍可就冻结了，孩子考中学就要受影响了。

这城里人不都说吗？一切为了孩子，为了孩子的一切。小胡忍痛仓促出手了几件压箱底的精品，算一算手头的现金，又奔忙着找中介看房子。这一次的目的跟上一回不同，这次是为了落户。他打听清楚了：必须是产权证、土地证俱全的七十五平方米以上商品房。七十五平方米！既然一切是为了孩子，那自然还要考虑房源所在地的学区。整个一个暑期，小胡都是围绕着看房、买房团团转，好不容易选定了狮子林旁边一套二手房，连房款带税金超过一百万元。最后一次顶着酷暑去收房，小胡和妻子爬上六楼，浑身冒出冷汗，当走进这套闷热的顶楼三居室时，小胡脸色发白，眼中起了一层雾气。他忽然有点恍惚，产生出一种错觉，仿佛今天是他平生第一次踏进古城，仿佛他仍然是那个充满梦想的二十余岁的小县城青年，仿佛这中间日渐模糊的十几年光景是从来也没有在他的人生中出现过的一样！他喋喋不休，反复追询陪同的中介人员："我买了这套房子，就可以迁户口了，对吗？我老婆和孩子也能落户了对吗？我儿子就能够读公办的学校了对吗？我买了这房子，我就是古城人了，你说对吗……"

简单装修好房子，小胡就累倒了，挂了十几天盐水，低烧才逐渐消退。人瘦了一圈，脸色更白了，时不时地肩腰酸胀，更让他被动地感受到了中年的不可抗拒。但是现在，他到底是松了一口气，这下好了，我是个完完整整的古城人了，我这一家人都真正有了古城户口了，他经常在心里这样安慰着自己。

平江路是真的繁华了！这里真的成了旅游热点了，沿街房子都成了商铺，如今一年的房租都够当年"买"下整间房子了。可是，小胡笑不出来。老房主的子女要求废止当年的合约，收回房产。小胡自然不肯，当年本来谈好的是"买"，为了规避政策才写的"租"，当时支付的款额都是按照"买"的标准，当事人俱在，怎么能出尔反尔呢？人家子女就说："当初这个契约本身就不合法，如果直接上法院，你胡老板也没有胜诉的可能性。现在上门协商和解，你还能得到一些经济补偿，现代人要学法懂法，按法办事！"小胡的"百年大计"眼看就要被砸得稀烂，他气得差点晕过去！他的本意是奉陪他们打官司，可是妻子说一听见"打官司"三个字就眼皮噗噗跳，小严和申伯伯也劝他，还是双方协商的好，走司法程序房子是肯定保不住的。现在小胡也不是当年的毛头小伙子了，人到中年，岁月磨损了他的精力，也消耗他的气性，城市教会他太多世故的东西，教会他需要忍耐、妥协甚至从众。这些品行看似世俗，可是它的芯子里是合着一定之规的，是具有普适的合理性的。申伯伯给他出主意：当初这房子是他重新大修过的，这个钱得算回来，对方毁约也要支付一笔赔偿款出来，如此一算，也是不小的数目。

小胡把店又迁移回了市场里，好在现今他家搬进了三居室，生活和生意都没受直接影响。那笔赔偿款用来支付新店的房租和装修费还有富余,只是从此他每年的成本里要加上店面租金和住宅物业费这两笔新增加的开支了。有什么办法呢?这就是成为一个真正的城市人所必须付出的代价呀!申伯伯说:"你看啊,当年你们分家的时候,你要是跟小严一样,在工艺品城租了店面,城区买了二手房,至于如此折腾吗?当时二手房才多少钱,二三十万元尽你挑呀。"申伯伯有本账还没有算过来,这些年小胡守在平江路老房子里,房租和店租可几乎为零,低廉的生活成本对他的生意是不无裨益的。腆着肚腩、明显发福的小胡微微一笑:"申伯伯,我怎么好跟小严比?他是古城人,我是个外地人,我倒是想不折腾啊,可我不折腾能有活路吗?"

小严那年分家出来单独开店,随后也结婚生子,妻子帮他看守店面,他还是上海、北京地跑着。这妻子确如申伯伯当初所说,像是个从画上摘下来的人物。小严会存钱,生意流转讲求的是一个"快"字,客户资源也拓展得迅猛,刚分家的时候就把全部积蓄扑到货品上,店铺规模也就迅速做大。眼看店面生意跟不上进货速度,他就跑通了拍卖渠道,后来利润主要通过拍卖公司实现,店面无非只是几个熟客落落脚、喝喝茶的联络点了。现在国内货源告紧,他成了常跑日本、欧洲的"回流客",用他的话说是"铲洋地皮",货品发运过来都是成箱成捆的。精品送拍,中档货委托专业朋友替他网拍、网购发卖出去,低档货在上海成堆批发,零碎玩意儿放在店堂应应景。古城的店里一个月也难得见他露一两回面,实在是忙呀,飞机火车连轴转。妻子为小严分解道:"这年头,竞争激烈,小有小的难,大有大的难。"确实,大多数古董店这些年都遇到了货源告罄的危机,店租年年涨,货品收不到,不少店铺企图转型突围,成功的十无一二,不少店铺无法维持,也只好关张歇业。现在小严回头看看,兀自一阵心惊肉跳,暗说侥幸:当初如果自己不是义无反顾全力扑进,在最后关头逆势而上,抢占了这个行业的制高点,那么现在这些同行的处境也就是他的现状了。人,任凭你怎么精明强干,只有顺应了时代的潮流才有生路啊。

小胡的儿子初中毕业后没考上普通高中,读了个职业学校。他母亲牵肠挂肚犯了愁:孩子技校毕业之后可怎么办呢?从小是宝一半贝一半,捧在手心怕凉,含在嘴里怕化,从来没有吃过半点的苦,受过半点的委屈。想坐在写字楼里吹吹空调就把薪水赚了吧,你没这个本事啊;学人家外地人费心巴拉挣份辛苦钱吧,你没那个体格啊。城市里长大的孩子,娇生惯养的,都是心比天高,眼睛长到了头顶上,可怎么好呢?

小胡也时常暗自为此犯难。

妻子说:"实在不行的话,日后等他毕了业,跟着你子承父业吧?"小胡突然生了气,厉声喝道:"你以为这个行业好玩?干哪行也比这行强!"

临到末了,小胡添了句:"咱这生意,能不能支撑到我领退休金的那一天还不一定呢!"

高手

一

十几年之前,老郑还年轻,眼力好,伙伴们就叫他"大师",一半算玩笑,一半也是真心。伙伴们一块儿玩,每周总要找个餐馆小聚,说是吃晚饭,实则交流各自新得的玉。朋友多,有玩新玉的,有玩古玉的,古玉还分个明清玉和高古玉,人跟人之间嘛,也有个投缘不投缘,就得分几伙,老郑总是中心,大伙轮着来,这就差不多每个周末都有这样的餐叙了。吃倒并不十分讲究,要求只有一个——环境安静,主要为看玉,每个人餐盘边上都放着一个电子高倍放大镜或小电筒,也是一景。那时的老郑,艺高人胆大,伙伴一边从皮带上解下玉,一边准备递过桌子来时,老郑经常是摆摆手:"勿递,有年份,能入清。"包间的光线是昏暗的,隔了桌子就这么一瞥,就给出了判断——玩古董历来是判假容易判真难,而老郑就敢判了真。如果伙伴有悬疑未决的问题,老郑就接过手,分析一下那疑问的根源,如古代砣工琢出的阴刻细线为什么出现跳刀痕;这治玉的砣子因为轴杆摆动或金刚砂粗细不匀所致的跳刀痕,跟现代电钻仿古工的颤抖纹异同在哪里;又或者古代锃管打孔跟现代电钻仿古打孔,都会出现孔道里的螺旋纹,古代纯手工打孔是反复搓动锃管带动金刚砂磨出来的孔道,锃管在孔道中来回反复,螺旋纹是层叠的并不连贯,而现代电钻打孔留下的自然是一孔到底连续的螺旋纹。如果伙伴还意犹未尽,老郑则再深一层讲解下去:古代砣具治玉,动力来源是脚踩,传动工具是皮带和木轴,转速自然有限;治玉是铁砣带动水壶中注下的金刚砂去攻玉,说是砣具治玉,实则砣子也只是介质,真正去攻玉的是金刚砂;攻玉其实是磨玉,磨出造型,磨出花纹,所以《诗经》里说"他山之石,可以攻玉",又形容治玉的细节是"如切如磋,如琢如磨"……老郑从根子上讲明白了,再对照着实物,一条线、一道孔、一个打凹、一个起棱去分析古今工具的不同、工艺的差异,以至表面工艺痕迹的区别,大伙于是纷纷拿起放大镜观察玉器上的细微痕迹,一一得到印证,伙伴们就都"哦"了几声,似乎一下就顿悟了。但到下一次有实物上手鉴看,大伙儿多半又都感觉似是而非了,清楚明白的脑子又成了一坨糨糊,总是不能像老郑那样做出精准而理性的判断。

老郑笑说:"这门技术不怕你学,真正领会基本原理难,理论落实为鉴定实践,还是个难! 活学活用? 得再脱几层皮! "

伙伴有时会问老郑:"大师,那你是花了多长时间学通的? "

老郑还是笑:"不在时间长短,很多人玩了二三十年都是个全瞎! 我花了二十来年才略窥门径,歪路也走过不少,不敢说通。"

伙伴倒是执着:"那大师这门技术到底难在什么地方? "

老郑就严肃了:"无法取巧! "

有的时候大伙闲着,老郑心情好,他也会自言自语发点感叹,像是对他们在诉说，也像是说道给他自己。这门课太难了，遇见了真人，取到了真经，你嘴上是说得出，手上却做不出，学来的经验，说到底还是人家的，长不到你自己的肉里去。跟人学、跟书本学、跟博物馆去学，但问题还都得在实证中去解决，不买终是难成，得花自己的银子。铜钱银子关心劲，买错了就是交学费，勿交学费学勿会，交学费学来的东西就刻骨铭心。可一个人如果老是交学费，能否维持这份爱玉的心就得两说，何况离破产也已经不远了。玩这门课是不聪明肯定不成，太聪明了也未必能成。多少狠角色死在了半道上，个个英雄汉，都是九死一生磨炼出来的……

一块儿玩了十多年，大伙从心里服他，有些玩伴干脆尊称他"郑老"。老郑倒不很乐意，倒不是说怕人家把他叫老了，玩古董靠的是眼力，虽说经验、资历也是眼力的一部分，但是终究人要是老了，精力就不济，视力就退步，知识的更新换代则更是成问题，人就势必要遭淘汰。淘汰懂吗？我们那会儿电脑用386、486，搁现在就是个废物。很多博物馆的老专家、老权威不懂这个道理，你不本本分分在家里搞点馆藏品研究理论探讨什么的，临老了还要跑到市场上去当弄潮儿，做你并不擅长的"鉴定"，结果威风没抖成，把老本全蚀光了，那不是作死吗？出洋相的多了去了，嘻！

老郑原本的计划是，到五十岁的时候逐步减少自己的藏品，六十岁就彻底金盆洗手退出收藏圈，然后可以毫无功利心地做点理论总结，写本小小的书，不掺水分的，把自己几十年实证的心得告诉后来者，也算是对自己有了交代。可是前几年，像老郑这样不会逢迎领导应酬交际、说话做事又丁是丁卯是卯的人，在单位里是越来越不吃香了。新来的局长尤其不喜欢他这个讲话直炮筒、没有背景后台的下属。这一点老郑是看得清楚的，好在他也不是个一根筋的人，看看单位里的情形,再看看其他机关也不过大同小异,于是跟老婆商量:"要不把减藏计划提前实施吧,早了早抽身。"

　　"减堂"开设在一个商场的四楼,电梯上下,外面看是办公室,走进去是隔成两间的敞亮店铺。老婆是店主,老郑节假日坐堂,主要招待寻访上来的行内朋友和玩伴。大家没事就喝茶聊天,到中午还在兴头上就点了饭菜上来边吃边聊,聊到傍晚还没尽兴就找个馆子喝杯小酒。这样多年的玩伴就有了固定的落脚处,一有空就来喝茶,这有瘾。伙伴们还带各自的朋友来,喝几回茶便也成了玩伴。店里人是不断,不管在外面的身份怎样悬殊,老板、官员、职员、自由职业者或者"富二代",在"减堂"坐下来就都是同好,没有高低贵贱,甚至也往往忽略了年龄的长幼,这里只有眼力高下的区别。热闹的时候,从早到晚一天要喝掉他好几桶矿泉水,里外几把茶壶十几个杯子倒出的茶叶渣可以堆满一淘箩。伙伴们来也经常双手不空,拎点茶叶,拎点水果,捎上点土特产是常有,柜子里渐渐堆满了茶叶罐,老郑除了隔几周去买点干玫瑰和杭菊,茶叶始终不需要买。有时候老郑在内间示意新进来的访客在他对面的椅子上落座,不管那茶壶里是不是刚沏的新茶,他都要换茶叶,重新泡茶,这就是准备跟来客谈交易了。玩伴们会端起茶杯自动退出去,在外间接着聊他们的。里面谈妥了一笔,接着有请外面候场的下一位,有点像老中医坐诊。生意大都是预先约好的,忙起来也有一天做成几笔的,大多数时候是一笔也不做,只是聊着品着,这一天很快就过去了。这么多年以来,伙伴们早习惯了每个节假日跟着老郑天南海北地去博物馆看展览、逛古玩市场、去捡漏吃仙丹,现在则是在"减堂"碰头,上手看玉器、翻图册,这就成了一个课堂,很热闹也很舒心。

二

"老皮匠"一屁股窝进椅子当中,两根粗壮的指头夹出一张雪白的名片,字口朝外,在桌面上一搁,伸出中指往前一推,上面是他的大号和联系电话,写着"高价收购,诚信经营":反面其实还有一段文字,大意是说本人闯荡古玩行数十载,声名远播港澳台,等等。

那个省份藏龙卧虎,出藏家、玩家,也出古玩商,这跟文化传统有关,也跟经济基础有关。"老皮匠"深深怀念二十世纪九十年代,那是个充满机遇和惊喜的黄金时期,这一行业充满了爆发力。当时古玩的地域性差价还很大,普通市民对于古物价值的认知也没有像今天这样充分,内地收藏家们的库房还都空着呢,不仅货源多,生意也好做。那时候的货好收啊,走进江南任何一家国有文物商店,你只要塞给店员一两百元的好处费,手面再大一点,把总经理搞定了,他可以开了库让你挑。"老皮匠"曾经一次性在一家国营库房买了三四十个清朝玉手镯,那价都是十多年之前定下的,他后来卖了两个就把本全都捞回来了。那时货也好出,只要你有门路,能搞到便宜的货,转手就能卖出去,快进快出也是好几倍的利。那时假货还少,哪像现在,不要说民间市场了,就是挂着国有招牌的店都有假货。二十世纪九十年代是个赚钱的好时代,古玩的价格也是年年往上翻,芝麻开花节节高呀。那时有个流行歌曲怎么唱来着?"今天是个好日子"!赶早了不如赶上了,"千年等一回"!"老皮匠"话里话外都在说,他是个玩得转的老手,至于钱,那是十多年之前就赚足了的。这气势是粗犷的,口气是豪阔的,举手投足之间可以看到他当年出身底层的本行气质。他是"文革"以后第一拨古玩行业从业者,从当初"投机倒把"的古玩贩子到今天腰包鼓鼓的古玩商,他的脚正好踩在了中国古玩行业四十年一路上扬的通道里，人民币给了现实主义者强大的自信。

老郑含着笑，听他描述战绩，不断给他续着茶。

"有啥好货给我看看吧？贵不怕，我只要——好——货"！"老皮匠"最后把话落实到了这一句上。

"我只玩玩普通玩意儿，'好货'倒是没有。"老郑保持着固有的微笑，似乎谦虚起来。老郑对于对方把古玉叫作"货"，是不舒服的。古玩行业，从古至今都是物比人大，在古董面前任何人都是低微的。尽管老郑不是个刻板的人，哪怕他现在也将古玩换成钱，也当生意在操作，但是在他的心里，只是跟买家在均着玩。每件像样的玉器他是很挑剔下家的，他宁愿价格低一点转手给真懂的玩家，给身边的玩伴，哪天他想念了还能再上手瞧瞧，那是故人重逢的感觉。再怎么说，也不愿委屈了玩意儿。在老郑的心里，是玩家、藏家、行家、商家这样排着序的。坐在他对面的这一位，不对味儿。今天的这笔生意，老郑不想做。

"老皮匠"很满意，他觉得刚才的一番宏论起到了应有的效果，至少在气势上已经压住了对方，老郑在他面前是柔弱的，呈现出怯场的苗头。这样就很好，如果有看中的好货，今天谈价格就会容易得多，财大气粗，客大欺店，是一点也不假。对面的这个店主，不是生意场上的老手。

"老板你不要过谦，哪有客户上门不给东西看的？太谦虚就是骄傲了哟。""老皮匠"一脸诚恳，但话语中还是露出了明显的得意。

老郑问"老皮匠"喜欢哪一路玉器，对方很聪明，说，只要是好的东西都喜欢。老郑又问他能否亮一两件随身佩戴的宝贝让他欣赏一下，开开眼。对方道现在是身上无玉，心中有玉。老郑摸不清对方的水准,就不敢贸然拿出精品给他欣赏。"老皮匠"是防着对手,怕被摸去了底细,他是老江湖,这是生意经。

老郑走到外间,从橱窗中取了八九件年份大、开门度高、常见器型的玉器,用一个垫了厚厚黑丝绒的文盘盛着端进来,放定在桌面中央。"老皮匠"眼皮一抬,伸手略一翻动,"唔"了一声:"都老的,明朝,东西普了。现在老玉也流行'白富美',这样黑漆漆、雕工粗糙的不起价,也不好卖。"唉,他说的倒也是实情。

老郑是清楚的,现在行里所谓的"白富美",就是指玉料白净一些的帽花、钗花、小圈、小环、烟嘴和素翎管、素扳指之类实用器小件。这些小零碎在以前的玉器玩家中是不上品级的,只有在学习的初级阶段才买来当标本用,玩到细工圆雕阶段,这些小标本就会被自然淘汰出去了。而现在流通市场中精品越来越罕见,这些小零碎因为存世量巨大,大家见得多,懂的人也就多起来了,反倒成了生意场上的硬通货,价格炒到顶得上一件精品的价。很多小零碎看着玉色是白,其实大多数只是和田山料材质,真正的白玉籽料是很少会去制作这类普通实用器的,毕竟籽料在古代也是贵的呀。玩老玉的人一般都没有专门研习过新玉,对于辨料其实缺着课哩。玩不入流的边角零碎倒成了正传,这叫什么事。

"老板你不要看不起人嘛,价格贵我不怕,我只要——好——货!""老皮匠"再一次强调,那语气与神情就含着点调侃,也有点撩拨的意思了。

老郑暗自叹了一口气,去打开那只保险箱,在翻动盒子的时候,他犹豫了一下,就在中间的那一格上挑出三个锦盒来,顺手就把保险箱的门关上了。

一件是青玉籽料松纹书镇,卧在案头是个雅物,松鳞松针雕琢规整细腻,因为是古代砣具制作,线条和打凹就比新工更挺括爽利,包浆浑厚,是乾隆年间的东西。一件是青白玉籽料蟾蜍石榴圆雕手把件,蟾蜍背上的瘤突个个饱满,石榴顶上的蒂瓣翻转,富有动感,雕琢得精细,打磨得更精细,几乎已经看不到任何工艺痕迹。蟾蜍头角上留有一块深红色璞皮,有个好口彩叫作鸿运当头,也是乾隆年间的东西。第三件是白玉籽料绶带寿桃圆雕件,两只绶带鸟穿行在镂空雕刻的寿桃中间,寓意长寿,绶带的翅羽和尾羽都有精细的丝毛细雕,玉器的半面是金黄色的洒金璞皮,锦上添花了。这件按器型来说,也是清中期乾隆玉的制式,工尽管也很精细,可那精细有点琐碎,所有的心思不是朝着一个方向去的,它是零散的、缺乏统摄的,以至这精细并非无懈可击,但是好在真皮真玉,材质高档了,就是按照新玉的标准来说也是价格不菲的。

"老皮匠"又是伸手在盘里翻动了一下,貌似轻若鸿毛的样子。老郑的心里就发出了一声深深的叹息,到底是无知者无畏啊,自己因缘际遇得以过手精品数百件,要上手鉴定这个档次的玉器那也是要用放大镜、小电筒仔细观察每一条线、每一个孔道的,现在仿古水平极高,珍品与赝品的差异往往只在毫厘之间。这样的精品古玉,放哪个大拍上去,都不寒碜了。

"圆雕是湖州仿得好。""老皮匠"开口了,说了半句就打住了,很深刻又很含蓄的样子,两只眼睛却一眨也不眨,水汪汪的,似乎要从老郑的脸上读出些字来。这是一个人人都炼成了精的行业,老郑隐姓埋名滚了二十多年,什么样的人没见识过,就接过他的话茬道:"这话原是不假,但也不是什么秘密!若真要说圆雕仿得好,苏州、上海有专门的名家工作室,那才叫精仿,一比一,对着实物仿,仿完了有专业人士做旧,做假包浆做假沁色,做假铜件镶嵌、假红木座子、假包装盒子。还有一条龙配套服务的，负责送拍的送拍，负责送出国门然后再弄个入境证明贴上，'海龟'摇身一变就成为国外老藏家的'旧藏'了。"老郑抿一口茶，也是微笑着与他对视。

"老皮匠"开始有点局促了，觉察今天碰到了高手，但他是不服输的，腰包鼓鼓的，买家总是占着主动的，便开口道："听听价格？"

"东西是我的，开价由我。不过话讲当面，我做生意有个毛病，叫作'三不原则'。"

"老皮匠"没听说过卖家还有自己的原则，在他的意识里，卖家的第一原则就是把货出手，把钱赚到口袋里，还有什么"三不原则"，稀罕。好奇心却驱使他接着往下问："那是哪'三不'呢？"

"'东西不包，成交不换，出门不退'。东西您先请看好，真假残次您要先看清楚咯！"

"买不起总听得起的，但讲无妨。"

"好吧，书镇和蟾蜍每件二十万，绶带半价。"

"为什么那两件贵，这件白玉的反而便宜呢？"

"那是大件，这件小嘛。"

"我看这件绶带是新货，上面的色是烤色。""老皮匠"话头转来转去就在这件绶带上，贪白嘛，看上了，瞒不住，但是对于老郑把最白的一件报价最低充满了怀疑。他的手不肯从绶带上移开，指头不停抚摩着这件雪白温润的玉器。

"我刚才说过了，价格是我开，东西您自己看。"

"那我还价啦？"

"您不必还价，少一分也不会卖您。"

"老皮匠"今天有点不开心了，从没遇见过这样死硬的卖家，难道你跟钱有仇？说实话，这三件东西看新老他是没把握的，哪怕就是新玉,这料子都是上等的和田籽料,也是能值几万元的,要命的是对方没给砍价的余地,否则拦腰砍下去,看他反应,如果低价成交,东西就出毛病了。当然,"老皮匠"一定会从一个极低的价位砍起,在当新玉买也没风险的价位上。他心底的算盘打得飞快,嘴上却充分显示出悠闲与随意:"第一次生意,稍微优惠一点,给个面子?"

"报的价格已经考虑您是初次上门,够优惠了。价格上不必商量了。"

"老皮匠"握着白玉绶带,用手指再捻几下,好润!料子是又白又糯,东西肯定是个好东西。不过,老玉从没见过这么白的料、这么细的工。要是两三万元能拿下,回去就是当新玉卖也挣钱了。他想再试探一下,只要有还价余地,就狠砍一刀轧轧苗头看:"老板!说句笑话,难道你是金口,就不允许还一口?"

"兄台您是行家,价格高低得看东西!我做生意从来言无二价。"

"我远道而来,本想做成你一笔生意,你看,就差那么一口,谈不拢咧。""老皮匠"本来就没有把握,见这情形正好顺势下坡,架势上还保持住了气势,仿佛有意照顾生意而对方不识好歹,没花真金白银却开出了一张空头支票,落了个人情。

"老皮匠"提议继续看货,老郑两手一摊说:"没了。"他当然知道"老皮匠"是看到了保险箱里是堆满的,却也不必解释,就是"没了"——因为他就是要告诉你,你的底他已经摸清楚了,而他的底你摸不到。

临出门的时候,"老皮匠"还特意回身再问了句:"真的一分钱也不能还了?"

"不成。"老郑以最简洁的两个字愉快地结束了这次生意。

隔了几天,老郑接到"老皮匠"的电话,那头絮絮叨叨讲了很多话,后来就又问:"那件绶带到底是不是和田籽料呀?"老郑说:"以我的眼光看,是的。"那头又问:"有年份吗?"老郑说:"我的看法是百年以上。"这其实是一件清晚期同治光绪左右的仿乾隆玉器,当时主要销售对象是崇尚乾隆玉的来华洋人,行话叫作"洋庄货",跟乾隆本朝到代的玉器比,市场价值和工艺价值上毕竟低了一档。"老皮匠"连新老都是靠蒙,到不到代的就连个概念都不会有了——自然,老郑不会去挑这个话头。那头接着问:"那黄色是烤色吗?"老郑回答:"我的判断是,天然皮色。"顿了一下,电话那头问出最后一个问题:"真的不能优惠点出手吗?"在电话里谈价格是个摸底的好办法,即便是谈定了的事,那头也尽可以再转圜。"好的好的,只是最近资金不凑手,容我些时日就来哈。"那结果自然常常沦为一句空谈。前面那么多废话其实都是为这最后一句做铺垫,这个行业里口气奢阔的未必是高手,很多时候装傻充愣的倒往往是狠角色。老郑忽然想起了那两只水汪汪一眨不眨的眼睛,没有笑出声来,果决道:"谢谢你!很抱歉!"

这样的电话老郑后来还接过几次,把老郑弄得心烦。正好有个玩伴喜欢那件白玉绶带,老郑笑笑说:"老不到代哦。"玩伴说:"这样的洒金皮荔枝种的籽料,现在新玉市场里死贵,按克计价,您当初开那个人十万块其实也并不贵。"老郑笑起来:"这话我爱听,四万拿去玩! 记住,这价不准叫外人知道。"

后来,"老皮匠"又来过一回,可巧,那位玩伴正围坐着喝茶呢。"老皮匠"其实不相信绶带是真卖出去了,正在纠缠,老郑一招手,玩伴就从腰里解下绶带放在了桌面上。随身佩戴了几个月,那古玉接了人气,包浆恢复了起来,油光水滑的,像一团油,又像一只刚出笼的糯米团子,金黄的皮色越发娇艳了。

"老皮匠"把绶带捧在掌心,端详了半天,没再说出一句话。

三

李家栋第一次见到老郑之前,已经来"减堂"访过他两回了。前两回都是工作日,他见都只有一位女士在,也没好意思问,低头转一圈就退了出去。老郑心想,是个内向的老实人。

李家栋搓搓手说,想来探讨一下老玉的问题:"一个人玩了也有十来年了,带了所有藏品来,想请郑老师给看看。"老郑就有些犹豫,跟这个年轻人萍水相逢,他的藏品来路不明,如果是从别家店铺买来的,东西真的话还好说,东西不对路就成了背后"打枪",这是不厚道的。李家栋说:"东西都是早几年买下的,现在的价格工薪阶层也是无从染指的了,一直想请行家给点评点评,帮助自己提高提高。"老郑老婆在边上说:"人家都跑了几趟了,你给人家看看呗,又不费多少力气。"老郑看他诚恳,请他拿出藏品放到桌上来。此时,有玩伴陆续进来了,见有生人在场意欲转身回避。老郑问李家栋忌讳给旁人看吗,李家栋说可以可以,大家一起探讨探讨,玩伴们这才围坐上来。

两件灰玉粗工童子,一件浮雕螭龙璧,一件老提油回头兽,一块青玉囍字镂空花片,一块白玉镂空仙鹤带板,一串杂色小件多宝串,他从脖子上又摘下一件镶了金扣的白玉小帽花,基本都是入门级的粗活。李家栋脸色略微有点泛红,搓了一下手说:"郑老师您尽管直言,切磋切磋。"

老郑笑眼看着一位玩伴:"今天出个考题,你来答?"玩伴转头对李家栋打个招呼:"兄你的藏品,我斗胆胡乱点评,说错的话万勿见怪。"说着他就将桌上的八件分成了两堆,螭龙璧和仙鹤带板跟其他几件就被区分开来了。玩伴抬头看看,老郑颔首。李家栋的脸更红了:"这件白玉仙鹤带板我是一直存疑的,太便宜了,怎么说也不太可能捡那么大一个漏的,但是这件螭龙璧不能啊,都沁成这样了,你看你看,边沿上还有残缺,我认为十分古旧啊,应该能到明的啊……"年轻人转过脸,一双眼睛在老郑脸上寻找支点。这么多年,老郑最怕这样的目光:"愿意听听别人的意见吗?"年轻人道:"愿闻其详,请说,请说。"

玩伴就先拿起仙鹤带板开始分析:"这件是明代的制式,仙鹤带板本身也是常见的,有一鹤独舞的,有双鹤对舞的,鹤的只数不等,我所见过最多的是七只仙鹤。背景图案有云纹的、日月纹的、松竹纹的。兄你这件双鹤带板是福山寿海纹的底子,也就是山石海水。我觉得主要有三点毛病:一是用料是近年新发现的韩国玉,又叫春川玉,跟和田玉化学成分相同而实则并非一类;二是工艺上用电拉丝机仿古代手工拉丝,镂空部位的拉丝痕迹火爆而毛糙;三是器型比例失调,过于厚实了些。至于工艺细节上的毛病,暂且不论。"玩伴今天扮演的是老郑的角色,他们玩在一起十多年,那语言表情可谓形神兼备、游刃有余。

李家栋的眼睑垂了下来,嗫嚅道:"我也知道这件不对,但是那件螭龙璧应该没问题吧?"这是个自尊心极强的人,自尊心太强了人就不皮实,更何况是一个靠微薄的工资在支撑着买玉的年轻人。老郑果断中止了这场"考试":"小李,你玩玉算是比较成功的,能在现在的市场里买到的绝大多数是真品,很不容易了。你看我们这些人开始玩的时候,交的学费那可是比你多得多。"李家栋知道老郑是在给他圆面子,咧嘴一笑,那笑容十分僵硬和勉强,一切的心思反而被强化在了脸上。没经受过多少风雨波折，到底年轻啊。

　　说起这个看古玉，虽说辨料是首要的，但是懂工艺才是重中之重的关键，其他如包浆、沁色、器型、文化内涵等都可以先靠后放一放。不会看工艺，就不能说会看古玉。李家栋就奇怪了，以前也接触过几个据说很牛的行家，都说古玉的沁色、包浆是关键。老郑莞尔："你想想，沁色包浆是什么？工艺痕迹是什么？沁色、包浆是事物表面的旧化特征；工艺痕迹却由工具决定，体现的是事物本质的特征。生产工具代表生产力的呀，怎么能够本末倒置呢？古代砣具跟现代电动工具的加工原理、切割痕迹肯定是有区别的，这才是鉴定玉器新老的根本依据。现在这科技水平，要仿什么样的沁色、包浆做不出来呢？"老郑今天总觉着有些于心不忍，主动讲授起鉴玉的方法来了，那面上是絮絮叨叨跟玩伴们在聊着些闲话，而实际上是在给李家栋指一条明路。老郑一贯的习惯是，你不问他不答，今天反常了。

　　"那怎么学工艺痕迹鉴定呢？光绪年间有位叫李澄渊的画师，把治玉的十二道主要工序都画下来了，那本册页叫作《治玉图》，现在故宫里藏着呢。那图上是当时治玉的实景，颇值得按图索骥好好玩味。现代中国台湾有位了不起的鉴定家叫吴棠海，他写了一部书，叫作《中国古代玉器》，实则是部专讲工艺鉴定的著作，很是了不起。自从此书出世，鉴定古代玉器就再也不是凭感觉、靠猜测了，而是系统化、科学化研究了，可以从工具和工艺的角度去理性辨析。台北故宫博物院有一些图书，也是沿着科学实证的路子走的，他们都是把鉴定当科学当技术来研究，这才是正途。"李家栋听得呆了，他的脑中顷刻跳跃出"独门绝技""不传秘诀"这些字来，让他联想到了武侠小说，他的神经兴奋起来。

　　此后连着几个星期，李家栋都没有出现。直到有一天，他再次走进"减堂"，是在他独自读完了《中国古代玉器》这本书，带着破关而出的神采，说跟老郑来"深入探讨探讨"。玩伴们都带着惊讶的神情看着他，他也没发觉。老郑常说，鉴玉其实是门实践科学，运用和认知肯定是齐头并进的，没有运用的认知不可能是真懂，没认知的运用不可能是真会。所以这种书是不可能看过就懂的，领会一定是建立在实际眼力基础之上，实际鉴定水准到哪，理解力就在哪。没骑过车的人光知道抬头挺胸、不撒手、脚别停，以为知道了这口诀车子就会自动跑起来，可实际情况并非如此。

李家栋今天要找老郑探讨的，其实是个哲学命题。"郑老师，《中国古代玉器》中所述是古代治玉的一般情况，在实际制作过程中有无可能出现特殊情况？"

"自然，有一般就一定会有特殊。"

"那好，如果鉴玉按照一般情况去实证的话，万一哪件玉器是特殊情况下制作的，出现了特殊的工艺痕迹，不是要被冤杀了吗？"

"理论上有此可能，确实存在真品却极不开门的情况，会被庸手误判。但是一旦遇上真正的高手，还是能证它清白。"

"譬如我那块螭龙璧，上次那位老师说工艺痕迹上有很多反常之处，那是否能说就是特殊情况下出现的特殊痕迹呢？"

"不是。你那块璧上多处暴露出来的问题已经可以确证，跟古代工艺毫无关联度了。"

"郑老师，我反正觉得一般情况可以用经验判断，特殊情况往往突破经验。很多器物即便不能判真，也不能因为与一般情况不符就去判假，应该存疑，对吧？存疑比较科学，是吧？"

"不对。换个角度看问题，如果没有充分依据判断不是古代砣工，但有充分依据可以判断是属于现代工艺，同样能够判假。"

"既然承认有特殊情况，那认识一般情况的必要性就得打折扣了，难道不是吗？"

"错。那就更应该充分认识一般情况，把常规常识认识充分了，才更能合理认知特殊情况。"

一般和特殊的关系，再加上否定之否定，命题都很大，也很复杂。李家栋一时词穷了，低了头在思考，说是要回去再想想，想明白了再来进一步讨教。说来说去费了无数的口舌，这样饶舌转得听众们头晕，对当事人还毫无补益，老郑想想真是可笑。

老郑认为，一般玩家都说明代玉器是"粗大明"，这个认识是片面的。去翻翻《故宫藏品大系》的《玉器编》，那里面收录了多少明代精品，很多工艺的精细程度是可以跟乾隆玉器相媲美的，唯是明代精工玉器的工艺特征和工艺细节值得注意。李家栋却怀疑，故宫将那些玉器断代为明，会不会有误？因为在他看来，这些玉器跟乾隆玉实在没有什么差异。实则，他是既没上手过一件高档乾隆玉器，也没把玩过一件明代精品。

老郑说："学这门技术没法投机取巧，只有下死功夫，先把《中国玉器全集》《中国出土玉器全集》《中国传世玉器全集》《故宫藏品大系》《玉器编》和《简金集》里七八千件标准器看熟了、记牢了再说。"李家栋则总是盯着问："郑老师，您看玉的诀窍是什么？我想正式拜您为师，您能传授给我吗？"老郑有时候想，难道中国人真的思想上总需要一个权威，技术上总相信有一个秘诀？做任何事不想着脚踏实地去花真功夫，却往往幻想着有空子可钻，有窍门可取，这难道就是中国式的智慧吗？

古玩行里那些总是捉不住要害、偏题偏得厉害，却又喜欢深邃思考，行为上别别扭扭的人，实在很多。就像这个年轻人，他的思维很纠结,已经习惯跟人拧着来,关系越是熟悉的就拧得越是厉害,渐渐地,"减堂"的玩伴们都不爱搭理他了。形而下解决不了的难题,他喜欢放到形而上去思索,钻牛角尖,而且很亢奋,当形而上也走不通的时候,他就会因为说不服别人、得不到尊重而倍感痛苦。老郑本想帮助他改变某些思维定式,但是后来发现事情往往适得其反,新的话题、新的问题越发刺激他压抑了多年的好胜心,越来越跟自己过不去。于是,老郑也只好作罢。

对于这个年轻人,老郑与他的交往仅限于清谈,说是清谈,有时候纯粹是磨牙扯淡。后来熟了,老郑就劝他:"小李啊,玩这个事呢,是为了让人更快乐的,从雅了说是怡情悦性、增生智慧、愉悦人生。千万不要因此而把生活搞复杂了,招惹出更多的烦恼,去给自己添堵啊。"

李家栋则坚定地说:"郑老师您一定有不肯外传的独门秘诀的。"

老郑随口开了句玩笑:"还真有这么个秘诀的,不过绝不可能轻易外传。你想啊,这个秘诀可是值大钱的,只要把这个口诀学会了,就能立马成为顶尖高手。一百万教一个,中国的有钱人这就都会看古玩啦,你看我能赚多少?"

到了晚上,老郑就后悔了,也不知道这个李家栋又会生出什么稀奇古怪的想法来。

四

顾总是"减堂"初开的时候偶尔闲逛进来认识的。北方汉子,豪爽,办事思路清晰,在江南生活久了,大方中透着机灵,带着南方人特有的某些意蕴,粗中有细那种。商场上摸爬滚打几十年,不是个明白人撑不到今天,更何况人家的产业还蒸蒸日上呢。后来顾总告诉老郑:"头一回上门其实也并不是偶遇,闻名找上门来的。"老郑说:"人跟人,缘分。"

顾总上门的头一回倒也实在,开门见山就说要好玉,点着名要龙、虎、熊、豹子等"嚣张点儿"的动物,他们那地儿的人欣赏的就是个"猛"字。按说他也不是古玩市场的新人,开着菜单点货,那是要吃亏的,你把自己的底先给露了,那价格还能谈吗?他倒是满不在乎,邪性。老郑笑起来,说自己以古玉为主,中国古代玉器中似乎没见过豹子,熊有一只刚被朋友买去,手头上带龙纹的有几件,玉虎有一只。拿出来给他看了,他都嫌做得"不够嚣张",倒是看中了一只玉鸡,说是他们那地儿叫"大吉",好!这只圆雕小摆件,刚好一把抓,能当个手把件玩,玉质灰白泛黄,有老提油的痕迹,显得古朴。这是件明代仿宋的作品,现在的大拍上都当宋代的卖,那都是天价。做工是够细,浑身羽毛都精密地用阴刻细线勾勒,费的工可大了。顾总有点爱不释手,他倒也不掩饰,脸膛都发亮起来。老郑有些迟疑,毕竟好几万元的东西,从对方谈吐看,鉴玉水平那纯粹是个外行,这样的生意,老郑是不敢轻易冒进的。顾总见老郑欲言又止,以为对方是看出自己喜欢,打算开个狠价要拿捏他的意思,索性就把话挑明了:"兄弟,价格上您悠着点,让给我玩玩,我念您的情儿!"呵,这话那叫漂亮!老郑很喜欢。

老郑也索性就打开天窗说亮话:"兄台,价格高低不是头一位的,我的规矩是因人给价,交情够了多点少点都无所谓,但我东西只卖给识货的人。碰上了不懂的人,东西您倒是买了去,可备不住有人'打枪',现在这世道!十个里面只要有一个说怪话,就得出问题,您自己如果又没眼,那就不是做生意,而是结冤仇了,您说对不对? 钱是挣着了,却多了个仇人,犯不着对吧? 最冤的就是它了,流落在外面,人家把它当了假货,可它又不能开口喊冤,那不就憋屈死了! 我建议您有空常来走走,多听听多看看,先学点看玉的基本技术,有了把握您再伸手也是不迟。"

顾总也高兴了,一拍大腿说:"兄弟,我告诉您吧,我在这个市场转悠了十多年了,每个月得买几样吧,没碰上过您这样拦着人叫别买东西的。我这些年买的东西吧,真叫不老少了,常常是这月看上月买的有问题,今年看去年买的有毛病,看来看去这十来年就没买到几件真东西! 虽是这样说吧,那玩来玩去,对假东西是个啥光景也多少找着点感觉了。最近这一两年是买得少了,咱也在反思不是,您看啊,这只鸡呢,您拿出来时暗淡无光、灰头土脸,刚才悄悄用手那么一摸,现在是又亮又润啊,这是真包浆。我虽然不会看,但是直觉告诉我,它就是个真东西! 为啥呢? 它跟我以前买的那不是一回事啊!"老郑更乐了,两个人越聊越投机。他们第一次见面就做了生意,这在老郑是少有的。

后来顾总倒是常来坐坐,十有八九是工作时间,正好开着车路过"减堂"楼下,才想起一个电话拨过来。好在老郑工作单位近,上班也是坐着冷板凳干耗着,立马赶过来也就十几分钟。顾总是忙人,屁股刚落座,电话就跟了过来,两部手机的铃声此起彼伏,往往也无法深谈,有一搭没一搭聊些闲篇。顾总说:"您老叫我学点鉴定技术,您看我哪有自由? 我现在找着您了,除了您家哪儿也不买,省心了。"也是。他们两个属于同一种人,智商高,情商也高,豁达中透着明白。其实交往时间不长,倒是交情不浅。顾总感叹:"兄弟,您是可以干大事的人。"老郑说:"我? 年轻时候没选对道路,错过了,人是不能跟命争的。"

顾总这十多年确实买了不少，大部分他自己都发现是假货，各派各的用处去了，还余下一小部分他看不明白的，就悄悄送过来找老郑给"批作业"。虽说按照常规不应该评说别家卖出的货品，但顾总是明白人，何况两人确实投缘，老郑略一谦虚，也就不再推辞。几次看下来，把余下的这些也基本"枪毙"完了，老郑一件一件把各自的毛病给指出来，顾总也心服口服，说有些已然被别人看上了，这下就舍得送出去了。老郑暗暗一算，他这些年打水漂的绝对是笔巨款，好在前几年钱好赚，人家也不甚在意。

古玩市场上唯一能够依赖的，就是看东西的眼力，即便像顾总这样的明白人，他会看人会处事，甚至称得上精明，但如果没有眼力，照样抓瞎，所以老郑常说："在这个市场里，除了自己的眼睛，你什么也不能信，要关注东西本身，其他一切附着于东西之上的故事、信息都要摒弃。记住，必须认物不认人！"玩伴们就跟他开玩笑："大师，那我们连你也不能相信了吗？"老郑回答得很干脆："实话实说，你们最好连我也不要相信，尤其不能盲从！人是最善变的动物，我今天不骗你，可不代表明天不骗你；我万一看走了眼，即便主观上没想骗你，客观上也可能骗你呢。这些年我花这么大力气，要你们自己掌握鉴物的技术，就是要让你们都有独立判断的能力！你自己有了眼，才能百毒不侵呀。"众人闻言都正色一凛。

批过几轮"作业"，顾总的眼光多少也有点提高，他告诉老郑还有一件"重器"寄存在银行保险柜里，得拿过来看看。他们约好了时间，说看就看。这是一个白玉圆雕摆件，有二三十厘米的高度，那题材就怪异了，是一匹上山狼。当初兜售的那位老行家说是乾隆年间的精品，够得上宫廷级别的。当时那位行家说："你看，这是用整块和田羊脂白玉雕刻而成,历经两百余年岁月洗礼,白玉上面出现了丝丝红沁,沧桑痕迹呀!爱新觉罗他们家肇兴关外,他们崇尚狼啊,所以宫廷以羊脂白玉制作如此一件陈设精品,是有着深厚文化背景的。"老郑哑然失笑:"没听说过清朝人崇尚狼啊,中国古代玉器中也没见过狼的形象啊,越没文化的人越喜欢装×谈'文化'。"

这件玉器上的工艺破绽就不必多说了,玉料也并非真正的和田玉,而是青海白玉,所谓的红沁,是用高锰酸钾溶液浸泡而成。"枪毙"了他那么多东西,顾总眉头都没皱过一下,这一回他却有点受打击的样子,情绪一下子低落了,买得贵还在其次,关键是这匹狼它"嚣张"啊,顾总原本是真喜欢。

气氛有点沉闷起来,顾总提包里的手机已经响过几回,刚才净张罗着看狼也没顾上接。他拽开拉链,拔手机的同时,顺带捎拉出一块圆玉来。老郑眼尖,眼前一亮。顾没来得及平复脸上的尴尬,正要把玉塞回包里去,手却被老郑按住:"兄弟,缓一步。"顾总有点脸红,抢白道:"早年买的,以前很多人看过了,假货咧。"老郑正色道:"看看再说。"他接过玉来,看了两眼,又去取放大镜,坐着看了足足有两三分钟,正面、反面、侧面,一声不吭又走到窗口,就着檐下的折光再看,缓缓点起头来:"是个宝!"

在顾总的印象里,老郑鉴玉从未如此郑重其事过,一般玉器到他手上,都是扫一眼就直接给你答案,这回的凝重有点夸张了。顾总以为老郑因为刚才的"大灰狼"接着逗他玩呢,怪不好意思起来:"以前有行家给看过,说这个要是真的就应该属于一级文物了⋯⋯嘿嘿。"

老郑抬起头,冲他一笑:"是的,这要在博物馆里,评个一级也不为过。"

顾总臊了，道："得了兄弟，你要喜欢，送你得了，嘿嘿。"

老郑反问一句："你舍得？"

顾总道："有啥舍得舍不得的，送人的东西多了，我麻烦了您许多回，还没谢呢，真要看得上就送您了。"

老郑坐回椅子上，把玉轻轻放在桌子中央，露出点惊喜神情，道："兄弟，这真的是一件极品。"顾总看他不像开玩笑的样子，倒惶惑起来，抓起玉重新端详起来。以前有行家告诉过他，这种器物叫作"春水"带饰。所谓"春水"是描绘北方春天水塘中的景象，主要由荷花、荷叶、天鹅、海东青等图案构成。辽金时期，北方少数民族贵族经常举行"捺钵"仪式，于春夏季节选择水草丰美之地放出海东青捕捉天鹅，举行渔猎祭祀活动，"春水"题材正是取材于这种场景。"春水"玉器从辽金发端，元明清历朝都有制作，辽金元时期的"春水"是收藏古玉者都梦寐以求的名品，即便明清时期的制品也极具价值。因为贵重而且稀有，自然假冒仿制也很猖獗，真正的"春水"古玉也就百中无一。这件"春水"带饰，是在圆形带环中间镂空雕琢了两只惊慌扑腾的天鹅，一只矫健的海东青攫住前面天鹅的颈部，十分具有动感。

手上这件"春水"雕琢工艺非常精细，必须仔细观察，才能看明白镂空部分是先用锃管钻出小孔，然后在小孔中穿过铁丝，以手弓拉动锯出图形。天鹅、海东青身上羽毛的勾勒细线则全出自古代砣具的精心碾琢，雕琢完成以后，连器物背面、镂空侧面都经过了精心打磨，当时工艺的残留痕迹已经极其细微。老郑指着前面那只天鹅的喙部叫顾总仔细鉴察："这只天鹅被攫住了头颈，惊恐之中张开嘴巴哀鸣，你看这张开的上下喙是怎么加工出来的？"

顾总把放大镜沿着他手指的地方凑过去，看清楚了。天鹅张开的嘴巴是以一整排平头锃管连续密打连成一条深深的细槽,而锃管的圆弧在天鹅的上下两喙边缘则自然形成了锯状的喙齿,再以砣具雕琢出喙部两条阴刻细线,这样一钩边,天鹅张开的喙就既简洁有力还生动传神,太绝了!古人太聪明了!顾总惊喜得要跳起来了,抬头望望老郑:"您的意思,这件东西不假?"

"如假包换的元代'春水'!你再看看那熟旧的玉质,那使用磨损的痕迹,那自然晕散的黄色汗沁,都透着一个'真'字。辽金元时期的'春水'虽然珍贵,但也说不上一器难求,我自己就藏着三件呢。你可知这件'春水'与众不同之处在哪里吗?一般'春水'都是一鹅一鹘,可你这件是两鹅一鹘,就我所知,私人藏品中从未见著录,只有中国台北藏有一件与你的相类,因此这件可以说是流通市场中的孤品了!"老郑今天有点激动了,说着就抽出一册台北的藏品集,一翻就找到那幅图片,"台北这件除了玉色略微青一点,构图几乎一模一样,太高档了,太难得了!很多人既没见过这种器型,更不敢相信这件会是真的,鉴定时这宝贝就容易为一般庸手所'误杀'!"

顾总也激动起来了:"当时一起买下的还有另外一件'童子',也是都说假,我喜欢那造型,这么多年一直当新玉挂在身上玩呢。"他掏出来,是一件白玉人上人手把件,两个小孩儿玩叠罗汉,工是真细,顶上有祥云,带着璞皮,乾隆年间的东西。顾总有些惭愧:"这些年行家们看了都说是仿货,一直也没当回事呢。"老郑嗤声笑出来:"很多所谓的行家就是只会看粗活,没见过高档玩意儿,他们哪里看得懂这路份的玉器。市场里,常有将假当真、把真当假的情况,遇不到真人,宝贝可找谁说理去?"

顾总早年在外地办厂,认识了一个"铲地皮"的,就是走街串巷收购古物却并不开店的人,买过他不少东西,当初三千五千买的后来都被证明是假的。这是和此人买的最后两件，盯了他几年也不松口，当初实在是喜欢，也只好被他拿捏着花了极大代价方才买到手。"铲子"信誓旦旦地说是从一老户直接铲出来的货，可后来很多行家看过都说并不真，说"铲子"的话你也信。他看料子正宗，工也细致，倒一直也没舍得送人。老郑说："你刚才可差点就送我啦。"顾总说："不是差点，就是送了，不过，现在我可舍不得了。"说完，两个人都笑出声来。

老郑说："现在这个市场里，说一声假那是太容易啦，看不懂不要怕，你耿直了脖子喊假，一定有人冲你挑大拇指，叫你一声行家；你要说声真，那压力可真大啊。"

不过，话说回来，真货也确实他妈太少啦。

五

"高个子"长得很是俊朗，因为比常人大了一廓，眉眼就显得越发疏落大气，沉稳中又透着活泛，电影里的聪明人都长着这样一副好五官。国际大品牌服装穿在这样一位人物的身上，那自然是妥帖的，就是豪华的拎包、手表在他手上，竟也像是从来就长在他身上的一般。进了"减堂"没言语，他冲女店主点一下头，就背着手凑到橱窗前，隔着玻璃看陈列的玉器。老郑妻子起身把橱窗里的电子灯都打开，黑丝绒衬底的展柜一下子就有了景深，白得如同雪夜的反光，而那漆黑的瞳仁就被点亮了。

看完橱窗，"高个子"心里有了八九分的底，再看看这个店堂布置得有讲究：进门的玄关悬挂风铃一串，凡有人来便叮叮作响；迎门木质隔断用的是冰裂纹图案，封了磨砂玻璃，透光却不泄密；隔断脚下三尺见方一只方形阳山石槽,敞口,状如元宝,养着红黄花色小鱼,种着茂盛的绿萝;转过隔断,紧靠隔断内壁是一张清晚期榉木小供案,钩子工,带如意纹;案上原配红木座子英石清供一架,红铜马槽宣炉一只,红铜质底座是原配,边上白瓷盆里一丛春兰葳蕤生光;堂中拦腰纵向安放书桌,乱拼踏脚、整板五抽。店主坐的是搭脑靠背太师椅,抬头,上方悬挂"澄怀观道"行书横幅镜框,书桌对面闲放两张骨牌凳,都是民国苏工制作,榉木材质,从没经过拆洗修配,行话叫作"清水原装";临窗下放置清晚期卷头大条案一件,麻梨木质地,镶水楠木案面,长度超过九尺,苏工中的大器;案面上有以前主人使用不当烫焦的痕迹,沧桑感出来了;茶壶茶杯刚洗净,水渍没干透的样子。条案两侧面对面围蹲六张榉木杌子,各放一块坐垫;靠墙角瓦盆里有一株半人高的佛手,碧叶丛中正开着白色小花,很香;转头回顾,玄关一边的墙角安放着一对明代白石柱础,三层六角,有两尺的高度,雕满十二生肖和花卉八宝;柱础上放着兰花,一脚进去,就到了里间。

"高个子"低低地问女店主:"请问'减堂'主人可在?"老郑听见声音,放下书本,从里间出来。"高个子"微微一笑,自我介绍道:"我们以前在网上聊过很多次的。"老郑"哦哦"点头,请他里面喝茶。行家之间交手,从访客自报家门才算正式开始。他进门一般不说话,先观察你陈列的物品,如果没有见面的价值,那么就会悄无声息推门而去了。这就如同两个拳术高手,一位慕名而来,他得先在一旁冷眼旁观,判断出另外一位够得上是个对手,才上前投名状。里间比外面显得更宽敞些,当中放置一张民国榉木四仙桌,桌面四周起着线,四张高背扶手藤椅,是最实用、最舒服也最朴素的坐具。朝南对窗的方位,墙上高高挂着"晤此嘉荫"篆书横幅镜框;西面门旁靠墙是一张宁波工的民国榉木狭长高脚条案，栏板上透雕松鼠吃葡萄花纹，条案底下一只长方形石槽，水满满的，有鱼在游。阳光斜射进来照到水面，银白色透明的光就在室顶上一晃一晃，又反射到橡木色地板上，人就像鱼一样地游起来了。条案上整齐排放着厚重的玉器图册，后面墙上张挂着一排书画立轴；东面墙上也是画轴，挂的却是一幅民国小名头的《竹林七贤》中堂，两边是对联，洒金红笺纸，钤盖着"甲午翰林"方章。藤椅靠背上搭着一件外套，那自然是主人的位置所在了；靠窗的两角，一边是榉木大橱，因年份久远，开阖之际发出"吱呢"的声响，另一边则是榉木绣柜一架，柜上紫砂盆里长着碧绿苔藓的吸水石，有阳光从漏透的孔隙中射出来，后面镜框里是清代的汉砖拓片。窗台下，几张备用的榉木机子。

"高个子"看大橱畔一幅隶字立轴，写的却像是几句牢骚话：生年三十九，拜官八品从。四六辨不清，二五任嘲弄。学无一字成，家徒七面空。奉旨卖旧货，好学杭大宗。老郑见他倒站定了看那幅字，笑了起来："这件书法是我刚开店时请人写的，自嘲，自嘲。""高个子"往下看去，落款处果然还有几行小字：郑子中年辟减堂于市廛买卖破铜烂铁，俨然涤器相如矣，人生矛盾莫过于此，作打油自嘲。不辨四六，乡曲土谚也；二五郎当，南京俗语也；别户家徒四壁，我且连天地六面，更主人脸面全无，因之七面皆空也。杭大宗，革职翰林贩卖古董为生，高宗赐书"买卖破铜烂铁"六字予之，刻薄甚矣。"高个子"转头道："原来老哥姓郑，失敬。"

主人微笑着请客人在对面落座。待坐定，"高个子"发现里间的布置是用心思了：按说主人应该坐在朝南的位置，可如此一来就会给来客感觉托大和傲慢，所以主人选择了坐东朝西，他背后挂着中堂对联，那也堂堂正正。如果是宾主两人相叙，客人自然是坐在西面位置,空出来朝南的正面,大家东西对谈,那是平等的,也是宽松的。而宾客虽然坐西,他后背却有着条案,同样是给人正位的感觉。如果是三人或者四人晤谈,那座次也是妥帖的,个个都有宾至如归的体验。老郑往茶壶中注入开水,透亮的一条线旋转成金红色的一壶,水是桶装的山泉水,杯是龙泉的青瓷盅,那壶却是普通的玻璃壶,带着不锈钢网兜的。老郑说:"现在都兴茶道,太烦琐,形式重于内容了,那茶就不是给人吃的了。内容愈丰富,形式要愈简单,心情才会愈加地好。""高个子"抿一口,那滋味复杂,喝了却通体舒泰,鼻尖上逼出来的汗芽凉凉的:有大红袍、高山茶、玫瑰花的香却被陈年普洱压了一下,有一点点的苦,你说不出那味道是来自安吉白茶、杭菊还是其他;等回过味来,那滋味又醇厚甘甜,草木本真的香却也是清晰的,没有丝毫的装腔作势在里面。这茶五味俱全,透着一个痛快,就像做人。

"高个子"道:"郑兄!刚才欣赏您橱窗里的藏品,就知道您是个真行家!我有件东西众说纷纭,这趟特意跑过来拜访,想请您帮我断断。"老郑连忙道:"我外间陈列的,说穿了就是些俗物、生意货,兄台你勿见笑才好。"老郑感觉到对方的手搭上来了,推手中叫作"粘",一旦双臂"粘"住,力的运动就该开始了。"减堂"的物品陈列老郑是有过斟酌的,外间的玉器既不能太多也不能太少,高中低档必须都有一些,但均以开门为标准,一般行家也能看个八九不离十的那类。如果档次太低了,人家小看了你,档次太高就曲高和寡,看不懂,就会说怪话。今天这个帅气的访客倒也敞亮,直接就出题目考试,比以前来过的几个藏头露尾、鬼头鬼脑的所谓高手要可爱。

既已"粘"住,手就推过来了,正在捕捉你的重心。这是一件表面呈现出酱红色的小巧青玉琮,器身雕琢云雷纹,那花纹很是奇特,构图松垮垮的。圆劲滚动,重心游走不定,力点似有若无。老郑拿琮在手,看内膛管钻痕迹,看四肩上切割工艺,看纹饰细节,看各个面上包浆状态,看旧化程度。力绵绵不绝,可进可退,随时变化方向。老郑心下了然,抬头问道:"不知怎样的众说纷纭?"对方也是高手,脚掌拖地,轻退半步,重心却左右更替,换了方位,但力还是从手上过来了。"高个子"如实陈述道:"有说老的,有说新的,有说宋代仿古的,也有说民国造假。请郑兄提供点意见?"绞住对方手臂粘向肘部,将对方纵向的力改变为横向去。老郑笑笑:"我的看法是,东西是老的。"这把来力带着切劲,懂劲者不顶不丢。"高个子"疑惑道:"就这么简单?"力其实并没加大,只是切准了对方的空当,借来的力又缓缓送回去。老郑欣赏这位访客的率真,没有卖关子,接着说下去:"玉琮是西周的,纹饰是清晚期民国后添的。"这圆浑的内劲没有明确的力点,却无处不在,让对手无从招架。"高个子"大拇指一挑:"兄!我是研究了一年才弄明白的,您只用了十分钟!"对方重心已失,上身摇动,这边便轻轻收了势,双方还是面对面保持着两尺的间距,一如没有开始之前的状态。老郑给对方续茶:"惭愧,惭愧,偶尔说中而已。"

第一道题考核过关,接下来可以说是更高层次上的较量,也可以说是先亮给你看答案,要你倒推着列出方程式来。但是来访者确是个实诚敞亮的人,因之这一切就貌似平淡而从容了,波澜不惊之下,自然而然地推陈开来。"高个子"说:"以往虽然在网络上多次探讨问题,但是毕竟隔着一层,很多人在网络上似乎是个绝顶高手,一见真人那就见面不如闻名了。今天得识郑老师很感荣幸,请上手我随身的两件玩意儿,以示登门求教的诚意。"他从脖子上取下一件雪白的玉来,拿张餐巾纸擦干净了,放到桌子中间。老郑轻轻将那一团雪似的宝物取到面前欣赏,双眼顿时一亮:这是一件金代丹凤朝阳纹透雕圆形带饰,工艺精细到要让人误以为是乾隆朝的,质地白糯到像新玉,传世之器,包浆润泽到黏手的程度。老郑要拍案惊呼了。翻过来看背面,老郑倒吸一口凉气:背面空白处琢刻着"大定李诚造"五个字!现在轮到"高个子"微笑着看他了。对方等着你点评呢。老郑有点兴奋,他无须掩饰,对于这样的极品,他必须致敬,否则就是欺心了:"兄台,这件无论是年份、工艺、料子都是没得挑了。若说隋唐宋辽金元这所谓的中古玉器为什么特别贵,甚至比年份更久远的高古玉器还要贵,除了存世数量少以外,也因为从美学上考量,高出了后世很多。中古玉器雕琢精度不一定赶得上乾隆时期的,但是要说生动传神,那明清的没法跟它比,这就如同明清绘画终究跟宋画在审美上隔着一层是同一个道理。这是一个时代美学特征的问题,特殊的气息是仿也仿不出来的。"好了,老郑已经判定了这件是中古,没有认为是明清,"高个子"暗暗喝彩。

老郑说:"玉器落款就更罕见了。中国玉器上出现文字,目前所知最早是商代,安阳妇好墓就出土过铭文玉器,天津博物馆藏有'甲子'青玉版和'乙亥'铭文柄形器。带饰上落款,首见于后蜀永陵出土'玉大带'铊尾,现藏四川博物馆,明代有'大明宣德年制御用监造'款春水带饰,现藏故宫博物院,民国收藏家许汉卿旧藏与此件最为接近,他的也是丹凤朝阳纹圆形带饰,不同的是他那件背面落款为'蒋珪造'。大定是金世宗年号,你的这件既有年款,又有工匠款,就更罕见了。"

老郑说:"兄弟啊,今天得谢谢你,让我大开眼界了。说句心里话,就看您这一件宝贝,就知道您眼力在哪个段位上了!走到这宝塔尖尖上的人,哪个不是九死一生!""高个子"再也无法掩饰他的激动了,说:"郑老师,我真服了,您是高人!这些年,我也走遍欧美寻访古玉,天南地北拜会大行,见识过一些东西,也算阅人无数。刚坐下来那会儿,心里还想着要跟您一较高下的,这会儿我知道,您这样的道行,光靠看书是学不来的,您一定是个有故事的奇人!像您这样的高人,即便不出手,我也已经知道自己不是您的对手!"两个人说着说着,越发互相佩服起来。

"高个子"从腰间解下来的第二件玉器,也是宋金时期制品,一只白玉圆雕回头鹿,犄角做成灵芝的样子,行家称为"芝冠鹿"。老郑看完两件东西就全明白了,他玩的是古玉界的顶珠——中古精品玉器,那么下面就应该轮到他来唱和了,这本来是个交流,也是个礼数,光说不练那哪成呢。现在两人已经坦诚相见,意气已经被双方搁置到了一边,暗自较量的意味就淡了,惺惺相惜的味道更浓,彼此珍惜起相聚的时光。老郑吩咐老婆,今天挡驾,不再接待其他外客。

老郑打开保险箱,从最上一层取出三个锦盒来,说道:"兄台,今天事先不知您驾到,能给您看看的就这三件,一般的俗物也就不污您的眼了。日后空了,请再光临,我提前准备玩意儿请您上手!""高个子"打开来看,一件是金代白玉凤穿凌霄花带饰,一件是宋代白玉仙人骑凤大带板,一件是唐辽白玉行龙笔架。老郑的这个题破得讲究了,对方以中古见长,他就以中古回应,这是一个敬客之道。对方以凤为重器,他就拿出两件凤来;对方有圆雕动物,他也以圆雕答对。

"高个子"推开跟前的茶杯,看一件激动一阵,看第二件的时候手就已经微微颤抖了,他看了一遍再看一遍,说:"郑老师!这第一件凤穿凌霄花带饰虽然罕见,但是同类器物十多年前在大拍上是曾经露过面的,那件做工似比您这件还更精细圆整一些。但这第二件却是个出谱的孤品了！故宫有一件仙人骑凤镶嵌件，而这件却是带板，中古带板里从未见过这一题材！您这件尺寸阔大，背后四组象鼻孔中，犹有当年的银丝残留在里面，这么一说也是有千年的历史了。"他放下带板，双手捧着玉龙端详，像是喃喃自语，"从来没有见过这个模样的玉龙啊，从来也没见过这样的玉龙啊！这座圆头独角的行龙，白玉质地已经完全泛黄，所谓的'千年白玉转秋葵'了，这个龙纹造型确实没有同类馆藏玉器资料可供参考，只在东北某辽代贵族墓中出土过一对纯金螺丝龙可以与之对比。"

"高个子"站起身来的时候，天已经黑了，大楼保安进来催促过两回了。老郑邀请"高个子"共进晚餐，他却说："今天不饿，不饿，似乎有点醉茶了，得让我静静。"他握住老郑的手道别，说："这一趟来得，这叫什么感受呢，高兴、激动、兴奋、失落，还是莫名有点不舍或怅惘？是个说也说不出来的滋味……"

关上"减堂"的两扇门，走廊里已经熄灯了。老婆问老郑："今天这位客人叫个什么名字呀？"黑暗中，老郑愣了一下："没问。问那个干啥？"老婆说："你们不是网上早聊过吗？"老郑瓮声瓮气道："网上那么多人，谁知道哪个是哪个？我只记玩意儿，从来不记人。"

临走之前，"高个子"是问过老郑一个问题的。他说："这么多好玩意儿您千山万水、千辛万苦地聚拢来了又散了，就不心疼吗？"也只有这种行家才懂得行家的难处与痛处，只有这样的过来人才能问得出这个问题来。老郑望着墙上"学无一字成，家徒七面空"那两行字，出了好一会儿神。最后老郑一低头，回答的是："我恨这些狗日的玩意儿！也恨狗日的我自己爱它们！"

老怪的爱情

一

中国文化里最贵重的木材是紫檀和黄花梨,在上千年使用过程中,紫檀后来几乎被垄断成为宫廷用材,民间器物罕见;黄花梨乃明清文人家具最高用材,稳居民间木器顶端。在古玩行,紫檀被称为"帝王之木",黄花梨则有"木中皇后"美誉。从现代科学角度把黄花梨原产地和科学分类等研究明白,是最近数十年间的事;对紫檀的科学论断则更晚,是最近十几年内的事。科学依据成为市场认知的基础,黄花梨和紫檀在二十一世纪之初开始引发民间市场关注,随后便兴起了价格炒作的声浪。

黄花梨——中文学名:降香黄檀;科属:豆科黄檀属;俗称:花黎、花狸、降真香、花榈木;产地:中国海南岛。

海南岛黎族人将黄花梨树材的边皮称为"漫",芯材部分称为"格"。一棵生长二三十年的黄花梨树主干直径可达碗口粗,剥去"漫",可用的"格"只有筷子粗细,要出直径半尺的黄花梨笔筒料,必得两三百年以上的大树方成。海南岛西部土壤肥沃，生长的黄花梨原材比重大、油性强、颜色深而花纹好，称为"油格"；东部土壤贫瘠，所产黄花梨原材色淡而质轻，称为"糠格"。黎族人砍伐黄花梨树材之后，并不马上外运，白蚁喜欢咬食松软可口的"漫"，对气味辛辣芬芳而质地坚硬的"格"却敬谢不敏，人们静待虫蚁充当义工，将无用的厚厚白皮吃净，是为"虫蚀"。黎族人任由放倒的树材在森林里闲置数年，雨淋日晒，经过反复干热，令芯材充分氧化醇化，油性和木纹都焕发出来，甚至材质呈现出玉质感，是为"潮化"。经过"虫蚀"与"潮化"，黄花梨的木材之美其实已经珠胎暗结，就等着人们的巧手施诸斧凿，精雕缕刻，将它们塑造成豪门书斋之中的雅物了。明清时期，海南岛东部地区交通条件较好，原材主要在此采伐，至近现代而几近绝迹。最近几十年，市场对黄花梨需求激增，而随着科技发展，交通运力水平提升，西部地区野生原材也已所剩无几。黄花梨成为市场里的一个传奇，寄托着许多人逐利求富的欲望，也承载着许多人炫富投资的心理。

近二十年，越南山区也发现了黄花梨树种并被逐步运用，材质较海南岛黄花梨略次，因之市场中就有了"海黄""越黄"之别，价格相差数倍乃至十余倍。与黄花梨质地、花纹相近，容易混淆鱼目混珠者，如草花梨、花枝木、紫檀柳等，多产于东南亚、非洲、南美洲地区，与黄花梨是完全不同属的树种，价格相差数十倍乃至百余倍，但是一般人很难从外观上区分出来。

二

叫他"老怪"，不是因为年龄与资历，而是因为某种程度或者类型。老怪是古玩市场里出了名的巧手,这双手伸出来,粗厚奇大,跟他这个身量显得不相称。十根指头粗壮得像十根小胡萝卜,但这小胡萝卜是倒着生长的,从掌部往指尖去是越长越粗,到了顶端却成为方形,连指甲长出来也是方棱折角,不是染了某种化学剂就是墨汁或者各色颜料洗不干净的样子,很不那么白净。但是老怪这双手,是值得骄傲的。行里其他人收了古家具,褪漆一般都运去修补工场请木匠做,他是从来不必的,网上买来褪漆剂,在店门口就自己动手干。红彤彤的漆水淌了一地,那几十上百年里不断追刷上去的红漆也能基本褪干净,剥皮老鼠似的,他一边传授着该买什么牌子的褪漆剂,该如何操作等要诀,一边略带炫耀地说道:"明明自己动手都能干妥的,找啥木匠!"老家具门、板变形开裂,他等没外人的时候喷喷水再拿重物压一压,过个十天半个月将其阴干,自然就平直了。接着他不知从哪里搞来老粉腻子嵌一嵌、刮一刮,再弄点颜料或者油漆描一描,那些毛病就一时也看不出来了,这家具古还古,品相却上了一个台阶。在店里闲着没事,他握着散了锋的秃笔到结满涸墨的砚台中蘸一蘸,写几张画几张,手臂挥洒的幅度那自然是非常大,似乎永远带着点表演的情绪。不过黑漆麻乎的宿墨笔触中倒也透出点苍古的意思,如果旁边恰好有个闲人再赞上那么几句,他的心里就更美了。有时候,他拿支小号的毛笔在紫砂壶素坯上画画写写,然后运刀如笔地镌刻起来,一面文人画一面书法,有时是画八大风格的游鱼或者孤鸟,书法则是"自得其乐"或者"难得糊涂"四个狂草,下面均落着他的款。过一段时间,他会将这些茶壶送到宜兴丁山窑口上去烧,用不了几天时间,一箱成品便会出现在他的店铺里。他店里的茶水往往也很出奇,很多铅皮罐头中装着各种草药,枸杞、石斛、金银花等是药店里买来的,四季变换着,很多旁人叫不上名来的则是他去野外山上亲自采了晒的。这个罐头里抓一把，那个罐头里撮几块，跟茶叶一起投进他的大紫砂茶壶中泡开，倒出来那茶汤就带着各种草药的气味，他则如数家珍般介绍起各种配料的功效以及这茶汤的功用。这些自然是有根有据的，他手头就放着《本草纲目》和《中药大词典》呢。偶尔收到了残损的古书画，送去叫裱画师修补重新装裱，他则因为不能亲自动手而必提出很多具体的要求，如画面拼补要裁取边角空白处的旧纸，但不能破坏画面完整感；复背的夹宣要用手工宣而不能用机制宣；面上要素色的梗绢，不要用花绫和锦绫；糨糊要当天手工打且加明矾，不能用隔夜货，等等，他自己是会裱画的，只是现如今开店做生意没这么多工夫，也没有施展手脚的场地，只好送出去将就了，多少心里是有点不甘的。某天店里留客，中饭在小餐馆里点了菜送过来，他也会指点送餐的伙计几句，如炒金花菜必须喷高度白酒，蒸白鱼必须先用粗盐加白酒暴腌肉头才紧致，白灼湖虾则千万不可火候过头，否则鲜味尽失，等等。他早年是曾专门去培训班学过烹饪的，有空的时候会跑去湖边买鲜货亲自下厨，烧个杂鱼、一鱼三吃之类是远胜大饭店的，小餐馆的手艺自然是难入眼界。夏天到了，老怪买纯棉的老头汗衫是一打一打地买，再去买来油画颜料和油画笔，胸口正当中按真人比例画上自己的头像，穿起来甩着手到处逛逛，市场里的人一回头不小心会被吓一跳：老怪怎么长出两颗脑袋来了！定睛一看才明白：老怪又画上油画了，无师自通啊！

老怪去珠宝街转一圈，看见雕玉的活计挺寡淡，转过几家店铺，发现帮人家玉器打孔和穿线、编结的生意倒热乎。隔几天一架雕刻机就出现在他店门口了，启动马达，钻头发出"嗞嗞"的声响，老怪拿块蹩脚玉料在试手了。再过几天，雕刻机上挂出一块牌子：代客打洞,每次十元——老怪又学了新手艺了。有人对他说:"老怪,别人'打洞'要付钱,就你'打洞'是收费,难不成你长了个金鸡巴?"古玩市场的人,接地气着呢,说点黄段子荤笑话那是家常便饭。老怪把脖子一拧,说:"这个叫本事!"于是,四周会发出一阵欢乐的笑声来,大家都很快意的样子。都说老怪这双手无所不能,要想赚他的钱那是难上加难,都照他这样,很多行业都得歇业。老怪听了,极是得意,尖起嘴"吱"地吸一口养生茶汤,嘿嘿笑着。有时候,说到兴头上刹不住车了,老怪将他的大手在桌面上一刹,咧着嘴道:"这双手跟着我倒是没有白辛苦,也算享过福,经常犒劳它们咬——女——人!"说完,五个指头撮起来一张一翕,很有弹性的样子,似乎捏住了一个有反应的圆东西,他的小眼睛眯成了两个核桃,花朵朵的。

老怪原来在一家国有企业工作,十五岁就征土进了厂,当司炉工,活不重,给锅炉加足了煤,大衣一裹就能睡上半个班。后来国有企业实行现代企业制度改革,将职工分成了固定工、聘用工和征土工三种性质,以征土工最为硬气,签订的都是一直到退休的长期合同。因为在大家的意识里,他们是带着土地加入企业的,不像其他职工是两手空空招工或分配、顶替进来的。再说征土都是一个生产队或者一个大队进行,征土工原来都是一个队的村民,很多还是同族同姓的血亲,在企业里是没人敢惹他们的,齐心着呢。真要惹毛了他们,真敢几百人挑起粪桶担子,给党委书记办公桌上去"肥田"。老怪进厂十几年,混成了老职工,企业却一日比一日衰弱,他脑子活,看准遍布城乡的拆迁形势,就悄悄在家里收购古旧家具,开始干起了"铲地皮"生意。后来生意做开了,天天上家来看货的老板不断,他时间不敷调度,本职工作索性就"卖班"了。"卖班"其实是当时国有企业职工之间常见的做法,老怪把自己的班次顶给了同班组的三个工友,每个月的薪水也由他们私下拆分。这样"卖班"的好处是,他还保留着国企职工的身份,在社会上算是一个有正经职业的人,薪水虽然分文不取,但是企业给他缴纳着养老保险呢,也算是个双赢。老怪"卖班",其实车间、分厂头头儿们也都知道,只是这种情况并非少数,企业效益也不好,头头儿们没必要去得罪人,自己那份高薪能拿几年还说不准呢,睁只眼闭只眼都当没看见。

那个时期,国企正面临转改制,很多矛盾就此激发出来,群众跟干部之间的对立情绪格外尖锐,因为企业兴旺的时候普通职工也没有沾到多少好处,现在效益一滑坡,下岗啊,辞退啊,减薪啊,等等却都是从普通职工下手,于是矛盾就无可避免了。很多工友就去找老怪,说兄弟你现在混成老板了,你又不靠企业什么,这群干部前几年都吃里爬外捞足了捞饱了,现在又来折腾工人,只有你能跟他们搞,杀杀他们的威风!于是只要车间、分厂开大会,他就重新披上工作服,戴着安全帽,甩着手出现在会场里。大家都推他坐在第一排,跟头头儿们面对面,连女人们都用手指头背后去戳他,怂恿他站起来唱反调。他禁不起怂恿,果然挺挺地站起来,撸起袖子,拍着报纸,搬着政策条文扯开嗓门嚷,后面的职工就跟着起哄。台上说一句,他就驳十句,好几次改革动员会就在这样的哄堂大笑中收了场。职工们请他去大排档吃夜宵,他很得意,感觉受到了前所未有的重视和拥戴,到了结账的时候,自然还是他来会钞——他大小是个老板了。

后来,分厂书记就找他,先不紧不慢说了一段过门,也无非是改革的必然性和必要性,老怪刚要动嘴辩驳,书记摆摆手,道:"小吴啊,论口才呢,这个分厂里你最好!我虽说是书记,也只是一辈子在这个厂圈圈里打转,没见识过外面的世界有多大,也是说不过你。但是今天厂长说了,这个分厂里要说小吴也算个人才,可有能力有水平的年轻人都跳了槽,他一只脚踏出去也一两年了,怎么倒还赖在厂里不敢走呢?"老怪平生最不服气的就是有人说他"不敢",立起身来当即嗤笑道:"我不敢?我离开了这个厂也照样能在社会上找食吃,照样饿不死,而且比在厂里还活得更好!你信不信?"书记见状倒没有丝毫不悦,嘴上再反敲一记,说:"你敢辞职?不会吧,你是征土工,能有这气魄?"老怪道:"有啥不敢!"书记说:"那你递交书面辞职报告上来,否则别人要说你是言而无信,光嘴上硬,还是想赖在厂里头呢。"第二天,一封龙飞凤舞写在宣纸上的辞职信果然就送到了厂部,当天便获得了批准。

没过半年,企业改制了,成了私人老板的产业,很多职工被辞退。经过激烈抗争,被清退的工人取得了一些经济补偿,工龄长些的拿到几万块并且养老保险一直缴纳到退休年龄。老怪半年之前早已主动辞职,这些自然就完全没有他的份。当时这几万块钱,可以在街镇上买套一室一厅的二手房。

三

最近,老怪很反常,画也不画了,壶也不刻了,洞也不打了,店也不守了,成天在市场里乱窜,古家具店从这家转到那家,盯着那些陈年红木家具,看看,拍拍,敲敲,掏出个小电筒照来照去,甚至好几次店老板发现他还用鼻子凑上去闻一闻,警犬似的。别人问:"老怪,你在干啥?"他则很淡然,说:"帮朋友配几件家具,看看,看看哈……"大家都瞧出异常来了,老怪以往只在"铲子"家买地头货,最近却疯狂了,同行店里也买,"铲子"家也买,还有不知从哪里运来的一车车红木大柜、条案、椅子、方桌,店里已经堆摞到屋顶了,要侧着身子走才能进得去。据市场里专门搬运家具的外地小工说,他家里也都堆满了。老怪下狠手了,在囤货呀!但这样囤法,不得把自己撑死啊?

可是,老怪进货付起钞票来却照样爽气得很!"哗哗哗"都是崭新的现钞,看中了用手点点,叫人送过来,款子都是现结,一点没有把自己给撑死的迹象。老怪要发达了,肯定地,要发达了,今年老怪交好运了!一传十,十传百,很快市场里所有的人都这样在说了。如今老怪难得有空在店里歇口气坐坐了,跷起二郎腿,"嗞"地一口茶,有时候难免忍不住那股得意劲,脱口道:"这个市场里遍地都是黄金,天天有大漏,就看你有没有这个水平去捡!"

什么时候兴致高了,老怪拿张三千目的德国金相砂纸在家具边角上擦开一块包浆,半杯滚开水浇上去,把水渍略略掸干,鼻子凑近去,深深嗅起来,"好香的木味儿!"他两眼甚至有点翻白,陶醉起来了,像吸了白粉一样。这是多么浓厚的钞票的味道。

他从橱柜里拿出他的秘籍——那本叫《木鉴》的权威专业书来,翻到"黄花梨"的章节,对照着木纹、比重、香味各项指标,真是无一处不合,无一处不符。市场里这些做古家具的所谓老手,真都是瞎了眼,连黄花梨跟红木都不会区分,活该他们几十年也是做不发,都是守着黄花梨当红木,把人参当萝卜卖了,你说你还能挣大钱吗?笑话!等会儿王老板过来,跟他一起继续深入探讨探讨,帮他把黄花梨的知识再提高一层,今天看他会买哪几样呢?

四

都说今年老怪走鸿运,不仅是发了大财,还事业爱情双丰收了。

现在他店里几乎每天能看到有个叫小瑜的，倒是得体大方得很，跟熟客们一起坐着喝茶，话不多，一笑俩酒窝。她一般穿着深灰色的小西装，小格子白衬衫的领子翻在外面，有点职业装的意思，简洁而合体，这西装是束腰的，显得身材很好。她跟老怪坐得总是不远不近，让人不能有什么闲话说。没几天，一只民国翡翠手镯戴在雪白的腕子上了，熟客们说："哦，是个玉石玩家呀，难怪叫'小瑜'，有缘，有缘！"有时候老怪忙着招呼客户，她不动声色就站起来帮着洗茶杯、泡茶，给人端茶递烟，一切似乎都顺理成章的，似乎早就如此了，新上门的顾客一定以为她是老板娘，是万万想不到她也是刚上门才没几天的新客呢。别人都叫"老怪""老怪"，她则从来没有这么叫过，只是"吴老师""吴老师"地称呼着。熟客们都是几十年滚在市场里的老江湖了，久炼成精的人，暗自都心里发着笑，当面却只当啥事没有，等小瑜前脚走了，就起着哄叫老怪"介绍先进经验"。

　　说来也怪，这次老怪口风紧得很，就是不开口，滴水不漏。以前有点风花雪月的事，老怪是从来只嫌别人不知道，非但讲得绘声绘色、细致入微，更要添油加醋发挥一番，跟他作画一样总是带着点表演的成分。这个市场里，这些生龙活虎的人，从来没有所谓纪律、规定等等来压塑拘管他们，因为见怪不怪，舆论也是分外宽容甚至纵容，只要法律管不到，他们是多么地自由自在啊。男女这点事，算得什么呢！在这个阶层里，除了生意上是有秘密的，其他方面是均可以公开的，没有什么值得藏着掖着，所有的情感以及欲望都明明白白摆在那里，电视里那些缠绵悱恻的爱情泡沫剧深为他们所讪笑："就床上这么点事，至于这样迂回曲折、人为复杂吗？"痴男怨女之间上门争吵打架，一旦反目之后索讨钱财信物，旷日持久争端之后寻死觅活，甚至恐吓威胁是经常发生的，除了围观时候热闹过一阵，也是引不起任何持久影响的。市场里的人只讲"轧姘头",从来不讲所谓的"情人",那是跟这个阶层不搭界的。熟客们都说,看来,这回老怪是处了"情人"了,仿佛鸡窝里走出来一只鸽子,很另类的感觉,还多少带着点意外。

小瑜是一个中午偶然走到老怪店里的,她原本是想随便询问一下哪里有玉镯卖,兼带请教一些玉器常识。老怪是个热心人,就从和田玉分新疆料、青海料、俄罗斯料以及河磨料,新疆料还分籽料、山料、山流水料,玉器又分老玉、新玉,老玉再分高古玉、中古玉、明清玉等等概念讲起,把女人说得愣在那里。她说,看见同事戴的玉是绿色的,于是老怪就告诉她,那个不是和田玉,应该是属于翡翠,正宗的翡翠出自缅甸,目前市场里很多是澳洲玉、贵州翠、独山翠玉乃至人工合成、激光发色等等伪造的假货,带着证书也不管用,这证书花二十块钱就能搞到手。这些假货戴了非但没好处,还对人体健康有影响,后来他又接着谈到了中医药的保健养生知识,这下女人就佩服得五体投地了。女人又看到他的书画、刻壶作品以及他撰写的有关家族文化研究方面的文章,恍如在风尘中发现了才子,在市肆里发现了隐士,崇拜得都快闪泪光了,这个世上怎竟会有如此一个多才多艺的奇男子呢。女人抿嘴一笑,说今后可以经常来讨教了——说来果真连续几天都来,于是两人越聊越投机。有时来得早,聊着聊着就到了饭点,自然就一起出去吃个饭,开始老怪抢着买单,小瑜倒是不愿欠人情的个性,随后也主动约请。不过她很是随和,没有其他城里女人装腔作势的坏毛病,既不挑剔饭店的档次,也从来不挑嘴,说只要跟吴老师在一起,吃什么都是香的。老怪听了心里有数,十分欢喜。

几次接触下来,他就知道小瑜是附近一家银行的职员,在客户

118

服务部工作,所以上班时候的时间很宽松。一年前她跟丈夫离了婚,儿子上幼儿园,判给了男方,她则跟自己父母住一起,生活得简简单单。现在,老怪除了继续到处去勘探发掘他的"黄花梨"以外,其他的时间就是跟小瑜在一块儿,他们相见恨晚,有诉不完的衷肠,甚至反锁了店门半天半天在里面倾诉,或者傍晚开着车往周边县区的山庄、农家乐里钻。只要人不在一块儿,就是手机互相发送着激动人心的短信,一直发到手指僵硬不能动弹,机身发烫,电量消耗殆尽。

尽管两人独处的时候,小瑜其实是热烈奔放的,甚至是有点恣肆狂荡的,那激越往往都叫老怪吃惊。但是她是个分寸感和自我约束能力极强的女人,而且特别在意自己的公众形象,这在意又不完全是徒慕某种虚荣,更多的倒是一种生活的养成与习惯。只要店里有客人在场,她总是沉静的、安分的、中规中矩的,乖巧得如同一只小猫,似乎她这个人是不足为人知的,她只是店里一个最普通不过的常客而已。这一点反差特性,跟老怪以前遭遇的女人完全不同,这也让老怪体验到了一种很特别的感受。老怪说:"到底是这种知识分子家庭出来的女人有素养、素质好啊。"

有一回,就他们两个人在店里,老怪从柜子里取出一只民国翡翠手镯来,一边说着"这老货才是纯天然,翠色也不错,人养玉玉也养人的",一边就握着小瑜的小手为她套上去。小瑜娇嗔道:"你手好大,太用劲了!"说着,歪起头,咬住唇,媚眼斜乜盯着他,带着点满足之后的挑衅似的。老怪笑嘻嘻道:"我身上哪儿都大!"小瑜举起戴着手镯的雪白手臂,在他眼前一晃,噘嘴说:"男人永远没有女人大!"说完倒吃吃自己先笑起来,这风情是好得没法说。老怪现在古家具也不修了,紫砂壶也不刻了,书画也不表演了,雕刻机也不开了,他的头发也剃短了,指甲修饰得整齐干净,下巴和腮帮子刮得溜青,身上也收拾得整洁挺括，天天像吃醉了酒一样，一个人坐在店里也会莫名其妙发出几声笑来。

有老成的熟客就暗暗劝老怪："千万别把男女之间的这点事太当真了，人家是年轻貌美的银行职员，凭什么看上你一个开旧货店的，还不是为你现在有了点钱吗？"这个说法老怪是不接受的：太世俗了，完全否定了老怪的个人魅力。这个女人是懂得欣赏他的才华，他的价值在她那里是能够被充分预估的。小瑜就提议过，叫他不要把绘了油画的汗衫穿身上，而应该用个架子把它们张挂起来，说这是"文化"！除了这个女人，谁有过这样的见识，谁这么重视过老怪的艺术？朋友们老生常谈的劝告多了，似乎就对小瑜产生了某种玷污和侮辱，老怪就有点为小瑜愤愤不平起来了，他低着头摸着新戴上手的大钻戒，有点心不在焉，说："她怎么会是贪图钱财的人呢？她家条件那么好，从来也不缺钱。我送她一只翡翠手镯，她是立马去八佰伴买了六件进口 T 恤衫来送我，让我轮番替换着穿，每件都是一千多的！"老怪在心里说，她以前的老公就是老板，男方有外遇才离的婚，有钱人跟穷人的想法到底不一样，越是条件好的反而越是不看重钱财，这个世上还有女人倒贴的。你们懂什么？

时间长了，老怪的"双丰收"也就成了市场里公开的秘密，有时候老怪自己也忍不住要喜不自胜露出一句两句，诸如"家里一个老婆，店里一个老婆"之类，骨头轻了。小瑜听见了也不恼，好像还挺高兴的样子，多么体贴温柔、善解人意，但是也不接茬，这就更显得稳重含蓄、韵味悠长了。熟客们由开始时的为老怪瞎担心，到后来都纷纷表达出羡慕加钦佩，不得不对老怪的"本事"由衷赞叹起来。

老怪就更加得意了。

五

老怪的老婆终于是吵上门来了。老婆拉着儿子堵在店门口的时候，里面正好坐着几个熟客，老婆眼睛滴溜一圈，在小瑜脸上扫了两眼，毫不迟疑就判断出了是她。老婆双手绞在胸前，冲其他人喝道："我们有家事要谈，你们各位请便吧！"熟客们见势不好，低着头一溜烟钻出了店。老婆反手把卷帘门往下一拉，在朝南的太师椅里一屁股坐下，斜着半边脸，二郎腿跷得高高的；老怪低着头，只管玩他的手机，他心下的算盘跟小瑜合计过多次，没什么可担心的，爱咋咋地；小瑜也是镇定，似乎这情势跟她没有一点关联，她完全是个局外人，看别人夫妻吵架来的。熟客们没敢走远，散出去几步，见卷帘门关闭一半，又纷纷聚拢来，透过缝隙窥探窃听，他们似乎是既怕错过点什么热闹与细节，又怕里面形势失控，以致会耽误作为朋友的责任与担当。

里面僵持了一会儿，在老婆的破口大骂声中开局。原来夜里老怪躺在床上跟小瑜发短信，喝了点酒，发着发着睡着了，手机滴滴乱响，被老婆拿起来看到了。这种吵架在市场里是很难搞出新意来的，不过就是撕着对方的脸，发掘点床上的隐私，斥责抢别人男人不要脸、破坏别人家庭道德败坏之类，再后来连诉说评理都不解气，于是跳着脚辱骂和诅咒，什么话臭骂什么，到了那个光景，其实这吵架也到火熄烟起、准备鸣金收兵的意思了。可是今天这情形实在有点奇异，老婆刚刚开骂，小瑜却不紧不慢说话了："不要泼妇骂街，请你注意自己的素质！"

老婆倒愣住了："我骂偷男人的倒成了没素质，你倒成了淑女

121

了？"小瑜说："这里是公众场合，你不为自己着想，也该为男人的面子着想，他可是市场里有头有脸的人，自己老婆在外面撒泼，不丢男人脸吗？这样的女人还配得上他吗？"于是，这架无形中就转了向，朝向辩论到底谁有素质谁没有素质了。既然是说理，小瑜就显得口齿伶俐起来，说："你也不要吵，你也不要闹，你安安生生过你的日子，这天底下一点事也没有。你硬是要作天作地的话，你的位置就准备让出来，保准有人会坐上去！"

老婆从来没见过这样一点也不狡辩，却一句也不落到实处，心安理得说得振振有词的，自己反倒有点结结巴巴起来："我们夫妻怎么样关你屁……什么事？我们就是生分……离婚，也轮不上你……"

"怎么没关系？你要真敢离，我就准备排队第一个嫁给他！"

"你这个臭女人……要不要脸？还好意思说……嫁？当着别人正经老婆面，要不要脸你？"

"你听清楚，我是说，只要你离，我就嫁！你不说离，我可没说过要嫁。你真要离了，后面的事跟你有什么关系！有点常识好不好？"

"…………"

"别在外面搭些四六不靠的朋友，成天这里旅游那里唱歌的，多花点时间照顾一下家庭，孩子的功课多辅导辅导，自己老公在外面打拼辛苦成什么样了，花点心思照顾一下老公的起居好不好！只有抓住了男人的胃，你才能抓住男人的心！整天好吃懒做，既不能主外又不能主内，哪个男人受得了你？"讲到后来，居然成了小瑜在批评教育老怪老婆。

显然，自己老公把家里的隐情都一五一十早跟人家交了底，对手对自己了如指掌，而自己对她却一无所知。小瑜说："你要是有理，怎么自己老公都不帮你说一句话，都混到这个份上了，好好反省一下自己吧!"这架干的,成了二对一。老婆又气又急,被数落得干瞪眼。是啊,我叫你二对一,看到自己的儿子在旁边傻站着,也不帮自己一把,老婆心火吊起,冲过去朝儿子的屁股狠狠扇了两巴掌。儿子哇哇大哭,老怪就一把搂到自己身边,这下好了,成了三对一。今天这场架,成了针对她的揭批大会了,老怪老婆忽然觉得自己已经体无完肤,自己老公跟别的女人好都是自己对不起他们了,眼前的这个女人跟自己老公好上那倒似乎是天经地义,并且简直是为了拯救她来的了。老怪老婆心里直懊悔,今天自己太大意,没有充分准备好就仓促出手,结果反被打个措手不及,不由得一阵阵气闷,继而自惭形秽,底气尽丧。

老怪从来没见过这样的吵架,眯缝着小眼瞧两个女人,这架吵的,还算吵架吗?简直是当面来争宠嘛!局面对老怪绝对有利,此时不发威更待何时?老怪摆出男人的威严来了,朝老婆一声大吼:"给我死回家去! 出来丢人现眼!"

老婆到这个时候,臊红了脸,"妈呀"一声倒哭出声来了。她拉开卷帘门,扯起儿子,一跺脚,抹着泪跑了。

老婆开出了条件,要离婚也行,家里和店里的存货统统都归她和儿子。老婆嘴上喊着离婚,等到老怪真的主动跟她协商条件的时候,她却往后缩,说:"眼看要过好日子了,我离了去便宜那个臭女人吗?难道我脑子有病?要离也行,除非你净身出户!"这下老婆一把掐住了他的命门。

老怪烦透了,虽说最近一年多突然发达,赚得确实不少,但是这行生意就是如此,利润都在货上,现金却只有几十万在手头周转,当下买套房子也是不够。离婚不是什么大事,只要手上有货,钱是马上能够像流水一样淌过来的,安身立命、成家立业也就轻而易举。小瑜倒是无所谓,从来也没有催过老怪离婚,说在一起开心就好,就是喜欢他这个人,穷点富点都能过。对老怪来讲,最好能够离婚,开始全新生活的温馨预期让他充满憧憬和信心,可是净身出户他是断断不能接受的。这样,吵吵闹闹,一时也解决不下去。

要好的朋友劝老怪:"夫妻本是同林鸟啊,老婆总是原配的好。女人嘛,外面玩玩就可以了,今天不知道明天的,又不是头一遭,你还当了真? 你玩着她,她也玩你呢,人心隔肚皮的,谁知道谁? 再说,这样在店里争风吃醋吵架骂街,是做这一行的大忌,要坏风水的呢! 你这年把生意兴得很,别叫这种事给败了运。脑子放清醒些!"

六

得意过了头便是失意,真让朋友给说着了,老怪开始遭遇滑铁卢。王老板晚上到他家里时,脸色是要多难看有多难看。

这一年多,老怪跟王老板两个人一起参研《木鉴》,发现红木古家具中混杂着很多"黄花梨",这几十倍的差价让两人激动不已,简直是发现金矿啦。于是老怪到处去"捡漏"找货,王老板再源源不断买回家里去珍藏。老怪发掘到了金矿,钱来得稀顺。王老板也很得意,想想自己摆满了一栋别墅的黄花梨家具,虽说比不上王世襄,可也总算得上一代收藏大家了吧,也该在收藏界扬名立万了吧? 于是不断邀请行家来赏鉴他的成就。吃过大闸蟹,喝过茅台酒,行家们闪闪烁烁奉劝几句"适可而止"也就一抹嘴走了。王老板想象着巨大的增值空间和投资回报,更为自己超群的智商和眼光激动不已,哪里能听得进其他的意见。

老怪发大财的消息是路人皆知的了,无形中他早已成为市场里的一个活靶子。多少同行早都弯着弓在拉弦呢,同行中多的是消息灵通的狠角色,三下两下就摸到了老怪的就里。这些同行通过各种渠道跟王老板搭上了线,一进他的别墅,就没那么含蓄了,看得懂看不懂的都拉开大嘴狠批一通"假货""赝品",喷起来都是义愤填膺、斩钉截铁。王老板起先还翻着《木鉴》跟他们辩论,可辩来论去却越争越糊涂,大家谁也说不服谁。这同行就说了:"王老板你也别跟我争,你这件东西原本就在某某'铲子'家里放着,你要想知道究竟,带你去出处问问就是了。"王老板还存着幻想,心想这下好了,可探到老怪的货源了,以后可以亲自到第一线上买地头货,省下了中间一道过桥费用,于是七嘴八舌之间开着车就直奔"铲子"家。没花几天工夫,五六家"铲子"走访下来,王老板便也成了半个行里人,方方面面混得烂熟,信息也变得四通八达。同行们暗暗发笑,都在心里说:"看你老怪能再牛×哄哄、骚气冲天几天!"

一天,王老板独自来"铲子"家,忽然看到一张民国海派靠背椅,左看右看,又掏出手机里存的图片细细比照,确定是一套里落单的那张。前几天他刚从老怪家里买回去一对黄花梨椅子,见了这单张,没动声色,就问价格。

"铲子"说:"单张的,收你三千五吧。"

王老板就摆噱头了,说:"在哪里似乎看见过一对的。"

"铲子"想也没想,说:"是啊,另外两张前几天刚卖给老怪。"

王老板问:"什么木料啊。"

"铲子"答:"酸枝。"

王老板道:"不对啊,老怪说是黄花梨啊。"

"铲子"嗤笑道:"黄花梨?一对卖他五千五?想得出来!王世襄也没见过黄花梨的海派靠背椅吧?"

王老板的脸霎时白了。好家伙，你下午五千五买回家，晚上就八万八卖给我啊？心态一变，眼光就陡然一百八十度大转弯，王老板赶回家，再来看满屋的家具，现在他看所有东西都不再是黄花梨。此刻他都能看明白了，这些明明是白酸枝、草花梨、老红木嘛，当时怎么横看竖看都看成了黄花梨呢？他是想也想不明白，似乎是老怪施了什么魔法，让他这一年多看什么都能看出稻穗纹、"鬼脸"纹来，用开水烫烫就能闻到"海黄"特殊的辛香味来，真是中了邪了！

王老板是个精明人，这一年多做老怪八九百万的生意，他一直留着一手，只付一半现金，其余的都拖欠着款子呢。生意场上混了几十年，早就成了连皮带筋的"滚刀肉"。他不是行里人，外行有他外行的优势，可以不理会行规行事。古玩行里本没有退货一说，但作为外行，他可以说，"我不知道哇"！王老板也明白，这不是老怪成心骗他，他们两人一起研究的《木鉴》，要说走火入魔，也是两人一起的事。他们都太性急，一个急着"捡漏"，一个急着"投资"，市场自有市场的规律，行业自有行业的门槛，到底是心急吃不了热豆腐哦。

他选定了部分家具留下，其余的都要退货，如此折算下来，老怪还要倒找他两百多万。这可要了老怪的命，到手的现金早就分批进了货。他明白王老板是受同行蛊惑，对他原已"领先"的眼光却退步回去十分惋惜。老怪倒算是重情重义，看这一年时间跟王老板相处也很融洽，人家现在提出的要求其实也并不十分苛刻，打掉门牙往肚里咽吧，虽然一时无法兑现，却答应下来，照此解决。

老怪只好再把货纷纷往"铲子"家退，有的给退，有的却不给退。东西退回去了，货款却未必能按时到手，退货的话价格也是要大打折扣的。老怪陷入了严重的三角债里，资金链彻底断裂：一面他拼凑着现金要分批还给王老板，一面存货却在流失，款子回笼则更是艰

126

难。到年底,存货拉出去大半,家里是空荡荡的了,手头却没一笔整钱。他又抵押出去很多瓷器文玩小件货品,总算向朋友挪借到几十万,才凑够一百万元,先偿还了王老板小一半的债务。这局面,让老怪走投无路,欲哭无泪,终日脸色焦黄,没有一丝笑容。碰上这种事,脸算是丢到姥姥家了,也是无从跟市场里的任何人去诉说的。而这肚子里的苦,只有他自己知道。

在这三四个月里,老婆变得识相了,知道"好日子"终究是遥远起来,看男人心情不好,也不敢再闹。让老怪揪心的是,小瑜却像是突然分解在空气之中,竟然是一点音讯也没有了。

有时候老怪特别心烦,一个人闷坐在店里,茶也懒得泡,低着头光喝白开水,看看外面满窗的寒雨,又看看那张留下过无数缱绻记忆的红木榻,就会想起女人那温暖而柔软的胴体,那充满魅惑的眼神,那富有弹性的胸脯,那散发出幽香的汗水味以及娇柔到失控了的喘息声……过往的一幕幕一遍又一遍来撞击他那颗粗糙的心。他想,都忘了吧,忘了吧!可是,这一切如在眼前,每一分钟都来揪他的心,他是不想也得想,是怎么也摆不脱。最后,那景象又渐渐演变成了一阵阵的刺痛,纠缠着他,折磨着他,嘲笑着他,并且层层叠叠累积,不仅没有消散冲淡,还时不时地越发分明起来。

可是短信没人回,打过无数次手机也再没人接——后来,干脆就停机了。

小瑜就像是一个幽灵,她伴随着"黄花梨"希望的肇始而凭空现身,伴随着"黄花梨"幻象的鼎盛而翩然起舞,又伴随着"黄花梨"神话的破灭而悄无声息地失踪。现在,她似乎成为某个年代久远的故事里曾经出现过的人物,恍惚之中有种不真实的感觉,接近《聊斋》里的意境。她又像是某个寓言,影影绰绰的,象征着一点什么。开始的时候,老怪还时常想起"我就准备排队第一个嫁给他""我就是喜欢你这个人,穷点富点都能过"……不是一切原本都说得好好的吗?他觉得小瑜不会自食其言的,她不应该是这样的人,想着想着,却生出来些怨愤,甚至有点被欺骗了的感觉。可是,细想想,人家欺骗了你什么呢?骗了你财,还是骗了你的色?真没有,那是真的没有哇。骗了你感情?她不也同样投入和付出了吗?可是,为什么就连个原因都不说明白,就这样人间蒸发掉了呢?这种果决不留丝毫的余地,算什么呢?

　　好几次,老怪曾有过找到小瑜单位去的冲动,可是走到那栋抬头望不到顶的大楼下面,他忽然感觉一阵眩晕。玻璃门隔断的两个世界,从外面看进去,像一只硕大的鱼缸,里面一路小跑着的、穿着灰色或白色工作服的男女,跟他之前打交道的人类似乎种类迥异,以至令他产生出并非和他们生活在同一个星球上的感觉。于是,他便开始质疑此行的意义,心念开始游移。有一次,他甚至已经迈过玻璃移门步入大堂,看到其他访客在候场,保安一个电话上去,一阵点头之后,访客被允许填写会客登记单,然后才被放行,匆匆朝着电梯间走去。他不由得拨了一下女人的手机号码,里面再一次传出了那个节奏匀速、熟悉而坚定的声音:"您拨打的电话是空号,无法接通。"此时,他似乎为自己找到了某种理由,毫不犹豫地转身,落荒而逃……

　　这个时候,他真切感知到了自身的靡弱无力,那似乎又不仅仅是遗失情感之余的落寞,还包含着些人到中年前途茫茫的困顿,面对城市这头怪兽慌于应战的气馁,更有一些是说也说不清、道也道不明的意思。这种情形,在老怪来讲,以前是从未有过的。

128

七

后来，老怪也似乎明白了。这城市里面的爱情，跟移动公司的手机收费其实是一个道理，是可以免收通话费的，但是，它必须有个起步价。

人生来处翠华浓

一

中秋节的前一天,有人说起袁正海死了,老宋抬头望望对门那家铺面,已经重新装修开了金店,这一晃,翠华阁也关张有一年多了。他嘴里"嗐"了一声,就再没第二句话。民间的习俗是死者为大,人死了就不作兴背后再嚼他的舌根,跟他认识了二十多年,老宋倒是想说些个深情款款的忆旧言语,可细想想实在也想不出什么能够摆上台面的话,除了皱着眉头"嗐"那么一下,还能说些什么呢?

"翠华阁的袁正海""袁正海的翠华阁"或者"那个卖翡翠的袁正海"曾经是这个市场里人人挂在嘴边的口头禅。黑胖的身量,称得上魁梧,无名指上白金镶钻的方形帝王绿翡翠大戒指那也不算啥,胸口粗大赤金项链上挂着的玻璃种满绿关公牌子才是他的招牌。一早开店没有客户上门的时候,趁着昨夜的酒劲还没消退干净,他就开始哇啦哇啦训斥三个垂着头的年轻女店员。他的声音亢奋并且所向披靡,在整条珠宝街的上空回荡。翠华阁的每一天几乎都是在他这样的不满和嫌鄙中开始的,女孩们渐渐也都习惯了,除了继续低眉顺目赶紧打扫,并没什么不良的反应。只要有客户进店喝茶看翡翠,袁正海会立马住口,瞬间调制出一副柔和的笑面孔,她们也会自觉抬头、收腹、翘臀、挺胸,精心展示出甜美的笑容来。

袁正海经常扳着手指头数,这个市场里,哪怕这个城市里,他们一年能做多少流水?哪家的翡翠生意可以跟他比?开个小店也叫老板?他们算个屁!在他的意识里,别家卖翡翠的都称不上"老板",只有他袁正海才有这个资格。可也怪,二十多年了,市场里的同行和老客户很少有人叫他"袁老板",都是"袁正海""袁正海"地喊,连名带姓的,他一度甚至十分生气,下命令店员必须叫他"袁老板"。开始店员还不灵清,省略了"袁"字,径直叫他"老板",以为这样叫透着亲热,他则立即果断纠正:"应该叫我,袁——老——板,记住了吗?"于是,熟识内情的同行对他就多了一个称呼——你们的袁老板。市场里的人都说"丹阳驴子脚不好,袁正海的嘴不好",这"丹阳驴子脚不好"是老戏里的一句戏文,但是也没哪个能说得清为什么丹阳的驴子脚就不好,可市场里很多人都领教过袁正海那张"不好"的嘴。这些年,他得罪的人海了去了。

有人说,一年多没见的方绮霞整个人一下子老了十多岁,头发花白了,脸上全是褶子,跟其他半百的女人没什么区别了。袁正海出殡的时候,她倒也跳着脚一把鼻涕一把眼泪号了几声"正海啊,你哪为死落咧",那声音甚为凄楚,引得老街坊也纷纷落了泪。那个从澳大利亚赶回来的宝贝女儿戴着孝,倒没什么悲戚的神色,从小不在父母身边长大,到底感情是疏远的。末了,那人感叹了句:"那个时耀的方绮霞,算是没有咯!"

——就在一年多之前,老板娘方绮霞每天吃过中饭还都会走进翠华阁,略坐坐就要走的,不是约了小姐妹逛街、喝咖啡,就是出去唱卡拉OK、跳舞,店里事她从来不沾手的。每天例行公事到店巡视一圈,只是宣示女主人的地位,那个时候大概是袁正海最为幸福的时刻,他总会满脸堆笑,巴结得像一匹在雪地里撒娇打滚的黑毛公狗,"夫人"长"夫人"短汇报整个上午的经营业绩,尽管"夫人"其实从来没有心思听他唠叨这些,他也要细细汇报,这是一种忠诚之心的表示。他吃辛吃苦全为博得"夫人"的倾城一笑,只要"夫人"的俏脸上露出曙光,他就是吃再多苦受再多累也值了!

方绮霞比实际年龄至少看上去年轻十几岁,身材一点没有走样,可能比年轻那会儿略微圆润了些,她本来就高挑,穿着法国品牌奶白色高跟皮凉鞋,趾甲和脚跟修饰得十分精心,她又喜欢光腿穿高跟鞋,充分显示白皙并且细腻的肌肤,这样饱满而颀长的小腿是分外性感的,前看后看都挑不出一点瑕疵。她不仅人美,更是会打扮,夏天喜欢穿真丝长裙,不是法国款式就是意大利最新出品,在这座城市里绝对挑不出同款的式样。这些原装品牌时装的领口原本是适合欧洲女人身材的,可方绮霞穿上身却也是刚刚好,从年轻到现在,袁正海从来都对这一点赞不绝口,这也是她十分自信的一个方面。耳钉、钻戒、项链、手袋也都是欧洲品牌,翡翠饰品现在她是不戴的,嫌土气。

她每天来巡视,外国高跟"笃笃"敲击石板路面,光听声响不用看也能听清楚方绮霞袅娜的身形已经近在咫尺,那节奏傲慢得就像整条街都是她家的一样。多少年来,她已经成了整个市场的一景。自然,这方绮霞的高傲无形中也多少招人恨。可真要说到恨,却也是很难恨得起来:你得有她的资本呀,你得有袁正海一样疼她的男人呀,还得有袁正海那个本事,会挣大钱呀!说到底,人跟人,怎么比?她走出翠华阁之后,法国香水的气息还会在店堂里继续浮动,这暗香往往可以让袁正海继续激动整整一个下午,这销魂之中隐隐也存着某些不安与愧怍。

现在,说是这样光鲜亮丽的一个人,没了。

二

五六个腕上绣着刺青的黑汗衫汉子簇拥进翠华阁时,袁正海还没有反应过来,直到小许牵着他的大牧羊犬直冲冲登堂入室,他倏忽就反应过来,明白毛病是出在哪里了。

袁正海站起身来迎上去:"小许,你什么意思?"虽然多年糖尿病消减了他的体量,但直起身来还是比小许高出半个头,他的体格本就阔大,尤其早年经历过长期体力劳动的锤炼,那体魄架子在那里,就显得还很生猛的样子。小许倒并不怵他:"袁正海,咱们把账清清,我也不想把事情闹大,结完账我立马走人。"这个市场平时看着江湖气草莽气十足,像一把乱韭菜似的杂散无序,但是其实在它的芯子里是暗存着高度的警惕感和快速应急机能的,一有风吹草动就能马上调动起来,形成共同的焦点和主题,是连一点琐碎的异常都不会被轻易放过的。才几分钟的光景,店门口已经围上人来了,多半是旁边其他行业的店家,笃悠悠行走的过客发现了异样,也停下步子团拢来,不一会儿,门口就黑压压全是人头了。老宋坐在路对过自家店铺里,因为同行不好意思走出来瞧这热闹,只好不断伸长脖子朝这边张望。

大家都是在江湖上混成了精的人,高手过招难道还要见招拆招?袁正海知道今天必须速战速决,否则这影响太恶劣了,嘴上却轻描淡写说得稀松平常："小许,明天下班前我给你把账结清。"

"好。"小许使个眼色叫"黑汗衫"们出去,嘴上一软："袁正海,咱们是老朋友了,不到万不得已我不会出此下策,明天如果不结清账目,你可就是逼我走了麦城了。"

"明白。"袁正海很镇定,"再重申了一遍,明天下班之前。"翠华阁是什么所在?袁正海到底是袁正海,市场里有目共睹,这么大的老板,气势毕竟在的。

小许牵着他的大狗出去了,狗脖子上的铃铛"哐当哐当"发出一阵脆响,门口的人群迅速闪出一条通道来,看看再没什么热闹可瞧,便也交头接耳着散开了。

小许出门转了个弯,暗中就有同行一把拉住他,请他进店里去喝茶。小许正有一肚子火要发泄,自然也是愿意坐下来讲讲的:"这狗日的袁正海太他妈不是东西了!"

其实事情倒也简单,小许有件和田籽料的貔貅手把件请袁正海帮忙代卖,讲定二十五万结账,卖了多时也没回音。一天小许店里突然闯进来两个彪形大汉,二话没说拿起桌子上的车钥匙,开了他停在店门口的越野车就扬长而去,十分钟后就有个朋友打电话给他,说:"叫你代卖的那件貔貅也该结账了吧。"小许就诉苦,说自己店小,客户有限,貔貅放在翠华阁的袁正海那里去代卖了,至今也没卖掉哇。电话那头就告诉他了:"东西肯定是早卖掉了,三十六万,新买家拿着东西到处炫耀,我都亲眼见到了,你既然说不知情,明天就带着我的人上门去清账吧。"小许感觉挺冤枉:"这个袁正海,明明已经卖掉了,就是不结账,结果弄出这档事来,朋友还以为是我小许做事情不上路子呢,把我的新车扣押在他们手里了,能怪我上门闹事吗?"同行听听,摇摇头说:"这个袁正海啊,可说他什么好!"最后也只好摇摇头"嘻"了一声。

袁正海是个爱面子的人,这几天就有点直不起腰来,连走路都低着头,别家店铺也不去串门指点江山了,嗓门儿自然也比平日小了许多。每天早上,他再没心思教训那三个女孩子,整个心情都灰灰的,眼皮还总是扑扑乱跳。开店的就忌讳这样黑煞上门闹事,坏风水咧,他心说,怎么还是这样心里惶惶的不踏实呢,得抽空去开元寺烧炷高香才行。

越是怕出事,就越是会出事。到第五天中午,一辆警车在翠华阁门口一停,下来三个警察,把袁正海带上车走了。临走,警察还给大门刷上了封条。

现在,翠华阁大门紧闭,封条旁边贴出了"暂停营业"的告示。这下市场里炸锅了,很多人跑去问小许怎么回事,小许也莫名其妙,他的账目早已经结清,他的车也原封不动地还回来了,见许多同行来打听,倒丈二和尚摸不着头脑。开始还有人以为是小许摆噱头,背后摆了袁正海一道,面上倒撇得干净!

这个市场本是鱼龙混杂之所,有低如蝼蚁的小市民,也有手眼通天的狠角色,没两天就有人探听出来了,说这是一家金银加工店老板以商业欺诈为名把袁正海给告了。说来说去就是翠华阁拖欠了包金镶钻的加工费,那天人家看见黑社会都讨债上翠华阁的门了,怕债主一多自家的应收款落空,于是就先下手为强。

这由头虽说是因为小许讨债引起,事情却是袁正海自己做坏的。为了跟小许清账,他到处找熟人借款应急,这年头还有谁肯借钱给他呢?同行都半开玩笑道:"袁正海你那么大一个老板,一年的流水几千万,还会拿不出这区区的二十五万,别开玩笑了!"再继续纠缠下去,说到新买了房子,现金抽调得狠了点,说到女儿在国外开销也是大，催款短信每个月都急如军报，说到老婆最近又去香港、迪拜，钱花得有点豁边，一时现金不凑手。别人就说了："我们是小店，本小利薄，赚一点利润都滚进货里去了，哪有现金借给别人？我要有钱，自己老婆也早把香港、迪拜当上海跑了！"袁正海吃了瘪干瞪眼，找过许多人也凑不齐这区区的二十五万元，无奈只好去找金银加工店老板试试。

这加工店老板一听就暗自腿抽筋，心想：你欠了我七八十万尾款总也不肯清账，我等于每年放给你一笔无息贷款，问你催讨，每次都被你骂出门来，那时你口气不要太大哦！说'我这么大的店、这么大的老板难道会赖你那点加工费？如果想继续合作，就一定要以余款充抵铺底资金，否则就捌断生意'！现在看来，你袁正海是个空心大萝卜，你是徒有其表，实则光有一身的债啊！袁正海本来也没存想在这里真能够借到款，无非前来试试运气，毕竟自己还拖欠人家几十万块呢，说了一回看看没希望也就转身走了。可如此一来，这位老板心里却打起了鼓，下定决心要跟他捌捌断了。

袁正海被拘留期间，又有几个眼疾手快的债主前后脚地去公安部门报了案，多半是拖欠他们加工费和货款，债务像雪球一样就滚到了几百万元。他是个出了名的拎得清、心眼儿活的人，在里面态度自然是老实的，表示愿意立即清偿，底气也是硬档的，说自己店里的货品少说也有两三千万元，这点债务完全有能力偿还。

后来，派出所所长的老婆偷偷来看他，也是店里的老熟客了，说："有位朋友一直惦记你店里那串翡翠项链，之前你也开过人家一百二十万的，要不给我个面子，卖给他算了？"这下袁正海不仅是眼皮跳，就连半边脸也直抽抽。按照他往常的性子，早就怎么难听怎么来了，但是现在看看眼前拘留室的架势，他只好咬咬牙关，嘴上软软和和地应对，一副口服心服的样子："店也叫封了，如果能拉我一把，让我安全渡过这一劫，这个面子自然是要给的！"派出所所长的老婆说："你这个情况呢，事情可大可小，只要你言而有信，自然有人保你平安过关的。"说完，欢天喜地地走了。

这串翡翠项链是袁正海十多年之前购入的，这么多年一直是翠华阁的镇店之宝。当时袁正海开价确实是一百二十万，但后来随着市场疯涨，价格逐年上升，这两年他一般是开价六百万，在他的心里是少于五百万不卖的，冰种满绿的一百零八颗浑圆珠子，当年就很难得了。唉，人在屋檐下不得不低头，破财消灾吧。

其实心焦的不仅是他袁正海，派出所所长比他还着急。人关进来以后，所长发现袁正海每天要打大剂量的胰岛素，这糖尿病可不轻，万一在拘留期间出点状况，自己也吃罪不起，心里可真有点后怕。第二天所长就让他写了张承诺清偿债务的保证书，给他办了取保手续，放了人。所长考虑得周全，还专门派一辆警车送袁正海回翠华阁，说是为他安定人心。大门上的封条被起掉了，袁正海把店堂里的灯都打开，卷帘门拉下一半，自己一个人在里面忙碌起来。

市场里都知道袁正海被警车送回来了，吃了点惊吓，破了点财，总算是逢凶化吉了。这几天虽然还没有正常营业，但他每天都在翠华阁，大门里面透出的灯光在那里呢，应该是在为重新开张做准备吧。如此，袁正海早来晚走，独自在翠华阁里面忙碌了好几天时间。

有天傍晚，一条人影忽然从半拉的卷帘门下面一弯腰闪了出来，那身影分明有点力不从心和迟钝，闪出来后转身又拉门上锁。他弯着腰，双手撑在膝盖上喘了一会儿气，直起身，面朝这边——老宋吃了一惊，这还是那个翠华阁的袁正海吗？整个人消瘦了一廓，头发蓬乱，脸色焦黄，两个眼袋黑黑地垂下来，正朝着老宋店里走过来。

"老兄，把门关关，咱们商量点事。"袁正海进来以后倒直奔主题。老宋看他手上拿着一个绸缎小袋。

袁正海把绸袋里的东西一件一件往桌面上摆，翡翠戒指、耳钉、吊坠、手镯，有好几件是成色上佳的老坑玻璃种，绿油油发出诱人的光彩："老兄，我今年流年不利，要破财了，急需现金，你是咱们翡翠行业里的犹太人，会做生意会存钱，这些好东西你收了吧。"

老宋看一眼排列整齐的四五十件翡翠，心里盘算了一下，这些货品现在去广东第一线上批发，少说也得两百万元以上的成本。可是，在这个行业里干了三十年，老宋跟袁正海不一样，他是求的一个稳。袁正海这一趟是铁定栽了，旁人看不明白，他老宋是看得清清楚楚。老宋在心里盘算：这浑水要不要去蹚呢？

"老兄，这些货算这个数，总值吧！"袁正海伸出一根食指，"这是半卖半送的价，那么好的翡翠项链我都贱卖了，还有什么不能贱卖的呀，我！"

"正海，这个价是低，但是我手头没有现金啊。"老宋还是怕招惹是非，这些年，他一不借钱二不借货，桥归桥路归路，是稳扎稳打才慢慢囤了点存货，买下了店面，攒下些家底，弄来弄去盘像了一家店。用老宋自己的话说，这是蜗牛跑步，慢慢往前走哦。慢是慢点，可是逢上风吹浪打心不慌的。

袁正海看对方不接茬，以为老宋要拿捏他，反而沉不住气，就主动降价："老兄，实在不行再给你打个八折，只要你付现金就成！"

听明白了。老宋这下就下定决心了，这批货不能掺和。"正海啊，我是真没钱，要有现金，这么优惠的价格我会不伸手吗？这价比第一线批发都便宜很多了。你看啊，我这个人呢，历来胆小，这些年也就这样了，小打小闹的算了，大财是发不了啦。"

最后这一句话，是袁正海多年之前当面刻薄他的，现在老宋随口一说就漏了出来。他本是个厚道谨慎的人，倒不是嘴上要说翻本，不过这句话还真让袁正海评对了，他这个人就这么回事。

袁正海看老宋实在没有接手的意思，低头沉思了一会儿，叹了口气，悻悻收起翡翠，走了。老宋事后想想，这是他最后一次见到袁正海。

几天之后袁正海就失踪了。市场里都在传，他把翠华阁的存货都抵押给另外几家翡翠店了，前面几家报案的债主偿还完之后就失踪了。行内的人算了一下，他贱卖了所有的货底，清偿债务销案之后已手所剩无几。做了二十多年的生意，他不赌不嫖，也就好口小酒，怎么就弄了个两手空空、一文不名的下场？所以说，这讨老婆啊，也是男人的一道坎！不过，从这个善后处理上看，袁正海做人倒还地道，总算是擦干净了屁股才玩的失踪。行里人都说，没想到袁正海居然不拆烂污，是个有担当的汉子，这么多年大家倒是都没看明白他。

后来隔了个把月，广东方面翡翠批发市场的债主闻讯寻上门来，报出来的债务数额更是惊人。他们说收不到款就只好拿东西，可当他们找到翠华阁大门口时，卷帘门上已经积起厚厚一层灰了，几个广东人只好跑去报案。

方绮霞却拿出一纸离婚证，说："就他那个身体，夫妻关系早就名存实亡了，他是他，我是我，他的事情我管不着！"

到此时，人们才恍然大悟，袁正海那样爽快地清偿前面的债务，完全是为了这纸离婚证，说到底还是为了保全方绮霞。离婚手续半个月前办理的，财产也早已分割，其实也没什么财产了，就一处房产，离婚时判在方绮霞名下，每个月还要支付巨额的房贷。袁正海和他曾经不可一世的翠华阁,烟消云散了。

半年之后,市场里有消息悄悄在传,说袁正海其实一直躲在老城拆迁地区一个小旅馆里,天天喝烧酒浇愁,胰岛素也打不起了,人瘦得只剩下一副骨架子。这两年经济不景气,生意难做,大家都很忙,心情也都不好,谁还会去管他这个闲事呢?

三

翠华阁刚开张那会儿,袁正海还是市场里的小弟弟,老宋他们那一波做翡翠生意的老兄弟早已经做成气候,直奔腾冲甚至缅甸去赌石了。

当时翡翠市场还没有起来,用今天的眼光看,那个时候的东西便宜得跟白捡似的。老宋他们每家凑上十几二十万元,伙起来有个大几十万的就能很像样地去赌高档料石。袁正海看老宋为人和善,店又开在对门,总盯着他,央求带上他一道去缅甸赌石市场长长见识。合伙赌料总有诸多羁绊,那些年老宋正好手头宽裕,想独自去赌一把,带个年轻力壮的伙伴同行是个好主意,于是他们就结伴出了门。

那次老宋带上了全部的现金积蓄,有六十多万元,在当时是笔巨款。他们在缅甸赌石市场转了整整一个星期,最后老宋出手了,把全部资金压上去,选定了一块近三公斤的黑皮原料。从"开窗"部分看,这露出的部分实在是太诱人了,正浓鲜均、质细种透,都有了。老宋不敢相信会有这样的好事,难道里面的肉头会跟"开窗"一样完美?这深邃的绿色里面似乎含着某种深不可测的阴谋诡计,让人战战兢兢,可他又实在无法克制自身的欲望和贪心,于是就只有放手一搏。搏,基础是眼光和技术,而胜算的概率是运气,眼光老宋倒是有,运气就不好说了。

老宋抱着石头在宾馆里睡了三天,没敢让开料匠人拉一刀,他除了吃饭睡觉,就是研究这黑漆漆的石皮,用他那支强光电筒透过几处开出的"窗"去端详和推测里面的状况。他不敢轻易下刀,如果发现有任何一点点的问题,他都不会下这一刀。只要不下刀,这料子就还有保本出手的可能,还能全身而退。可一旦下了刀,里面的肉头如果与"开窗"部分的成色相去甚远,那就血本无归了。

熬到第四天头上,老宋两眼已经充血,他叫上袁正海,抱起原石找了家位于市场角落里的开料坊,叫匠人按照他事先划好的线切下去。电锯片割下去发出细细的沙沙声,原石上的菠萝盖还没切下来,匠人就抬头用生硬的中国话肯定地说:"有了。"老宋激动得脸都白了,站在边上直搓手,喉头咕嘟咕嘟吞咽着口水。

菠萝盖切下来,匠人把它捏在手里翻一个身,三双眼睛就同时看到了绿玻璃一样通透的一块!匠人激动得黑脸通红,叽哩呱啦叫起来,意思说这是他平生所见最大最完美的一块翡翠。老宋制止住他的惊呼,立即塞给他两张纸币,用布袋兜起原石,拉着袁正海飞似的往回跑,立刻退房,包车赶回程。

这块切开了菠萝盖的原石被锁进了老宋店里的保险柜中,除了行内要好的老兄弟和几个高端客户看到过以外,没人知道老宋居然憋着这样一件宝呢。

这样一放就放了两年多,老宋也没舍得拿出去加工,一是他心里着实有点害怕,那块主料有三公斤,中间会不会出现意外,他无法预料。从切开部分探照下去,玻璃种很厚,赚钱是铁定了,但他不敢想象,如果这块大料真的是一口气的全玻璃种,那得赚多少钱啊,他甚至没有这个胆量去设想。再一个就是这样高档的料如果拿出去加工，你又不可能二十四小时盯在切割机旁边，切割的时候别人只要偷走你指甲盖那样几小块，可就是损失几万块呀，他想想也心痛，就更不肯拿出去了。老婆就挖苦他："难道你打算都拿来亲自磨戒面不成？"老宋早年在国营工艺品厂就是磨戒面的，他只会磨戒面。老宋就嘿嘿地笑，只要提起这块翡翠，他高兴都来不及，一点脾气也没有。

这两年多时间里，是国内翡翠和玉石市场启动的阶段，也是后来疯狂涨价的前奏。原来的乡镇企业、国有企业厂长经理通过转改制这一历史性机遇，摇身一变成了现成的私企老板，立地成佛式地完成了原始资本积累，打满了人生的第一桶金。这群人对于珠宝、古董、艺术品的需求开始被激发出来，市场出现了整体性的繁荣局面，所有的相关行业都水涨船高。

袁正海是赶上了！翠华阁的生意越做越大了，店面生意和商场配送双管齐下，出货不仅快速还量大，优质客户资源的积累也飞快增长，老板们像胖头鱼一样团团聚拢来，货源更是不愁，他跟广东那边的翡翠加工市场建立了稳固的供销关系。尤其是，当他摩登时髦的"夫人"在店里一坐，艳光四射，比T台上的模特更加光彩照人时，再大的老板也能够感受到他袁正海的不同凡响和实力超群，那生意就成交得无比顺利。一切都预示出，袁正海要暴富了！

袁正海每成交一笔大生意之后的间隙，总要踱到对门老宋店里小坐片刻，畅谈一下他的业绩和战略构想，如果店里没有旁人，他总要恳求老宋把宝贝从保险箱里拿出来让他再"沾沾仙气"。锁进锁出，后来老宋也烦了，索性只给他看那个小小的菠萝盖，袁正海现在从商场配送类的低端翡翠向高档翡翠制品转型了，眼光也有很大提高。现在他看得懂明料的优劣了，拿着这个泛出荧光的菠萝盖，心里的算盘珠子噼里啪啦拨打着退三进一，嘴上他是看一回赞一回。袁正海的那张嘴在市场里是出了名的刁毒，可是只要看到这块翡翠，那张嘴就一反常态变得十分厚道，恭维起来不惜工本，全是好话。

老宋老婆说："袁正海，你不要看在眼里拔不出来啊。"袁正海缠着老宋说："真的是拔不出来了，老兄，我加你五十万，这块料你卖给我算啦，免得你进退两难！"老宋冷笑一声："我要愿意，当初在缅甸市场里就能卖出这个价，你信不？"

后来，袁正海每次来老宋店里，就只有一个话题了：买这块料石。价格也逐渐提升到再加七十万、八十万、一百万。老宋是刀枪不入，老婆却有点心动了，毕竟整整一百万纯利润哪，当时在珠宝街上可以买下并排的三间店面房了。老宋夫妻两个的口风开始出现了分歧。袁正海想：火候差不多了，再耗上一耗就该瓜熟蒂落，宝贝得改姓袁了！

这天，一个乡下老板拿着一本香港翡翠拍卖图册来翠华阁，指着一只拍价四五百万元的手镯对袁正海嚷，要按照这个成色定制手镯，价格可以按拍卖来。袁正海看一眼图片，心中就有了底，对他说："这翡翠一般都是图片比实物漂亮，这个档次的手镯也是可遇不可求，你诚心想要的话付个十万定金，我帮你全世界范围去找，一年之内保证送到你面前！"乡下老板二话没说，划卡付了十万定金。

袁正海盘算好了，打定主意。

他特意趁老宋夫妻两人都在店里，也有多位闲客在座的时候踱了过来，人没站稳，冷不丁张口就对老宋嚷嚷道："老兄，那块翡翠料我陪着你去缅甸买来才六十几万成本，这就放了两年，我给你加价一百万，不少了。卖给我算啦！啊？哈哈……"

老宋一时目瞪口呆,这小子真阴损!他这是要把我的来价都对外曝光,再焐料的话就很难起价了。老宋也是老江湖,脑子转得飞快,笑着对他道:"别人加价比你猛!我是真喜欢这块料,反正也不缺钱,我看到它就心里快活得很,我留着自己玩!"

袁正海没想到老宋这么调皮,倒愣了一下,只好转头对他老婆说:"你看,这老兄就是耿,现如今能拿一百六十几万现金出来买块原石的人可不多!再说这块料只是切开了一只菠萝盖,真要完全剥了皮,不定料底的成色如何呢,风险大得很!老兄你真要有把握,怎么两年多也没敢拿出去把皮剥?"他这一说就说中老宋的痛处了,老宋不吱声了。

几位坐客听说老宋藏着块一百多万的料子,纷纷起哄要求拿出来开开眼,老宋就只好取出来让大家看了。大家也觉得确实还是有一点风险的,再说这利润也不低了。老宋老婆沉不住气,又开始数落起老宋来。老宋叹口气,对袁正海说:"正海啊,算啦,你再加十八万,凑够一百八十万,讨个好口彩吧,不过有一样,这个菠萝盖我得自己留着啦。"袁正海大喜过望,冲老宋摆了个剪刀手,又拽住老宋的手掌使劲握了一把,这就算当着众人的面讲定了,谁也不准反悔了。袁正海立马去银行转账,一路小跑回来,气喘吁吁,将转款清单给众人传观一周,抱起原石就往翠华阁跑。来到自家大门口,终于忍不住,仰天哈哈笑出声来。

这块料石剥了皮,居然是通体一口气的满绿玻璃种,开出了三个手镯、三对牌子、十几个吊坠和十几粒戒面。其中一个手镯,乡下老板付了四百万。这一笔,袁正海是赚狠了!从此他扬眉吐气了,说话都陡然跟往常不一样起来。有时候,他很低调地说:"新世纪,新高度,新目标,早日实现五千万!"方绮霞从那时开始,就每天来珠宝街上巡游了。

　　老宋听说翠华阁卖出一只四百万的手镯,他老婆就懊悔得要抽自己耳刮子。老宋拿那个菠萝盖去找好匠师加工,也做出了三个吊坠和两粒戒面,因为价位不低,卖了一年多也没卖动。

　　那之后,袁正海踱进老宋店里就分分钟带着居高临下的姿态了,老宋也没闹明白,他袁正海哪里来的这么好的自我感觉,岂有此理嘛。一次,袁正海看见柜台里的那几件吊坠和戒面,就问:"老宋,这几件是那个菠萝盖做的吧?怎么卖啊?"老宋没好声气,说了个价,袁正海却惊诧叫起来:"老宋,就你这样做生意,啥时候能发大财!我翠华阁卖这样品质的精品,价格至少比你翻两倍!你真别不信,越贵越有人买,还绝不允许他们还价,店大欺客那是一点也不假,我那块料开出那么多东西不照样全卖掉!"老宋张大了嘴巴,半晌说出一句:"那样胡乱开价,我可没这胆。"袁正海哧笑一声,道:"你这个人呢,胆太小,这些年也就这样了,小打小闹地干个什么劲!"老宋被他说得脸上一阵红一阵白,袁正海正眼也没瞧他一眼。

　　市场里都在风传,说老宋赌赢了一块石头,却让袁正海发了大财。袁正海听到这话,感觉很受用。老宋说:"大财靠命,小财靠勤,自己就是这个命数。"

　　事后袁正海把老宋那几件翡翠拿到翠华阁去代卖,果真不多久就来结了账。按照袁正海代卖的习惯,结账从来没有这样爽气过,但是只要涉及这块料石的事,袁正海就表现出一点异样,这里面既有炫耀,或多或少也含着一点嘲弄的成分。老宋只留下一粒戒面,给老婆包金做了个戒指。袁正海有次当着老宋那几个老兄弟的面说:"老宋,你们这做生意,嫩了!瞧我是啥水平,拿过去不立马全卖掉?价格还翻你几倍!现在的市场,早就不是你们的天下啦!"——这话狂过

145

了头,伤人了,那几个老兄弟暗自都横了脸。

后来,那几个老兄弟见面就捧袁正海,说他是这条珠宝街上的首户,不管是和田玉店、金银店还是珠宝翡翠店,哪家也没法跟翠华阁齐头并列。但是说到附近几个大城市的珠宝市场,袁正海要真正在翡翠界独占鳌头,还得把业务提一提,光靠卖成品那不成,不赌石没有大前途。袁正海是从一块料石上发的家,对于赌石那自然是全盘接受,他反复央求这些熟门熟路的老兄们,相帮着他一起去缅甸搏几把大的。

经过这几年发展,缅甸赌石市场其实已经发生了翻天覆地的变化。别的不说,现在每年涌入赌石市场的热钱是成十倍地翻,赌石的门槛越来越高,料石的价格就涨了几十倍,以前那种几十万可以挑挑选选的时代是一去不复返了。如今的赌石市场,都是讲“几个”,这“一个”就是一百万,都是以百万为计数单位了。赌的方式也完全转向卖方市场,第一手出来的好料、新料都通过拍卖竞标交易,原来那种研究研究,从从容容,一对一当面洽谈的购买方式已经机会不多。袁正海在本地的珠宝街上财大气粗、不可一世,可到了这里,发现自己实在渺小得很,他甚至体会到了从未有过的压抑感。幸亏这帮老兄指点着他,鼓励着他,他便也在拍场上频频举手,但是买下的石料在呲呲作响的一阵切割之后,每每迅速从大几百万缩水为小几百万,从几十万跌落到几万。但是赌这个事情,是有瘾的,特别是对袁正海这样暴富乍富且从不缺乏自信心的人来讲,赌输就意味着要翻本,会赌得更大。那一年他拉着老兄弟几个连跑了三四趟缅甸,在老宋那块料子上赚来的两三千万差不多全部还给了赌石市场。

好在整个珠宝玉石市场进入疯狂涨价阶段,这疯狂掩盖了很多的矛盾与问题,市场被不断扩容,热钱涌动,千载难逢的好时代在向所有从业者倾洒无私的"母爱",这一行的生意变得就像抢钱一样容易。翠华阁生意豪阔早已名声在外,知名度也是生产力呀!翠华阁的日常生意运转自如,袁正海暗暗掌稳船舵,破浪前行。

在赌石市场,袁正海像做了一场热火朝天的噩梦,梦醒时分,他狠狠给了自己几个耳光。从此他戒"赌",绝对禁足赌石市场,只做成品生意,跟广东批发市场进一步加强了合作。批发成品的成本高?这点难不倒袁正海,他销售量大,就用长期合作的方式拖欠对方货款转为铺底资金,袁正海把这模式叫作"借鸡生蛋"。蛋在他手里,弄到后来,别人的鸡也在他手里,生意却是他的生意。在短短数年之间,他的生意扩展了几十倍。

老兄弟几个看得目瞪口呆,却也无可奈何。难怪都说这个市场是饿死胆小的,撑死胆大的。老宋说,这是他命里该有。

老宋和他的那些老兄弟们看不到,上升的市场纵容冒险者的胆量,然而最后的失败,往往并非源于市场本身。从丧失敬畏心的那一天起,其实早已注定败落的命运。

四

翠华阁开张之前,其实袁正海就已经做了几年翡翠生意。正是给商场珠宝柜台做配送的几年从业经历,最终让他有胆量和底气开了这家翠华阁翡翠店。

袁正海是生了心特意跑遍了本城的所有大型商场,"考察"过所有的珠宝柜台,摸下来的情况让他大吃一惊:这些珠宝柜台里的翡翠价格,在同等质量下,比那些送到他们厂子里直销的都要高出好几倍!他还特意仔细询问了几粒戒面的实价以及折扣,最多打到八五折,他心里算了算,那也是直销价的五六倍啊。别看他腰粗膀圆一副粗坏外貌,却有着先天灵敏的商业悟性,只要跟钱有关的事情,他细着哩!他甚至还站在远处观察了很长一段时间,看到确实有很多人在珠宝柜台前驻足、看货、问价,间或也确实有人选定了,捏着发票去收银台付钱,然后拿着回执再来珠宝柜台上取货,服务员笑容可掬地帮顾客用红色的小盒子包装好翡翠,再放进一个商场特制的小提袋里,说"欢迎下次光临"。袁正海感到奇怪,这些商场他是常陪着方绮霞进来逛的,以前可能是注意力都只在时装鞋帽区了,竟从来也没留意过一楼这些珠宝柜台。原来,真正的生财之道,其实一直就在自己眼皮子底下哇!

到底在大型国企干了多年班组长,袁正海是个雷厉风行的性子,既然动了念头,他是桩桩件件都要狠抓落实,不见底不罢休的。现在袁正海只要听说谁家有亲戚朋友在商场工作,都要让人家介绍他前去认识一下、攀谈一下,哪怕请次小客买个小单他也在所不惜。别人都奇怪:你一个冶金厂的技术工,跟商场的人搭的什么讪?面对种种疑惑,袁正海倒是守口如瓶,只在心里暗自想:你们懂个啥?

一阵忙碌之后,他终于都了解清楚了:商场里的珠宝柜台其实都是外包经营,一节柜台每年收取租金三至五千块不等,服务员是商场统一调派,承租方只要负责配送货品和定价就可以。每出售一件货品,商场和承租方再五五对开,也就是商场提取百分之五十的金额,另外一半才归货主。袁正海细算过一笔账:直销一百元的货品,在商场可以卖到五六百元,以保守价五百元为基准,商场要提掉二百五十元,他得到的金额如果再剥离直接成本一百元,还剩下一百五元左右的毛利。这样一算,其实是翻倍的利润,这个生意好做!

他把小算盘跟方绮霞一讲,女人倒不操什么心,反正里里外外从来都是袁正海操持,她只管她的光鲜亮丽,脑袋里除了时装和化妆品之外其实没什么内容,只是说:"家里可拿不出多少钱来啊,千做万做你可别给我做蚀本生意!"

下面袁正海要盘算货品了,他后来又多次实地测算过每节柜台的具体容量,没有个三四百件货品这柜台是不像话的。当时卖翡翠都是直接出售加工好的裸石,戒面、手链圆面、吊坠面都是直接卖,顾客买了然后自己送到金店再去选款式镶嵌包金。那个时期,贫富还不那么悬殊,至少从表面上看差距还不是很明显,绝大多数人都是挣工资,所不同的只是企业跟企业之间所谓经济效益的好坏。说这个家庭的条件好,也只不过是这家人所在的企业每个月能多发两三百块的奖金;说企业效益不好,职工就只能每月领四五百块的死工资,人跟人就是这点差别。袁正海所在的冶金厂属于重工单位,那几年正是这个行业的黄金时期,钢材成了市场上供不应求的硬通货,企业效益自然是属于好的行列。除了工资、奖金、加班费这一块之外,还有特殊行业的高温费、有毒有害补贴等其他单位没有的津贴,职工收入是让很多企业同行乃至机关干部都眼红的。那两年便有几个拎包上门的客商,通过各种关系经常到冶金厂来推销翡翠,销售网络都已经深入到了车间班组,袁正海有事没事跟他们混得很熟。他也是在那个时候,认识了老宋和他的几个同乡兄弟的。他想:这趟生意成与不成,指望都在他们身上。

袁正海心里算计好了:四五个客商的存货,每家借出三四十样小件,本厂熟识的同事这几年买了翡翠存在手上的也有不少,动员动员大家再凑凑,这样就基本够摆满一节柜台。不收他们租金,只是商定底价代卖,这样,他只要拿出六千块租金当启动资金就可以坐等其成了。

当人们听说袁正海有亲戚在商场当经理,能弄到一节便宜柜台的时候,果然大家都很感兴趣,那几个客商也正为缺乏开拓新客源的渠道而一筹莫展,闻听有这等好事,反应倒比预想的强烈。这股热情让袁正海打消了所有的顾虑, 这几家一下就凑出了三四百件,再加上厂里同事拿出来的存货,他这节柜台就已经琳琅满目了。

袁正海晚上跟方绮霞商量,能不能把她的那枚高档翡翠白金戒指也放到柜台里去出出样,镇一镇场面。他提起这个话头儿的时候是惴惴不安的,怕这个爱美的女人跟他急,只要方绮霞有一丝一毫勉强,他是一定会马上打消这个非分之想的。可出乎他预料的是,方绮霞毫不犹豫,满口答应,甚至带着点激动说:"把这件宝贝放到大商场里去露露脸,也是个风光体面的事,让他们看看我男人对我的好!别以为我方绮霞只会跑到人家衣帽间里去免费试装!"说者无心听者有意了,听到心爱的女人说出这句话,袁正海忽然被某种情绪重重钝击了一下,于是他很霸气地俯下身去,狠狠地亲了女人一口中。两条钢铁般的黑臂果断地绞紧了雪白的胴体,把女人揉得像一团活面。他喘着气,断断续续地说:"到时候、标价、一万块、谅必、没有、这样的、二百五、会买的。我要、让你当、老板娘、发大财、享福……"女人今夜精神抖擞,在下面扭动着像条小白龙,咯咯笑出声来。

柜台营业了一段时间,生意也开了张,不过生意有点不温不火。前两个月结算下来,袁正海自己实得近两千块收益,比起企业工资那是翻了两倍多,但是跟他的预期可差得远呢!袁正海在单位是四班三运转,上完一星期白班之后接着就上一个星期中班和一个星期夜班,白天在家的时间多,他一有空就跑到商场去蹲点调研。他有丰富的基层管理经验,那些上下其手、营私舞弊、私分卡要等等手法也是老吃老做的,他有什么看不明白呢!经过反复研究,他发现这生意的好坏跟营业员关系倒不是很大,而是跟珠宝柜台的柜组长有直接关系。每个营业员对应各自分管的柜台,多卖可以多得奖金,推销自然都是卖力的。可柜组长管理所有的珠宝柜台,他只对总的销售量负责,至于说是这节柜台多卖一件还是那节柜台少卖一件,他们是无所谓的,这便有了替你多卖还是替别家多卖的调控余地。而且从九五折到八五折的折扣率是柜组长说了算,有时候一笔生意的成交与否就在这一折的折扣率上。

　　看明白了这一点,袁正海就开始在商场的那三个珠宝柜组长身上花工夫,请客吃饭是难免的,送点小礼物也是经常的。等彼此熟到一定程度,袁正海就私下里跟他们达成了暗扣协议,只要帮他推销成功一笔就按比例暗中支付现金提成。那真叫有钱能使鬼推磨,后来那几个柜组长就几乎成了他袁正海私人的员工了,当班的时候一个劲使唤着营业员为他的这节柜台做宣传,哪怕到自己的休息日,还拿着袁正海的货到各自熟识的客户家里,上门去做推销。用袁正海的话说,这是"体内循环和体外循环并举",他的销售于是开始放量了。

　　到了第五、第六个月的时候,一名柜组长电话通知袁正海,那枚标价一万元的戒指也帮他卖掉了,袁正海倒吃了一惊,他是承诺过方绮霞只是拿去"出出样"的。袁正海心里难免有点发虚,夜里上了床就分外卖力。方绮霞生了女儿之后,非但没有丝毫衰老的迹象,脸色白中泛红,反而越来越艳,女人味全出来了,袁正海是怎么爱也没个够。生养之前,方绮霞在床上是有点冷淡的,可是最近这几年,她完全开悟了,很懂得如何享受这种快乐了,除了服饰之外现在她又多出来一个爱好。而她悠长的气息以及极具韧性的耐力,却时常让这些年内外操劳着的袁正海,感觉有点小小的压力了。在极尽温柔之余,袁正海把方绮霞抱在怀里汇报了最近小半年的业绩,向女人展现了磅礴而瑰丽的生活前景,并说现在依靠那几个客商提供的货品已远远不够,自己下个月打算请个病假,直奔广东,去批发市场探探路,到时候一定给"夫人"买一枚最时尚、最昂贵的港式翠戒。

方绮霞从小生长于棚户区,没读过多少书,后来顶替父亲进了冶金厂。国企是个封闭的小社会,长期在里面工作的美女其实多是务实简单的人,刚谈恋爱那会儿涉世不深,跟大多数女孩一样看的是人品卖相、浪漫情调等等,可一旦结婚生子,就陷进了柴米油盐、收入支出。方绮霞跟其他女人不同的地方是,她婚后至今主要的精力还是关注如何保持和坚守自己的美,所以家务她倒是不放在心上,心思都在穿衣戴帽上。哪怕有了女儿以后,她也没怎么操心,都是袁正海一手在伺弄。前几年条件不许可,她只好经常跑到商场去试试新款时装,过几分钟的瘾,多少也跟这个相貌平平甚至粗陋的男人有点别别扭扭。好在袁正海人虽长得粗,心却细,把她当宝一样捧在手里含在嘴里,警惕地护卫着自己的领地,连睡觉都睁着一只眼。如果说方绮霞心里隐隐还有点不满足,那就是袁正海卖相差了点,浪漫嘛,也谈不上,总感觉有点带不出去,特别是每次脱了衣服在床上的时候,这种怅惘似乎就会潜踪而至。其实漂亮女人也"好色"的,往往也很关注男人外貌的。好在当时企业里的女人也没有什么真正的社交空间,社会还处在"大锅饭"的尾声之中,人跟人的社会落差还不甚明显,人们的生活幅阈还很狭窄,很多的欲望都尚未成型,至少尚无机会迸发出来,人们的心态倒比较容易平衡,很多的念头倏忽一闪却未必站得住脚跟,很多的事就这样想想也便过去了。

现在好了，袁正海要发达了，眼看着要过好日子了，这好日子哪怕他们厂子里的总经理、党委书记那样的大人物似乎都是难以企及的。最近这半年，家庭经济状况的急剧飞跃，其实已经让方绮霞深有感触。至少，她现在走进商场看中了最新潮的时装鞋袜是不必再忍一忍，不必等到换季打折再来探探虚实的了。袁正海在她身上花钱从来大方，可以前要大方也大方不到哪里去。这半年是货真价实的大方了，袁正海跟在她身后手都不哆嗦一下，就哗哗哗大把钞票点出去。方绮霞忽然觉得一切的一切都四角俱全了，现在她看袁正海也体会到他的粗犷其实是另一种风度，包含着男人的帅气或者某些特殊美感，甚至她感觉到以前所有的毫无来由的委屈、不平、失落，其实都是女人不成熟的表现，均是不真实的，因为好日子就在眼门前，这才是真真切切不掺一点假的。方绮霞偎在她男人的怀里忽然变得很绵软、很柔和，像只小猫一样温顺起来，她内心有水那样的东西在流动，一张带着桃红的粉脸在袁正海浓密的胸毛上来回轻轻摩擦。对这个即将要带着她步入全新幸福生活的男人，她简单而直接地产生了莫名的爱意和崇拜感。她于是主动去吻这个男人，这是很多年来都从未有过的事，秀若削葱的指头像十条银鱼在黑糙的肌肤上游动开来。袁正海一把抱紧她，期期艾艾道："那只戒指被营业员不小心卖掉了，我给你买，买更好的！""嗯。"方绮霞从嗓子深处透出的声音充满了魅惑，她现在根本不在乎那样的一只戒指……

到那年最后几个月，袁正海每月的纯收益就达到万元了，这是一个职工在企业上班一整年满打满算都赚不到的钱呀。他经常把取回来的一沓沓现钞摞在晚饭桌面上，给方绮霞和自己各斟上满满一大杯红酒，看着自己女人美丽的杏眼中水汪汪温柔的光越聚越多。

第二年夏天，袁正海眼都不眨一下就买了辆豪华版的原装进口雅马哈摩托车。那突突强劲的噪响,气缸里喷出的透明烟团,气流穿过两肋的速度……尾座上载着如花般的女人方绮霞,他穿梭在城市的马路上——那感觉就像站在一百层高楼的顶端朝下俯视,似乎整个城市都已经归他所有,可真是称心快意啊。方绮霞横坐在后面,两只雪藕一样的手臂从背后包抄过来抱住袁正海的胸膛,下身穿着肉色真丝长裙,并拢双腿,裙摆在小腿处飘逸。自行车上的人都扭头看他女人,桑塔纳轿车也放慢速度跟在雅马哈后边,车上的人也在看他女人,他女人以藐视的目光横扫一切。

袁正海更得意了。前面的人猛地一踩油门,方绮霞环臂一紧,骄傲的胸脯已经撞上前面的背部,袁正海扭头赞一声:"舒服!"女人抿住嘴哧哧笑起来,左拳在他结实的肩膀上捶了好几下。

五

青工班长袁正海跟上海大学生小刘展开了爱情角逐,目标是"厂花"方绮霞。

本来这场爱情竞技跟袁正海没有任何关系,或者说,这本来就不能算是一场竞技,因为他们从来也没有直接形成过三角关系。但是冶金厂所有的职工日后都固执地认为,袁正海是跟上海人较量过的,而且是以袁正海的胜出而告终。尽管方绮霞是厂里众多男青工暗恋的对象,可方绮霞过分爱美爱俏,还有点懒惰,一切都无所用心,尤其是她的"高消费",令大多数知根知底的青工望而却步,踟蹰不前,这里面也包括袁正海。说是"高消费",其实也不过就是脖子上多系一条丝巾,明明没有金耳环,耳朵上却率先去打好了孔,有事没事一个人在水泵房里照着小镜子用镊子夹夹眉毛,要命的是一年四季脱身换身的新衣服,那几十块钱的工资可怎么够花?这一切,都给二十世纪八十年代冶金厂的青工们留下了"这样的老婆不好养"的成见,于是就没有一个青年敢于冒险,去挑战那似乎早已约定俗成的僵持局面。

后来技术科新分配来一个大学生小刘,白净、温和,戴着金丝眼镜,上海人,除了身高上略微欠缺点,刚刚一米七一,勉强达标之外,可以说,文有文才,人有人才。他是新来的,又是高高在上的科室技术员,很难真正融入到广大青工当中去,尽管住在集体宿舍里,但青工中间那些对方绮霞的议论到他这里显然是信息阻塞的。更何况他是大城市来的人,在大学里又刚刚接受了洗礼,对于年轻姑娘描描眉毛、化化妆之类也是司空见惯,觉得生活从来就该是如此的,更是无可厚非的。因此当他在嘈杂甚至带点肮脏的冶金厂食堂第一眼看到方绮霞的时候,对于这样一个鹤立鸡群的美人,顿时就有了一种超出预想的惊艳感觉,不由看呆了。后来青工们在很长一段时间一直在背后嘲笑他,说上海人的眼乌珠也落到地上去了!

小刘其实本来是个拘谨的性子,但是从上海这样的大城市"下来"的人,从高处走到了低处的落差,总是或多或少会激发出他们某些隐秘的自信心,这就等同于对他当初作出低就选择的补偿和赔付。在这片陌生的环境里,从周围人的目光中,敏感的小刘迅速捕捉到了有效的信息,他深切体察到了在这样一个粗糙的境遇里,"大学生""上海人""科室管理人员"之类身份标签的巨大实用价值。因此,他的胆子反倒出奇地大起来,就像在追求方绮霞上所采取的果决方式。他甚至没有打听一下对方有没有对象,就连夜写了十几页的"诗",并且亲自送达水泵房里正在当班的方绮霞的手里,在他的心目中,这是大城市青年大学生的一种风范。他通篇用"啊"起头,每句话分着行,他认为这便是诗,他心中真情流淌出来的诗篇。其实他是个工科生,在十几年的求学生涯里也从没读过一本诗集,甚至没有翻过任何一本文学杂志,他这样莽撞地自以为是,是因为被一种美所吸引的青年往往他的内心会着了魔,会让他变得分不清臆想和现实,会让他不计后果。

在方绮霞来讲,收到这厚厚一摞"诗",她是惊喜的,因为在她的潜意识里,什么样的男孩敢于直接表白,体现的是女方的身价和素质。对于上海大学生的这次告白,方绮霞是出乎意料的,因为它来得委实太快了些,快到都来不及错愕,这情形与当时国有企业里老成持重的风气并不一致。但是她是欢喜的,尤其是这种富含大城市特征的洋气而不失文雅的方式,因此她不仅没有刻意隐藏这件事,还有点炫耀的意思。虽然她读不懂小刘的"诗",那实在是前言不搭后语,太过"朦胧",但是她知道,这是一种求爱,这就足够了。这个事件产生了不小的轰动效应。在企业这种封闭环境里,社会舆论的力量有时完全能够盖过当事人的具体态度,于是在很多人的意识里,上海大学生小刘转眼便顺理成章、理所当然地成了方绮霞的"男朋友"。这一切让广大本地青工目瞪口呆、措手不及,等到他们回过神来,就纷纷表达出了一种愤愤不平。

所有外人都会认为,这是郎才女貌很般配的一对,可是熟知底细的青工们却坚信他们成不了,都在等着看他们怎么闹腾。袁正海比他们任何人都急切,他竟然毫不遮掩地向方绮霞的小姐妹们打听着二人每一步的进度,他在等待机会。

方绮霞跟小刘谈朋友没超过三个月光景,两个人果然就不搭理了。这时候劲头最足的就数袁正海了,他打听得一清二楚:上海人抠门儿算小,两人逛街走过电影院也没舍得进场看部电影,走过冷饮室也想不到坐下来吃块冰砖,方绮霞走到脚上起了泡,他只请了一支棒冰。方绮霞开始也还含蓄,多少有点迁就着,后来在服装店看中一件大红的呢子风衣,她是再也挪不开腿了,付款的时候,小刘居然缩在门外装聋作哑。方绮霞就这一点点爱好,偏巧碰上这样一个男人,顿时就把上海大学生看得一钱不值,直接就甩了冷脸给他看。小刘后来向人解释说:"没想到小城市姑娘也会这样贪慕虚荣,花钱大手大脚,你就是再赶也赶不上上海滩的时髦呀!"这话很快通过青工们的嘴传过来,这下彻底伤了方绮霞的心,两人从此一刀两断了。

那个时代,一个谈过对象的姑娘,身价自然就会跌掉几分,所以一般男女谈恋爱都是在暗中进行,瞒得越久越好,很多人是到了登记结婚,众人才恍然大悟。像方绮霞这样高调谈恋爱又失了手,就多少有点被动了。袁正海瞅准机会,直接去水泵房找方绮霞,他是一贯单刀直入的,其实早就打好了腹稿,说出话来干净利落:"方绮霞,我一直很喜欢你,从你进厂第一天就喜欢,但是暗恋你的人太多,我长得丑,没好意思向你表白。那个上海小白脸一看就知道不是好货,他心里是看不起我们小城市人的,那种小鸡摸摸三年不长的男人,你就是跟了他也没什么好日子过!你人长得漂亮,你不打扮谁打扮?漂亮姑娘打扮一下是天经地义的!你是没机会,要有机会去拍个电影,保险比龚雪、张瑜都出名!方绮霞,你如果愿意跟我袁正海谈,我保证一辈子把你当王母娘娘供着,你挣的工资你自己花,养家都由我来!在这个厂里,加班加点的工时谁能跟我比?我每个月的收入比车间主任还高几十块,我有的是力气,请你相信我!"

袁正海既然认可了"你人长得漂亮,你不打扮谁打扮,漂亮姑娘打扮一下是天经地义的"这一点,那么先前的种种顾虑方绮霞也就自然忽略不计了。现在他的眼里、心里就只见得方绮霞的好了,可以说他刘方绮霞从此也就一往无前了。而方绮霞听到"一辈子把你当王母娘娘供着，你挣的工资你自己花，养家都由我来"这句承诺时，是深深入心了，她觉得这个袁正海是真的懂她，这句话的分量和包含的责任，方绮霞是心知肚明的，也只有这个男人敢于作出这种承诺，她方绮霞人世上走一遭贪图什么呢？人生在世不就这一点心头好嘛。方绮霞点头了。

方绮霞跟袁正海谈对象，竟出奇获得了各界一致的首肯。首先是方家父母很满意，他们知道自己女儿生性有点发飘、不切实际，现在一看这个袁正海是铁塔似的一个，脚踏实地的做派，关键是粗中有细，还疼人，对女儿那是实心实意，知道女儿从此吃不到苦，老两口一百个赞成。其次是厂里的青工们居然也都赞成说好，袁正海是这群小子的头儿，现在方绮霞成了他们的嫂子，肥水不流外人田，总比便宜了那个上海小白脸强！最灰头土脸的就数小刘了，他成了青工们经常挂在嘴上取笑的"上海葛朗台"。

没过一年，袁正海和方绮霞领证结了婚。而几乎与此同步，在当时提倡的革命化、年轻化、知识化和专业化潮流中，小刘被树为"四化干部"培养使用，突击提拔为技术科副科长，很快又被越级任命当上了副厂长。职工们都说，他是情场失意官场得意。

婚后的袁正海没有食言，他践行了当初的承诺，方绮霞对这个婚姻也基本满意。袁正海对"夫人"是鞠躬尽瘁的，他是四班三运转，方绮霞是常日班，多少年来他是不管刮风下雨每天负责自行车接送，家务全包，方绮霞只管她的美丽灿烂。看袁正海上班辛苦，方绮霞偶尔有了兴致也会到菜场买次小菜，烧次晚饭，那袁正海要为她揉腰捏腿好半天，真是把她当王母娘娘供着的。

后来国有企业内部经营责任制搞活，产业工人的经济收入逐步提高,常有客商来厂里推销翡翠,戒面从一百多到两三百都有,其实种水都是中等的成色,图个绿罢了。袁正海看了几次也没下手,却喜欢跟这些推销商们攀谈,鉴别翡翠的行话倒是学了不少。有小哥们儿取笑他:"大班长最疼老婆了,别人都买了,你怎么倒舍不得花钱?"袁正海一脸严肃:"我'夫人'是什么人?这样的普通货色怎么配得上我家方绮霞!"客商被他说得不服气起来,说道:"好货倒是有一粒,就是有钱的老板都嫌贵,你要不要?"袁正海催他拿出来瞧瞧,上手一看果然是个稀罕物,是一粒完美的正阳绿鸭蛋戒面,色正种透,所有人都没见过这么好的成色,无不啧啧艳羡。一听价格,要一千元整,抵得上整整三个月工资,所有人就都不做声了。袁正海却盯着问:"还有没有更好的?"客商说贩了近十年翡翠,这戒面是近年过手最好的一粒。袁正海张口就八百块买了下来,悄悄送到老凤祥又按照时新款式包了三百多块的白金。当他晚上把这枚全厂最高档的翡翠戒指套到方绮霞手指上时,方绮霞其实早就已经从别人嘴里听说了"我'夫人'是什么人?这样的普通货色怎么配得上我家方绮霞"的话。那一夜,方绮霞搂着袁正海的脖子嘤嘤哭泣了半宿,泪水打湿了男人的脖颈,他们快活到要死的心都有了。

从此,袁正海深深爱上了这种绿色的石头。他知道,这种石头是可以捕获爱情的。

小刘副厂长原来经常站在厂门口检查劳动纪律,每次看到袁正海骑车带着方绮霞进出厂门,近到必须打招呼的距离时,他会假装跟人说话或者一回头向谁吩咐点什么,做出没有看见的样子。他背着手叉腿站立,就像时时在主席台上跟职工合影一样,那神情是说不出的孤傲,得意的心思是藏也藏不住。

这天正是上班时间,方绮霞刚从书包架子上跳下来,后面的小姐妹便拉住方绮霞的手叽叽喳喳嚷开了："哎呀，这就是那枚戒指吧？太美啦！一个季度的工资哪，这个厂里可再寻不出第二枚了。也只有袁正海肯下这样的血本，一般男人哪，可没有这个量围的呦！"小姐妹们嘴上没停，眼睛在小刘副厂长脸上扫来扫去。

——小刘副厂长一扭头，落荒而逃。从此，就没再见他来厂门口亲自检查过劳动纪律。

六

尽管早已有所耳闻，但是老宋第一眼看到方绮霞的时候，还是没能马上认出她来。

多少年了，那个妖娆如花的方绮霞几乎每天都来珠宝街上巡游一回，可是从来也没有屈尊走进过老宋的店铺，就连正眼都没朝这里瞄过一下。这天，当这个花白头发的妇人站立在店门口时候，老宋根本没有在意，倒是他老婆反应快，脱口而出道："方绮霞。"老宋还没有立刻反应过来，愣了一下，他老婆朝他低低连喊了两声："是翠华阁的老板娘，翠华阁老板娘。"

妇人的身形胀大了一廓，整个人松垮垮的，眼光有点散，总是望着脚尖，反应确实不很灵敏。她向老宋诉说袁正海临终前的落魄与狼狈，细枝末节都一一道来，毫无隐晦。老宋听得心惊肉跳，心里又怕她提出借钱之类的要求，面上自然也不敢过分表达出关切甚至同情，只是嘴里"哦哦"地敷衍着。

妇人告诉老宋，袁正海弥留的时候，嘴里总是在叫喊："回去，我要回去""回不去了，再也回不去了"。妇人抬起头，眼光陡然聚集起来，盯住老宋，追问："那话，到底是什么意思？"老宋内心一颤，张大

160

了嘴巴,不敢轻易接口。

老宋老婆问:"那他当时在说什么事情呢?说过些什么人呢?"妇人摇摇头,说:"他早就神志不清了,最后的几个月连白天黑夜都分不清,哪里还会谈论什么正经事情。"老宋夫妇叹口气,也是猜不出什么端倪来。

妇人在随身的塑料拎袋里摸索了一阵,伸出手将掏出的物件平摊在玻璃台面上,那是一张起皱发黄的照片,说:"他临终前有一段时间,手里总是捏着这张照片。"他们前后搬了几次家,家里的陈年物件早就被方绮霞一次次"消灭"干净了,她是从来不留恋旧物的,她追慕的总是时尚跟新潮,每搬一回家都会来一次彻底的除旧布新,即便是这些老照片她也照样毫不手软。不知道袁正海是怎么藏下这张老照片的。这张照片是方绮霞答应跟袁正海"谈对象"那阵,厂工会宣传干事为他们在水泵房边上拍摄的,袁正海曾经拿着这张照片向青工们炫耀过:"方绮霞答应我们两人在一块合影,哥们儿这事是铁板钉钉了!"

妇人连问了几遍,见老宋夫妇也没法给出答案,低头默默思索了一阵,见彼此无语,便转身走了,连招呼也没有打一个。

等到她的身影消失在店门外,老宋才松了一口气。

可是,老宋的心里又不免生出一些莫名的怅惘:他想到了自己:自己年轻那会儿,招工进厂啦,学习技术啦,结婚成家啦,生儿育女啦,停薪留职啦,开店经商啦……社会的潮流风起云涌,这几十年不断折腾、身不由己的时光,怎么一眨眼工夫就全成了前尘往事了呢?这几十年,眼睛总是朝前盯着,在追,在赶,唯恐跟不上时代的节奏,唯恐会被淘汰落了伍。可是细想想,所有的人不都是如此吗?在各自的心目中,自己仿佛都只是那个初出茅庐的小青年,跟人生所有的理想、目标还离得远呢,却从来也没有哪一个想到过要回过头去看一看,归途到底在哪里,好像已经有很久没有问问自己,这样一门心思屏着一口气往前冲,到底是为的什么……几十年的时光,一切都那么真切,一切似乎尚近在眼前,可饶是你心比天高、手眼通天,最后,不都老了吗?

现在,走得急的连这个人都没了。还说什么呢。

齐老板

一

齐老板做出要上厕所的样子，把那三个人丢在玉德堂里，自己一步跨出了门。连上午的茶还没来得及泡呢，哪来的尿？他迟疑了一下，向西折去。迎面是斜对过珍珠店老板娘阿翠刚来开门，点头叫了声"齐老板好"，他也没心情搭理，一低头走过去了。阿翠拉开了卷帘门，才得空又向西补看了一眼心说：这人！狗眼看人低。站定身子，她回头向玉德堂再瞄一眼，隔着玻璃看清还是胖瘦几个常客坐着喝茶，心里好笑：怎么叫客人看店，老板倒出去瞎逛了？

走过宝珏堂、玉华阁的时候，齐老板都在门外略一驻足，没好意思直接走进去。齐老板有点生闷气：里面的人明明看见他了，却假装没看见，不搭个讪倒不太好意思抬脚就进，他决定还是到陈老板那里去看看。转了一个弯，抬头就到了德玉堂，黑地金字的招牌，齐老板感觉一阵刺眼。妈的，为了这个堂号，当初是跟陈老板搞僵过一次的。"我叫玉德堂，你取个名字叫德玉堂。大家都在一个市场里待着，这不是山寨嘛,瞧我生意兴旺,成心捣乱?"陈老板倒振振有词,说:"'玉有五德'是中国古人的名言,又不是你齐老板的专利,开玉器店的都喜欢这两个字,工商局都给我注册了,你不让?你以为你是谁?"一开始就存了芥蒂,这些年跟陈老板虽然还相互搭理,走动却很少,偶尔互相串个门也无非是打探打探对方的经营状况,彼此都提防着,也听不到什么实话,面和心不和吧。要说和,这个市场里谁跟谁是真的和?同行是冤家,现在这个世道,连隔着行的也是冤家,买家和卖家也是冤家。这几年经济不景气,生意难做,大家更是怨气冲天的,哪有什么朋友?爹亲娘亲,只有人民币最亲;早也过晚也过,没有人民币才叫真难过。

陈老板店里面灯光雪亮,连玉器展柜里的电子灯也都亮着,店堂就像一只巨大的热带鱼灯箱。玻璃移门却半拉着,透着一尺的缝隙:一大早就有客户上门咧,齐老板泛出点醋意来了。齐老板有点迟疑,正想着是拉门进去还是不进去,陈老板在里面其实早就看得清清楚楚了,连忙小跑出来,人却靠在了门框上,一只手拉着移门把手,满面堆笑道:"哪阵风把齐大老板给吹过来了?"那是迎客吗?分明是挡驾嘛,你打声招呼说店里有客户不就行了嘛,犯得着吃相这样难看吗?齐老板今天本想细细跟他聊聊的,看这情形只好直奔主题了。

陈老板店堂的门槛高,离外边地面有三四个台阶。齐老板本来一脚踩上了台阶,现在被他堵在了外面,一个居高临下,一个仰着头叉着脚。齐老板只好把跨上去的那只脚悄悄缩了回来,陈老板见状,就把拉着门的手松下来了。齐老板道:"陈老板你看啊,我们这个市场呢玉器店是不少,可说到像样成规模的大店也就我们五六家。"

陈老板打断他的话头:"齐大老板,你们那几家是名副其实的大店,我开得晚,店面看着大一点而已,实力跟你们不好相提并论。

做咱们这一行的要做到'产学研一条龙'才算上档次的,这市场里哪家也没有齐老板你家的实力强。"

齐老板知道他"产学研一条龙"的意思,脸微微一红,就索性明说了:"陈老板你看啊,我今天找你就是为了这个事。前一阵我牵头成立了个玉石文化研究会,是民政局正式登记批准的,成立的时候,市里面政协副主席、人大秘书长还有好几个局长都出席了。这个是官方认可了的,晚报上有新闻的,应该看到了吧?"齐老板本想强调一下他这个研究会的正当性和合法性的,可是听的那位却听出了异味。陈老板眉头一皱,似乎有些不耐烦起来,回了句:"我读书不多,没订报纸。"齐老板愣了一下,话已到了嘴边,也只好当作没听见,接着往下说:"陈老板! 这个文化研究会的几个副会长你也都认识,都是有头有脸的人物,现在还空着两个副会长的名额,我今天来的意思是问问老兄你是否有意出任副会长一职?"

陈老板一听"副会长"三个字,笑容上才开始冒出热气,正准备满口允诺,忽然一眼看到齐老板仰着的那张脸,心里咣的响了一记脆锣。这张脸四方折角,青中泛白。陈老板审慎起来,试探着问道:"这个副会长有什么要求,需要具备什么条件呢?"

"条件呢自然是有的,如玉石鉴赏水平啦,收藏品的档次啦,社会诚信度、知名度啦,你陈老板那当然是完全符合的。要求嘛,也简单,创办这个研究会是要花点钱的,别的不说,成立大会宴请贵宾和礼品总是要花费一些的,资金我先垫付了。"

陈老板回头看看店里,有点不耐烦起来:"那要多少钱?"

"每家副会长单位三万元,四年以后换届就不再另外收费了,其实就是终身制,算算每年也没多少钱。"

陈老板叫起来:"这几年生意不好做,每年十几万的房租都做不出来,齐老板,我就只好谢谢你了!"

齐老板也有点沉不住气了,说:"当常务理事和理事便宜,出个几千元就可以了。"

陈老板没有一点笑容了:"那让我考虑考虑? 我还有事,齐老板对不住了。"陈老板深深点一下头,把门关上转身进店去了,侧过身的时候,齐老板看清楚了,店里坐着的那位是自己以前的常客,有一阵没来了,他心里一阵恨意:好小子,你狠,撬我客户!

齐老板懊恼极了,今天是怎么啦,一大早的诸事不顺,不仅被拒之门外,还被人家给轰赶出来,自己难道是这么不受待见、人见人厌了?齐老板迈腿转身,从背后可以看见他的腮帮子咬得硬硬的。店里不想回,要不到旁边地摊上转转去?万一碰见熟识的老板,可以拉住了去自己店里喝茶。

这年头世道大变样了,摆地摊的比逛地摊的人还多。这地摊的气息齐老板是再熟悉不过的, 想当年地摊上还是能见点真货的,时不时有点老货出现,玩老东西的逛地摊能捡点小漏。那时玉器市场尚没有形成,就是做新玉的也十有八九没开店呢,都是从苏州加工作坊里进点货摆个地摊,从小本经营干起。拿张小马扎坐着,跟前铺块蓝印花包袱皮,十几二十件小玉器就是一个摊啊,三百五百就是一件东西。你得小心留意,地摊上乱窜的小孩儿手脚不干净,丢一件东西可就一两天白干啦。超过一千的玉器一般都不摆在摊子上,而是挂在自己身上,有购买力的熟客才给看。他就是坐在小马扎上认识了季行长、程庭长、朱校长他们,否则他一个泥瓦匠出身摆地摊的,哪能有机会认识这些人?他们可都是这座城市里的大人物呢。谁也没想到啊,这才短短十多年的光景,和田玉的价格就蹭蹭蹭蹭了上百倍,如今到处是玉器城开张,只要是个工艺品市场就开满了玉器店,连店里都在光明正大卖假货了,这地摊上还能有真货吗?

　　齐老板正在沉思,手机振动了。电话是一个熟客打来的,说是手头紧,想托他代卖几件东西。这些只串门不买货的人,齐老板是看不起的,他们到你店里来就是喝茶,获取市场信息,打探你的价格,甚至结交你的客户,口袋里没有钱你探听这些干啥?有的人也是人五人六政有点社会地位的,也不好意思赶他出去,最多给个冷脸看,可他们不怕冷脸,有的是时间磨着耗着。你要做生意了,如果不开口清场,他们倒比你还来劲儿。说他们没钱吧,又不全是,几周隔月的不知从哪里拿了玉器来叫你看,还叫你估价,这个活就不好干了。倒不在于你看玉的水平到底如何,你得有眼力见儿,会根据具体情况鉴貌辨色,看菜下饭。不会说话,那还有得混吗?如果那位有点购买实力,尚有可能成为你的客户,那自然就需要花工夫争取过来,把送上门来看的东西说臭了、把别人生意搅黄了再讲,这就叫"打枪"。但事情也并不都是这么简单,就像这位打电话的,认识也不是一年半载了,老是问这问那,似乎随时准备买东西的样子。他曾经拿过来两条籽料手串叫齐老板估价,那他就不敢低估,只能往上估,反正东西是人家早就买下的,也不可能你打了"枪"他就去退货,那索性就把基价抬高,万一他真的动手买你店里东西,这开价就好开了——不买我的货,倒来叫我代卖,什么玩意儿!电话那头却敲钉钻角起来:"齐老板,我在你店里了,瘦子说你去上厕所了,我等你啊。"没法子了,齐老板只好往店里走。

二

　　店里却不是单单一档客人,另外还有两位不认识的中年女士,瘦子、胖子和白脸三个人都改变了原来的位置,陪着客人团团围坐在店堂中央的红木茶桌边上,气氛比他离开那会儿明显改善。齐老板心下一阵宽慰:这才像同舟共济、共同致富的样子嘛。他眼睛一扫椅子上的两只女包,同一个品牌的,一红一蓝,爱马仕。打电话的那位见齐老板进来,正迎上去准备搭话,齐老板摆摆手,示意他到一边的茶榻上去坐,自己却转身靠着桌子坐下了。瘦子就对两个女人介绍:"这位就是玉石文化研究会的齐会长,下面请他来讲吧。"齐老板露出的笑容满是谦和温良,真的很像个学者,跟他身上的对襟唐装很般配。

桌面上放了几块玉,不是自己店里的货,齐老板一看就明白怎么回事了。女的开口道:"朋友介绍买了几块老玉,想传代的,拿出来请专家老师给鉴定鉴定,听说您这里是本城的玉石研究会,所以是慕名而来啊!"齐会长一分钟也没迟疑,抓住机会接上话茬就开讲,说:"我虽然是玉石文化研究会会长,按说不能对古玉、新玉有偏心的,但是你们既然找到我了,也是个缘分,我就不能不把你们当自己人了。今天也没外人,那我就实话实说了哦?"这两个女人显然是初涉此道,对这个行业完全陌生,他感觉对于掌控这样的局面是游刃有余的。女人听他这么一说,是既知心又合意,没想到堂堂的会长如此平易近人,倒像认识了许多年的老朋友,感动得连连点头。齐老板接着往下说:"这个玩玉呢,古玉是最没玩头的。为什么呢?一个是大多数古玉乌漆麻黑,那也不美啊,也不干净,很多古玉还是从古墓里出来的,晦气呢。你们说是不是?再一个,古玉的真假那是个谜,谁也说不清啊,今天的人怎么知道哪块是古的,哪块是仿的,你说是不是?所以我们研究玉石文化的行家呢,一般是不玩古玉的。"他指指橱窗里的玉器和墙上挂满的名家获奖证书、玉雕名家照片,道:"你看,我们都玩新玉,名家制作,贵是贵点,好在东西精美,有证书呢,真假也就有保障啊。"瘦子、胖子和白脸此时就很默契地一起点头,连声应和。瘦子就说了:"你们看,我刚才怎么说来着,是这话吧?齐会长走进来咱们可没说一个字,你看看,跟我讲的都一致吧!"两个女人一想没错,看齐会长的目光中崇拜之色就又追加了一层。瘦子道:"齐会长,请您帮忙看看这几件玉器是否有年份,是否有价值呢?"两个女人此时就只有点头的份儿了。齐老板拿起玉器看了看,又拿出个放大镜照了一会儿,道:"这几件呢,我只能说,看不好!其他的,我就不方便再继续说了。人家也要做生意呢,我说了实话坏了别家生意,是要结仇的。"齐老板跟瘦子他们三个对了一下眼:"我那边还有朋友要谈事情,你们接着聊。"他站起身转到茶榻那边去了:"小姚,咱们聊聊你的事。"这里三个人对付那两个外行女人自然是绰绰有余,剩下的话得留着让他们说去,第三者的角度,公道而不乏正义的声音。

小姚嗫嚅着说了自己的意图:"以前请您看过两条籽料手串,您之前给估的价是比较合理的,齐老板,您店里能否收购呢?"齐老板一脸为难,压低了声音道:"小姚啊,最近店里生意不好,你也来过好几回了,你看看这橱窗里的东西动过没有?你是老朋友了,这话也只能对你说。"小姚有点不死心:"价格低点就低点,我是急用钱呢,否则这样的手串我是舍不得出手的,这样的东西现在要我买也是买不起了。"齐老板一笑:"小姚!收购不太现实,这手串上次让我估价,我总要照顾你面子,尽量多说好话的。从成色上看,这个籽料不算高档,你跟我店里这些玉比比不就明白了吗?要不这样好了,我帮你代卖吧,说不定能卖高点,你还能赚几个不是?"小姚无奈也只好答应了,说:"这个价格……"齐老板一摆手拦住他的话头,眼睛看看旁边那一桌,小姚知趣地马上打住了,"请齐老板帮帮忙啊,急用。"语气带着点央求了。"我只能答应帮你代卖,卖卖看啊,如果真是急用,价格上别太奢望才好!"齐老板是喜欢把丑话说在前头的,小姚放下两条手串,像只被淋湿了的狗,弯着背垂头丧气地走了。

小姚临出门的时候,齐老板忽然放大嗓门对他保证:"卖高卖低看情况啊,大家是好朋友,帮帮忙的事,我反正不会赚你的差价。"

齐老板重新坐回茶桌边上来的时候,那几件古玉已经收被进包里去了,胖子和白脸在张罗着开橱窗、拿证书,两个女人已经开始看新玉了,瘦子陪着一件一件在讲解呢。看见齐老板过来,他们又恢复成客人的身份了,坐在边上陪着,最多帮腔插那么几句,绝不喧宾夺主。这么多年都是这样天衣无缝配合着一笔一笔做生意,外人只知道玉德堂的老板姓齐,这几位只是清客。两个女人看了一会儿玉,想起来要赶紧去退货,拎了包急着要走,说下次约时间来研究买玉,齐老板赶紧跟她们交换了电话号码。

忙碌了一个上午,现在店堂里又只剩下他们四个了,各自坐在老位置上。齐老板半躺在茶榻上,到现在才得空取出自己私藏的好茶叶来,开始泡茶。瘦子坐在靠西墙的沙发上玩手机,胖子和白脸坐在茶桌边,把桌上的茶杯收拾了,翻当天的晚报。胖子说:"今天这两个女的是有经济实力的。"白脸说:"下次来估计能买点东西。"瘦子的脸也离开了手机:"这样的老板要多来几个就好了,东西变成现金,那就……好了。"三个人同时感觉到心头开始暖暖的,似乎一切都有了新的希望,连脾气都变得和顺了。齐老板将一条手串套上腕子,另外一串放进自己包里,嘀咕道:"这个小子,想要店里收购他的手串,要进货我自己不会到苏州去进吗?亏他想得出来!门槛精到我这里来了,可笑!"

走出玉德堂没半个小时，小姚在快餐店吃饭的时候，接到了齐老板的电话："小姚，手串你说实话，我要是收购的话多少钱可以保本？想清楚再说话！"小姚求着人家帮忙呢，到这个时候也不敢扯谎了，他说："我是三万两万各一串买的，买了好几年了，您要收购的话我各赚五千就出。您上次给我估价是每串五六万的。"小姚以为齐老板改变主意了，立时可以收购见到现金，慌张中把底儿就透了出来。齐老板在电话那头"哦哦哦"了几声，然后就说："小姚啊，如果代卖的话，两串各让你赚五千，干不干？"小姚一听还是"代卖"，傻了眼，可现实就在面前，你如果说不干，那么可以马上把东西给拿回去。小姚没有任何选择的余地，吐出嘴里的一口红烧笋干来，说："干！"话音一软，还是求他："齐老板，请你快点帮我脱手，急用！"

电话那头是一张笑脸，心里在想：跟我玩？

三

看见郭总走进店，齐老板连忙迎上去打招呼，他那张脸没有笑容其实还算好，硬挤出笑来，就会发出一阵青光，比较难看了。齐老板的身量骨架倒是宽大，但缺了血肉的厚度，尤其那件轻飘飘的唐装穿上身，就像挂在晾衣架上一样，不贴肉的，这人就像是个麦田里的稻草人。郭总是他的重要客户，他的招待自然分外精心，茶杯烫了又烫，特意去里间打开抽屉取出自己吃的好茶叶来泡了。瘦子还是那样，朝郭总点一下头，就算打过招呼了。大家同是客人，没得理挑，他继续低头玩他的手机。胖子和白脸让出了桌子，他们转移到了齐老板常坐的茶榻上。瘦子有点看不起齐老板，以前做那么大生意，进钱如流水，也没见你尾巴摇那么急，现在才做了几万块生意，就巴结成这样。骨头轻了。

"齐老板,生意兴隆哇!"郭总喝了口茶,就眯着眼绕着橱窗欣赏起玉来。齐老板一阵心跳:这姓郭的是个财神,得伺候好了才能放长线钓大鱼。此时,齐老板心里有点后悔了:上次那条手串卖得是不是太贵了点?第一次交易应该放点甜头让他吃吃的。再想想,也无所谓,第一次卖贵点,以后的生意才好做,之前那么多老板上门不都是手起刀落,先宰一次再说嘛,越贵越有人买咧。便宜了反而看不上,这些有钱人,就是贱!

郭总隔着玻璃指指一件带皮貔貅的小圆雕,问:"这件上次我问过价,是多少来着?"

"上次您买了手串帮我开了张,这件当时就开的成本价,十万块。"

"没错,是十万块。齐老板,一回生两回熟啊,给个交情价?"

上次刷卡的时候,郭总是查过余额的,那数字是连见过点世面的齐老板也要心狂跳的。一般真正的富豪买家总是先试探着买几次普通货,一旦真正动手买玉,那上百万、数百万一件也是眼都不会眨一下的。面前的这个郭总,是有这个实力。放长线才能钓大鱼,所以上次当他询问第二件的价格时,齐老板一反常态马上开出了这个很克制的价格。"这件是用自己的原料去加工的,成本略微可以有点来去。郭总,您这个朋友我交定了,再便宜您一万块!"齐老板难得这样大方,价格上他历来是锱铢必较、寸土必争的。瘦子抬头看了他几次,对今天的交易有点好奇了。

郭总说:"拿出来看看吧。"有苗头!齐老板心里开始爆出花骨朵儿来了,取出了玉跟郭总又坐回茶桌边上去。瘦子也悄然坐到边上了,凑着趣道:"真正的和田籽料,真皮真玉,老板眼光一流的!"

"我看这样吧,这件呢,齐老板你放个便宜给我,算七万五吧!"郭总直接就还价了。

七万五?齐老板心里一咯噔一下,巧合?嘴上却道:"不行了,郭总!留口饭我们吃吃,我是小本经营哦。"

"那你说多少?"郭总的话有点硬了。驳了他面子,不开心了,还是……齐老板这么多年很少像今天这样心慌,他太想擒获这个客户了,大户啊。这几年市场里大户是越来越少了,再也没有往日的繁荣景象啦,那会儿,老板们排着队地送钱来呀!现如今钱是越来越难挣了,难得碰上这么一个揣着上千万现金卡出门的。

齐老板一回神,气势上却泄了大半,说道:"郭总,再让五千,肯定是亏钱了。"那神情就有点哀求了。这些年,他哪哀求过人啊,他都快忘掉这种感觉了,这种语气、神态是只有十多年前他坐在小马扎上被人叫"小齐"的时候才有过的。

"八万五?好。"大老板气势上自然就健旺,郭总讲话真叫简洁,"不过齐老板,今天有一事商量!"

坏了,坏了,齐老板听到"一事商量"就知道坏事了,他的脸恢复到正常状态——愁苦之相,此刻比平常更愁苦一万倍。

果然,郭总从手腕上把手串撸下来往桌子上一放,说:"这串东西我不太喜欢,上次你也说过,只要不喜欢可以随时奉还。真要是就这么还给你呢,我也做不出来,我们换换货。"

齐老板抬起头,喉咙口有点被堵住的感觉,"我、我"了几声。郭总道:"你总不会说,没说过这个话吧?"

齐老板还是老练的,嘴上拙了,心底却明快:得拉他下深水!齐老板脸有点红了,口舌反倒流利起来,道:"郭总,这里面有点特殊情况,这件貔貅如果是我的货,换也就换了。其他的东西尽着你挑,我可以做主！可这件我做不了主。"

郭总奇怪了,问:"这个店是你的,怎么说这件你做不了主呢？"郭总也是生意场上的老手,他知道今天如果另选一件的话,这一刀就会被砍得更狠。上次他只问过这件貔貅的价格,请教了行家认为能值个五六万,比手串就划算得多了。你要我另外选,门儿也没有。

齐老板指着瘦子道:"这件是他放在我店里代卖的。"这样的把戏以前也曾有过,大家配合得十分圆熟,他只要看一眼瘦子,瘦子立刻知道如何接茬,那叫滴水不漏。

郭总从第一次进店就莫名讨厌这个人，觉得他阴阳怪气的,一直也没跟他搭过话。闻言郭总就转过头对瘦子说:"这件貔貅是老板你的？"

瘦子看一眼齐老板,点点头,道:"这个店里有不少东西都是我的。"

齐老板有点慌张起来,呵斥道:"胡说什么呢你！"

瘦子别转了脸没睬他,却对郭总说开了话:"郭总,你买手串花了多少？"

郭总道:"上个星期,你也在的,划款七万五。"

"哦。"瘦子脸上浮现出嘲弄的笑容,"当时你们在茶榻那边谈生意,话说得隐秘,我们没在意。你的意思是,想换这个貔貅？"

"我另外再付一万。"

齐老板盯着瘦子,知道他早晚要发难,可没想到他会选择这个时机,脸色一下子变青了,道:"一码是一码,这样夹七夹八,账算不清！"

瘦子却不怵他,也盯着他反问:"手串人家郭总是不是付了七万五？"

这个齐老板自然是赖不掉，都有走账记录。其实郭总是不在乎这几万块钱的，只是被人欺负了，他得补偿回来，要不真的就像人家说的那样：别人赚了你的钱，背后还在笑你傻呢！郭总品出点味来了，就再不理睬齐老板，对瘦子说："你的东西你做得了主吧？"

"当然。你付一万，走人。"瘦子说得很干脆。茶榻那边的两位全站起来了，看着这边的这场好戏，心里都在说：终于要摊牌了！齐老板两眼快要充血了，但是没用，没有任何一个人看他一眼。

郭总从包里抽出一摞早就准备好的现金，递给瘦子说："你点点。另外七万五，你问齐老板要。"然后他指着桌子上说，"手串在这儿了。"说完，拿起貔貅就推门而出。

齐老板盯着瘦子问："你什么意思？"

瘦子不阴不阳地道："提醒你，我们的忍耐也是有限度的。"

"我有什么对不起你们？什么忍耐不忍耐！"齐老板额头上青筋暴突。

"你只顾自己捞钱，自己赚足赚饱了也没个够！店里生意上门你都不肯做，还说对得起大家？"瘦子今天是寸步不让，拍着一万块钞票也对他吼起来，"今天人家是来退货的，退货对大家都没好处，你也得把银子还出去。现在人家愿意换货，至少店里有了八万五营业额，而且这笔生意还是有利润的！有钱大家分！你们说，是不是？"

齐老板扭头看看胖子和白脸，脸色都不好。他知道局面对自己不利，双手难敌众拳，愣了一下，坐回椅子上去了。

"另外七万五，你得尽快划到店里账上来。"瘦子抛下一句话，抽几张纸巾往厕所去了。

"我是帮朋友的忙，钱早就给本主了。"齐老板无力地对胖子和白脸道，"这个郭总是条大鱼，本来把他搞定了是有希望帮我们套现的，上次他查卡里的资金，一千多万在卡上呢。现在，全完了！"胖子平时话不多，也没什么脑子，今天他说了一句至今让齐老板吃惊的聪明话："你还没看出来？这个姓郭的今天是成心的，后面有高人指点了！今天你就是全额退款，难道还指望着日后他会买你东西？"齐老板吃了一惊，眼皮直跳。

四

看看桌子上的手串，瘦子的话提醒了齐老板。既然人家来退货，也只好找小姚了。他把手串重新戴回腕上，拨通了小姚的电话，本想约他下午去自己老婆店里碰头，可没等齐老板开口，电话那头却先响起来了："齐老板好！是不是帮我把另外一串也卖掉啦？叫我来取钱的吧？哎呀好巧，我就在你店边上，立马就到！""下午来，喂，喂……"齐老板一句话没讲完，电话就挂断了。这个冒失鬼！齐老板只好推门出去，站在大门外准备截住小姚，免得又在店里丢人现眼。刚走到门口，小姚就一阵风似的到了，齐老板要拉他往自己老婆店里去，还没等开口，小姚到底年轻力壮，兴高采烈一把拉起他的手臂，几步就跨进了玉德堂。

小姚今天心情好，没落座就自己找个玻璃杯去泡茶了。他说："齐老板你真够意思，这么快就全卖掉了，帮了我的大忙了。"瘦子上完厕所回来，却见小姚在那里咋咋呼呼，于是就看不懂了，坐在他的老位子上瞧着，心想：今天净是他妈的稀奇事。

齐老板脸色阴沉了下来，把两条手串往桌子上一放："小姚啊，东西人家给退回来了。你拿回去吧，把上次的款子打我卡上就行了。

现在这个世道生意难做,我也帮不上你啦!"

小姚傻在那里了,大呼小叫了起来:"哎呀呀,这可怎么好,那两万块钱我是急用,早花完啦,今天以为你叫我过来取钱呢,你现在叫我往回拿钱,我哪里有!"瘦子他们一听,两万,好家伙,姓齐的你真是吃人不吐骨头啊,才付了人家两万啊,你还好意思叫人家来退货还款。手串原本跟小姚谈妥两万五,到郭总七万五买去以后,过了几天齐老板打电话给小姚说:"人家只肯付两万,卖还是不卖?"他最后付给小姚是两万,自己净赚五万五。

齐老板说:"好了小姚,那现在你看怎么办呢?"小姚说:"我是一点办法也没有了,齐老板你看怎么好呢?"齐老板说:"要不你把款子还了,把东西拿回去。要不两串东西留下,我再付你一万现金,就算两清。"旁边的人都听清楚了,心想:这手够黑的。

小姚倒不接他的话,反过来问:"为什么人家好好买去了,又要退货呢?齐老板,这东西没毛病啊。"齐老板想想就来气,说:"谁知道呢,可能有人背后'打枪'了吧。"小姚说:"不能啊,这位郭总挺有主见一个人啊,怎么会听风就是雨呢!"——慢着,慢着,"这位郭总?"齐老板听出点意思来了,瞪大眼珠盯着小姚,"好啊,好啊,老鹰被小麻雀啄了眼啦!"

一边的胖子还没会过意来呢,插话道:"那个郭总刚走没一会儿,就今天退的货,怎么不能啊?"

瘦子听明白了,乖乖,果然怪事都凑到一块儿去啦。

"你,怎么会认识郭总的?"齐老板还是压制不住好奇心,强忍住怒火,倒要问个究竟。瘦子也正奇怪,抻长了耳朵在听。

"齐老板,听说您也经常去逛地摊的,地摊上好拉客对吧?不巧前几天我也去转转,看能不能认识几个有钱人。走着走着,我就看见我自己的那条手串啦。"

齐老板也豁出去了，问小姚："你想怎么弄呢？"

小姚说："简单，我也吃点亏，那串付过两万的您留着，我是一分没赚着。另外一串我带走，两清。要不，您再付我三万五，东西都是您的，我等现钱急用，也成。这两条手串要在您手上，准保可以卖个十五万！"

四双眼睛都看着齐老板，今天齐老板的脸算是被撕完了。撕就撕了吧，一块儿混那么些年了，谁不知道谁呢，齐老板冲小姚吼了一声："给我滚！"

小姚握着茶杯，抓起一条手串，迈开腿就出了门，把门摔得砰砰响，玻璃一阵晃动。走到大门外，小姚回转身，冲着玉德堂里大吼一声："姓齐的，我×你妈！"说完拿着玻璃杯对准店匾狠狠砸了上去——啪的一声脆响，黑地金字的招牌上顷刻就开出了一朵荷花。就有旁边店里的人探出头来，好奇心强的还走过来几个，帮着劝导："小伙子，不要骂人嘛，有话好好说！"——隔着玻璃，映出里面四张装聋作哑的脸，没有一个人敢走出来。对过儿阿翠老板娘正在门口刺着十字绣，倒凑过来问："啥事情，啥事情？"小姚就在门口舞手舞脚骂开了。阿翠撇撇嘴说："这个齐老板！也没听谁说过他一句好，你说也怪，这个市场里也就是他发了大财！怪事，怪事。"

两个拎着爱马仕包的女人，正好走到玉石文化研究会的门口。

五

玉德堂被人砸招牌的事下午就传开了。很多人特意走到玉德堂门口来瞧，那水迹已经干了，玻璃碴子也清扫了，看也看不出个名堂来,便很遗憾地走开了。不过,整个下午那卷帘门都是关着的。仔细点的人,发现了匾额上还挂着几片干了的茶叶,可以证明传言不虚。到了傍晚,其他店铺都打烊以后,里面却传出了争吵的声音。

齐老板又是旧事重提:"我早就说过尽早把店关了,大家好聚好散。"散伙? 听到这个词儿,瘦子又跳起来了,"这十多年你自己赚足了,我们三家本金也拿不回,你叫我们散伙? 我们出了几百万资金,到头来就为了帮你一个人发财啊? "

齐老板白天被气了两回,傍晚就有点中气接续不上,声音就软塌塌的:"怎么是我发财呢,我发多少财呢? 当年你姐夫季行长,还有程庭长、朱校长各出本金,我是以技术入股,一共算四个股份,每年分红十五万,从来没短缺过吧? 这些年经营下来,利润和本金都在店里这些存货上,少说也值个千八百万吧。我早就提议四家把货分了,散伙各过。你们就是不听啊,这样硬撑着,每年十几万的房租也挣不出来啊。"

"你说得好听,我姐夫他们当年可是拿出来的真金白银,每年分红是不假,可是这些年人民币都贬值到哪里去了? 现在就是要散伙,至少你该把每家的一百万本金退出来,然后才是分东西。

"这个店里的货色你说值一千万就一千万? 在店里坐这些年,我多少也懂点行了,也请行家估过价,这些东西最多只值个三百来万,你倒是算得精! 每次进货都是你一个人去,回来报账也就凭你一张嘴,现在你拿个空心汤团请我们吃。以为我们都是白痴,就你一个聪明人?

"你还没发财? 摆地摊那会儿你有什么? 现在你城里两套房子就值四五百万,你还在运河边偷偷买了一间店面房吧? 你老婆开着另一家玉器店,名字叫石缘记,以为我们真的不知道? 你白天在这里耗时间,生意都晚上约到石缘记去做了。那个店面买时要两三百万吧？店里的货是天上掉下来的？你算算,你自己这上千万的资产是哪里来的？"

瘦子连跳带拍桌子,把憋了许久的话都倒出来了。胖子和白脸坐在他两边像周仓关平护法二将。今天这个阵势,不彻底解决看是没完了。齐老板感到头皮发紧,脊背上冒出一阵阵冷汗,胸口剧烈起伏起来,心慌气短。

"瘦子,你别激动,你姐夫这些年才是最大的赢家！靠着这个店他赚了多少,你是不完全清楚的。这本账,都在我心里！"齐老板没辙了,只好把多时压着的丑话抛出来了,"这些年,他带来的老板买去的玉,有多少是前门买去,他后门又送回来的。你们看着是店里做了生意,可是那生意都是在为他一个人忙！"

瘦子愣了一下。他姐夫是市里银行的行长,前些年找他贷款的老板排着队找机会给他送钱,他胆小啊,没勇气收钱,只好带着老板来店里买玉,一买就是几十万上百万一件的,那些做钢材、煤炭投机生意的老板哪懂这个,看行长喜欢就买呗,那自然是没得还价的。那时齐老板的价码硬着呢,架子搭得足着呢。齐老板说的虽然也是实情,但是瘦子也是个明白人,能被他唬住？紧接着就说道:"要没有我姐夫和程庭长、朱校长他们帮店里拉老板,你能从地摊上带来客户？这个店到底是谁靠谁,你弄弄清楚！"

话是越说越僵,都开始翻老账了。他们三个受各自亲属的委派在店里当监军。白脸这几年在店里,像个影子一样是不引人注目的,但是情况他看得明白,越说越不像话了,有必要讲几句敲打一下这几个人了。因为平时话少,他一开口反倒镇得住局面。白脸说:"现在是算旧账的时候吗？现在是什么形势？季行长、程庭长都退居二线了,能否安全着陆还不知道呢,你们打算给他们找点麻烦?"齐老板、瘦子听了这话,吃了一惊,白脸把他们心底最害怕的话说出来了,一个也不敢吭气了。

"按说呢, 我们这些人都是受益者, 谁也别叫屈, 都占了便宜的。"白脸扫了一眼他们,接着说下去,"齐老板,什么叫一本账都在你心里?什么叫最大赢家是季行长?你也别没良心,凡事都要摸着胸膛想一想,适可而止吧,要说这三百万现在也不过你牛腿上的一根毛! 船翻了没你什么好处。"他代表的是程庭长,这话里包含了威胁的成分,齐老板掂得出轻重,没接茬。

因为季行长、程庭长退下来了,加上大气候的变化,玉德堂早就注定无法再现往日的风光,其实三家出资方暗地里磋商过,目标是一致的:只要拿回当初的本金就撤,东西能分多少是多少。而齐老板这些年是顺风顺水惯了,只进不出惯了,也是穷够了、穷怕了,他哪肯捧三百万现金出来? 夫妻二人也合计过,店里东西多少分一点出去把他们打发了,至于现金嘛,也只能要钱没有要命一条。你们有权有势有地位,但是横的怕不要命的,我们怕什么! 事情就这样越搞越僵了。

说来说去,就是要齐老板退出三百万现金来。齐老板闭着眼睛装死,咬得嘴唇发紫,就是不松口。看来今天还是解决不了。

解决不了大问题,就解决小问题。瘦子说:"今天貔貅的七万五余款,你什么时候拿出来?"齐老板想了一下午,其实早就盘算好了,说:"创办玉石研究会我可还垫支着好几万呢,这七万五就顶办会费用了,不够的算我出了。"瘦子冷笑道:"你是会长,你老婆是副会长,这个会本来就是你们家的,倒是想得美,凭什么让我们陪着出钱! "齐老板说:"研究会的牌子,可是从来挂在玉德堂的墙上。"瘦子没想到他会来这么一出，恼了，又跳起来指着他鼻子骂开了："你他妈还是个人啊，都说你是'齐黑心'，你的心是比煤炭还黑哇……"

这一次，齐老板没有还口，头一歪，嘴角流下一道混浊的涎水来。

六

齐老板出了院，不再天天去玉德堂点卯。他每星期偶尔会去个一趟两趟的，在那张红木茶榻上躺一躺，宣示主权的意思了，这里还有他四分之一的股权呢，这个他丢不开。那三个逼他退钱出来，他就捂着胸口说："心慌，心慌。"那三位因为背后有人关照过了，也不敢再过分催逼。虽然是闹出了一点风波，落下了一点不小的病根，却也帮他解了套，那句话怎么说来着，祸福相依。现在齐老板名正言顺地坐在石缘记里，跟他家那位副会长夫唱妇随了。

这一天，阳光明媚，微风和煦，齐老板心情尚可，还想再去做做陈老板的工作，拐了几个弯，走到德玉堂门口，抬头看见墙上却挂着一块崭新的铜牌"苏沪玉器鉴赏指导中心"。他不由得吃了一惊。大门倒是洞开，他踏上一级台阶，就清清楚楚看到里面坐着的几个人：陈老板、郭总、小姚，还有两个似曾相识的女人。

雀夺

一

现在倒好，连朝阳菜场卖小菜的乡下大妈都说："和田玉起价钱，月月涨，你们是暴利行业。"好像这个市场里遍地都是黄金，发财只要靠捡。你倒是来给我试试看，赚钱有那么便当吗？开着店的，眼巴巴守着柜台，别看铺面上货色充盈，口气大得能吞象，可有几个店老板立时三刻卡上能够划出十万现金来？哼！活见大头鬼！当日，李建东就是这样想着心事喝着茶，坐在他的知玉轩里结识的陈百延。

第一眼看到陈百延，倒是无法马上判断出他居然也是个老板，他跟他那些福建老乡不太一样。工艺品市场里福建老板不少，主要集中在几个行业：黄金、翡翠、红木、茶叶和包装盒。按说茶叶并不属于工艺品范畴，可事实是，现在全国很多福建人开茶叶店往往是傍着工艺品市场而生根蔓枝的，就像街镇上老居民区里种植丝瓜，那本没个落脚扎根之处，秧子多是扦插在花坛里，照样也开了花结了果，天天摘得丝瓜吃。这些福建老板多半没读过几年书，年纪轻轻就出来打拼，"爱拼才会赢"嘛。他们心思简单，因着简单而出奇地生猛胆大，他们有的是勇气与欲望，敢想敢干，不怕苦不怕累。他们往往从底层起步，屡败屡战，在市场经济尚处于粗放阶段之时，倒也有人搏成了一番事业，这样的商界神话时有所闻，成了市场里的传奇。事业有成的福建老板多半又都对黄金怀有一种偏执的热情，他们的金项链一般都特别粗，戒指也是特别大，哪怕暂时实力不逮，将那链子、戒指做得空芯，壁腔再单薄些，那也是无关紧要的。自然，成功者永远只是极少数，更多的人爱拼，却未必能赢。陈百延身上是没有金器的。这是个精精瘦瘦的矮个子，但是脸盘很白净，眉眼甚至称得上清秀，细长的双眉有点斜飞入鬓，穿着整洁素净，这点跟他那些来自沿海地区的老乡也大有不同。他总是紧紧抿着宽薄的双唇，如果处于正常状态下，神色是退缩着又带着点机警的，这主要来源于他的自我保护意识和敏感复杂的内心。自然，一切不到紧要关头，是不太容易被察觉出来的。

陈百延当时在店堂里团团转了好几圈，欲言又止的样子，李建东的视线也从捧着的茶杯口沿上移开过几回，但每次又重新回归到那一团蒸腾着的白雾上。开店好几年了，扫一眼就明白有戏没戏，他能看不出对面站着的无非是个不知进退的工薪阶层，哪里像买玉的主顾？局促了一阵之后，陈百延干咳几声清清嗓子，还是没忍住，先开了口："老板，可以问问价吗？"他一开口，典型的口音又暴露出他的籍贯，这倒引起了李建东的好奇，心里忽觉好笑：没看出来是个福建佬。"怎么会不能问价呢，不过本店只做正宗和田籽料玉器，价格可能听着比其他店会贵一点点。"李建东站起身来，慢条斯理地回答，身量比陈百延足足高出一个头。那话自然是掩饰不住内在的傲慢，他也懒得去掩饰，但那张黑糙的扁圆脸上却已经堆起了笑容，让你无从挑理。陈百延笑笑，没有接口，从口袋里掏出一张名片——贴着18K金箔的，这个格式考究了——双手递上来：百斯特家具专卖店总经理。李建东眼睛一瞄，瞳孔焕发出一层光彩，地址是在华夏家居港，这个家具城集中了全市最高档的品牌家具厂商，以贵出名。李建东三指一扣，捏紧名片，赶紧凑上前去，握住对方的手，连着抖了好几抖，俯身说道："幸会幸会，陈总！"

陈百延那家家具店经营已经十分成熟，他每天去点个卯给领班安排好当天的事就可以脱身，从此工作时间里倒有一半是泡在了知玉轩。

上门没几回，他就花两万多买了一件白玉挂件，爽气的程度让李建东心花怒放。这让他内心几乎要自责起来：古话说得不错，人不可貌相啊，差一点就错过这么尊财神！对于真正的客户，李建东说话向来是顺着人家心意来的，甚至明显是带着点迎合性质的，他信奉的是"好话多说"。

陈百延来得勤，彼此深感话颇投机，从喝茶的常客又迅速升温成了吃酒留饭、无话不谈的知己。陈百延频频出手，他买得越多，他们的交情也越发坚实深厚起来。

陈百延对于玉石其实一窍不通。李建东知道，在这个市场里买玉的主顾主要是三种人：一种是外行，他就只买个一两件佩戴，买过也就歇手了；另一种是玩家，他们泡在玉器店里是"取经"来的，学点基本鉴赏技术，探听点商业信息，最后一定是脱离本城的市场，直奔苏州相王弄而去，因为两城靠得实在是太近了（做了这几年生意，李建东深切感觉到，不管你笼络客户的手段有多高明，他们这些店铺实质上也只是在为苏州的批发市场培养客源而已）；第三种是投资客，他们都是事业有成，完成了资本原始积累的富豪，甚至称不上玩玉,他们买玉的初衷无非是为了消耗现金、隐匿资产。李建东其实从一开始就在蠡测和判断陈百延究竟属于哪一种,经过一段时间观察,他发现陈百延不属于这三种人中的任何一种。说是偶一为之吧,他几乎是泡在市场里,已然买了不少,却似乎毫无停手的意思。说他想学成个玩家吧,他对于鉴赏技术的热情又不很高,注意力总是盯着价格啊,货源啊,市场啊,这些生意经。一块玉才买了几个月,他就孜孜不倦反复询问:"最近行情怎么样?我的玉又涨了多少?"有时候把李建东搞得很烦心就没好气地说:"你怎么把工艺品市场当股市了呢,这个市场又不显示每天的收盘价格!这是需要长期投资的,时间越长收益越大。"可不用几天,陈百延又会问起同样的问题。说他是为了配置资产吧,凭他那点财力,相对于和田玉现今的价格,还根本谈不到"囤积"这两个字。

尽管陈百延鉴赏玉石的技术方面是外行,但自从踏入这个市场之日起,他对于玉器市场的发展脉络和发展现状是有清晰认知的。一次,陈百延喝了点酒以后对李建东道:"最近的这十几年,翡翠价格涨了至少一百倍以上,和田籽料目前只涨了三四十倍,再翻个两三倍是完全有可能的,毕竟只有和田玉才是真正意义上的'国玉'啊,消费基数大,没道理涨不过翡翠的。"这话讲得到位了,李建东当时不由多看了他几眼,心说:平时看着滥没个主见,总是问这问那装傻充愣,灌点迷魂汤自己就露出尾巴来了。难怪都说,福建人都是天生的生意精。

李建东就拿话撩他,说:"陈总你讲的没错,这和田籽料后市看涨!只要再假以时日,你鉴玉的技术自然熟能生巧,到时候完全可以开个店玩玩,以你的实力和人脉,保险发大财。"

对方却并没落套,眨眨眼,盯着李建东道:"玩了才知道这门技术太复杂了,要辨析和田料、青海料、俄料、韩料真不容易,就是和田料还要分清籽料、水料和山料,不是一年两年能学成的,难!要发财,也得你兄弟带着我才有戏!"

发财?谁不想谁是孙子!李建东心里说,可也得有资本啊,这个行业是本钱越大越风凉,就凭自己捉襟见肘的实力,一切都是无从谈起的。

陈百延见李建东不言语,看是说到他痒处了,笑道:"我也观察知玉轩的生意很长时间了,店里玉器的流动速度是很快的,每个月都有好几件货品买进卖出,货色翻新得快咧。你老兄是真人不露相,只管自己一个人闷声发大财!别人看你躲在角落一个小小铺面里,其实生意倒比许多热闹市口的大店还强。"

李建东心里一惊,暗想倒差点小觑他了,自己一直在摸他的底,原来他也两眼从没落空过呢。随即便也笑道:"我那点生意算什么呢,利薄啊,就像卖给老兄你的东西,毛利只能在百分之十以内,刨去各项费用,那简直就是来回白忙乎!"

陈百延笑笑,没接茬,沉吟了一会儿,说:"我考虑了很久,有个初步构想,兄弟你愿不愿意听听?"李建东听这话音,知道今天的正题这才刚开始,点着头道:"咱们这交情,还有什么不好谈的,老兄有话尽管明言嘛。"

陈百延的设想其实很简单,他们两人合伙开一家大玉器店,房租由他承担,李建东负责经营。货品两人一起提供,他拿出这一年多所买的玉器,李建东拿出知玉轩的货底、包括深藏的明清古玉,这样店里的货品就显得十分丰富了,新玉、老玉双管齐下,所谓店大欺客,市场竞争力就会大大增强。陈百延讲完,他那并不粗壮的手掌攥成个拳头,在李建东面前有力地一敲,表达出必胜的信心。

李建东略一沉吟，心里已经快速盘算过好几个回合："这个计划是值得尝试的，反正房租是陈百延出，自己只要拿出货品来撑个场面，卖掉就有钱赚，卖不掉东西也不霉不烂不变质的。而对于陈百延来说，他是存在一点风险的，他所图的不过是将投资的玉器快速套现，去年购买的今年就想获利——这些急功近利的福建佬！也可能，他是想涉足这一行业但没有任何市场经验，想先在自己这里借把力，企图套用别人的客户资源……"李建东将双方利弊在心底反复捋了几遍，权衡再三，思谋定了。嗯，貌似很合理，没毛病。

那么，现在只剩下最后一个问题了：卖掉货品的盈利怎么拆分？他一提出这个问题，陈百延倒呆了一下，他好像从来没有想到这个关键的问题，不过他身上流淌的是出来打天下的福建人的血液，凡事遇繁则简，快刀才能斩乱麻。他爽快答道："如果要往细里纠缠是没法合作的，我们福建人做生意向来喜欢简单，越简单越好，卖掉谁的货品，货款就归谁，反正我的玉器都是从你手上来的，多少成本你最清楚，不至于帮我亏本卖。"

是个创业干大事的气派！李建东听了这两句干脆话，跷起大拇指在他面前晃着眯眯笑。

二

知玉轩老店新开，新址就在珠宝街中段，市场里最大的玉器店玉德堂的斜对面，面积比原来扩大了一倍还不止，关键是市口好，那房租自然就贵些。李建东力主选定这里，他的理由是，紧靠玉德堂，借它的人气，此处是玉德堂客户们来来往往的必经之路，说不定就能"截和"到优质客源。另一层理由，他不说其实两人都心知肚明，反正那房租是陈百延掏口袋，他自然可以不计成本。陈百延去市场管理处洽谈租房合同的时候本来约李建东一起去，他却借故推脱了，既然房租跟自己没关系，何必去费心瞎掺和，谈高谈低都是陈百延的事，自己乐得撇清。陈百延去谈了好几次，最后议定每年房租十六万元，押金三万元，首次签约两年。两人一起请了管理处几个头头儿出来喝过几顿酒，送了几回香烟购物卡，私下里便获得同意，租金可以半年一付，这就很优待很照顾了。

新店在赶工装修之后很快开了张，李建东从家里搬来成套的红木家具，店堂的档次一下彰显出来。

陈百延拿来了所有的玉器，大小倒有四五十件，其中十来件并不是从李建东手上买的。李建东也没问来路，看东西质量还过得去，便记了底价，陈列到展柜里去，心里毛估估，陈百延这批玉器也有近两百万元的成本。李建东拿出的新玉却有五六十件，外带三十来件明清古玉，其中近一半是陈百延从没见过的。陈百延看店里货品一时琳琅满目，几乎可以跟对门玉德堂别别苗头了，很是体面，不觉十分欢喜，说道："兄弟你藏着这么多私货呢，不开新店是见不到你底的。"李建东有点得意，没说话。

现在陈百延来得比以前更勤了，每个星期至少有四五天时间坐在知玉轩。不过，他有点憋屈，因为李建东要求他对外不得公开合伙人的身份，李建东每次的决定都是理由充分、不容辩驳的：本店对外只有一个老板会显得实力雄厚，令人刮目相看，有利于提升市场号召力。同时，陈百延作为一般玩家长期在店里喝茶，一旦出现质量异议等信用问题，他更便于以第三方的身份出来调和。这种模式，其实也是从玉德堂借鉴来的。一切都服从于生意，赚钱才是硬道理，看在似乎唾手可及的巨大利益面上，陈百延喉结滚动咽咽口水，也只好噤口不言。

　　然而,新店开张以后,并没有出现预期中顾客盈门的盛况。相反,由于店堂宽敞,店里反而显得出奇的冷清。开头两三个月,李建东还劝陈百延少安勿躁,毕竟开业日短,客户资源是需要逐步积累的,慢工出巧活,火到才能猪头烂。

　　陈百延忍耐了好几个月,看那光景并无好转迹象,盘算着每个月一万三千三的房租,合到每天可就是四百四十四,还有电费、水费、物业管理费呢,不免更加焦躁起来。对面玉德堂的客户天天在门口走来走去,看得他烧心,那位店主齐老板送客一准送到停车场,不可能让一个客户漏网折返进来逛一逛。他在店里不停地给福建商会那些熟与不熟的老板打电话,邀请朋友们过来喝茶,乡音乡情总难却,偶尔也有老乡过来坐坐。在家靠父母,出门靠朋友,有时候也有朋友帮衬一把买件小东西,大部分人则喝了一通茶忙不迭接起电话,在一阵"喂喂"声中挥挥手就脚底抹油,再也不上门了。陈百延看李建东的货品倒是有些走动,而自己的四五十件却像是下面生了根,重如泰山,稳如磐石,心头不由一阵阵羞恼。

　　李建东觉察出了陈百延的不满,说要不自己多花点工夫常跑跑玉德堂,看能否撬几个现成客户过来。实则他是怕这样天天跟陈百延面对面,两张冷脸相对无言,处境尴尬。陈百延心想:那位齐老板精得跟孙悟空似的,你能斗过他?白日做梦吧,不被人家扫地出门才怪。嘴上却没吱声。

　　从此李建东三天两头跑玉德堂,可也奇怪,按说同行串门是犯忌的事,这回齐老板却没有反应,好茶好水招待着,居然相安无事。陈百延经常在店堂里隔着玻璃伸长脖子朝对面张望,自然是什么也瞧不真切,只能一个人紧锁双眉长叹短嘘。他发现自己算是被所有的人遗弃了,孤立无助,怨气冲天,也没人来理会他。后来,陈百延发现一些苗头,李建东经常匆匆回店取了明清古玉去对门,有几次打烊时候才回来,古玉便会少一两件。原来李建东在玉德堂推销他的明清古玉。齐老板岂是好相处的善人?这就怪了。

猴子蹲在地上是可以伪装成人形的,但它一旦爬高,火红的屁股就会暴露无遗。现如今很多老板出洋相,其根源倒有一多半是由于自不量力、盲目做大。其实只有李建东心里最清楚,自己已经前途茫茫,他能不明白所谓上门撬玉德堂的客户云云纯粹是一厢情愿、痴心妄想?不过他想,既然撬你客户无望,那么上门帮忙加强合作,把人伺候高兴了,多少分一点残羹冷炙还是有希望的,毕竟玉德堂专营新玉,自己顺带推销几件古玉对齐老板影响不是很大。李建东对齐老板用足了水磨功夫,一味奉承:齐老板要对别的店家"打枪",他就跳出来抢大棒;齐老板需要人抬轿子,他必竭尽全力,吹嘘起来无所不用其极,帮衬着齐老板促成了好几笔生意。客户见本为竞争对手的同行尚且如此服帖,佩服之情便油然而生。这一切自然给齐老板脸上贴了金、增了色,无形资产噌噌往上蹿。因此齐老板有时竟然也大发慈悲,默许他夹带一点私货。时间一久,陈百延就看出了门道:好啊,你自己的店不张罗,净上赶着去帮外人!你倒是有奶便是娘,吃里爬外的狗!陈百延想到了自己家乡有一种哭丧公的职业,别家死了人雇他去披麻戴孝号丧,充当"孝子",从事这个职业的人在自己家人死时却往往号不出声来。现在,李建东在他的意识里,就是一个标准的哭丧公。可是,恨归恨,他却又拿他没辙。

到了国庆节,陈百延忍无可忍,郑重其事地跟李建东谈判了。虽然生气,但是种种不满和愤懑其实都无从说起,因为今日的格局是他自己提议的。他唯一能拿出来计较的,就是开店快一整年了,只看见李建东的货品在周转,却没有帮他卖动过一件,这是不是也太过分了点?你李建东这不是明目张胆吃里爬外,坑自己朋友吗?

李建东开始时还支支吾吾,欲语还休,但被对方道德审判到无处躲藏、无法抵抗,他发现自己已经退无可退、体无完肤,甚至成为一个背信弃义的十足浑蛋时,也只好干脆顶风落篷,自认是条滚地龙,红着脸将实情和盘托出。店里那些"卖动"的玉器,原本就是从苏州加工场里借调过来的,在店里出样一两个月卖不动,都只好悄悄又还了回去。偶尔借齐老板的店脱手一两件古玉,那也是实在没办法,价格低没利润不说,每做成一笔还要给齐老板剥层皮,支付完抽成,有几件东西都卖亏了本。

李建东愁苦得几乎要落泪,说:"老兄你有工资,每个月定时有钱进账,我是靠这些东西周转生活费的,有时候亏本也得卖啊!"陈百延听得发愣,细想想却又不甘心轻信他。

李建东被迫无奈只好领着陈百延去了趟苏州,相王弄里上千家加工场,挎着包进进出出的人奔忙如蚁。来到他朋友老庞的工作室,陈百延进去细细一看,果真很多早先"卖掉"的玉器都整整齐齐还罗列在这里呢,不由暗叫不好,但是跺脚也是无济于事。他甚至还在工场中看到了两年前知玉轩老店里曾经"卖掉"的玉器,忽然灵光激闪,把前后情势参悟了个彻底明白,心里就更加慌乱了:好家伙,你开店几年根本是烟擦火不着,没有一笔像样生意,没有一个像样客户,原来只有老子才是你店里最大的买主!我是个十足的冤大头呀!

事已至此,陈百延只好打掉牙齿往肚里咽,没敢声张。

时至腊月,市场管理处电话来催过好几次房租,陈百延又悄悄给经办人送了几张购物卡,说年底现金紧张,缓一缓。那经办人吃的是公家饭,之前是头头儿答应要给予"特殊政策",与人方便自己方便,自然也不会催逼得过紧。

三

春节前夕,天空多日灰蒙蒙,本身就不清朗,又时常起雾霾,那气象就越发沉闷起来。此前陈百延早以种种借口将他的四五十件玉器逐渐取走了,此时只剩下光身滑溜一个人好跟李建东来摊牌。

自从过了中秋陈百延不断取回他的玉器,李建东早已明了态势,只是佯装不察。他现在什么也不去管,虱多不痒债多不愁,都从席上滚到地上了,本身已经没啥差异,还有什么好烦心的,关门大吉只是迟早的事。自从像犯人一样被押着去了一趟苏州,他整个人在陈百延面前似乎是被剥了个外干里净,面对如今的局面反而不由横生出些刁钻促狭的想法,倒好像竟还有点幸灾乐祸,预备着要瞧人家好看的意思:租房合同是你一个人去签的,房租款、物业费也是你一力承担的,我倒要看看你怎么去收场。

此时,却怪了,陈百延却是笃定的,他慢悠悠喝着高山茶,没事人似的。他也在观察李建东的举止。

李建东心里虽说存着些阴暗念头,但想想自己全身而退,却让朋友蒙受了损失,传扬出去总归是个理亏。况且自己还得继续在市场里混,人家是可以一拍屁股走人的,因此明面上自然也就不敢过分张狂。

“老兄你别怪我不厚道,我也是无法。也怪咱们运气背,赶上这经济不景气的大气候,这几年别家也都不赚钱。”作为一个现实主义者,李建东很明白,嘴上服服软对他而言并不损失分毫。这两三年跟陈百延打交道,他知道对方并非善茬,不要惹恼他为佳,好聚好散方为上策。

若要较起真来，对面的这个人说穿了也没什么地方对不住自己，全怪自己急于求成、贪功冒进才导致首尾不能相顾，落了个狼狈下场。不过话说回来，自己也不过损失了十来万，毕竟东西还在，总是值钱的。陈百延这样想想，也就一口气落下来了。他是少年历练的江湖儿女，对场的风险莫测比任何人体会得都深刻。想赢就得做好输的准备，这就叫作市场。

李建东看陈百延到底是正经生意人，做事硬气，输得起，扛得动，多少也有些感动，就试探说道："老兄，租房合同是你一手经办的，现在还拖欠着租金，会不会给你惹来麻烦？"

陈百延看了一眼李建东，道："兄弟，如果今天你没有这两句有情有义的软话，我老陈是准备叫你出出洋相的！你既然还算上路子，我陈百延也是条讲义气的汉子，不妨指点你个脱身之计！"

李建东听了摸不着头脑，明明是你去签的合同，怎么说叫我"出洋相"呢？还什么指点给我一个"脱身之计"？他知道陈百延并不是个爱摆噱头的人，想想这话费解了。

"我如果一走了之，他们是找不到我的，到时候拖欠的房租和物业费必然找你买单。到那时，不要说他们叫上派出所民警一起上门，就是市场管理处带几个保安来，你也只好乖乖把钱缴了，对不对？"陈百延看他还不明白，说道。

李建东默不作声，这点他是无法辩驳的。他想不明白的是，明明是你陈百延去签的合同，你怎么可能全身而退，顺利滑脱呢？

此时，陈百延的笑容里终于露出点狡黠来了："你凭什么认定我的名字真就叫作'陈百延'？"陈百延看李建东一时愣在那里，倒也没有继续卖关子："我们福建人出来闯天下，日常使用的大都是小名，不是身份证上的正式名字。"

李建东张大嘴巴有点吃惊,仔细想想,对了,这么长时间从来没见过他的身份证,从来没见过他使用银行卡,他每次买东西都是用现金……不由问道:"你的店不在华夏家居港吗,店总跑不掉的吧?"

"那家店根本不是我的,我只是帮老乡打理而已。最关键的是,我只要人一走,姓名又没着落,茫茫人海,又不是什么刑事犯罪会被上网通缉,他们肯定是从此寻我不着的。"陈百延慢悠悠说。

市场里都知道知玉轩是他李建东的店铺,新开张那会儿他是着实风光过一阵的——到时候他是真的有嘴也说不清了。李建东此时才感觉到了自身的被动,不由涨红了脸,"这,这,那我该怎么办?"他看着陈百延,透露出乞求怜悯的意思了。一看风色不灵,立刻主动把自己放到弱者的位置上,这就是他李建东的聪明之处。

陈百延故意停顿下来,不紧不慢喝了两巡茶,发现李建东居然耐性十足,带着求告的神色眼巴巴望着他,在等他指点迷津。陈百延的虚荣心得到了满足,这才告诉他:"我签署合同的时候故意没有给他们留身份证复印件,签名也是写的草书'陈百延',注意,最后一个字写的是'廷',所以只要我人一消失,手机一停,这张合同就是废纸一张,你都根本不用去理会它!"

听闻此言,李建东眼睛一亮,来了精神,不住点头,说:"好!"

"不过,你得注意,"陈百延说,"如果你店里的货品被人家抓住了现行,那你就是再有千百条理由,也不可能全身而退。你必须事先悄悄地把店里的东西安全转移掉,他们拿捏不住你的要害,就无处下手了!日后哪怕走在路上撞见了你,你也完全可以说,当初店是陈百延开的,你只是帮忙看店的雇员,不信去看租房合同是谁签的嘛。"

李建东点点头，打定了主意。

四

在小年夜的前一晚，李建东悄无声息地把店里东西全部搬离了珠宝街，直到过完春节，市场管理处才发现知玉轩老板跑路了。

这几年市场里躲债跑路的事情时有发生，一家店铺逃个租金之类，也引不起多大的反响。何况大年节下的，商家各自都在为冷清的行市犯愁呢，没有几个人有心思去管旁人的闲事。

李建东的店其实一直开在市场里，只是搬了两回地方，都是向二房东转租的冷僻所在。有一次，他迎头撞见了管理处的几个人，人家也是有一搭没一搭吓唬几句，他拿陈百延教他的话一顶，对方就哑口无言了。李建东却拉着他们躲进小饭店吃了一顿，拱拱手请他们寻找陈百延，说他贪墨了自己的玉器，还欠着几个月工资没付清。管理处的人倒反过来劝他算了，他们明白若认真深究起来，当初签合同没留承租方身份证复印件，签名还让人做了手脚，自己工作都有过失，也是要承担管理责任的。回去就把这笔烂账一抹了之了。

李建东从此又恢复了往日神气活现的状态，走起路来肩膀直晃，双手甩开来幅度特别地豪阔，仿佛整条街都是他一个人的。跟陈百延的交往，他是获利者，至少，做了他一百多万的现金生意，盈利一半，这让他手头宽裕多了。

不久，他把店搬迁到茶叶市场旁边，虽说比不上珠宝街店面的排场，但比起最先的临时铺面，那是强得太多了。

都说开店容易守店难。这两年玉器生意越发萧条，再加上习惯了在市场里串门，李建东就更坐不住了。到处串门头就成了他每天的必修课,他右手捏把特制的红木野猪鬃刷子,左手握着块玉,走进别人店堂就像到自己家一样随便,一边盘玉,一边跟店主闲扯,遇到性子绵软的店主,他更是得寸进尺,看见有客户在场也决不回避,人来疯,劲头十足,时不时地主动搭讪攀谈上去,恨不得把别人的客户马上招揽为自己的买家。后来同行们都不给好脸色了,甚至被人当面呵斥过几回,他就把撬客户的重点调整到其他行业,成天在翡翠店、珍珠店、琥珀蜜蜡店里穿堂过户,在市场里弄得彻底没了人缘。

玉德堂他是不敢再上门的,有次他看里面人多,故伎重演老着脸皮挨进去,齐老板居然当着那么多人就朝他喊:"李老板,大家都是好邻居,你怎么招呼不打一声就连夜开拔了?新年新岁的,我们见你铺子里一片狼藉还以为遭了抢,差点帮你去报警哦!"——哪壶不开提哪壶啊,这不是当面来打脸嘛。可这齐老板是出了名的刁钻刻薄、心狠手辣,李建东不敢当面得罪他,只好落荒而逃。说穿了,商家们待不待见他是无所谓的,同行是冤家,反正不可能在他们嘴里听见一句好话。这个市场里哪家跟哪家是真友好?屁!现在的生意,等是等不来的,得靠抢!撬到客户,成交生意,人民币点进来,这才是关键!其他的,对他李建东来讲,都不重要。

这天李建东闷坐在店里玩手机,一个人影在玻璃门边一闪而过,他抬起头,却见陈百延已经站在他的面前,正冲着他笑呢。他连忙放下手机,招呼陈百延坐下来喝茶。市场里的人事就是如此,凡事只要时过境迁,一切均可以推倒洗牌、从头再来。只要有共同的利益,哪怕之前打得头破血流,也是可以马上组团合作,融为一体的。那句话怎么说来着,只有永恒的利益,没有永恒的朋友。自然,更不会有永恒的敌人。

"兄弟,这一年多没见,发财了呀。"陈百延环顾四周,还是不紧不慢的腔调。

"混日子呗,这种行市能撑住就算万幸。"李建东讲了一句大实话,"你看看这个市场,多少铺面都空关着,每年多少店铺在换招牌吧。"

"我看你店里货品充足,经营应该可以吧?"陈百延用手指指两壁展柜说。

"嗐,老兄!对你是不用藏着掖着的,你看看,现在店里多少是青海料、俄料、韩料玩意儿了?真正的和田籽料还占几成?生意难做!"李建东摇着头苦笑,"要放在以前,这种货色我是正眼也不会瞧一眼的。现在不是真正做玉器生意了,是做玉石装饰品,靠低端货品在维持!越玩越回去了,说起来也难为情!"

李建东举起手机,道:"现在就靠在手机上搞点微拍啊、网购啊,你说和田籽料那么贵,动手就过万,能成交吗!每天卖掉几件羊脂玉平安扣、小手串,千儿八百的生意,混吧!"陈百延知道,李建东所谓的"羊脂玉",其实就是青海料的隐语。

"这几年各行各业都不容易,我好几个做金融投资、钢贸生意身家过亿的老乡都跑路了。"陈百延喝口茶,深有体会地说:"做珠宝玉石还是风险相对小些,利润算是丰厚的。"

这一天,陈百延从李建东口中得到确信,知道市场管理处早已经把逃租的事情消了案底,从此,他便毫无顾忌,又放心大胆地隔三岔五在市场里转悠,又经常来知玉轩小坐了。他说:"玩玉是精神鸦片,有瘾。"李建东问他:"手头的玉器后来有没出手?"他翻着白眼道:"你卖给我的那个价格,怎么卖得出去?"吓得李建东差点抽自己嘴巴,再也不敢去挑这么愚蠢的话题了。

李建东说:"以前进货直奔苏州相王弄买成品,这条产业链太浅显透明了,进价贵不说,很多东西都可以追溯原加工点,好不容易培养起来的客户也流失殆尽。"陈百延联想到知玉轩里现在摆放着的玉石原料,还有李建东老拿手机对着原石拍来拍去,似乎明白了什么。

一次,他们一起喝点小酒,大家脸上开始转了颜色的时候,陈百延问李建东:"兄弟,你现在是从买原料到设计加工玩一条龙了吧?"李建东笑而不语,隔了好一会儿才说:"老兄,自从你上门,我就知道什么都瞒不过你!自己买原石再请人加工,这样成本低不说,更主要的是,客户买了放心、称心!加工周期是长了点,咱也费心费力一点,但是货品有说服力呀。"

李建东说着就打开手机,点开给陈百延看,"现在可以从一块原石开始发朋友圈,切割、设计、雕刻、打磨……隔几天就发个帖子,所有好友等于都在观看直播,验明正身,有图有真相,很能勾起人的购买欲。反正现在籽料的销售量萎缩,也不赶工期,边做边卖,效果还是不错的。"

陈百延看了看,很是叹服,说现在这高科技真是日新月异,等于每个人拥有一个电视台了。在李建东的指导下,他也开通了手机微信。

陈百延几次缠着李建东要跟他一起去原石市场长长见识,李建东说:"在苏州买原料也不过是试试水,真要大干的话非得直扑第一线——新疆不可。咱们也学学其他人,追溯产业链的源头,跳过所有中间商,索性杀到老根上去。我一个人过去多少发虚胆怯,要不下次两人结伴去探探路?"陈百延连声说好,催着李建东早日安排行程。

五

飞机如期降落在乌鲁木齐机场,舱门打开,刚走下舷梯,李建东早已做好准备,充满激情麻利地完成了自拍。经过五六个小时的航程,陈百延有点体力不支,含笑看着他折腾。前几天他们商量定日期,李建东就在朋友圈正式公布了此次"考察"的信息。在他们继续飞和田等待转机的间隙,李建东已经编辑好帖子,来了个九连发。陈百延不由佩服他的宣传意识和敬业精神,在自己微信里也转发了一下,配合互动得十分默契。

飞抵和田以后,事先联系好的朋友开车过来接机,安排两人在县城住下。朋友送他们到玉龙喀什河边挖掘籽料的河滩去观看了一下现场,这是一片很大的工地,许多推土机在轰轰作业,深挖的土坑像一张张朝天呐喊的大口。一眼望出去全是废弃的鹅卵石和污涩流沙,满目疮痍,尘土飞扬,混浊的河水有气无力,黄黄地流淌,不知道精美的和田玉隐藏在哪块砾石之下、哪片浊流之畔。

陈百延问:"在现场能买到籽料原石吗?"朋友就笑起来:"挖到好籽料的概率是很低的,你就是守在现场几天也未必能等到一颗,不过你可以问问老乡,说不定他们口袋里有存货。"土坑里很多老乡正拿着镢头劳作,还有很多孩子也在刨,陈百延真的走过去问老乡:"有籽料吗?"每天都有五湖四海赶过来的收料人,这里的老乡是见过世面的。一个老者果然从口袋里摸出几颗小小的原石来,摊在掌心里,三五克大小的样子,像几颗掉落的龋齿。李建东赶紧制止陈百延继续问价,怕他乱说话。老者看他们不言语,把原石塞回口袋,嘴里咕噜了几句,继续埋头苦干。

朋友说:"别以为到现场就能买到便宜货,不可能的。村子里聚集了太多外地原料客商，在这里价格不是问题，人民币等于西瓜皮！但凡挖到一颗好料，立马有人开出天价，不愁销路。这里行话的'一块'，就是人民币一万元，所以你说话千万要小心，老乡面前出口无悔的。很多北京、上海客商开着豪车过来守在现场，装着满车整箱的现金，走的时候就随身拎走一小包原石，连车带钱都留给老乡了。"李建东和陈百延连连咋舌，不敢吭气。

朋友安排他们去县城几户原料商家里看货，几家转下来，听听那报价，李建东和陈百延连还价的胆气也都丧失殆尽了。

朋友说："老乡家里看料子，如果第一次上门不买点走，第二次人家就不会接待了。"李建东嘴上还不肯太掉价，说："他们的货品质量也太一般了。"朋友笑笑，说："他们有好料，但是根据客商的身价提供货品的。"李建东脸上一阵燥热，假装没听见。

陈百延说："这里的价格比苏州还贵，什么道理？"朋友说："这里是卖方市场，外来客商云集，资金汇聚，价格是不便宜的。"李建东奇怪了，这不符合市场价值规律嘛。朋友说："除非你是大买家，价格是可以砍的，货品是可以挑的，长期合作关系才可以，那价格是不对外的。一次买个几百万一千万的货，那老乡就得迁就你，客大欺店嘛。"两人听了一阵气馁，直摇头，第三天付了朋友一千五百块感谢费，飞回乌鲁木齐去了。

两人在乌鲁木齐市区几家大型玉器市场又转了两天，店面上居然看不到多少高质量和田籽料制品，雕刻工艺也多半粗糙不堪。原料市场情况也近似，中低档原石为主，价格却反比苏州还高出许多。两人一合计，决定次日就动身，折回苏州去。

李建东对陈百延吩咐："回程不要发微信朋友圈，悄悄地进城，打枪的不要。"陈百延对他这种诡头诡脑的举止多少有点不屑，连日劳累奔忙，心情略显烦躁，说："就你的鬼花样多。"

两人浦东机场下飞机，坐动车直接进了苏州城，到南苑宾馆放下行李，打车直奔原料市场去。还是发达健全的市场好哇，品类齐全，信息透明，价格也相对合理。那些好皮色、好玉质的完美籽料是买不起的，李建东专门在有明显缺陷的料子上动脑筋，用他的话说，我们这种实力，一定只能找性价比高的料子下手，你要硬碰硬买"明料"，那是要破产的。

他又在市场里拍了不少原料的照片，在微信里一一编发出来，给人的错觉是，他们仍在新疆选料子呢。陈百延也只好按照他的要求，配合着发。

在一个摊位上他看中一块带僵带皮的大籽料，虽说有绵有绺，裂纹深长，但是玉质细玉色好，很白糯。李建东认为值得赌一赌。如果裂纹没有通透、玉花入骨不深，说不定可以开出两支白玉手镯，那就赚大了。他们磨在市场里两天，最后谈妥了八万元成交。李建东问陈百延："这块料子，有没有兴趣合伙买？"陈百延心想，如果李建东有十成把握的话，他是不会邀约别人合伙的。当然，如果他完全不看好这块料子，也是不会伸手买的。看样子，这家伙也是在赌。这趟出差，看来也就是买这块料子了，如果不合伙，自己等于是长途跋涉出来闲逛了这么一回。陈百延问："怎么个合伙法？"李建东说："你我各出四万元，股份均分，先买下料子再说，等我研究透彻了再决定怎么切割加工，其他的事情日后再议。"陈百延说："可以。"

他们回到家，微信里就公布了在新疆买到一块高级籽料的重大喜讯，说稍待时日可能会开出顶尖手镯料来，敬请期待。

料子买回来个把月，李建东天天放在手边琢磨，在原料上又是打灯又是画线，看得出花了大心思。陈百延有空过去坐坐，难免也催促他，先把料子切开了再说。他实话实说："我们福建人做生意喜欢现一点，快一点，东西拿在自己手里才安心。"李建东道："这第一刀不敢贸然下去，草率切下去，本该出两支手镯的料可能就毁了，只能加工做小件，那还怎么赚钱？弄得不巧还要赔本！"陈百延就不敢多啰唆了。

一日，陈百延走进知玉轩甫一落座，李建东倒主动告诉他，料子他昨天已经送到上海名家工作室去试切，坐等了一整天时间，手镯是开不出来了，但是避开了绺裂玉花，也切出来十来块完美小料。说着，他从柜子里拿出一个锦囊，把小料全都倒在了桌面上摆开来。

陈百延一惊，知道又着了他的道。

要切料你不叫上我，一个人偷偷摸摸办了，现在你说什么就是什么了。看那些小料，已经切割整形，去僵去绵，根本是看不出有没有开过手镯了。他心头一阵恨意：摆什么乌龙，切块料子还用送到上海去？你又认识几个人，吹什么牛，无非拿到相王弄老庞那里去做手脚罢了。

陈百延脸色一下铁青起来，瓮声瓮气说："接下来你打算怎么办？"

"这些小料质量是不错，如果再要加工成器，旷日持久不说，雕刻加工费也是不菲。老兄你是否有这个耐心？如果感觉太费事，那么现在我就把四万退还给你，另外奉送两块小料作为酬谢。你看好不好？"李建东有点扭捏，似乎变得好心起来。

"咱俩打交道也不是一天两天，彼此的路数都太熟悉了！看来，我如果不想被套牢，也只好选择退出了，否则怎么办呢，对吧？这样继续'合作'下去，层层加码的加工费就可以叫我承受不下去！即便都加工完成了，怎么卖？能卖多少？还是凭你空口说白话，讲多少是多少!最后,我还是落得个竹篮打水一场空,对吧?"看李建东居然会如此"大方",陈百延就吃准他肯定是侵吞了手镯,他是什么样的人,陈百延还会不清楚?不过既然对方已经布局严整,陈百延自知无力回天,恨只恨当初没有硬拉着他当面去切料。心慈手软,一着不慎,又让他钻了空子,满盘皆输了。

陈百延提出,赠送两块料子太少了,他太吃亏了,要求拿走四块料子。李建东做了亏心事,底气自然是有些不足的,又被他夹枪带棒挖苦一番,手上只好松一松,最终让他选去三块小料。

陈百延虎着脸走了。

六

转眼就是入夏,知玉轩坐东朝西,店堂里闷热难耐。对门的店铺装修了一个多月,嘈杂搅闹,李建东就更坐不住了,满市场乱窜。

现在他口袋里有了点底,讲话都不一样起来,其实更加招人厌,不过他自我感觉很好,无所谓。他道:"这是什么年代,早也过晚也过,没有人民币才是真难过。我口袋里有米,怕谁!"同行商家有询问他去新疆赌石成功的经历,他也愿意一遍遍不厌其烦重复宣讲,那是他的传奇,那是他的人生大转折,看到旁人艳羡的神色,他是很享受的。

七夕那天的上午,对门的店铺开张了。花篮排到了大路口,在一阵噼里啪啦的鞭炮声中,匾额揭开了,雪白底色上写着叉手八脚大大的"战东阁"三个黑字,火药味十足的堂号——坐在这边店堂里的人不由眉头一皱——再看那人群中央簇拥着的,不是别人,正是那个西装笔挺、别着胸花的福建人——陈百延!

隔着一道玻璃门,李建东有点不安起来,今天市场里同行商家都接到了请柬,唯独他没有被邀请。看着一众同行老板都在门外晃动,似乎不断有人在拿眼睛在窥探知玉轩,他更觉得气闷起来,把空调温度使劲往下调。

门对门的两家店,打擂台的格局已然形成。就天时、地利、人和而论,似乎旗鼓相当,但是从人脉资源和市场基础来讲,陈百延虽然是个外地人新入行,却反而占着些上风。市场里的同行们在战东阁里常进常出,提供着各种信息和情报,甚至出谋划策,许多人等着看李建东倒霉的好戏。

开始的时候,陈百延时时为这种浩然之气所鼓舞,认为自己的反击是深得人心的,得道多助,一鼓作气扳倒知玉轩似乎是水到渠成的事。可是商业竞争虽说激烈,终究跟竞技场上的刀来枪往不同,不能白刀子进去,红刀子出来。生意场上的角力往往是隔空打牛,哪怕用足了力气,十之八九会消弭于无形,一切皆是缠斗,毫无章法可循,根本无从立竿见影。尤其道义上的诛伐,更属虚空,并无实际的杀伤力,说来令人丧气。而开店经营,事涉生产、采购、销售、服务、后勤,是桩桩需要落到实处,一个不到便要闹出笑话,这般般苦楚只有他自己能够去体会!知玉轩生意惨淡那是一目了然,然而,战东阁的经营毫无起色,也是不争的事实。都在市场这个江湖之中生存,除了商家彼此之间的竞争与角斗,除了人的因素之外,市场本身的状态与趋势是更为霸道的因素。

现在,李建东坐在他的知玉轩里满怀郁闷。在他的感觉中,自己非但不能未雨绸缪、先知先觉,这几年还敌友不辨、引狼入室,居然让野心勃勃的陈百延认识了自己所有客户,掌握了自己几乎所有的经营秘密,真是防不胜防。他现在般般皆悔,自家如今的日渐凋敝乃是因为将客户培养成了对手,现在他们居然还结伙在自己背后下黑手,那还能有什么活路吗? 而有劲儿使不上的陈百延现在则更是有苦难言,自己基于不忿反戈一击,勉强支撑着开了战东阁,出手攻击对手的同时终将自己也深深套了进去。此刻他发现,这个行业根本就是一个泥沼,一旦踏入你是进不得、退不回、拔不出,只能随着烂泥一步一步往下陷,他现在进退失据,困坐愁城,实属难为。

这是一场并没有赢家的角逐,双方在消耗战中一起走向衰败,这个行业在迭经了漫长的孕育期和价格暴涨的黄金期后,现在正走进最为难熬的沉寂期,很多东西会铅华洗净回归它本来的面目,任凭你鬼灵精怪、智计百出,抑或强悍无敌、心比天高,终究也无法逃脱宿命。

石缘记

一

    他们认识那年,她二十岁,他二十八岁。第一次见面,他在玉器城大门外的台阶上跺了几下皮鞋上的水渍,收拢雨伞抖了一下水,右手一旋伞柄,左手就把伞上的褶皱捋顺了。那是一把直柄的黑伞,类似一根文明棍,拿在他的手上并不显得累赘。她隔着玻璃,坐在自己的位置上可以看到大门口的一切。说是第一次见面,其实应该说是她第一次看见他。十多年之后,她告诉他,刚认识那阵似乎总是下雨,他来时也总是带着一把伞。当时隔壁店的阿姨还曾经问过她:"今天那个拿伞的人会不会来?"这些,当时他并不知情。他走路的姿势不像这楼里其他人那样懒洋洋、松垮垮的,显得吊儿郎当的样子,也不像有些文化人那样装腔作势、虚张声势,而是放松而健康的。这样"普通"的姿势,在这样一个群体里却显出点特殊。他行走的路线显然有他自己的规律,从西往东,一家一家缓缓地走过来。终于,走到门口了,一抬头,他第一次见到她。"新开了一家店。"他自言自语。

他把手和伞背在身后，低着头看柜台里的玉。她看到了一头浓密的黑发，那头发勤于清洗和修剪，没有大多数同龄人那种油腻腻的感觉，头发中间隐隐有一条分路，依稀可以看见洁白而发亮的头皮。他低下头的时候，她看到了一张脸的奇特侧面，即便是这个角度，也可见鼻梁的挺拔、眼窝的深邃，因为皮肤白皙，嘴唇就显得更加血色红润。他的五官称得上俊朗和精细，可以推测这张精致的脸庞来自一位俊秀的母亲。听他开口说话，就知道是温和文静的好脾性。她家乡的男人不是这样子的，甚至她现在接触到的许多男人也不是这样子的，但是她理解的江南男子却应该就是这样，他甚至比这个"应该"更合她的设想。她只是有些奇怪，他为什么没注意到她，只顾着看玉——江南的男人是会用余光看女孩的，她在这一年多时间里早就发现了。她有一点潜在的失望，二十岁的年龄，这种失望是连自己都要对自己保密的，是嘴都需要对着内心保密的。

其实，这真冤枉了他！

他不是没有注意到她，抬头进店的时候就注意到了。他虽然已经到了婚娶的年纪，但因为家中兄弟众多而被耽搁了岁月，又因为他克己体谅的好性子，过分遵从了患病的父母的训导——虽然从二十岁出头就不断有热心人上门给他介绍女孩，但都被家里一一婉拒了，他到底从未尝过恋爱的滋味。因为在青春探头冒芽的时候心就被禁锢了，似乎就生了惯性，到了这个年龄，就连心都好像没有开化，平静得如同早死了一般。出身小城的老户人家，自然是极其自尊的，从小即被灌输了许多自重与自爱的观念，种种自律就会牵绊拘管他的一生。由于这份过于精致的自尊，又因为内心的羞涩，他不敢正眼去看她，甚至不好意思用余光去窥视。但是，他第一眼就发现她不同寻常的美。他并不虚伪，这美对他毕竟是有现实意义的。

她是鹅蛋形的脸，五官呢，说不出哪个特别出彩，但是一切摆布得刚合适，就是看着让人舒服，尤其调配了那样白嫩的肌肤，一切就更让人无话可说。她是颀长的，如果穿了高跟鞋，普通身量的男人在她对面直起身，也要微微仰起脸。如果硬是要挑点不足出来，她的脸庞从侧面看似乎有点平，不是那么饱满。好在她爱笑，一笑脸颊就鼓起来，立体感恰到好处，一切又是那么完美了。她笑起来时眼睑弯成一道柔和的曲线，那是玉器上雕刻善财童子常用的线条，她的肤色又契合玉石最贵重、最罕见的羊脂玉的标准，就有人背后悄悄叫她"玉美人"。

当时玉器市场正在悄然发育，这是古城第一个也是当时唯一的玉器城。玉，是他自幼钟爱之物。因为出身于老户，家中总有点玉器古玩之类的老物件流传下来，这在当时也不见得是多值钱、多了不起的东西，最后总是粒粒屑屑归拢到了有心人之手。因从小把玩，小小年纪他就成了古玉方面的行家。凭着先天的聪慧与敏锐，他发现鉴赏玉石如果仅仅研究古玉，那终是偏颇，所成有限，于是节假日便坐了火车奔向古城——这里是玉器的加工中心，他跟玉雕师交朋友，在加工作坊游历，在玉器市场流连。他是个认真不苟的人，把玉器当成学问来做了。

当时玉器的价格还远没有后来那样疯狂，一件小精品的价位大致在一千出头的样子，差不多是普通职工薪水的一倍多。好在他有一支管用的笔，远近乡镇企业的老板慕名而来，请他写宣传稿、大场面上的发言材料等等，让他应接不暇。他也写点伤春悲秋的千字文在晚报的副刊上发表，隔三岔五就收到稿费单子，这些就都成了他买玉和买书的资本。那时玩玉的还不是老板和富豪，市场里买玉的都是些有情怀的普通人，或者说是有文化的工薪阶层，就像他。买玉也并没有增值之类的奢想，玩玉是要被正经的父母和同事看成不务正业的。他行走在玉石边上，是从容的、有底气的。如若旁人知道他的口袋里居然每次都揣着两三千块现金，那一定也是要说他低调和老成的。

玉器城刚开几个月，她的那家店便也开张了，悄无声息的。当时一个玉器店在古城人的生活中、心目中实在是引不起关注的，"玩"嘛，算多大个事？多少是无须认真的。这家店开张以后，就成了一楼店铺中间最好的一个。她店里的玉器是这个市场里最贵的，东西的质量明摆着呢，料子选得讲究，雕刻工艺精到，成本在那里，贵一点是正常的。那时旁边的店铺谈生意，如果价格谈不拢，看店阿姨就会说，喏，去那家店比比，就知道我这价格强勿强哉！

说是她的店，其实店不是她的，她是帮别人看店。

二

现在他每个星期天来店里，都在上午。上午市场里顾客少，可以安安心心地看玉、说话，下午他就到其他店铺轮流转转。他是规律性很强的一个人，其实人倒也并不刻板，所以原有的规律也是可以变通的。她每个星期天总是头一个开门，打扫好店堂，把他要看的料子标本、没有打磨的半成品或者工场里刚刚取来的玉件预备好，等着他来。这个时候，她会再看看天色，如果那天又是一阵阴雨，她便哑然失笑。

他来了，他们并不互相打招呼，只是对视抿嘴一笑。他坐在柜台外的高脚凳子上，先看柜台里的东西。他的眼光走到哪里，她就一声不响地拿出那件玉器来，很快黑丝绒盘子里就摊开了满满一盘。这不是做交易挑货,是上课。都没有声音,一个用手教,一个用眼学,心与心渐渐就贯通了,只是从未说破。待他看完柜台里的,她会背转身去开保险箱,把特意为他准备好的精品玉件取出来,继续放到盘子里。这时候会发出点声音来,她用食指点着那道绺裂或者那块璞皮说"这里,动过手脚的""这里,抛光以后是看不出的"。他看着她水葱一样的食指和尖尖的指甲,抬头,又冲她一笑。她知道他看了自己的手指,心里一阵愉悦,便也笑起来。

慢慢地,这个市场的生意越来越繁忙,这个行业出现了蒸蒸日上的迹象。有时候早上就有外地玉商或者爱好者川流不息地来看玉买玉了,大家似乎都兴冲冲地,都有办不完的事,似乎永远都在赶时间。

遇上客人,她就用下巴一点,示意他坐到柜台里面去,让出外面的凳子给其他客户。他乖乖听话,坐着不说话,只管看他的玉。她张罗着生意,左右逢源,却不手忙脚乱。一切都如同本该如此,从来便是如此。外人看来,好一对璧人,多般配的小两口儿啊。可在他们心里,虽然也并不拒绝这种猜测与误会,一切却又无从说起。这是只有两个人才懂的心思。

有时候,他们一个在柜台内,一个在柜台外,坐着。旁边几家看店的阿姨没事也会闲逛进来串门,有一搭没一搭地说些不相干的话,眼睛直看着他,那笑意是暧昧又明确的。这些阿姨一般都是店主的亲戚,下岗后帮一份工,因半亲半佣的身份,她们的地位特殊,在这里的精神面貌也是松弛而随性的。在这些土生土长的古城人眼里,他和她同是外乡人,但是,般配。等那些人离开以后,他跟她对视笑一下,两张脸就都红了。

三

他俩的时间是以星期为单位来计算的,日子自然就过得飞快。

他发觉这个店的老板,那个外号叫"火鸡"的高黑汉子,对他的态度发生着转变。"火鸡"休息日一般很少到店里来,以前偶尔来过几回,只要走进店,原本谈论得热火朝天或者正在窃窃私语的气氛就会被一下子打破。开始时,老板看见他是眉开眼笑的,因为至少他是一个不错的客户,但是玉器市场正在走向繁荣,这个店更是日渐兴旺,老板再看见他就失去了往日那种甜得滴油的笑容。最近的几次邂逅,他故意迟钝、生硬地挤出笑容,有意让他看清楚这是虚假的,甚至是与心意相反的。那眼神也饱含警觉,似乎只要他在店里,随时都要发生不测。她见"火鸡"进来,神色也就逐渐不自然起来,有时候甚至故意冷着脸,爱理不理的样子。后来,他发现星期天上午遇见"火鸡"的频率在增加,那个男人会借着送件小东西之类的由头,故意闯进来一趟两趟。

她曾很认真地告诉他,她家在离此地六七百里之外的苏北大平原上,至今家里还睡着炕。中专毕业以后,她一心要摆脱农村飞出来,于是招工来到古城的一家外资企业。做了不到一年,她发现这并不是想象中的城市生活,就断然辞了职。本地的一位亲戚介绍她到"火鸡"的店里来,这"火鸡"七绕八绕也算是个远亲。经她一说,他就记起来了,"火鸡"的老婆还有个店在另外一个地方,那女人总是化着浓妆,很有风情。她说起先自己在那边店里学做生意,因为嘴甜人勤,大半年时间就把工场里的师傅们哄得团团转,辨料和制作上有什么诀窍都肯指点她。火鸡看她乖巧伶俐,正好这边玉器城开张,打算另开一家店面,就提议让她管理。店是他开,货也是他配送,买卖则由她做主，按底价结算，相当于承包经营。她胆子大，一口答应了，连底薪也不要。她说，如果只是当个雇工，何年何月才能在古城买房子落户口，成为真正的城市人？

她为着奔向一个城市人的身份或者更高的目标，手脚不停，送往迎来，用尽心思，周旋在客商和顾客之间，跟市场里的同行憋着气斗着法，就是跟"火鸡"老婆的店都较着劲。"火鸡"老婆经常埋怨"火鸡"偏心，把时兴货都投放到这边来。等"火鸡"把东西拿到那边去，却又迟迟卖不脱，只好再往回送，拿回来没几天就翻倍卖出了手。现在，"火鸡"看她的眼神都是水汪汪的，对日渐衰老的老婆就越发拿萝卜不当小菜，呵斥起来铁面无情，全然忘记当初起家是靠着这女人南下辛苦赚来的体己钱。

那勤勉与坚忍他看得明白，她要强！在这个行业里才两三年的光景，她对玉石的鉴别能力便远远胜过其他老行家。现在其他店里有吃不准的料子，也拿了来请她掌掌眼；就是"火鸡"买了好料子，也经常要找她合计合计。料子怎么切、做什么既省料又好卖，"火鸡"都弯腰迁就她，似乎她才是店主人。

他说："我买你的东西，你价格都放得那么低，为我赔了钱。"她就会有点嗔："怕啥？愿意！"

她说现在这边店里的销售额远远甩开"火鸡"老婆那店十倍，这个市场里哪家敢跟她争第一？别看平时她言语不多，低眉顺目，逢人和气，可心底里刚着呢。这些话，她只对他一个人讲，也只能对他一个人讲。她甚至跟他算过一笔账：按现在的状况，再过个三四年，她就可以把房子买了，把户口迁过来，成为一个真正的城里人。但是，三四年，又似乎太久了……每当这时，他就开始有点看不懂她了，心里虚虚的，只是听着。

一次，她叫工场用剩余的边角料做了几只仿西汉造型的玉凤，藏在抽屉里。到了只有两个人的时候，她就拿出来给他瞧。他看中带着金黄璞皮的、最小的那一件。她从他手心里拿过来，又端详了一阵，说这件正是她看中了的。忽然她有点怅惘，幽幽地道："你从来也没问过我的名字！"他一呆，竟不敢说话。她说自己的名字就有个"凤"字。这件就是她选定的，为了送给他。

有几次看似不经意之间，她问他："每次都必须那么早赶着回家去吗？"他心乱如麻，不知道怎么回答。因为他都是上午来，下午她忙着应酬客户，所以中午他离开之前的一笑就等于是辞过行了。他不是没想过，等她傍晚打烊以后，可以约她一起吃饭喝茶看电影，甚至就是两个人静静地聊聊玉。如果是那样，那他们就算是正式"开始"了，但是，往后该如何呢？他不知道这个"往后"会怎样，所以就不敢开始。她则因为年纪尚小，还有那么多的想头，有时也需要一些空间，甚至有意让出使人联想的留白，一切便也不十分刻意。

四

她是在他们认识第二年的年底告诉他这个决定的。这一年里，他们不知不觉都长了一岁。

她向"火鸡"借了一批货，讲定以半个月为期限，带到外地去销售，年前回来结账。他当时并不真正理解这个决定意味着什么，对于他们今后各自的路会有什么样的影响，只以为这是她暗示他最近两个星期天她会不在店里。他问："准备送货到哪里去卖呢？"她说："北京。"好几个常来进货的玉商打了包票，说只要她送货过去，就全部包圆。他当时正为自己的工作担心，那家国企连续亏损，已经开始大幅裁员,他不可能请假陪她出门,况且这也不符合他的个性。对于她的决定,他实在是给不出任何实质性的建议,只能说:"一个人出门在外,路上一定要当心。"她说:"我乘飞机过去,朋友会来接机,路上不会有任何问题。"

直到临近春节,他才见着她。大概由于出门在外奔波劳累,她在店里应酬客户就没有原来那样细致周到了,也可能是年底工场已经放假,柜面上的货色明显零落起来,她人也就跟着没有了那么一股劲头,分明是带着懒怠的。

终于把顾客应付走了,他俩又可以对坐着说会儿话。她对他说,过年回老家,得好好歇歇,把自己缓过来。她要他猜猜这趟出差的成果。他说,不用猜,肯定全部出手了。她问为什么。他说:"没有你搞不定的事。"她于是幅度很大地一笑,那笑容里饱含着倦意。她问他:"你们单位的情况怎么样了?"他说不过是拖时日罢了,年轻的、有技术的都在找生路。有个老板邀请他出来,他正在考虑,毕竟迈出国企的门是需要下决心的。他父母的意思是再等等看。她问:"就没想过自己出来当老板?"但他那样的家庭,不到万不得已,根本不会朝这条路上想,仿佛只有在国有单位生了根,拿国家的工资才是稳妥的,自己挣钱总是不稳当。这就是那个时代。

她还是有点小小的兴奋,告诉他,这一趟挣的钱,比过去十年赚的还要多。现在她倒不急着买房子了,想开一家自己的店。只是她斟酌来斟酌去,在古城开个玉器店有诸多不利;如果到上海开店的话,钱就缺了一半,她正在为此伤神。听了半晌,他有点发蒙,那些数字对他而言,是遥不可及的天文数字。

她的心思是缜密的:如果脱离"火鸡"另起炉灶,把店开在古城,那等于把原来的客户资源全部抢走,双方立马就得翻脸;如果把店开到上海去,跟"火鸡"就没有直接的竞争关系,还能从他这里借货继续合作,利弊是显而易见的。关于玉器市场的未来走向,他俩倒是多次讨论过,他的看法是,做生意肯定是上海的码头大,同样的东西,价格要高两三成,只有上海玉商来古城进货,很少有古城玉商跑到上海去进货嘛。而且当时的古城玉雕名家已经炒作起来,海派名家反而有点滞后,但是上海毕竟是国际大都市,日后产业上的成长空间肯定胜过古城。当然,如果去上海发展,不利的方面是人脉资源需要从零起步,风险也是存在的。

她偶尔会开玩笑说:"我是很听你话的。"那乖巧劲儿实在让人心疼。

五

过了元宵节,玉器市场才开市,她二十二岁了,他三十岁。她保养得好,又恢复了往日的精神。见了他,她告诉他,过两个月就动身去上海,店面马上开始装修。他一愣。她是充满期待的,甚至有点迫不及待:上海对她的吸引力实在是太大了。跟上海比,古城也是土的,这里算什么城市生活?上海喻示和代表的是顶级的都市水平,是一种崇高的人生理想与奋斗目标。在她的憧憬里,那个地方的高楼是会跳跃的,马路是会歌唱的,流淌的河水都是会抛出媚眼的。那座城市是很多光、很多影、很多声色结成的团,翻云覆雨,随时随地改变着人的命运,随手从空气里一挤也能挤出机会、挤出成功来。

不过,这里面其实已经发生过几个回合的变化。回去过节之前,她把自己要单干的意思告知了"火鸡",免得让人家感觉她是搞突然袭击。"火鸡"愣住了,一时没回过神来,敷衍她说过了节再议。春节在老家,大概是发拜年短信的时候,一位上海老板知道了她有去上海发展的意图,就直接伸了橄榄枝过来——他愿意出资开店,请她经营。条件是优厚的,可以沿用"火鸡"店里的模式,完全由她承包经营。人家不在乎赚不赚钱,只要人过去就行。她提早回来,跟"火鸡"摊牌,把手机里的短信都翻给他看了。这下倒帮"火鸡"下了决心,他说不要这山望着那山高,上海的店他来开,一切按照原来的规矩办。这样就算定下来了。

她说,目前这是最好的结局,如果跟着上海老板走了,对方的心性各方面毕竟不熟,很多事情很难预料。上海老板只是用来谈判的一个筹码,她心里实在也没有多少把握,毕竟跟"火鸡"合作了两三年,彼此都有底。现在这趟上海之行,就没什么风险了。他看着她,觉得是她年长,自己却幼稚。

她忽然一翻脸,严肃地说:"你必须来上海看我!听见没有?"那神情,仿佛她已经站在上海的淮海路上一样。

"嗯。"他点点头,不过内心其实是没有底气的。

她去上海以后,他也忙着自己的事,心思日渐纷杂。玉器市场却没有消停,这个行业像黄梅天的河泛一样,喧嚣得让人窒息。在这个行业里,钱似乎已经不是钱,玉器城的人口气都大变样了,说起人民币就像是在谈论西瓜皮,什么东西都是以万为计数单位了。玉器的价格日新月异,连续翻着倍暴涨起来,搅乱了古城人的心。他赚钱的速度再也跟不上玉器涨价的速度,口袋里那几千块也不可能再给他笃定与从容。这里面自然还有点曾经沧海的意思,他心底存着一些隐痛,古城自然就去得少了。

她的那家店面现在关了,他偶尔走过门口,总会有点恍惚,好像是他两年前第一次走进大楼时的感觉，而这中间的两年时光似乎并没有存在过。再后来，有人又在那里开了新店，看店的也是个女孩，但跟她一点相似之处也没有。

他们还保持着短信联系，却不是很紧密。每个节日或者双方的生日，他们都会互相问候。总是她主动发得多，但他很快就会回应。也没有什么特别的内容，都很简单，一如当初他们每周相见所谈。她知道他去了新的单位，而她也一切开头难，疲倦与压力交困着她。这一年的时间，他们就像各自运转的机器，鸡犬之声相闻，却始终也没有见面。

她有时候也会在短信里问：为什么不来上海看我？而他，总是回一条：空了就去看你，注意身体！他从国企出来，帮一个老板跑营销，好在他勤劳诚恳，聪慧好学，很快就适应了新的工作局面。其实那段时间，他一个月要去上海几回，却始终没有勇气去找她。

六

终于有一天，她专门发了条短信给他：你答应到上海来看我的！

他知道，有些话应该当面说，就回了一条：明天去，好吗？

第二天是星期一，他按地址找到了她的店。这店开在一个繁华路段上，布置得十分高雅，全套的红木家具，张挂着民国名家的字画，还陈列着一架清代名琴。她嗤笑，有些人只认衣冠，店堂豪华，东西就平地涨三分！她在古城两三年，能讲一口标准的古城话，来上海才一年多，连上海话也学得有模有样。

他们像是约好了似的，并没有叙旧，也没有谈及别后彼此的生活，还是像以往那样，看玉。他是个细心的人，发现很多玉器并非古城工艺。她说："反正每个月确保帮'火鸡'卖掉多少货，'火鸡'能有多大产量？既然供货有限，总不能每个月看着我店里断货不做生意吧。"提到"火鸡"，她的笑容里带着点挖苦与嘲弄。她谈起上海的玉雕名家如数家珍，这一年多真是没闲着，她跟许多人建立了紧密的关系。他们把作品提供给她代卖，说穿了是无偿支持她，既不必挤占资金又没有风险，利润自然惊人，就连店堂里的书画陈设，也是一些玉雕名家的收藏品，免费借出来为她镇场子的。

他看到橱窗里有座和田籽料白玉大摆件，深雕的竹林观音，落着名家的款，工和料都是顶尖的。她很得意，说这位名家为进一批原料现金短缺，将这件精品抵押给了她。她见了这座观音十分喜欢，花足工夫硬逼着名家按照抵押价卖给她。那名家心痛了好长时间，后来资金回过手来，愿意加价十万元回购，她哪里肯，说就是加三十万元也不会放手了。他听说这样一个摆件居然十八万元就被她豪夺到手，吃了一惊。他忽然想起后来去古城，隔壁店里的阿姨曾对他说过的一句话："'火鸡'也不知哪里修来的福气，先是靠老婆发财，后来又找了一棵摇钱树，总是靠得着女人！"他就对她说了这句话，自然有些字眼儿是掐头去尾的。他说："你是生意天才，她们都说你是摇钱树呢。"因这话是出自他的口，她听了也不恼，倒咯咯笑起来，横了他一眼道："有的人却不肯靠女人。"他一时语塞，呆住了。

到了吃饭的时间，他说："一直想请你吃顿饭，可一直也没机会，今天让我请一次吧。"她道："还分什么你我呢？到了上海自然是我请。"这话是贴心的，但也加重了他的压力，他更不知道该如何开口了。他跟着她找了家安静的餐厅。细想想，这其实是他们平生第一次一起吃饭。这顿饭吃得没滋没味，所有的菜都像缺了盐，是淡的。

饭吃到差不多的时候，她忽然道："很多事，何必太认真？你……

总是瞻前顾后,为别人想得太多,往往忽略了自己。"话说得没头没脑,那声音也是低的。当她抬起头来的时候,已经是满面泪光。

她没有任何掩饰,任泪流下来,滴到衣襟上,问:"什么时候成的家?"

他说:"你来上海一年以后。"又反问:"你如何知道的?"

她说:"直觉。你那样难,无法开口,我就只好问,帮你破了这个难。"

他无力地垂下头,她接着道:"你太敏感,我太要强,我们对待彼此又太善良,难道这就是我们的命?"

沉默了好一阵,还是她开口说:"我……租了一个单间,就在附近,去坐坐好吗?"

他说:"好。"

她擦掉泪水,眼红红的,忽然一笑,如同两年前他们的脸凑在一起,他看她的手指时一样。现在两个人的脑子里都一片空白,他们站起身来准备埋单。

此刻,她的手机却响了起来,他听到'火鸡'的声音从手机里传出来:"在家吗?店门怎么关着……"

他不记得自己是如何仓皇地逃离那家餐厅的。隔了些时日,他主动发了条短信问候,她却忘了回。到了春节,他们的联系又恢复到上一年的状态,平淡如水,但也有问有答的——现在主要是他主动发短信了。

她的店后来又搬迁了两回,每次她总是把新的地址发过来,却再没有要求他去看她。他每次行走在上海的马路上,总会跳出一个念头来:是不是该去看看她呢?但是每次最终还是匆匆地就踏上了回家的路。

如此，又过了两三年。

七

上海有个客户约他谈业务，他赶到了，对方却爽约。他正准备去找地铁入口，突然发现那路牌十分特殊。他掏出手机给她打过去。电话拨出以后，他又开始有点迟疑，希望听见她说不是这条路，他记错了。可是电话那头却惊喜地说："你总算是打电话给我了，就是这条路呀，拐个弯就到。"

他们又见面了，彼此似乎忘记了最后那次分别的尴尬。因为有意回避，他们就只谈玉石和市场，就像两个配合默契的生意伙伴那样高谈阔论。

她现在考虑的是在上海哪个地段买房以及买什么牌子的豪车、资金如何保值增值、玉市未来的走向等等，现在每年激增的现金是她的一个困扰。他的看法是，现在任何东西也无法跑过货币贬值的速度，只有不可再生的资源具有真正保值增值的功能，而这个资源又同时必须具有市场定价的特性。她说："都说玉石可以保值，可是现在价位那么高，泡沫的成分也是存在的。"他说："中国玉石的价格很不正常，稍有常识的人都清楚，所以前几年价格暴涨的时候，理性的投资者已经不敢全面跟进了。但是，很多人忽略了一个基本问题：玉石价格之所以疯狂，除了求大于供的市场现状以外，其实主要是因为货币贬值。因此，只要货币继续贬值，玉石就还得涨。"她问："那如果货币不再贬值，玉石就会跌价吗？"他说："到那个时候，除了生活必需品，还有什么不会跌？"她问他："那现在该怎么办？"他说："赚的钱不要存现金，换成精品玉器或者高档原料锁进保险箱。如此十年之后,你就有一整箱压箱底的硬货了,每年只要变现一两件就足够你各项所需。后面的日子,你可以过随心所欲的生活了。"

那天他们晚饭吃到很晚,都是谈论如此大而化之的话题,实则一直是围着一个禁区远兜远转、无着无落。到他临行要赶火车的时候,她才看着他的脸愣了一下。他有点手足无措,生怕她说出那句话来,于是主动嗫嚅着解释:"明天一早还得准备出趟远差。"她惨然一笑,低着头道:"现在的店是我自己的,现在我谁也不靠,我跟谁也没有关系,我就是我了!"

顿了一下,她抬起头,缓缓道:"我恨这个城市!"

很多事情,他似乎是后来才慢慢明白的。他很后悔这次见面与长谈。男女之间,很多话如果屈抑着倒还可能存着点念想,等到真的都说明白,就全完了。

此后,他们谁也没有再提过见面。

又过了几年,他的手机上跳出一条短信:为什么不下载微信?

他就换了部新手机,向同事学着使用微信。她是他朋友圈的第一个好友。

于是,不见面也见面了,他天天看到她的生活——除了跟朋友们在一起热烈地庆祝万圣节、圣诞节、情人节、愚人节,还有所有中国的节;除了玉器、钻石、翡翠,还有各种国际著名品牌的包、表、时装。所有的男女都是时尚的,这种时尚已经不是上海街头的时尚,而是豪华与奢侈并举的,是属于特定环境里的,是远离一般人的生活的。偶尔,他可以看到她,笑意盈盈的,人却微微显胖了,跟着朋友们一起笑,一起开红酒,一起摆造型。只有他一个人知道那姿势实则并不属于她,好在她是能够入乡随俗,往往也是能够反出其右的。他看到她为哥哥弟弟几大家子人在上海买房、安家、开店,她对侄子的宠爱,对老家年近九旬奶奶的孝顺,对木讷的父亲和喜气洋洋的母亲的种种顾惜……这个家都靠着她,也以她为傲。现在她是这个家族的主心骨,所有的人通过她分享到城市的盛宴,而这一切也应该正是她的所求所愿,为之付出一切也心甘情愿、在所不惜。她经常拍她那两只精心打扮的京巴狗,它们梳着小辫子,穿着时装,出现的场景也总是变化的,有时是店里,有时是小区花园里,有时是她的车子里,有时是她家里——那个她一个人的家显得空荡荡的。

他很少发朋友圈,偶尔发几张图片,也是转自妻子的帖子——都是女儿,从小小的婴孩,到会撒娇、会赌气的小女孩。他的微信里从来没有出现过妻子,也永远不会有他自己。

八

一天,她忽然接到他的电话,说哪天方便,想去上海看看她。她甚是惊喜,说现在的自己随心所欲,哪天都是方便的。这个"随心所欲"是当年他给她的建议,他忽然想起她说过多次的那句话:我是很听你话的。

他们的心气是平和的。他已是人到中年,她则心态比他更老成一些。他笑笑,拍了一下松弛的肚腩说道:"本来不敢来见你的,怕你看到我这副鬼样子,把以前的好印象都破坏了。"她斜了他一眼说:"谁笑话谁?你看看我的鱼尾纹,不化妆我都不敢跑出来。"他们忽然发现,人到中年有一个好处,就是可以从容地面对彼此了,似乎这一切都是从来如此的。

他说:"我不知道该说什么好,最近也不知道是怎么了,总是会想起当年的一些情景。一夜一夜地做梦,像连续剧一样。大概这就是衰老的表现吧。"她说:"那你就趁我们还没有真的老去,说几句我爱听的吧,你从来也没对我说过。"

他说:"我怕说了反而引得你伤心。"她说:"这辈子听不到你说才叫伤心呢。"他就老老实实地对她说:"我心里是喜欢你的,只是当时太软弱、太自卑,不知道该怎么办。我从来都是喜欢你的。就如眼下,我还是不知道该怎么办一样。"

她又问:"从什么时候开始喜欢的?"他说:"第一眼。"她笑了,告诉他:"我也是第一眼就喜欢上你了,不过,我的第一眼比你的要早一刻钟。我第一眼看到你,是你在玉器城大门外挥着伞。所以说,还是我喜欢你更多一点。"

他说:"我们就像两列交叉的火车,从不同的地方开来,在某个点上交会了一下,又朝着不同的方向而去,越走越远。现在回头看看,才发现我们原来竟然一开始方向就不同,现在我们过的,其实就是本来想要的生活,一切的努力可不就是为了这样的一个果吗?方向不是我们能够决定的,面对剽悍的城市,我们同样软弱无力。我们面对过往可以回忆,对于未来可以计划,唯独对于当下,却总是束手无策。"

她说:"我和你只谈过往和未来,从来也没有谈过当下;跟这城市里的人,我却只谈当下,决计不会去谈论什么过往和未来。我这小半辈子,除了自己的父母兄弟,只有对你一个人是从来也没用过丝毫心机的,哪怕明明知道要失去你,也没有。"

她说:"这么多年,其实我们见面的次数并不多,可以算得清楚的。"他仔细一算,果然是。两人就同时自嘲地苦笑起来。他们又一起回忆说,在一起总共吃过两次饭,包括今天的这次。

她幽幽地说:"你连一根手指头也没有碰过我。"于是他就把她的右手托在左手掌心里，又把右手合上去，捂着。他感到她掌心的热，她则感觉到了他的冰凉。

临走的时候，他说要送个小玩意儿给她。她问为什么，他说："你当年送过我一只玉凤，至今我还没表示我的心意呢。再过几天，是你三十七岁的生日。"她就笑了，说："好。"他把一个小小的白玉善财童子放到她的掌心里，这是他在她手上买下的第一件玉器，童子的眉眼笑起来都是她的影子。

她问他："还会来看我吧？"他一笑，跟当年每个星期天中午辞行的神情一模一样。于是，她的心里就总是存着那一个个星期天的上午，不再是空落落的了。

九

三个月之后，临近春节。已经连着下了好几天的暴雪，外面已然成灾，是江南少见的天寒地冻，没有一丝热气，似乎整个世界都要冬眠。半夜，他发出了一张电池电量耗尽的微信图片，帖子的定位显示是第四人民医院，文字是这样的：各位亲友，这是我人生中的最后一条微信，手机也将关闭。祝我爱的人永远健康，愿爱我的人永远快乐。

能工刘双清

一

刘双清至今清晰记得，学徒的第二年师父就说："这孩子悟性高,手灵巧,而且有耐心,体力也棒,不学仿古工可就浪费一块好料了。"第三年,师父说："我可没能耐再教你啦,自己琢磨去吧,想做个啥就做个啥,不管你。"第四年刘双清却婉拒了师父要他代管玉雕作坊的好意,带着新婚的翠翠南下闯码头,扎根进了古城相王弄。临行的时候师父说："要是不如意了可想着回来啊,别看外面的世界五颜六色,哪有在家里舒心顺意。"现在儿子都比他高出半个头了,头发染得跟个颜料库似的,干活儿戴着耳机,坐上水凳不满半个钟头,那只滴水滑泥的手就要去摸手机。现在的孩子是不好管了,哪像自己学徒的那会儿。在一阵电钻的嗞嗞声中,刘双清捧着只紫砂茶壶出了一阵神。这一晃,二十多年就过去了。

相王弄原本是一条平凡得不能再平凡的弄堂,曲折蜿蜒,两头窄中间略宽,出入口子只容得下摩托车开进开出,这样的弄堂先天是带着点隐晦色彩的,在遍布里弄的古城,这地方自然是不会引起世人注目的。谁也说不清,从何年开始,外来的雕玉作坊怎么在相王弄里慢慢聚集起来的。刘双清来的时候,这里已经汇聚了三四十家,河南人、安徽人、浙江人、新疆人,就是没有古城本地人的作坊。那时国营的古城玉雕厂已经处于半停工状态多年,一会儿说要转制,一会儿说要破产,搞得人心惶惶,人心也早就离散了。那些厂里的技师天天蹲在家里抱怨,对葬送了自己大好青春年华的工厂满怀愤懑,悔不当初。这是正常人的正常反应,人一旦面临前程未卜、断桥绝路的境遇,便会生出一些悔:早知道今日的结局,当初为什么要进玉雕厂,做了这一行。再往前推一步,便是后悔当初为什么上了工艺中专,学了这个倒霉的玉雕技术。悔也好,怨也好,提起相王弄来,他们却又都是一脸的不屑:"那个地方,一群半文盲外地人,他们懂什么玉雕?"古城人对于外地人历来是有心理上的优越感的,而每每提起玉雕的传统,自然要从他们的陆子冈谈起,从大明朝谈起,从吴门画派谈起,正传只能是他们古城独有的。在他们的眼中,相王弄里的外地人都是十足欺世盗名的,他们的技术只能糊弄外行,自然是不值一提的。在他们的口中,这群胆大妄为的外地人是野狐禅,无知者无畏罢了。可是不出几年,据说相王弄里的人每个月的收入能超过他们一年的工资,相王弄里也出高级好货了,他们就更加不忿,那情感却在无形中转换,由蔑视演变为敌意了,对于这群外地人居然擅自闯进古城来偷师,最终似乎还反客为主,颠倒主次,充满了排斥甚至仇视。其实,当他们发现自身变化的时候,外地人和相王弄在他们心目中的实际分量,已经相当沉重。

这是条二里长的弄堂,混杂着百余年间陆续修建起来的建筑,有低矮潮湿且已轮廓变形的民国旧居,有二十世纪七八十年代建造的水泥公房居民楼,也有后来见缝插针翻盖起来的私宅楼房。江南弄堂的结构是错综的,面目是丰富的,成分也是十分复杂的。

刘双清刚进入相王弄的时候,几十家作坊都是租借的民房,尚没有后来的破墙开店、将公房改作加工场的景象。其时从公房里骑着摩托车进出的公家单位职工干部,还是这里弄的主人,处在居民的上层,尚不与其他人群混淆。当时经济基础稍强的作坊租借较新较宽敞的楼房,一楼辟为操作间,二楼陈列商品和住宿。条件差些的租住古旧平房,前门厅摆放雕刻机,几步跨过隔水天井,后厅就是房间兼看货谈生意的所在。刘双清租的自然是平房,他每天在前面做活儿,翠翠在后面打开两扇古老的落地杉木门,拉张小竹椅,孵在太阳里,打磨玉器。那嫩若削葱的手指,被油石染得乌黑,是怎么洗也洗不干净了。小圆桌上摊着一把水芹菜、几块香干和一条啪啪甩动尾巴的黑鲫鱼,还没来得及择洗。一天的辰光总是以这样的场景开启。电台喇叭里是一阵锣鼓喧腾,马兰在脆生生地唱:

> 人人夸我潘安貌,
> 原来纱帽罩哇罩婵娟哪!
> 我考状元不为把名显,
> 我考状元不为做高官,
> 为了多情李公子,
> 夫妻恩爱花好月儿圆哪!
> ……………

这样的岁月照理是平和的,甚至是带着温馨的,可是在小夫妻的心目中,总是若明若暗悬着一线危机感和紧迫感。除了全部的财产——随身携带的几千块现金，他们可以说是光身滑溜就贸然闯入了这座陌生的城市。反正本来就是一无所有，又年纪轻，因此胆子倒是出奇地大。可是，日子一旦安定下来，各种问题就在日常的生活里不断暴露出来。房租水电费是每个月必须准时要缴的，每天的日常开销也是刻不容缓的，城市里的物价是说涨就涨，城市的本质就是消费，在城市里的生活哪样不要算算成本呢。刚来的第二个月，大概水土不服，翠翠忽然上吐下泻带发高烧，没敢住院，在门诊挂了五天水，就花去好几百元，相当于国有厂工人一个月工资了，把翠翠心疼得不行。到底年轻，身体是说好也就好了，可是给小两口当头一个小小警示：很多意外可能就隐藏在这城市的哪个角落里呢，你不知道它何时会突然跳出来。在城市里生活，一无社保二无医保，这种小家庭的承受能力十分脆弱。因此，每一笔生意均须小心伺候，每一块钱都要量入为出，精打细算，在很多方面是万万不能出问题的。自然，城市有城市的好处，此地的生活质量比原来提高何止十倍！翠翠已经习惯了感叹："毕竟是发达地区的大城市呀！"

大码头的最大好处，是不怕你深藏不露，只怕你没有本事，它有一个内在的发动机，带着隐秘的优胜劣汰功能。刘双清自打开了怀瑾阁，从来没缺过生意，非但每个月的收入是稳定的，每一年再比一比，竟又是一年更比一年好。小夫妻原本的那点愁烦隐忧，终在日复一日热火朝天的辛勤劳作与收获中被渐渐淡忘了。来古城的第三年，翠翠生了个大胖小子，大人也跟着白胖起来，也娇贵了。作坊里又新收了两个学徒，其中一个小伍，管刘双清叫表舅，这么一来，家务就有点忙不过来。从此，打磨玉器的活儿就外包给隔壁的河南女人，翠翠只管带孩子烧饭，空了就去采芝斋买点玫瑰瓜子烤扁橄榄来消消闲，有时候也抱着娃娃去其他作坊看看打麻将，日子过得越发滋润起来,那时间也就过得快了。现在翠翠的一双手伸出来,比做闺女时候还水嫩。有时候孩子睡午觉没事做,她就坐在竹椅里侍弄十根手指头,细细地涂指甲油,涂完了鼓着腮呼呼地吹,那肉红的颜色在阳光下一闪一闪的。

二

刘双清的手艺在相王弄是很快就出了名的,不过三四十户同行,都知根知底的。他学的是仿古工艺,这手艺不是说一般的雕刻古代造型,而是严格按照古代琢玉的工艺要求,仿制出可以乱真的"古玉"来。当初师父传授了古代琢玉的基本技术,如阴刻线条、打孔、打凹应该如何呈现,浮雕、透雕、圆雕不同的细节应该如何处理等等,至于具体到每一件玉器怎么下手、怎么完成,水平的高低,那就看你本人对古玉的认知程度和掌控能力了,所以几大册《中国古代玉器全集》和故宫玉器图册是刘双清的宝贝。这些年书是翻到烂了,封面也全掉下来了,但是他每天晚上还是要细细揣摩玩味一番,从不敢脱口。仿古工中最难也是最基本的功夫是雕刻出细密的阴刻曲线。古代琢玉使用的工具是脚踏砣具,砣具带动金刚砂琢玉,那砣具的自转方向跟阴刻线的走向是一致的,所以古代砣具雕琢出来的阴刻线既流畅又有力。而现代雕玉用的是电钻,钻头自转方向跟阴刻线条的走向横向平行,因此雕刻出来的线条不是滞涩生硬就是线道口沿上崩碴。刘双清的绝技是,放弃电钻而采用电动砣片,电砣片转速极快,手上没有硬功夫是无法操作的。刘双清仿古的玉器,可以乱真,不仅造型逼真,而且阴刻线等工艺痕迹,几乎与古玉一般无二,很多玩家和专家都在他手下走过眼。自然,除非客户有特殊要求,提出要"高仿"，刘双清是没必要费心费力去这样做的。一般玩家要求制作仿古件，并不是要去乱真，他只要用电钻雕刻就可以，又快又好。他对古玉有独到的理解和超高的模仿能力，在造型方面就比一般雕玉师把控得更为精准，雕刻细节上处理得更是细致入微，深为同行们所钦佩。相王弄里的人只要谈到雕刻技艺，都会不约而同说："去怀瑾阁找刘双清比比看！"

刘双清的手艺广为外人所知，倒不是因为他的仿古绝技，找他"高仿"的玩家或行家是不会为他宣扬名声的，也不会将花费高昂代价获得的仿品公之于众。刘双清在公众面前显露他的手段，是源于一位玩家——杨老师找他改制两件玉器。杨老师买了一件带皮色的籽料秋叶猫手把件，看中玉质细白也就买下了，但那雕刻工艺实在粗糙不堪，他便拿来找刘双清商量，要求帮助修改。刘双清拿在手上揣摩一会儿，说重新再做一遍的话要么破坏了皮色，要么确保了造型的精细却不能保证动物形体的比例。杨老师问道："那如何办？"刘双清拿支笔在玉器上画起线来，决定采用镂空做法，将动物件改成瓜果件。三只交错在一起的葫芦上瓜瓞缠绕，原来猫咪的脑袋被他改琢成一只展翅的蝴蝶，所有的线条无一丝牵强，所有的造型无一处不舒展，见过这件作品的没有哪一个相信它原本居然是动物件。而原件上金灿灿的两面皮色，一点也没损失。人人看了拍案叫绝。

又一回，杨老师送过来一件圆雕童子，雕刻工艺倒是尚可，只是玉料绵多花多，看着质地不纯净。旁人笑话那杨老师："玉料本身不纯，再改也无法帮你把玉质给改了呀！"刘双清却说："容易"！过了一个星期，杨老师来取件，却见圆雕童子被改制成了花生挂件，五颗花生缠在一块，花生身上做满工的筋棱甲壳，玉绵玉花就被掩饰掉了。杨老师见了直竖大拇指。刘双清说："治玉是脑力劳动，可不仅仅是个体力活儿。"

买了成品再来改的,多半是没有什么钱的工薪阶层玩家,往往是一时贪图了价格上的实惠,而不顾及其余。待玉器到手一段时日,那缺陷和毛病无法忍受,就只好找能工巧匠来修来改。到那时候,其实是要冒很大风险的,因为多半改件是不能成功的,甚至会越改越糟。而刘双清是将改玉器当作挑战,他的乐趣蕴藏在自我挑战之中。抢救成功一件玉器,他顶多只是象征性收取费用,说大家乐呵乐呵就成了。刘双清每完成一个改件,喜欢将那玉件端在掌心转动着欣赏,仿佛在寻找任何一个角度的瑕疵。待检视通过,他就要笑眯眯自言自语一番,经常会说:"乾隆皇帝也喜欢叫工匠改玉件呀!"这个时候,他似乎就是那个造办处的御用玉匠了。

跟刘双清几乎同时来到相王弄的还有他的一位同乡,也姓刘,擅长动物圆雕件,貔貅是他拿手好戏,故而得雅号"刘貔貅"。又因为刘双清长他几岁,有长者之风,因此他二人被称为"治玉二刘",刘双清就是"大刘"了。"小刘"人前人后哥哥长哥哥短地叫着。"刘貔貅"所雕貔貅生猛精细,自称已经超越历代最高水准。刘双清碍着情面,不好指摘他的浅薄无知。有一次买到一块圆整的青玉籽料,他就按照乾隆宫廷式样,花了半个月时间雕成一只貔貅。这只瑞兽昂首阔步,脊梁摆动,须髯奋张,眉眼欲动,尤其是尾毛雕刻丝丝入扣,不见一刀懈笔,所有的肌肉凹凸均极其自然,细微之处都做出阴阳变化。你从任何一个角度去鉴赏,它都是活的。你从任何一个部位去抚摸,都很熨帖,绝无扎手不适之感。杨老师一日看到这件貔貅,不由赞叹:"这件貔貅突出了乾隆玉器的基本特征,又融合了汉朝玉雕的神韵,造型上没有堆砌花哨之感,讲品位的话,比一般乾隆玉器又上了一个档次。而工艺细节上,力避了现代工具的靡弱之气,所有线条既刚健又柔和。实属难得的神品,不容易见到了!"刘双清握住杨老师的手,说:"知音一个难求! 知音一个难求!"

有一天,"刘貔貅"过来串门,看到这件玉器,脸唰地就全红了,见没外人在场,便哭丧着脸央告:"哥哥,你可要留一口饭给小弟我吃吃! 从此,刘双清再没做过貔貅。"

相王弄里的同行有时候创新设计一个造型,在关键之处不知道该如何处理了,首先想到的必定是怀瑾阁的双清师傅。譬如一个招财童子的眼窝到底是深挖还是浅雕,深挖以后眼线如何雕刻,眉毛如何体现。一件其他技师无计可施的半成品只要送到怀瑾阁,刘双清总能给出合理建议, 甚至直接就坐到水凳上亲自动手帮助雕完。有时候,碰到刘双清心情好、有闲暇,他还可能提供几种方案供对方选择,看动嘴解释不明白,他就捧出他的那些宝贝图册来,翻开图片指点给对方看,直到对方恍然大悟,那时候他会说:"老祖宗早就帮我们解决好了呀,答案都是现成的呀!"对方满心欢喜,一定是连连感谢,隔几天必抽空约他过去喝两杯。在相王弄里双清师傅有一个好人缘。刘貔貅创新的几样造型,在打样定稿之时也都登门征求过"哥哥"的修改意见,这才妥帖。"大刘"跟"小刘"嘛,一笔也写不出两个"刘"来,自然不会太见外了。

刘双清儿子刚学会走路开始,似乎在两三年之内,相王弄骤然热闹起来,弄堂里的房屋几乎都开起了作坊,从早到晚,电钻的嗞嗞声一路此起彼伏,已然没有了中断。现在这拐了好几个弯的相王弄,像被吹足了气似的膨大起来,像一条跃跃欲试的蛇,充满野心与张力,在古城这片水土丰饶的森林里快速扭动着滑行起来了。因着那作坊是一家一家陆续开起来的,起先刘双清倒没怎么在意身边的变化,反正他左边还是那家河南人,右边还是那户新疆人,直到有一天翠翠牵着儿子的手回来,说弄堂里又有人在问还有没有合适的房子出租,他细细一想,整条弄堂真的差不多都开满了。那天吃过晚饭,他跟翠翠扳着指头毛估估,相王弄里居然有两三百家作坊。刘双清自言自语道:"难怪这房租涨了有十来倍了。"翠翠现今日子安逸,心却过粗了,这些小来小去的钱早已不在她心上,刘双清不说,她竟不知不觉。其实,刘双清也变了,他现今习惯了品茶,不再喜欢阔叶大枝的太平猴魁,而只喝细若悬针的君山银针了,香煞人!他每天盘玩着那只小巧的底槽清石瓢壶,上面镌刻着隶书的"霞湿水光乱,雨侵山色奇"。家里黄梅戏也播得少了,他日渐喜欢上了评弹,弦索铮钹声里面,蕴涵着玉的精神与气质。听着评弹,开着雕刻机工作,高兴了卷起舌头跟着哼两句,那是一种享受!

三

伙计小伍没想到,为了一对代工的碧玉茶盅,刘双清会发这么大的火。自己投师已经五六年了,刘双清却一直以技艺不精为由,不肯让他出师。为这事,翠翠倒是帮着说了不少好话,可是刘双清每次都是头一拧,道:"以前学雕玉满师至少要七年,他学的是仿古技术,现在这火候,不成!"小伍妈其实已经暗地里几次托翠翠说情,翠翠是应下了的,也只好跟刘双清硬顶杠上:"你自己就是三年出的师,为什么小伍就要七年?他可是你表姐的娃!"刘双清眼睛瞪得像斗牛:"就是我自己儿子也得学成了才行!"他们每次吵架,小伍都只能低着头猛干活儿,坐在水凳上不下来,把马达的转速开到极限,那嗞嗞声还是盖不住争吵之声。小伍感觉自己成了相王弄里的笑料了,居然还有五六年不能出师的学徒!他所认识的孩子都是三年就被送出师门,有的现在已经是名家工作室里有头有脸的技师了。要知道他小伍可是当初小伙伴们公认的一双巧手!

　　前两年,"刘貔貅"的工作室就搬迁到繁华的齐门路去了,那里成为本地和外来玉雕名家的汇集地,形成了工作室一条路。最近几年,相王弄出奇地繁荣起来,据《古城晚报》的记者统计,如今这块宝地上汇聚的玉雕作坊竟然超过一千家了!与繁荣局面相对应的,是已经功成名就的"玉雕大师"却以搬离相王弄为身份的象征。经过这十几年的发展,玉石行业成为古城举足轻重的产业,而这个产业的内部,也明显分化出了既得利益者和等级层次来。区分的标准再也不是所谓的本地人或者外来人,而是工艺名家、实力商家或工坊小户,是经济实力和专业地位。相王弄里当初胆大敢冲的那一拨人,他们成功了!这些人有着十分明显的共性,他们自觉不自觉地抓住了和田玉行情暴涨这十多年的发展机遇,迅速做大产业规模,抢占了产业高地,摇身一变成为市场里的新贵!就像那位如今已头戴"国家级玉雕大师"桂冠的"刘貔貅",他就是永远走在"创新"前沿的成功弄潮儿:在玉雕器型革新中,他大胆推出了精工动物圆雕、随型浮雕观音牌、圆雕布袋佛等造型,在玉器上落款也是他率先尝试,大小展览比赛他热情组织和参与,还乐此不疲地请媒体帮他出画册、做宣传……相王弄里的同行们还没反应过来,"刘貔貅"三个字已经成了一张名片、一个品牌、一种无形资产了。刘双清还说呢:"这些动物件、布袋佛造型也不是现代人的首创啊,自古就有啊。在玉器上那样落款不就像在自己额头上盖个红戳子吗,还成什么话。跟乾隆皇帝在历代书画上乱盖章没什么不同啊,毫无章法嘛。"至于炒作自己,刘双清觉得尤属可笑。说穿了,玉雕不过是个工艺美术范畴,根本谈不上艺术品,你再好的工艺师也不过就是个讲究些的手艺人,你至于吗？讲到那些所谓的名家展、大赛奖之类,不就是你们几个人在那里捣鼓起来的吗？到后来搅和进去的人多了,大家也就不再质疑那公平性和权威性了,又是颁奖礼,又是捐助仪式的,倒弄得跟真的一样……开始的时候,跟刘双清一样想法的人还多,但到后来,同行们发现"刘貔貅"的种种操作方法是有利可图的。没见他的加工费年年涨吗？居然称料子按克计酬了,生意做到飞起来了,上百万的豪车是年年换。既然是大有好处,别人成功在前,为什么自己要拒绝呢？"刘貔貅"成了市场里成功人士的典范。现在他提起相王弄,似乎永远保持着点不屑的神情。倘若对方了解他的经历,那他必定是要如从良的妓女,表现出些不堪回首来的。

"刘貔貅"发达了,而且是很文化、很艺术地成了暴发户。现在他的工作室出品的玉器落着两种款,一种是所谓工作室款,声明了是工作室特聘技师们加工,另一种是所谓亲工款,据说是专门落在他自己亲手雕刻的玉器精品上的,这两种落款的含金量不同,计价自然也有天壤之别。当然,哪怕是落着工作室款的制品,价格也比普通行市里没款的高出很多,因为事涉他的无形资产和品牌效应呀。

"刘貔貅"工作室接了一个订单,有老板送来一块碧玉,花两万块加工费定制素茶盅一对,要求是落他工作室的款。看看这种零碎单子金额不大,工艺难度却不小——谁都知道,规整的素器是最难做的,"刘貔貅"就把这单子五千块转包给了刘双清。刘双清觉得这是一单肉头活儿,很高兴,感谢他还没忘记旧情,记得照顾老兄弟的生意。

刘双清清明节回老家三天,小伍一个人留守作坊,定着心帮师父把一对碧玉茶盅的活儿做完了。按照以前的工序,加工这种茶盅,先由小伍做出外型,刘双清帮助修改定型以后,再由小伍继续掏膛和做完细活儿。素器的外形最难把握,敞口的幅度、盅身的深度、束腰的变化和长宽的比例等,均有一定之规。按照刘双清的说法,同样是一只素盅子,康熙型与乾隆型还有很多区别,处理务须精确,变化都在微妙之间,万万不可胡来。小伍之前有过制作素盅的经历,工作起来也从不偷懒,就没等刘双清回来,一口气将两只茶盅制作完成了。他把茶盅并排放在桌上横竖细看,一个模子里刻出来似的,不差分毫,暗暗得意。刘双清回来,看到桌子上已经做成的一对碧绿茶盅,扫了一眼,脸色就变,朝外厅喊一声:"小伍,进来!"

小伍听那声气,知道大事不妙,低着头没敢吭一声。小伍如果按照之前曾经做过的器型制作这对茶盅,那一点事也没有,但是这次没了刘双清的拘管,他忽然灵感一闪,觉得传统的造型稳重有余而灵动不足,就根据自己的感觉对手上的活儿暗中进行了一些改良,稍稍拔高了盅身的高度,敞口的弧度加大了点,并且把圈足也略微加深,如此一来,茶盅变得曲线玲珑、亭亭玉立起来,他觉得很有动感。刘双清气得拍桌子,吼道:"这叫改良吗?这叫改劣!原有的文气一扫而空!现在你看看,这个盅子还是个闺秀吗?是个十足的荡妇啦!"他跳起来,恨不得将茶盅摔地上砸它个粉碎!可是,玉料是人家的,砸了没办法交代。

两人正僵持着,"刘貔貅"正好从网师园陪客户喝茶听曲完毕,顺路过来取件。他托起一只玉盅前后里外检视起来,不由一阵啧啧称赞:"好!好!好!有创新,有创新!我很满意!"

小伍请了一个礼拜的假,说要回乡扫墓,可过了一个星期,也没来怀瑾阁,电话也不接。翠翠抱怨:"你看把孩子逼走了吧。"刘双清又发了脾气:"你懂个啥!"过了一段时间,小伍给翠翠打电话,说"刘貔貅"邀请他加盟工作室了,自己一切均好,请她放心。刘双清听了,一声没吭。

怀瑾阁的学徒出不了师。可也奇怪,很多同行都托人央求刘双清收下自己的孩子。不出师也没关系,离开了怀瑾阁就是一条好汉。刘双清也想开了,爱来当学徒你就来,反正不让出师就是不让,你什么时候想离开,他也不拦着。怀瑾阁成了流水的营盘,产业是一直也做不大,可是在同行心目中,它有分量。

儿子渐渐大了,读了职业技术学院,学了点设计专业的皮毛。刘双清让谁闲着也绝不会让自己儿子闲着,从高中开始,寒暑假和节假日,就命令他坐到水凳上去,从切料开始干。"他妈的,你是我儿子,我不怕你跑! 完不成定量,屁股休想离开那张水凳。"

翠翠心疼儿子,说:"从小到大没吃过一点的苦,他多大个孩子,禁得起你这样折腾?"

刘双清说:"小伍就是我这样折腾出来的!"

小伍进入"刘貔貅"的工作室,凭着扎实过硬的技术,迅速脱颖而出成为头牌技师, 他做的器皿件成为工作室主打市场的扛鼎之作。几年之内,小伍接连获了好几个金奖银奖,成了年轻一辈中的佼佼者,毫无争议地成了古城最年轻的省级"玉雕大师"。"刘貔貅"是古城玉石协会副会长,诸多展览、比赛的评委和赞助商,如今在行业里是呼风唤雨、一言九鼎的人物,他身穿唐装的巨幅照片竖立在古城高速公路的路口处。是他看着这孩子一路飞黄腾达起来的,小伍一对碧玉茶盅的价格已经超过五万元了,"刘貔貅"提起小伍就眯眯笑,对自己过人的预见力和手腕那是十分地欣赏。又过了几年,小伍脱离了"刘貔貅",在齐门路开了自己的工作室,"伍"字款也成了古城响当当的商标之一,"刘貔貅"气得逢人便骂,但已无可奈何。现在,小伍一对缠枝纹茶盅的加工费,敢开价十万元。

四

　　翠翠总是抱怨刘双清这些年死抱着仿古玉不放,至今也没个长远谋划:"搞几样'创新'造型对你来说不费吹灰之力,多少花点心思,也好树立一个自己的落款。都说无形资产也是财富呀。"刘双清听了就感觉厌烦:"买房买车我是一样也没落下!来古城的时候我们敢想点啥,如今的条件早就超出预期了。我是个手艺人,大富大贵从没想过,赚的都是实打实的辛苦钱。靠炒作靠虚名去混那烫手的钱?昧心!"翠翠听说"刘貔貅"把他的工作室和落款、字号都去注册专利、申报非遗了,说是将来可以作为遗产的一部分由后代继承。翠翠顾惜儿子,说:"反正我不管,你也得给我拿出一个值钱品牌来,将来大树底下好乘凉,儿子至少可以少奋斗十年!"

　　刘双清嘴上不说,涉及儿子的事怎么可能不上心呢。想想再过几年儿子就要顶门立户,心底下活了,嘟哝道:"你以为就那样简单!"老婆道:"上次杨老师来说起过,现在很多工作室定价是根据职称头衔和得奖档次来的,工钱是得一回奖提一次价呢,有的人家里墙上都挂满了证书奖牌!"刘双清没有吱声,老婆见状趁热打铁说:"'玉雕大师'和玉器协会里的职位嘛,你一时想得也未必能成,可是每年那么多的展览和比赛,你从来也不理会人家!你但凡肯参加几次比赛,拿上几个金奖、银奖,以后咱也落上款,那含金量不也逐年往上升吗?等儿子独当一面了,他的起点可就高了。"刘双清哼了一声:"这个臭小子,还算肯吃苦。"

　　翠翠发个嗲,道:"还不是像你嘛。"刘双清的心里酥酥软软的。

　　过了几日,杨老师来怀瑾阁玩,刘双清跟他谈起老婆的意思,杨老师拊掌赞同，说："那么多不如你的现今都是什么省大师国大师了，你要愿意去参加比赛，斩获几个金奖那不是手到擒来的事吗！"刘双清说："只是打不定主意，拿什么玉器去参赛呢？"杨老师想也没想，一顿足，道，这个还用想吗，那年你做过一件貔貅，那工法、那造型、那境界，试问古城谁人能够做得出来！"

刘双清精心选了块上好玉料，花了一个多月时间，闭门潜心创作，雕刻出一只貔貅来。这件玉器融合了他最近十多年的实践心得，比之前那件更精致，也更具神采。刘双清自觉欣慰，精细之处尚游刃有余，这些年千锤百炼，总算累有寸进，不负平生所学了。貔貅雕刻完成，刘双清却犯了难，这件玉器可落个什么样的款呢？翠翠说："还是跟杨老师商量嘛。"

杨老师说："就用'瑾'字，设计个篆书的印章款吧，行里人一看便知道是怀瑾阁的专用款了。"夫妻二人都点头认可。刘双清复又迟疑道："这个款落在哪个部位为妥呢？"俗话说，事不关己一身轻，关心则乱。从来也没在玉器上落过款，刘双清此时有点乱了方寸。还是杨老师建议："现在很多名家落款胡来，唯恐人家看不到他那个款，竟然有将款刻在动物侧边身上的，这还成什么样子！圆雕动物件，款自然是应该落在底下的，以正面摆放欣赏时见不到落款为宜。"刘双清就将个小巧的篆书"瑾"字刻在了底部隐蔽处，并涂上了朱红的印泥，又请巧手木工按照台北故宫博物院藏品样式制作了一只流云纹紫檀座子，貔貅的四足正好稳稳嵌进槽中，这样一件完美的作品才告完成。再选高档亚麻布请锦盒师傅裱好一只特制包装盒，将玉器和座子收纳入内，那盒子翻开盖来是宝石蓝"卍"字地缀花卉枝叶纹织锦，也是按照清宫造办处工艺制作的。杨老师来欣赏过几次，真是百看不厌。

适逢每年一度古城玉石协会主办的"天工开物奖"评选,刘双清报了名。填妥表格,缴纳了评审费用,将玉器送达了组委会评选处,刘双清总算是松了一口气。

接下来的事却让刘双清莫名其妙起来。他始终也没有接到组委会的任何活动通知,大赛开幕式没有接到通知,入选作品展没有接到通知,参赛作品编印图册没有接到通知。翠翠有点急了,一次次质问刘双清:"你到底有没有报名把玉器送去参评?"刘双清气得脸发白,丢出了那张评审费收据。刘双清是打死也不肯去问个为什么的,这事情本身对他已经是一种羞辱!可是,翠翠不服气,她是要问个明白的。翠翠拿起那张收据找上门去,没有人接她的茬儿,其实人都认识,抬头不见低头见的,但是所有人都不愿正面回答她的提问,只有一个小青年被推出来解释道,根据组委会意见,同意做退款处理。翠翠闹了一回,拳拳打在棉花上一般,也觉得无趣。领出了玉器,她打开盒子检查一遍,完好无损,收了退的一千元评审费,说:"回去买狗粮,喂狗!"

后来有同行说,组委会评审的时候,有专家说这件貔貅制作得还好,但是造型明显是模仿组委会副主任"刘貔貅"的代表作,似乎不应该放任这种抄袭之风,建议不予入围。在座的专家都同意,还说怕送评者有意见闹意气,就决定待本次活动结束以后再通知本人。

翠翠从此再没在丈夫面前提过这桩事。

过了小半个月,"刘貔貅"却来找刘双清。他进门就拱手道歉,一脸的诚惶诚恐,说道:"抱歉抱歉,老兄,上次的事我是刚知道!"刘双清反问:"上次什么事,抱什么歉?""刘貔貅"却并不理会对方的挖苦,一个劲只顾解释:"那次评选我本人没有出席,事后才知道有人背后说了老兄坏话!我事先不知,未能防微杜渐,万望你老兄海涵,海涵！"

"刘貔貅"说为表示对刘双清的歉意,他愿意高价购买珍藏这件作品。刘双清自然是不愿意出卖这件玉器,尤其是卖给他。但是"刘貔貅"的说辞是具有说服力的,他说如果由他出高价购买,是以行动向古城所有行里人做出一种宣示,那就是"刘貔貅"本人是完全认可并重视刘双清的艺术水准的,也可以以此杜绝别有用心的小人诋毁刘双清。"刘貔貅"逼着问这件玉器的成本,说为表明诚意,他一定以成本五倍的价格购藏!刘双清还在犹豫,翠翠却接过话:"这块原料是问隔壁新疆人买的,一万五,他足足做了一个月,工钱再便宜也够一万五,这样一算你该付十五万!""刘貔貅"一拍大腿道:"爽快,我付!"他转过脸来,对刘双清说:"不过,有个情由我招呼先打在头里,老兄你一直是做仿古件的,你本人的落款在市场里没有认可度,貔貅我按照这价码买回去的话,这个款字我是必须要磨掉的!""刘貔貅"咧嘴一笑,露出满口白森森的牙,翠翠愣住了,刘双清却一字一顿说:"从今日起,我的东西都会落上款!"

杨老师说:"这个'刘貔貅'到底还是怕你做貔貅啊!

刘双清说:"这桩事情我至今也想不明白,如果他当时买走那件玉器,我还可以源源不断继续再做啊,他总不能出高价垄断我所有的貔貅吧。"杨老师道:"若十五万卖给了他,你就欠了他老大一个人情!以你的为人,再做出貔貅来,如果贱卖,则对不起捧你场的人,如果都按照十五万的标准卖,则价格跟他工作室一样黑,也抢不了他的市场。是不是这个道理?他说要磨掉你的落款,是警告你识相点,以后不要再做貔貅了。"

过了一阵,行里一个朋友来怀瑾阁,谈起那次评选的事,也说到"刘貔貅"这个人物。朋友把玩着那件貔貅爱不释手,一定要刘双清割爱。刘双清道:"好说,你要就成本价给你,我偏不卖给'刘貔貅'!"朋友问成本价多少,翠翠还没来得及接上口,刘双清说:"我按照一万五的原料成本给你,工价和装潢都奉送!"朋友捧住了盒子笑得合不拢嘴,翠翠急得鼻子都歪了,说:"刘双清你这是疯了!"

第二天,翠翠一路小跑回家,报告老公一个状况,说昨天玉器转让出去,夜都没过,东西就到了"刘貔貅"的工作室。"刘貔貅"在展柜旁立了块牌子,上面写着:刘双清亲工制作,价格一万五千元。后面括号里还注明"已定,勿询"。

刘双清气得嘴唇一阵颤抖,说:"他这是拿我剥光了游街示众哇!"

他是个厚道人,还不明白人心的险恶。日后刘双清才发觉,从此自己是不能再做貔貅了。"刘貔貅"工作室公示着他那件永久非卖品,价格已经公布在那里——一万五千元。他如果再做出这样的作品来,出一件得亏一件。

五

次年的"天工开物奖",翠翠劝老公:"算了,咱不参加了,惹气伤身,不值得呢。"刘双清却亲自送过去一件碧玉仿古缠枝花卉纹抱月瓶,还是提前缴纳了一千块评审费。

刘双清想:我看你怎么办!结果,通知一个连着一个,开幕式啦,入围展啦,入选图册啦。刘双清自然是不会去凑这个热闹的,他也不准翠翠去。他在等,不是等一个结果,而是在等着看他们最后能玩出什么花样来。

参赛入围作品展在古城工艺美术馆展出了一个月时间,据说盛况空前,开幕第一天观众就达上万人。不仅古城人都去参观,周边城市上海、无锡、杭州都有爱好者特地赶来。

　　杨老师知道刘双清的脾气,事先也没跟他打招呼,特意安排了整整大半天时间去看这展览。傍晚时分,他赶到怀瑾阁的时候,刘双清正准备收工。杨老师说:"正好路过,一起外面吃点。"两人认识这么多年,常常是清茶一杯,一聊就聊半天的玉,从来没有一起吃饭。于是两人找了家安静的小菜馆坐下来,点几个家常菜。杨老师提议喝点黄酒暖暖身。两人各开了一瓶,灯火黄黄的,酒杯里也黄黄的。杨老师说:"今天去看了展览,有点意思。"刘双清看着他,领悟到今天杨老师哪里是路过,分明是特意跑来告诉他情况,费了心了。

　　"这次展览入围的玉器数量比去年又明显增加,这个行业现在成了家喻户晓的暴利行业,近几年入行从业的年轻人多如江鲫,水凳还没坐热呢,就急着成名成家,找门路,送钱物,都在赶评奖、评职称、选协会职位这趟车,而获奖是全部竞争的基础条件,总之,是僧多粥少。"杨老师接着说:"这次展览总共有三百多件作品,但说实话,十有八九设计造型都'创新'过了头,无根之木,无源之水,妖气冲天的。雕刻基础也普遍不扎实,靠哗众取宠骗骗土豪老板罢了!其中器皿件有四五十件,质量也跟整体水准差不多,除了刘双清的碧玉抱月瓶之外,就数小伍送评的一只青玉中国结纹饰双耳瓶可以称得上是件精品!"

　　虽然同在一城,刘双清却已经好几年没有见过小伍的面了。听到小伍的名字,他问杨老师:"小伍的这件作品有什么毛病没有?"

　　杨老师说:"我围着这件作品足足转了二十分钟!要说这小伍确实是个人才!他把乾隆双耳瓶的形制做了些删改,可是改动得很精妙,既端庄又秀气!他会动脑子啊,把原本的蔓草纹改成中国结纹,又时新又典雅。"

刘双清看杨老师有点绕圈，打断他道："杨老师，小伍跟我的关系你最清楚，我问的是这作品可有什么缺点。"

杨老师只好直说："工艺细节上有点软！按说瓶身纹饰是浅浮雕，花纹根脚倒是做得很利索干净，但是如果要体现玉工的高超技术，就应该将纹饰用阴刻线勾一圈边，就像你那只抱月瓶上的缠枝花卉纹一样，要先勾线，然后再处理凹凸变化。小伍避开了勾线处理，直接以打凹手法做出中国结的立体变化，那纹饰就缺了点力度和精神！"

闻听此言，刘双清皱起双眉，慢慢地，脸上泛出点痛苦的神色："多好的孩子啊，就差这最后一口气了！就差最后一口气，可惜，可惜呀……"

杨老师看他又要自责，赶忙把话题岔开，问他："你那只一尺多高的抱月瓶费工费时，也没注意你是什么时候做出来的。"

刘双清淡然一笑："我五日一山十日一水，都是晚上一个人在工场，断断续续做了快十个月才完成！实话实说，细节上严格按照乾隆造办处的工艺要求，一丝也不敢偷懒！只是杨老师你有没发现，瓶子的收口和圈足，我是做过改动的？"

杨老师道："除了'高仿'是模仿以外，你的其他仿古作品都是有自己的意思在里面的，只是世人浮躁，无法辨识而已！你从来也没保守过啊，只是敬畏传统、尊重传统，在传统精华的基础之上不断做着微调，用心良苦了。在我的心目中，你才是当代玉雕界的巨匠！也正因如此，我这么多年才格外尊重你啊！"

刘双清拍拍杨老师的手背："杨老师，您期许过高！我只敢认自己是个规规矩矩的手艺人！我靠真功夫吃饭，绝不偷工减料、虚开浮冒。还是多年之前的那句老话:知音一个难求!有杨老师您这样的知音,我知足。"

这晚两人喝得不少,开了有五六瓶黄酒,谈到深夜。临出门,刘双清考杨老师,说:"咱们预测一下评奖的结果,看谁有先见之明。"杨老师笑而不答,刘双清道:"我替你回答了吧,你看好,最多评我一个最低等的入围奖!你信不信?我刘双清那只抱月瓶,属于传统造型,不是他们擅长的品种,他们没有任何理由再给我退回来,只要寻着任何一点借口,他们是连展出的机会都不会留给我的!"杨老师道:"我也在这个名利场冷眼旁观了这些年,还有什么看不明白的呢。"

刘双清说:"杨老师,你是个真懂行的!现在都在那里说创新创新,好像只有创新了才是好的,只要创新了就是好的。我学手艺那会儿,师父可没这么教啊,师父教的是东西要好啊,好才是标准啊!怎么会变成这个样子了呢?大家明明心里面都清楚,可就是都不说,都跟着起哄一起糊弄!把差的当好的,把好的当差的,难道真的没有标准了吗?"

杨老师握住他的手,一时说不出话来。最后,杨老师说道:"你说的我都赞同!但是,咱们认同没有用啊,这个市场说到底,还是用钱来投票的!像我们这样的人,没什么钱,没什么地位,就是再懂也没什么作用啊!想开点,双清师傅!"

刘双清这一晚显然是醉了,他瞪着血红的眼睛望着杨老师苦苦追问,忽然,脸上笑得十分滑稽,他都被自己逗笑了……古城的夜空里起了露水,星星显得很高远。繁华的城市,掩盖过很多往事,也将遗忘像今夜这样的星空。城市是不动声色的巨人,慈爱地看着匍匐在脚下的众生。

过了几天,评选结果公布,小伍是三等奖,刘双清的抱月瓶果然是入围奖。

六

电脑扩音器里循环播放着评弹,蒋月泉的唱腔是清亮婉转的,那声音是一种艺术的完美:

> 波涛滚滚水东流,
> 鲁大夫设宴要请君侯。
> 是月十三亲赴会,
> 见关公稳坐顺风舟……

小伍推门进来,没有言语,侍立在一侧。他已经很多年没有走进这扇门了。

刘双清抬头看了他一眼,就像当年小伍还在怀瑾阁学徒时一样,也没有言语,又低头继续收拾最后的几刀——一只没有任何纹饰的素茶盅,握在他被水浸泡得发白起皱的手掌中。这料是最低档的杂色玉,斑斑驳驳如同石块,这是作坊里用来训练刚投师门的学徒的。刘双清端详了一阵,伸出手在小伍的掌背下托了一把,轻轻将盅子按进小伍的掌心中央,摆得正正的。

小伍端起来逆着光细细看,又把玉盅倒过来,扣在掌心,侧着脸迎着光再仔细体会玩味:弧度、束腰、厚薄、高度、轻重、完美无瑕,没有一丝人工的痕迹,简直是浑然天成!小伍从入行到现在,从来没有见到过如此完美的素器。小伍的手掌开始微微颤动,他的头垂到了胸口的位置,声音低低地说:"师父,请将这件作品留给我吧!"

　　小伍十多年之前进入怀瑾阁后一直管刘双清叫表舅,今天是第一次叫师父。刘双清说:"本就是做给你的!"

　　小伍说:"师父,我想重新进怀瑾阁学习治玉。"

　　刘双清顿了一下,说出一句答非所问的话:"我,想家了……"

陈先生的隐痛

吃过中饭的那一会儿,展厅里陡然松弛下来了。上午的顾客都出去找吃食,下午来的还在路上,展柜后面的人有的已经草草吃完盒饭,有的则刚送走最后一个流连在柜前的顾客,也开始打开盒子,一次性筷子在青椒土豆丝或是番茄炒鸡蛋之中拨弄了几下,似乎是在这一坨之中寻找没有摘净的杂屑,或者测量着这菜的数量与温度。盒饭一般都是展会主办方免费提供的,说是"免费",实则在参展费中都早已收缴了,吃的还是自己的。这些商家候鸟似的,常年参加天南海北各种古玩交流会、展销会,大多数都是老熟人了,每到一地,关系密切的愿意选择紧挨在一块儿的展柜,这样彼此好有个照应。就像在中午这样的间隙,其中的一位是头回来到这座城市,很想去本地同行店铺或者附近的土特产市场转转,于是就请紧挨着的那位帮忙照应展柜,自己甩开两手,一扭头出去"放风"了。如果在他离开的这会儿恰好有顾客光临,甚至询价,旁边的那位是会帮着开价的,到了买卖的实质性阶段,旁边的那位就会一个电话把外面那位急急如律令宣回来。赶进来的那位右手捏住半只梅花糕,上下门牙一开一阖快速切嚼着嘴里黏甜的一团，尖起嘴唇直呼气，吐出一团团白雾，可左手上却还拎着一只黄皮纸袋，浸染了斑斑油渍，那是一种新鲜的油斑，给人透明、干净的感觉。里面是两块滚烫的撒着红绿瓜丝的猪油梅花糕，一块是预备送给旁边的那位品尝的，另一块，或许是上次吃过谁一块糕饼或得过谁一点帮助，还人情的。

　　按照以前的老规矩，行者为商，坐者为贾。这些商家有的在各自的城市甚至北京、上海的古玩城开着店铺，有的则没有实体店，在全国各地参加这种展会，成了飞来飞去的"游击队"。他们在各类收藏论坛上开网店，或者在网络论坛里发帖子招揽人气兜售货品；做得有点气候的就拉起QQ群自成一家，成了势的，群里也是人马喧腾的。可是时间稍久就发现出了问题，群里的商家跟商家之间、客户跟客户之间、客户跟商家之间绕过了群主本人，直线联络上了，交流多而广了自然就会深入，很多秘密也就不称其为秘密了，类似的"偷情"最后往往发展成"私奔"，他们各自私下加为好友，甚至又另外组了群，开辟出新的商业路线。这样的群不断分化组合，地域的界限完全被打破，人脉得到重塑，利益得到调整，既然有获利的，自然也就有失利的，反映到公开的论坛上，就有了各种的吵架甚至"群殴"，很多局外人往往被他们之间的非理性和复杂性所震惊，在网络上也常常为这些势力所裹挟与压制。而这一切的背后，是市场的份额，是大小不等的利益团体，是其实已经跟真伪良莠无关的金钱与利益纠葛……这些坐在展柜后面的人，很多就是店面阔大的店主、论坛和群里的盟主，也有网络上的"键盘侠""套中人"，既有高高在上者，也有低低在下者。此刻他们均端坐在柜台的后面，他们是平等的。是商？是贾？现在这个时代，谁还分得清呢？这些在各自的领域和层面上呼风唤雨、威风八面的人，此刻，均平淡无奇地坐在展柜的后面，睡意渐浓。

在这个展厅中,有几个人是能看出点与众不同的。他们用手掌掩住嘴唇、侧着脸轻声说话,男士多庄重沉稳,女士多微欣和善,开口则更是谦逊得体、娓娓道来。在这样的闲暇时光中,展厅里很多人的脸上显出了懈怠神色,这懈怠一旦成型立刻就无法再掩饰住内里彻底懒散、疲沓的底色,那坐姿就七歪八扭起来,如果有足够的空间,他们可能立马顺着椅子往下躺,尽量躺平了为止。面对外界,这几个人的身上却不会暴露那样毫无节制的松懈之感,让你感觉到他们的内里总是有一些东西在提醒着甚至是支撑着,他们的身上总是体现出某些传统规范,也在努力维持着这个行业原有的一些自尊。没错,他们来自中国台湾。其中有两三位到北京、上海开店已经有十年以上时间,现在他们也会臂肘斜撑在柜沿上,将半边脸托在掌心,发出些小小的而又粗重的呼吸声,低沉的节拍如同轻轻诉说着这一行的疲惫与无奈。这些悄然发生改变的细微习惯,大概也是因在大陆定居日久而跟那些大陆同行日渐趋同的。

陈先生一年四季替换着不同面料和厚薄的手工唐装,对襟琵琶纽的式样,树脂眼镜选的是镜片窄窄而无框的那种。有时候看玉需要用电子放大镜,他就把眼镜往额头上方一推,很轻巧灵便,那款式包含着二十世纪八九十年代港台某种时尚的元素。夏天偶尔穿一身白棉纱的无领老头儿汗衫,这个时候他的汗衫是必须束进长裤的裤腰里面的,否则会显得邋遢不修边幅,于是便自然而然露出了皮带,以及他那枚特制的皮带头:18K 黄金包镶着一块白玉带板,浅浮雕的山水人物,山石亭子边一叶扁舟,天上半轮明月,刻着“青山水国遥”五个字的诗句,硬硬的工痕,带点桂花色的沁。明朝的古物。

陈先生跟其他人都不同——不仅跟那些松松垮垮的大陆同行显著不同，就是跟他的台湾同行也有所不同。在他看来，比他早来几年的那几位同行现在不要说为人经商，就是讲话的格调都已经跟北京、上海的商人几乎别无二致，外人甚至已经没有热情再去辨别他们到底是台湾人还是福建人了。他认为这是一种改变，他常常会说："这还算得上是做古董的人吗？"他甚至跟新来大陆的台湾同行也不同，这些新来的同行倒是很多符合他"做古董的人"的标准，可是他觉得这还是不够的，他们应该是承担着某些特殊的文化责任的，因为在他的心里，"斯文在兹"的担当是无从推卸的。"你看，近年来大陆的文化人也都这般认同了，于是他们就更属责无旁贷。"他说，"做古董，做的是文化传承，所传的是器物，其实质也是'道'。谈到这个'道'，那就说来话长了……"

　　别家的货品都是摆放在展柜中，他则在柜台上又排放了两扇黑丝绒承盘，陈列他的古玉标本，都是些残件残片，前面竖着一块牌子"标本非卖品"。边上另外放置了高倍电子放大镜、强光电筒，他如果不说，你是猜不到在他座椅的下面，还有一架装了存储卡的单反照相机和一台手提电脑。在没有顾客的间隙，他看着手机，或是跟人聊着古玉的话题，或是翻看着某张玉器图片。他的眼珠经常会朝头顶方向翻动，证明他是处于研究与思索的状态，那神情使他好像已经完全超然于这庸俗的生意之外。当有人出现在他的展柜前时，他的第一反应是拿着那些标本，跟人去"探讨"玉石文化的时候多，谈论生意的时候反而少。这与众不同的做派，同行既可能见怪不怪，也可能因为过度熟悉而反生嫌隙。有时候，对面展柜里的同行可能会嘀咕几句："又来！又开讲座上课了！"自然，那声音是小到对过几乎无从听见的，但是陈先生透过树脂镜片，完全能够洞察同行们的一举一动,包括他们的心里到底在想些什么。做古董的人,哪个不是眼观六路、耳听八方? 不过,他洞悉了也只当是不知不觉,说是跟客户"探讨",实则主要是他在灌输或者传授一些鉴玉的专业知识,这不就是在进行文化传播吗? 不就是在给对方输入"保真"的心理暗示吗? 两全其美的事,何乐而不为呢?

　　况且来说,这有什么呢? 陈先生在台湾确实是开过讲座课的呀! 陈先生跟人"探讨"到顿生投缘之感相见恨晚的时候,是经常会从座椅下面捧出他的手提电脑来,打开影视文档播放给对方看——于是二十多年之前的陈先生便在一片闪亮的雪花点中出现在影像里。那时他年轻得很,却留着时髦的英式小胡子,发型是那个时代顶流行的大波浪,眼镜也是镜片宽大的金丝镜架,这种在大陆被称为"蛤蟆眼镜"的款式就显得陈先生分外地瘦,却也更精神,跟眼前发福之后双颊饱满的这位判若两人。好在记者采访他时,电视台后期制作打上了字幕,"古玉爱好者"的头衔后面,陈先生的大名赫然在目,足以令人疑窦顿消。

　　陈先生经常播放的电视片主要是两则。一则是他参与组织了他们玉器收藏协会一次轰动岛内的大型展览,为了配合藏品展,他代表协会在中山纪念堂主讲了一堂古代玉器收藏方面的报告,电视台为此制作了专题新闻片,而陈先生则是主要受访对象。另外一则是电视台来到陈先生开设的餐厅做专访,采访这家当时在台北颇具知名度的"古玉餐厅",出镜的还是那个年轻的陈先生,餐厅四壁玻璃龛里陈列着藏品,作为老板的他身上也是琳琅满目,面对记者侃侃谈着目睹传统文化沦丧而怎样痴迷爱上古玉,如何瞒着夫人把资金都投到古玉上,如何遍访名师艰辛学习鉴定知识,以及收藏给餐厅注入的文化内涵、给他人生带来的生活乐趣等等。陈先生说,他在岛内火的时候,现在大陆著名的收藏家还没出名呢。这,倒也是实情。

每到一城一地,陈先生是很乐意花点时间去拜访行家和藏家的。尤其是古玩城里的店铺,他走访得更是用心仔细,跟店家能产生共鸣且发展成朋友,甚至收到门下为徒是最好,如果话不投机,也可以寻找一些机会,看看在店里有没有"漏"可以捡一两个走。陈先生彬彬有礼,和气儒雅,见闻也够广博,从这一行业应该秉持的规矩、港台业界的逸闻旧事到鉴定古玉的专业技术、收藏心得以及文化体悟,都是烂熟于心,因此每走访一处即交游无数,朋友同道无时无刻不在积聚。

有时他在某城暂住数日,也会有人要求拜他为师,因为在他的宏观规划里,他已经在多个城市收有门徒,日后这些同门形成网络,就是一股不容小觑的力量,这愿景当然是诱人的。他既有此畅想,自会有人认同。而据陈先生介绍,他早年曾从游台北故宫博物院某大专家,如此算来,则这些门徒也可算是那大专家的再传弟子,显得师出有名,身价陡增。有时他带着在当地新收的门徒上门拜会行家藏家,倒会叫主人吃一惊,眼前的这位本地同行转眼跟名人沾上了边,似乎就有重新做人、立地成佛的效果,该当刮目相看的了。

初次登门拜访重要的行家或者藏家,陈先生喜欢赠书,这既符合古人书帕相馈的遗风,显得雅致,也能体现自身的专业素养。他一般赠送的都是那册台北故宫博物院出版的《古玉新诠》,价格不很贵,但是台版,大陆不多见,书中阐述古代玉器加工工艺的内容,有一些工艺复原图,便于初学者揣摩与借鉴。按说研究古玉加工技术最全面系统的图书,应该是台湾鉴定家吴棠海的《中国古代玉器》,但是吴棠海不是院系专家,陈先生大概是觉得他权威性不够,所以从来是避而不谈的。跟人交往，陈先生坚守的是行里的老规矩——只要看到欣赏的物件，那必定是不遗余力击节称赞有加，这不得不让对方产生出些许知己有恩的感慨来。同行之间交往，本来多少总有点忌惮与防范，陈先生的热情跟友好往往能自然破解这种心理防线，以至他看到对方店里或藏品中有感兴趣的物件，提出想用他的单反照相机拍照留作资料，对方大多也会毫不犹豫一口应承，让他能够细致调好角度光圈拍了去。

陈先生走南闯北，马不停蹄地参加着各种展会。以往每年的郑州、长沙、太原、北京、上海、杭州的古玩交易会他是必到的，现在每年又兴起的嘉兴、湖州、苏州、镇江、南通等二线城市的展会，林林总总多得不胜枚举，有的主办方为了吸引人气，培育市场，居然免收参展费，可称得上是贴钱赚吆喝。算一算路上的花费和食宿成本，在上一站彼此就相约好了，大队人马多半也是都要移师过去的。而陈先生呢，则更是要去，因为除了出展做点生意，顺路他还有更为紧要的事情要做。每到一地，他呼朋唤友，引荐介绍，奔走拜访，广为结纳，总嫌时间不敷调度。

后来，在他的展柜后面增加了一个年轻的后生。陈先生介绍说，是新收的徒弟。

现在有徒弟坚守展柜，陈先生就更自由了，一多半时间可以到处走走，社交面更宽。这孩子在北方一家高校刚毕业，学的文物鉴定专业，偶然的机缘在展会上得识陈先生，聆听过一番教诲，知道遇见实战家了，倒头便拜了师，跟随师父出来行走江湖，边学边练。按照老规矩，三年之内师父管食宿，多少给点零花钱就是了。陈先生空了也指点他鉴定的基础与诀窍，小到玉器如何过手、手电筒如何打光，大到八千年玉石文化何谓"五德"，当然也涉及一些做生意的要领。这自然是琐碎而具体的，如开价不懂得鉴貌辨色、因人而异、随机应变，这孩子被师父数落了几句，那神色多少有点强忍克制着，到底这一代独生子女从小没有被训斥调教的心理承受能力，能这样歪着头不吭声已实属不易。与此同时，他的同学很多现在投到了大大小小各家拍卖公司的旗下，虽只领着三四千块的薪水，但也已经三五成群，招摇在各个城市的"拍品征集处"，嘴里囫囵说着些刚学来的专业术语，硬着头皮吆五喝六充当起"专家"的角色来了。扛着拍卖公司的旗号呢，吃香的喝辣的，日子似乎也一天一天能够混得下去。

一位本地人在展厅里转了一圈，走到陈先生展柜前停住了，开口道："先生的货品很好。"陈先生有点激动了，在这个城市展销了两天，第一回听到如此真挚的评价。在柜前流动着的顾客，多数是不懂装懂或者是懂了也装不懂，"这玉器看不好""开门度不高""看着像高仿"，听了真叫人生气！可是他是商家，自知没法跟他们去理论的，忍一忍吧，现在市场就是这个现状。也有听了他半天传授，迈开了脚准备离开的，嘴上却说着"东西不错东西不错""改天再来拜访"，毫不掩饰是在敷衍。而这位的语气是舒缓的，透着从容与审慎，陈先生知道是遇到真行家了。

行家询问一件璇纹青玉勒子的价格，陈先生慢声细语请他打电筒透光仔细鉴赏；行家赞叹那简洁锐利的工法和钙化入骨的开门程度，陈先生却与他探讨美学问题；陈先生出题目请他断代，考他器物年代，行家说出制作年代为战国晚期，他竟欢喜得如同对方已经买了他的货品一样。行家索性卖弄一下，指出这件生坑玉器乃陕西坑口，属于上等的西北干坑出土，且玉质钙化部位水分尚未干透，当是最近十年以内出土之物——这下陈先生就不由得连声称赞了，他紧紧握住对方的手,对方的手很平和,他的手却真真切切激动得有点发抖了。最后,对方受邀跨进柜台里面,在折叠椅上坐下来,二人交流起来。

行家原来也是行里人,有一家店铺就开在展厅附近,因为市口偏僻,经常又虚掩着门,形同隐逸,一般外人实在无从注意到。陈先生在他的带领下方才步入,发现了世外桃源似的。行家说:"兄台的高古玉器以西北坑口为主,东南其实也出土货的。"他转身入内,打开保险箱,取出些近年绍兴、高淳、溧水出土的生坑玉器,请他上手欣赏。陈先生这才有种高山流水的感觉,相约傍晚收了摊登门细细畅谈。

傍晚,陈先生果然再度拜访,自然也赠送对方一册《古玉新诠》,行家说谢谢,这书已有,权且留作订交的纪念品了。深谈之中陈先生才发现,原来对面这行家竟然是深居简出的高人,跟外地很多高手保持着密切的联系,而他的生意也是从来无须出去兜售,等着客户上门便是,真是酒香不怕巷子深。陈先生这时才感觉到此行的意义应该在斯,转了这么多冤枉路,原来踏破铁鞋无觅处,得来全不费工夫。

陈先生于是跟他探讨起自己的宏大构想来,这规划之中有两个重点:一个是以师徒或者同道关系形成自成体系的人脉网络;另一个则是,在各地举办巡回讲座,坐而论道,火到丹成,这样一来客户发展起来就快了,而出面组织这讲座的人选就以各地具有号召力的行家为佳,到时候便能形成双赢的局面。陈先生是在中山纪念堂开过讲座的人,他对到大陆授业布道信心满满,讲课的标本他都随身携带,海量的图文资料也都在手机、电脑和相机里面,且可以无限量复制,真可谓取之不尽用之不竭,予需予取方便快捷。陈先生殷切地观望着对方，而对面的这位笑而不语，不住称赞陈先生的抱负远大，说如果能够实现这个设想那当然是前景广阔的。陈先生察言观色，自知火候未到，恐怕尚需等待时日方才有望瓜熟蒂落，于是提议，继续探讨古玉。

他微笑着递过去一只只锦盒，打开，战国出戟谷纹璜、西汉涡纹剑首、矩纹剑珌，均是开门的细工精料礼器，行家一一报上名称，断出年份，由衷赞叹一番。欣赏了他的名贵古玉，行家也打开保险箱取出自己钟爱的藏品来，寥尽地主之谊，一只商代青玉燕子、一条西周青玉小鱼和一件西汉白玉出廓螭纹剑璏就跃入眼帘，陈先生从皮套中掏出放大镜，看得极细致，连连赞赏。他打开单反相机展示上半年在徐州博物馆上手狮子山楚王陵玉器的照片，说："贵藏剑璏就是这个级别。"行家报以微笑说："原本就是。"陈先生点开的图片都是在博物馆的上手照片，这是他们玉器收藏协会前往大陆各个国有博物馆做专业交流获得的特别优待，展示这种图片的同时也是亮出"肌肉"，带着炫耀的成分了。

他又点开半个月之前在西安博物馆拍摄的照片，遗憾地说道："，新征集进馆的藏品中有四件西汉一级文物，分别是三件白玉乳钉纹高脚杯和一件白玉圆雕双舞人，可惜陈列在玻璃展柜中，馆方不能取出来给他上手，他是无论从哪个视角也无法避免反光点，还拍摄不到玉器背面的纹饰细节，馆方展陈的角度实在是够刁钻。"

行家说："如果需要，他倒是可以提供几张多角度的照片。"陈先生开始有点吃惊，他对自己的摄影技术向来自负，以为对方说笑，这四件国宝是刚刚进入博物馆，定了一级文物就向公众展示，怎么可能拍到多角度的照片呢。行家站起身来，在电脑上加了陈先生的

QQ号,即刻将多张照片发送给了他。陈先生打开手提电脑一看,居然四件一级文物都是放在桌面上随手拍摄的,正面、背面、侧面,俯拍、正拍都有了。

陈先生很好奇,问:"这难道是定级时候拍摄出来的?"行家笑笑,说是在文物收缴进博物馆之前拍的。这四件玉器出土以后,在西安民间市场露过面,后来十几名涉案者被公安机关抓获,玉器这才进了博物馆。陈先生本来打算向行家提出,能否借几件玉器给他出去代卖,此刻他对这位行家有了深不见底的感觉,话到嘴边,咽了回去。拿照相机拍了点图片,没敢冒昧提出来。

陈先生至今还常常是以玩家或者藏家的身份面对外界。他以前开餐厅,玩玉自然只是业余爱好,在他的心目中出售藏品似乎也是万般无奈。进入新世纪以来,岛内的经济一路走低,具体到他的这个餐厅,从早先的生意火爆到后来其实也是无利可图。眼看自己由中年走向老年,藏品后继无人不说,早年投资在古玉上的资金却无法收回,陈先生面临着所有业余收藏者同样的进退失据的局面,更何况这个行业本身就是进入难退出也难。早几年抛家舍业直奔大陆做起古玩生意的台湾同行,正好赶上了大陆市场的一轮暴涨行情,回来都说大陆钱好赚,跟个流水似的,土豪大款比岛内豪富多多了!可是,这些先行者却很少说,钱是赚着了,却也花完了。上海、北京那是什么生活成本?不要说衣食住行,就一项住,买房是奢想,租房的成本就比台湾高太多。而一年到头花费在路上的成本,那也是无从细算的,都开玩笑说钱是贡献给交通部、铁道部和航空局了。

二十世纪九十年代之前,都是文物被运去港台,可是,短短一二十年时间,局面却完全翻盘,此后的一段时期是港台古玩拿到大陆出手,行话叫作"回流"。世纪之交来大陆的古玩台商都清晰记得,当时一块明代白玉透雕龙纹带板能卖出一两万块,他们都偷着乐,可是没过五六年,这样一块玉就到了十万以上,你还拿得出来吗?你还有多少存货?你还要不要继续做生意?要再进货,可价格不对了呀,这下可就犯了难。都说涨价是好事,可是涨得太快了,就未必是好事,这个道理很多人先前并不懂。但是,你不去大陆卖,又能怎么样?现在全世界的中国工艺品都在向大陆倾销,已经形成了一股"回流"潮。岛内的经济状况摆在那里,年轻的一代对于这些个"老古董"实在缺乏兴趣。你再怎么说传统文化在岛内得到了良好传承和完整保全,这也不过是相对的状况。更为显著的却是绝对的状况:传统文化在农耕时代消亡以后,它逐渐解体和蜕变的趋势不可扭转,脱离了农耕时代背景的人,是很难产生出对于古物真实的热爱的。在传统文化保持得十分完整和牢固的日本,这一变化趋势也是万分明显。在此后的十数年间,一旦家中老人辞世,其家族和家庭保存了上百年乃至数百年之久的巨量古物,便会被弃如敝屣般全部抛售出来,如果没有中国人在海外疯狂接盘,这些古物在日本市场中根本无从消化得掉。古玩作为一种历史的遗存,能够真正读懂它们的人在老去,也在毫无争议地减少;作为一种资本炒作的资源,古玩正在脱离原有的赏心悦目功能而孤独存在;作为一种待售的商品,古玩的价格却又暴涨到脱离民众实际购买能力,其处境无疑日渐尴尬。所有的这一切,都是现在陈先生必须去面对的,也是他内心时时刻刻隐隐焦虑着的,可是,他又无力去改变什么。面对社会潮流,个体算得了什么!

次日,展销会结束,中午的时候商家就纷纷打包,三三两两商量着结伴奔赴下一个站点。此刻,他们有的朝南,有的奔北,但说不定几天之后他们中的很多人，又在哪个城市里的某栋楼内相遇了，会合了。这嘈杂的场面，给外人人在江湖、浪打萍踪、聚散无凭的感觉。而对于他们自身，则由于常年适应，并无多余的情感可供抒发，也无多余的时间可供浪费，一阵嬉笑之间就各自分了手。匆忙之余，陈先生也没忘记去行家店里辞行，行家与他握手道别，他忽然在裤子口袋里掏了几下，摸出一个密封塑料袋来，双手递到行家双手之中，恭恭敬敬示意，请行家欣赏——里面赫然是一只圆雕青玉小牛，商代晚期的，生坑！与一九七六年安阳小屯 11 号坑出土的一只相类，真是美艳无方！如此辞行，世间稀有，行家连声道："真称得上是艳福，谢谢，谢谢！"

陈先生每到一个地方，除了拜会同道，只要有名山大川，也会放情山水。比他早到大陆的同行也说，前半生收藏后半生卖，今朝有酒今朝醉，到了脚走不动的时候刚够卖完，即是人生最好的结局。这旷达之中，包含着一些隐痛、一些惆怅、一些抑郁。陈先生现在偶尔也饮点酒了，几杯落肚之后，往往生出些迷惘和恍惚，这本应年轻时候才有的心境，竟因为长期奔波在陌生的环境里，居然在临近老年时莫名生发出来。酒到了一定的量，他更会想起人生到底是为了什么的空虚之问，没来由就觉得这所有的一切真是可笑，甚至荒诞不经，这样的人生算什么人生，何苦来呢？

可是，当第二天日光重新射进宾馆窗户的时候，他又快快穿起衣来，还有很多的事要办，还有很多的话得说，还有很多的路需走。小徒弟的懒散让他生气，声量在无意识中就增大了起来。异乡人的一天，往往就这样开始了。

陈先生后来还特意来看望过行家几次，往来于上海、北京之间的旅途上，中途出趟小差，方便得很。他在本城收了一名做古家具生意的店主为徒，开始是带着这位门徒和那个后生一起来，行家似乎总忽略那位与其同城的门徒，那人后来也感觉无趣，喝茶的时候自动住了嘴，呆坐在一旁，之后的几次就不再跟着来了。后来，那个后生也消失了。行家记得，陈先生最后一次登门，就只是他自己一个人了。

陈先生有一次拿出几件级别很高的春秋玉器，带着红沁、保留着灰皮的生坑，很开门。行家一看，东西眼熟，心念一转，也没说破，一个劲地直夸好。陈先生原本是抱着点想要出手的希冀来的，看行家真就只把他当学者、专家、文化人，只是跟他清谈专业问题和学术问题，从来不涉及买卖，数番上门无果之后，渐渐也就死了心。

实则，行家数月之前到北京朋友店里玩耍，一眼就看到那只商代晚期的青玉牛安然陈列在柜台里，就对陈先生的生意脉络完全明白了。这次的几件春秋玉器，他也曾经在山西朋友的网帖里看到过，自己电脑里甚至还保留着当初下载的图片。至于说是陈先生买来的还是借出来的，他是不会去询问的，也是不可能去点破的——这个行业历来就是如此。

陈先生最后一次来的时候，行家发现陈先生新收的残件残片中间都已经掺杂进不少赝品了，而陈先生依然精神饱满地拿着他的"标本"在举证。

行家的心里不由"嗐"了一声！

…………

现在，陈先生经常会梦见那个曾经的年轻的瘦生的自己，在一个蒸蒸日上的社会热潮中，有着自己的事业，有着自己的业余爱好，主业经营得兴旺，精神上也很富足，浑身存着使不完的劲儿，说起古玉那是滔滔不绝，发自内心的欢喜……这样一晃，怎么竟老了呢？生活怎么就走到如今这个状态了呢?

　　他每天躺在不同的床上,腿脚酸胀。在梦里,他总会回到远在台北的当年的那个"家"。醒来的时候,脸上满是泪光。

"二先生"碰到了烦心事

　　长江三角洲,在当代中国早已不再是纯粹的地理概念,它早已成为经济学或者社会学意义上的一个专用名词。这片连绵着的广袤土地,已经淹没一切实质性差异,包括因为各自分属不同行政区划而产生出的看似坚硬的不同。社会学家可以发现,这一名词所包容的内涵是丰富且复杂的,它至少体现了当代中国经济社会领域的某种"发达"或者"先进"表征,还预示着这个国家的其他地区正在逐步迈进或者希望进入的状态。人们一次又一次滑翔过这片土地,高速公路上的指示牌忽明忽暗:嘉定、金山、松江;杭州、嘉兴、湖州;苏州、无锡、常州、南京,现在甚至囊括进了绍兴、宁波、扬州、南通、合肥……都市群像一块巨大的隐形磁铁焕发出超强吸附能力,把这些城市牢牢吸纳进来并且吞噬下去,城与城之间的田野消失,分界变得模糊,人们需要借助人为设置的路标或者界碑,才能够知道自己正由一座城进入另外一座城。原本生长在每座城市中央的水泥森林,像章鱼触角顽强地延伸出来,以惊人的速度填补了城与城之间的空隙,面目雷同而功能日趋完善的水泥森林,长着奇怪的流线型或者自然界里极其罕见的模样，人类将之称为建筑艺术的造型，像病毒，落地便能见风速长。每到夜晚，这些水泥森林里所有的灯火开启，它们一簇簇缠满珠光，火树银花，又像深海底下一个个莫名其妙发出幽蓝荧光的古怪生物，引诱世人这种追逐名利的生物穷尽毕生时光，去博取最终将自己的躯体安静躺进它火柴盒般一格一格小抽屉里的权利。一堆水泥已经板结，像从侏罗纪时代遗留至今的坚实冰川，可以看见它下面隐约可见的藻藓幻象，暗示生命依然存在。噪声，宣示着某种人类文明的进步，正逐渐加剧扭曲。人们推搡拥挤着生存，习惯了一种状态，这种状态被叫作竞争，就像永远都拥趸在节日的火车站台。一切都开始变得实用，一切语言和行为都带着明确目的，一切思维都毫不含糊地带有功利性指向。竞争加快了人们行走的步伐和水泥森林建造的速度，社会像一架接通电流的机器轰轰运转，越转越快，行迹疯狂。最后，加速度成为维持这种运转的必要动力——根据一位伟大科学家曾经的预测，当运转达到一定限度，时空就会发生变形——幸好，目前的转速似乎尚未达到这种极限。但是社会长时间这样高速运转，脆弱的人性已经难以承受，发生着畸变。这是毫无疑问的事实。

　　过了长江，才有土地，黑油油的泥土。欢快的河流、高大的深青色枫杨树，以及添了新土、撒满黄色纸钱的青翠坟丘，人类的活动全部紧贴在大地表面，所有种子都在大地体内迸发出爆裂的声响。几千年以来，唯有土地能够让人心安，这是恒定不易之理。泥土让人感觉到时空的慈祥、亲切、稳定以及变幻有序，沙沙抽响的风声更赋予人们空旷与宁静。麻鸭在银白色水纹里游弋，满塘金波和银光逗闪它们的眼，它们感到快乐极了；偶尔仰天发出几声笑，一不小心，从产道滑出淡青色的鸭卵，沉下水底，停留在黑黝黝的塘泥之上，暗暗发光，像夜明珠一样。水里还有滞缓游荡的河蚌、螺蛳以及灵活且漫无目标的细鱼，它们都在疯长。清澈的水流挥发出生灵的活泛腥味，搅拌着浓烈的油菜花香气。痴痴怒放亿万个花朵的油菜田畴，土地给予其过剩的长力，它们集体性的发情一触即发，于是这事就顷刻变得漫无遮拦。这蔓延开来的绚烂金黄，淹没舒坦着的村庄、新刷了桐油的渔船以及骑着脚踏车穿过田埂的乡间少年的浅色单衣。亿万只金色的喇叭在阳光中吹响，她若有嘴巴能发出呼喊，定会号召每个恰在最好年龄的青年：不要浪费光阴，赶紧出门来……土壤肥厚的苏北大平原，无边无际的金黄，植物以其情感的宣泄取代了人类欲望的泛滥，这天地真是公道无私。

　　你很难看见平原上有如此之多的河流，这里有三分之一的面积被河流滩涂所占，那座小小的古老的水城，此刻就安静地躺在油菜花的金色与水纹的银光之上，如同一颗发出亮光的露珠，滚动在乳白经络的火黄色荷盘上。整座县城都在晃动着，风与水摇曳，她简直快活得要死，都要发出咯咯的笑声了。水城里烟火躁动，人声喧哗，掩盖了城本身的声音。水城方圆百余里，河网密布，陆路交通历来阻塞，之前进出主要仰赖船只，从周边最近的城市进入水城也无法当天来回，需要住上一宿，必得在水乡留下个辛劳并甜蜜的好梦。被河网兜住的水城，千百年来独自生存在一派水汽蒸腾之间，令外人不容易看清楚她的真容，跟四围数十里之外的其他城市之间，也保持了明显迥异的秉性。水城至今没有火车途经，十余年之前才修进高速公路，自然，现今的一切也正在发生着悄无声息的变化。时代在变，谁又能挡得住呢？这座城说小不小，现在的水城里面聚集住家六七万户，人口也超过二十余万了。不过，目前尚且能够保持住她某些独特的禀赋。

若说这座古城给人的个体体验，是微妙且复杂的，这种感受大凡来源于她本身的纠结与奇特。水城也有阔绰的马路，因并不拥挤而更加显出宽阔；也有曲折的里巷，低矮的古旧平房大多坐北朝南，习惯在朝东或者朝西的方位辟出大门，推门进去，是一方天井似的窄小庭院，朝南的主房正对着它。房与院一般都并不十分宽敞，房子也少见有两进以上者，前后两家之间距离很小，甚至多为栉比而建，这种式样与格局说不清楚有何道理。旧巷里老人们看见生人都会闪烁着略微审视甚至警惕的眼神，暴露出人们习惯于某种防范与被动。这种心理源于长期的富足生活。

　　水城历史上持久的安定与曾经的富裕，让现代的水城人诞生出一个全新的行业身份——古董商贩。而最近十余年间，水城不为人所察觉的变化，让他们的身份又有所变化。这个行业，是很能体现水城的某些隐秘的内在的，也最大限度表现出水城在传统与现代两个维度的某种对接。伟大敦厚的苏北大平原，历来少有地震、飓风等天灾。数千年河网封闭，让水城几乎忘却了外面的岁月流转，躲避过无数的战火硝烟，天然的富足再加上靠近扬州大都会的地位，曾经让城市呈现过物质和文化双重的繁盛——所以，水城人现今津津乐道的他们曾经的阔，也不是完全没有道理。但是近现代随着扬州在经济文化上的优势逐渐丧失，尤其是进入新社会，中国农耕文明解体，像水城这样的地方就显得不那么前途光明了，一度沦为落伍的农业社会遗墟，只留下无穷的传说供现代人似是而非地叙谈。但她毕竟历史文化悠久，传统底蕴深湛，又因交通和信息闭塞，且崇文重教的乡俗厚重，水城人懂得赏识与庋藏，家底分外丰饶。富有经济头脑的人们自然懂得这些遗存的商业价值，将之称为古董。数百年的积淀，水城里有的是上好的红木家具、古代工艺品以及古人用以装点门面的、并无实用价值的种种物件。那些头尖眼快的上海古董商，大凡由于早年插队苏北的经历，而对水城特殊的种种早已默识于心，记挂不已。经济刚刚搞活，他们就暗自穿过重重河网进来，雕工细腻的乾隆时期的红木大桌、阔大奢华的千工床、做工考究的供桌条案以及硕大精美的铜香炉、铜或木质的佛造像等俯拾即是，有时候花个几百块钱就可以拉走一整车一整船。从二十世纪八十年代开始，精明的上海古董商们就相继踪迹潜入水城，与各地国有文物商店争夺货源来了，东西前前后后被淘了有二三十年的时间。

世纪之交的十余年，交通越来越便捷，经济越来越发展，贫富差距也越拉越大，古董越来越值钱，水城里的旧物日渐稀少，而行情却水涨船高。数十年来，原本家里拥有古物的人与外地人反复商战，早已尝到了变卖家当的甜头，也锤炼出一身老辣的好本领。眼见古物殆尽，水城人自然不甘放弃这条财路，于是纷纷开始仿制各类古董，好在水城自古拥有悠久的手工业传统，人们自小看在眼里熟在心上，依葫芦画瓢应该不算太难。何况如今是信息大爆炸、交通大发展的时代，去河南、安徽、河北等仿品集散地进个货也并非难事。靠这行吃饭的人日渐多起来，毕竟不甚劳累，来钱还快，这门道完全符合水城人"上午皮包水，下午水包皮"的享乐主义精神。这城里众多赖此为生的人，他们之间由于利益与亲缘，不断分化或组合，分工或合作。于是，便有了专门到上海、南京、苏州等大城市古玩市场摆摊的"带路人"，摆上几件真真假假的残破物件，热情地跟蹲身低头看货的先生老板套着磁，搭讪着，攀谈着，诱惑着："想要好古董？有！"从包里取出一沓照片，"喜欢的话可以来水城，我负责领你去看货，包你有收获！"这些出来兜售牵线的"带路人"，一般都是那个组群里的智囊和导演，被同伙们尊称为"二先生"。

"二先生"这一称谓的由来,大概源于戏剧舞台上摇白纸扇的智多星之类角色,他们当不了一伙人里的老大,但排位又不至于太低,属于山寨里的知识分子。这个小小水城里头到底生活着多少个"二先生"?谁知道呢。这样一个隐秘的行业,不要说外行摸不清他们的底,就算是同行之间,不也照样躲躲藏藏、晦暗不明的嘛。他们像浮萍,一个浪花打过来,凑在了一块,就自然形成一个组合甚至是一个团伙,就会派生出一两个冒尖带头的人,包括这样的"二先生"。又一个波浪荡开去,或许转眼便成了陌路人甚至竞争的对头,这个世道里,谁又真买谁的账,谁又真摸得清谁的底?这样一个行业,人跟人之间那点事,有谁说得清楚呢?

小周就是这样一位"二先生"。今天他很忙,起床很早,不停用手机回复着短信,把黄狗关进窝棚里,指挥老婆打扫庭院,吆喝儿子做功课,张罗母亲买菜下厨,因为,等会儿中午,他家有客。来客第一次进水城,乘坐了三个半小时的大巴车,在他这个外面大城市人的意识之中,原本以为这个偏远小县城是如何的闭塞,又是何等野蛮落后呢,居然问小周下了大巴能否打到出租车。小周热情承诺会开电动车去车站接人,来客在短信里婉拒,说同来的还有一个朋友,只要能够打到出租车就不麻烦了。

来客出了长途汽车站,就看到了排成长队的出租车。停在马路边的还有很多私家车,做的也是拉客送客的生意,来客不禁为前几日的杞人忧天而哑然失笑。两人上了一辆崭新的出租车,说了地址,司机说每人十五块,看来是不打表的。来客也见怪不怪,出门在外,多一事不如少一事,说声"好",却依然不见司机启动。问司机大哥在等什么,司机说要等车里坐够四个人,至少三个人,才开。来客进入水城后沿途仔细观察,发现城市秩序井然,居民文静内敛,跟发达地区的乡镇并无二致,心底绷紧的弦遂松弛下来。看看时间接近中午,接头人家里在等着开饭,他们便跟司机商量,两人出四十块钱,马上开车。从反光镜里观察到他们似乎有拎包推门下车的可能,司机马上改了口,要求他们答应万一顺路有客得同意捎上,来客应允,他这才一抬手杆,小车发动机突突颤抖起来。来客心底一笑:好刁滑的本地人!

出租车从长途汽车站穿过城中心,往城北新居民区开去。来客惊诧于水城马路两边密集的宾馆、浴场、足浴馆、饭店、KTV 以及服装店。司机是本地乡下人,但他却不认为自己是水城人,在他的意识里,乡下人是不属于水城人这个类群的。他当着两个外人的面,对这些城里人一通数落:"他们水城的人多会享福!家里有的全部戴在身上,带着几千块就敢稳稳朝着南坐庄,倒霉星君光临半个钟头就可以输光全副家当!借是家常便饭,告贷无门就骗,从朋友到亲戚,骗遍了亲友就脚底擦油——跑路。出门躲他个一年半载再回来,重相见如同新结识,见了面照样笑眯眯,前账不认,一笔勾销,继续可以坐上台面吃五喝六,这些水城人!他们讲究的就是吃喝玩乐。"这最后一个"乐"字用本地方言读出来,如一个"辣"字,字尾高高扬起,很夸张、很浓重,这里面包含了无穷的韵味。经济并不发达,甚至还有些落后,可怎么吃喝玩"辣"?水城至今算不上旅游城市,常年少有外人进入,这么多宾馆哪里来的生意?这些问题,初入水城者都会感觉疑惑,但是如果后来他长期出入和优游于此,对于水城日渐熟稔起来,自当发现这些宾馆的生意还当真不错,做的都是本地人的生意,既有乡下老板酒足饭饱之后挽着年轻姑娘进城开房,也有本城的中年男女一前一后往里蹩进去。每家宾馆门口都竖立着的"钟点房50元"的醒目招牌,或多或少透露出些香艳端倪。富于实际生活经验的朋友曾经不无夸张地介绍："有的宾馆还负责帮入住的客人找快乐，你提出要求，他那边电话一打，房门一会儿就笃笃响。看不中意再换，中意了价格好谈，这些上门的女人既有外地的，也有本地做兼职的。"他们在说到"兼职"的时候，往往会神情闪烁，嘴角或眼中生出一种暧昧。水城女子登样，多见肌肤雪白、明眸细腰的俏样，男人却多黝黑拙相，男女的相貌显得冲突，绝不般配。这大概跟水城北面临海、土质偏碱的水土环境有关。都说水城城里人的玩风由来已久，从旧社会之前的古代便已然如此。

　　来客下了车，走几步来到一家宾馆门口，跟等候在这里的小周接上了头。他们几个星期之前只在上海地摊上攀谈过一次，若非现在有手机这个好东西，走在路上的话还真不容易相认。小周奔上去欲帮客人背包，来客伸手一挡，请他在前面带路就好。今天小周比往常穿着郑重，上身是一件深灰色西装，在风里有点飘逸开来，足蹬白色健身鞋，特意擦过鞋油，脚步欢快，哒哒作响。

　　拐进小巷，连转三四个弯，迎面是一座新茸门楼，大红地砖上墙，不锈钢整包的雪亮大门。推门跨进院子，水泥地坪上水痕犹湿，正对院门的厨房里弥漫出一片雾气，两个身影在一团白雾中间晃动，年轻的那个显然是小周的妻子，隔着窗户跟来客问了一声好。年长的那位也是满脸笑容，微一点头，没好意思吱声。小周招呼着把客人往正房里引，抬脚走上两级台阶，堂屋大门洞开，正当中安放一张柏木八仙桌，五个冷菜已经摆上桌面：一盘糖醋萝卜加芫荽，一盘切成薄片的盐水猪肝，油氽红皮花生米和姜丝拌海蜇各摆一盘，另外一盘是青壳咸鸭蛋，用刀对半劈开，那刀功极好，爿爿圆整，都是起沙的双黄蛋，一汪红油溢在蛋白上。

　　小周请客人把旅行包和外衣放到堂屋正面的柏木太师椅上，堂屋里的柏木家具都是新打的，古法榫卯结构，按照清朝的式样雕花，讲究。来客注意到，一面靠墙边上摆放着老红木两椅一几，这是一对清朝晚期的屏风椅，凑过去鉴赏，发现除了靠背上所嵌云石有点新（虽然做过旧，但内行还是看得出修整过），手工倒是非常精到雅致，典型的扬州做工。现在市场里的行家把这一路精致的古家具都叫作“苏工”了，似乎苏工硬是高出扬工一头，其实要讲奢华大气还是盐商们供养的扬工更胜一筹的。小周指着云石说：“可惜原配的云石已损坏，我请好手更换过了，比不上原装货值钱啦。”客人一阵点头，竖起大拇指道：“不错，不错，皮壳硬朗，年份开门，兄弟你实诚！”

三个人准备落座，客人提议请他母亲和太太一起用饭，小周说：“不必客气，本地风俗，招待贵宾，女人还是不上桌的。”小周儿子跑出来嚷着要吃菜，被小周呵斥住，拿饭碗帮他搛了菜，命他到房间里吃去。三人分宾主坐定，小周要开白酒，客人说下午去别人家里看货，满嘴酒气对人不尊重，不用了。小周有些犹豫，说招待客人不上白酒，总感觉怠慢了。客人说：“下午请你陪着先走几家看看，晚上我们请你。”小周是在外面见过些世面的，也就不再执拗，给客人都倒了一杯可乐。

这时，小周妻子开始端菜上来，头道菜叫作“膘”，是猪肉皮加肉片、鱼圆、慈姑、青菜，以骨汤煨炖。小周说：“无膘不成席，这是水城待客的礼数。”第二道菜端上来，堆得高高的一海碗红烧糯米肉圆。小周介绍：“这道菜叫‘肉坨子’，是必须要有的，以前办喜事的人家在上这道菜时，吹手会吹奏乐曲。一碗二十五个肉坨子，每人三个，碗里还剩一个，富余之意。”来客细心，拿眼睛把大海碗里的肉圆大致一估，居然是按照八个人的例份上的，今天主家隆重了。客人心中一阵愧疚，人家是把你当亲戚贵宾，自己上门却两手空空，实在是说不过去。上到第五道菜，是红烧肉，小周介绍："这才是'大菜'，以前经济条件不好的人家待客，只好用慈姑或者芋头垫在底下，但是不管家庭条件怎样，逢年过节、招待贵客，'大菜'还是要有的。按照老规矩，上这道菜的时候要放鞭炮，水城土话说'放挂小鞭才动筷'。"小周给两位客人每人搛上两大块肥瘦相间的红烧肉，客人连呼："菜够了够了，太丰盛了，吃不下了，不要上菜了。"小周说："第六道菜还是要上的，这也是规矩，五道菜成什么席呢。"第六道菜是红烧"刀子鱼"，最后这红烧鲫鱼端上桌，盛上米饭，表示宴席到了尾声该上汤了，即"鱼到酒止"。鱼头对准主客方位，表示尊重。有的时候鱼上桌子只是形式，客人如果懂礼数，便不动筷子或稍微动一动就叫主家端起来，表示年年有余，图个吉利。两位客人吃完这六大碗的酒席，不由感叹水城历史文化悠远，水城民风淳朴厚道。就在半天之前，他们本来还怀揣着某种惴惴不安甚至敌意成见，处处设防，如今看来竟全然是以小人心度君子腹，实属不该，各自在心里暗叫了几声惭愧。

来客预备在水城住上两三天，请小周陪着去有古董的人家走走，权当文化旅游了。小周说："这样最好，买不买没关系，多看看，多问问，玩是主要的。水城可玩的地方不止一端，自古都说水城是'小上海'，到了水城心就花，到了水城不想家嘛。"

吃完饭，小周在市中心找了家熟悉的宾馆，先帮助来客安顿下来。四十平方米的朝南标间，有空调有热水，每天一百二十元的住宿费，来客已经觉得足够便宜了。可小周跟前台服务员还在继续协商，一时相持不下，又着腰叫她去把经理找来。客人几次想上前阻拦，小周不依不饶，大呼小叫要跟经理谈价格，说："好心给你介绍上门生意，这点面子总要给，以后还想不想回头客上门了？"最后，居然又压了十元价钱。看得出,他是实心实意为了自己朋友的,也是因为能够带外面客人上门带着点骄傲和体面,自信心可以支撑人的气势。水城人出门总是把"面子"两个字带在嘴上的,谁敢不给朋友面子,那是宁愿翻脸的。

来客在宾馆房间里洗漱完毕下楼,小周等候在大堂里,身后跟了一个陌生人。小周介绍说,这位朋友跟要去的几户人家熟识,由他出面引见,主家会拿出压箱底的宝贝来,并且有车,可以负责接送。这样在各处兜转出入就十分便捷,可节省大量等出租车的时间。来客对小周的周到十分赞许。

一行人下午到几户人家去看古董,这几户人家有的住在老街老巷的古矮平房之中,街巷九曲十八弯,恍入一个古代世界;有的则是独门独户的新造楼房,只是位置较为偏僻;也有居住在新式商品房小区里面的,是现代化生活的样子。主人的身份各不相同,有的据介绍是以前的状元官宦后裔,有的则是乡镇企业厂长,还有的是吃公家饭的。每进一户,因主人的性情脾气各异,招待来人的热情程度也就各不相同:有的端茶递水,搬出种种藏品,有商有量;有的则似乎并不是十分欢迎生人上门,潦草给几样看看,看来客也不问价格,就急着要下逐客令。由于这几户人家都是开车朋友联络的,小周就只是跟在来客身后,并不多话。这样穿堂过户好几户人家,来客似乎并没看中多么合意的物件,随手买了一件竹雕人物、一只铜香炉,年份有一点,清晚期,都是普通的成色,价格也不贵,加起来不到三千块。不过,付款是现金,来客拉开旅行包,里面是备足了的现金。小周陪了一个下午,心里有点数了:来客喜欢的是文房杂件,对红木家具、瓷器、书画则不太在意。

傍晚,来客要回请晚饭,由小周带到夜市一条街,进了他熟悉的一家土菜馆。点好菜,开了一瓶"海之蓝",四个人把酒分了,小周说:"酒度数高的好,带劲。"来客塞给开车朋友两百块,对方开始不肯接,说朋友之间帮帮忙的事,谈不上劳务费的,后来看来客诚心给,也就笑吟吟收起来了。小周忙着打电话,帮来客安排明天的行程,待一切安排妥当,说明天请另外一个朋友来开车,明天的几家跟那朋友交情深厚,家里可都憋着宝呢,一般人轻易进不了门。开车的朋友眼巴巴望着他,并没有言语,低头闷喝了一口酒。劳累了一天,看看初战告捷,已经有了斩获,预示着良好的开端。小周的话听得来客陡然心情激动,要先干上一杯,为什么干杯呢? 小周提议:"祝愿客人来到水城心情愉快,买到好古董,有个大增值!"正好说到来客心坎上:"来来来,干了,干了。"

　　来客说:"进入水城之前还在心里寻思,这个地方不外是个落后野蛮所在,也只是前来试试看,哪知道一接触,居然是个温文尔雅的文明古城,以前倒真是没想到。"小周说:"本地历来讲究礼仪,人们把有没有文化看得最为紧要,有名有姓的人家往上推三代,都能追到一位当教书先生的祖先,人们却很少炫耀祖辈的家产财富。在水城你可以说别人跟你不够投缘,但不能说他不重情义,你可以说别人脾气暴躁,但不可以说他不讲道理,因为那是对人最大的侮辱,水城人最看重的是体面,没有什么比'面子'更重要了。"几杯酒落肚,小周告诉来客,有专家研究出来,这个城里至少有一半以上的人口曾经是江南人,苏州城里人! 当年因为拥护吴王张士诚而得罪了安徽的放牛小子朱元璋,这家伙得了天下以后就报复苏州人,把他们发配到这江淮流域的小地方来了,这个城里至少有一半人家是从苏州迁徙过来的! 小周再次强调了这一巨大的比例,他的话似乎为这座古城找到了文化上的依托,为所有人挣得了一分面子,也为这座古城里的古董找到了合理的解释。

主客频频碰杯，彼此说了无数暖人心的话，彼此兴致都很高，对即将到来的甜蜜日子充满了憧憬，不知不觉之间又开了第二瓶酒。落夜之后的水城越发热闹起来，灯红酒绿，车水马龙，因为容量有限，竟显得比大城市更加喧嚣。小周乜斜醉眼，说："老板你要下半夜出来喝酒，那才真热闹。从浴场里一觉睡起酒意初醒、肚子又瘪了的老板，在 KTV 里谈好了下半夜的去处，接着喝晚上第二场老酒的商场伙伴、知己好友……又都聚集在夜市上，不喝到凌晨誓不罢休！今朝有酒今朝醉，一年三百六十日，醉他三百六十场，什么事业、子女全是假的，只有吃进肚里才是真的。坐在这里，有人请你喝好酒，那才是真的，那才叫有面子！人生在世，不就'吃喝'二字嘛！"来客竖起大拇指，说："兄弟，你是豪放派！"

第二天一早，原就说好了请小周吃早茶，隔夜那顿酒他是歪斜着由朋友搀扶回去的，不知道今早能不能起得来。水城人早上流行吃早茶，这与他们所有的享乐传统一样，揭示了水城的消费习俗源自不远处的那座文化名城扬州。吃着鲜滑的大煮干丝、三丁包或者虾肉蒸饺，饮上几杯小酒，然后叫上一碗鸡汤面，那早茶将是十分体面的。两位来客喝着茶正在猜测，不断朝门外张望，却见玻璃大门一闪，小周已经进店，身后跟着一个人，是陌生面孔。远远望见早茶馆里坐着的熟人，小周步点欢快，一路招手，"你也来啦"，热情地打着招呼，从人群中间绕行过来。这过度的热情与声响不仅说明水城人的礼节周全，还明显包含了炫耀与得意——显然，他并不会每天走进来吃这样丰盛的早茶。今天是个好日子！小周头发梳洗得滑滑溜溜，搽了摩丝的，只是脸色有一点点发白，隔夜的酒劲还没完全消退。

接下来的两天里,看了好几户本地大藏家,各色物品果真琳琅满目。有的人家走进去,墙角里既有残破的老红木桌椅,也有堂而皇之陈列开来的成对成双、漆黑锃亮的紫檀博古架;不仅拿得出同治、民国粉彩业已残破的小瓷器,就是一尺多高的崇祯青花瓶和康熙五彩花觚也显得不稀奇;刻着诗文图案的黄花梨笔筒可以大小拿出好几个,案头上更有泥金厚重的永乐铜佛造像……东西都是实实在在的东西,至于是不是古董,年份是否到代,抑或是否属于民国甚至更近年份的后仿,这些主人多半无法回答你。他们答复你的那句话近于千篇一律:我也不清楚,都是祖上所传,东西你看好了再谈,买的可不就是个喜欢! 这话原也有理,让你无话可说。

有时候问了价格,眼看很可能马上成交,但是忽然不知从哪里跳出来一个小媳妇或者老太太,一把夺下玩意儿,头摇得像拨浪鼓,喊着"不卖,不卖",就将生意冲散了。有时候跟户主老者刚开始透露出购买意向,马上就有小辈或者更长的长辈忽然冒出一句:"这件传了几代人,断断不能卖的哈!"这些平添出来的意外,增加了来客的紧迫感,让你感觉买这个讲的就是个"缘分",有些物件是要"抢"的,有时候主家肯卖,你正巧是来对了时候,早一步或者晚一步那都是买不到手的。整个过程里,小周和引见的朋友很少开口,偶尔说上几句也总是偏向来客:"人家外来是客嘛,客人看中的物件,就当割爱给朋友玩玩嘛,东西在你家那么多年了,玩也早该玩腻味了!"他们这么一说,事情往往就开始有了转圜。有的时候,他们也帮着来客砍价,那话语自然是实心实意甚至深情款款的:"给我一个面子,价格要实在一点,一回生二回熟,留点情面,优惠一点,以后人家还要上你的门呢!"

有几户人家的货品更加驳杂,那光景是不开店也开店了。小周介绍,这家原来也开过当铺搞过收藏,后来小辈条件尚好,不断收进,因此东西就包罗万象。为了验证他的所言非虚,他还叫主家捧出清朝时期的当铺招牌,黑地金字包着铜边,自然是货真价实的老物件。

来客开始上万上万购买货品,现金一捆一捆的。毕竟是真金白银掏出来,他们也加着小心,一旦谈妥价格,往往敲钉钻角再追问上一句:"东西老吧,应该有年份吧?"一边是讨要一个承诺,需要加上一层保险,那一边主家则迫不及待把胸脯拍得山响:"假一罚十!至少一百年,民国之前的古董货!"于是相对一笑,来客"唰唰唰"点出人民币,在场许多双眼睛都盯着这双手。

在这个当口,小周在一旁都会轻轻提醒:"买卖,买卖,是你们买卖双方的事情,千金难买愿意,一万块是它,一百块也是它,东西自己看好,价格自己谈拢啊。"这个时候,买卖双方都是不可能理会到他的,对于他的善意甚至撇清,往往忽略了。

到了晚上,几个人坐下来继续喝酒。不经意间,小周会旧话重提:"我自己做这行生意是怎么收来怎么卖,其实眼光是不行的,瞎买瞎卖而已。"——话讲到这里,他还怕关系没有撇干净,再加上一句:"买东西你们要自己掌好眼啊,不要哪里残了哪里缺了,是古的是新的,各人各眼,我是不太懂行。"讲完这些,他又马上把话往回拉,跷起大拇指,满脸堆笑,赞赏来客的眼光毒辣、鉴赏水平高超:"你们大城市里的玩家藏家,哪里是咱们这种小地方人所能臆测的?要说水平高,还得是你们大城市里的行家,见多识广!"他的话讲得诚恳,倒把来客说得一阵不好意思,不过心底里总是乐意的,心里也在想:我们在大城市里都玩得转,还搞不定你这种三脚猫的小地方?吃定你们还不是三个手指捏田螺——稳笃笃。酒到一定程度,小周也会提醒他们:"这次买得不少了,往后熟门熟路可以常来常往,悠着点,来日方长嘛!"来客进入水城三四天,钱也确实花得差不多了,于是说:"明天打算打道回府,有机会再过来叨扰你。"小周于是举起酒杯祝愿朋友:"古董藏起来每天都增值,日后出手卖得好价钱,买进卖出永远发大财。"来客掏出两千块钱,酬劳他这几日的辛苦,他则红着脸推了好几个回合,似乎有点责怪他们不把他当作真朋友,又似乎感觉到受了某种委屈,是金钱贬低了人跟人之间的情谊,最后,在反复劝说之下,无奈愧领了这份盛情。

这顿酒喝的时间不长,来客明天要赶早班车,小周劝他们早早休息。小周的电话不断,似乎又有外面朋友联络他,小周无可奈何地感叹:"人缘好,朋友多,忙也忙不过来呀!都是朋友之间帮帮忙的事,倒把自己摆地摊的主业快给荒废了!"来客也奉承他:"兄弟,你路子广,热心人,真是有面子!"

送走了来客之后,双方倒是有一阵不再联系。大家应该都挺忙,都是洒脱的江湖儿女,都曾经历过风尘的洗礼,毫无实际意义的敷衍和客套彼此都省略了。

只要不出门,小周每天下午便会去一位朋友的店铺楼上,那里是伙伴们固定的聚会之所。其他人大部分时间是在此"推庄"聚赌,小周基本不碰这个,偶尔兴致高了才挑牌运旺的那家押上一把,是输是赢最多下三次注,决不恋战。今天的输赢有点大,坐在桌面上推的"庄主"和站在四周的"对庄"都有点激动,输家和赢家的嗓门儿都很大。小周运气好,连押两把,都押中了,手中撸着满满一大把票子,咧嘴笑得热气腾腾。忽然手机一阵振动,抬手一看是前客呼叫,他慌忙下楼,跑到门外,在街当中站定,这才接通电话。来客倒是简洁明快,打过几句哈哈之后,就问小周近期是否在家,说他们又想来水城找乐子。

电话那头说，拜托他多安排几户人家看货，上次登门的那几家也再去探探宝，上次看中的几件价格没谈拢，这次不能再错过……尽管听话音似乎更大的生意旌旗在望，可是小周历来是谨慎的。来客前趟花费十几万元，数额有点大了，以他之前的经验，上来就冲动狂购的人，多半事后容易后悔。且金额过大，人就会较真，如果只是花个三万两万的试试水，日后哪怕真有风吹草动，回心肉疼，也不至于过分寻事。所以前趟他们频频出手的时候，小周不时出手阻挡一下，刹车皮踩踩，控制一下节奏的。这才半个来月时间，难道买回去的东西立马就能够出手，尝到甜头了？一般玩家哪来这么大的胃口呢？生活经验告诉他，事出反常必有妖，小心驶得万年船。小周有点迟疑，要不要回绝对方，将他们搁置一下，来个冷处理。回绝的理由是很多的，或者自己在外地摆地摊，或者外出收货，总之不在水城。如此避而不见数次，时间拖过几个月，前番的事情就自然翻篇了。但凡出了手的东西，这个行业里是不认账的，何况旷日持久。这样的事，之前经历过不是一回两回，他心里都有数。

可是，再回过来想想，小周又觉得自己是不是小心过了头。这个世道，对于普通老百姓十万八万是巨款，可是对于有钱的人，不就是一顿大餐外带夜总会一个通宵的消费吗？人家大城市里，买套房子要好几百万，车子上个号牌都要十几二十万，这点钱对他们又算什么呢？况且那些卖家又不是自己直接引见给他们的，每天都是更换着开车的朋友，他们就是真的有心上门找碴，没有了当初引见的中间人，你跟谁说理去？卖家谁又认你？这里可是水城，哪怕你是外面大码头上的老江湖，一天两天地耗着你，客气点的给你开下门，不客气的连门都别想进得了，你难道还真能长住下来打一场持久战？对付这样的局面，他们都有很丰富的经验，这点难不倒他们。小周又想起同行当面嘲笑过他的那句话来："你这个人呀，胆小如鼠，谨慎过头，就不是发大财的命！你这个人啊，也永远只能当个'二先生'。"

是啊，如果见了面发现情势不对，自己找个机会就能闪人，来个关机失联，你们又能奈我何？小周思谋一遍，觉得万无一失，内心不禁有点小小得意。他又想到了事情可能不至于往坏的方面去，如果来客确实是实力雄厚的大买家呢？说不定，那十几万只是刚刚开了个头，水城里不是很多同行都遇见过那些貌不惊人却拿着几十万上百万进来买货的"胖头鱼"嘛，为什么自己就不能碰上那么一回两回呢？于是小周又想到了来客爽快甩出的劳务费，天天慰劳的丰盛酒席，以及他们离去之后，各家按照成交金额支付的提成。这可都是实实在在的钞票啊，谁又会跟人民币有仇呢？要是出去摆地摊，就算风里来雨里去忙乎一年，能挣下这样一回半回的钱吗？此时，想到来客，小周就感觉离现钱又近了一步，反而生出一种期待的心情。

来客还是两个人，早上九点出头已经到达小周家附近。

小周接到电话后，一路小跑出来迎接，说："老板，你们今天是天不亮就起程啦，辛苦，辛苦。"来客也是春风满面，手臂搭在小周肩头，显得很亲热，说："一早就打搅兄弟你的好梦，真是对不住，今天想多看几家，时间有点赶。"说着并没有去家里歇歇脚，而是拉着小周朝外走，一辆面包车已经停靠在路边。这回他们是带着车辆来的，司机没有下车，发动机也没熄火。车厢很宽敞，司机戴着墨镜，看不清楚他的神情。

三人上了车，直奔第一家。小周说昨天跟几家都联系好了，没想到这么早就上门，先打个电话联络一下。他掏出手机，对着话筒刚说两句："对的，对的，就是上次买东西的上海老板，一会儿就到，还想买点高级货……"话没讲完，他忽然反应过来今天有点异样，来客一左一右夹坐在两边,讲起话来很不方便,只好挂断电话,脸上挤出笑容,可不知道朝哪个方向笑,显得很别扭。来客还是一脸堆笑,说着上次来水城的感受,慰劳他奔走的辛苦,实则双方都没有在意对方说了些什么,都有点心不在焉,也都有点言不由衷,各自在嘴上敷衍,各想各的心事。

进了第一家,主人第一眼先瞟小周,见小周主动问好,神态倒是并无明显异样,又看一眼来客,更是笑容可掬,便把吊着的心放了下去。这回头客的生意就好谈多了,上次大多数问过价,这次不过再看看品相,几件合并一块买,看能优惠多少。来客这次挑的均是普通而开门的寻常古物,有的还带天然残损,不像上次净挑完美珍罕的精品高级货。待谈妥一个价格,来客便把东西包起来,塞进旅行包里,站起身,从包里掏出来的却不是钞票,而是卷裹着的几个纸包。看到熟悉的纸包,小周眼皮开始扑扑跳起来,心说不好,却不好多话。今天司机总是紧跟在他的身后,还掏出烟来递给他一支,他无奈只好接过来,伸出火机为对方也点上。来客含着笑对主人说:"上回是当面问过你的,东西老不老,你打包票,假一罚十。今天话也不多说,我做事历来不过分,东西跟东西'打仗',价格也差不多,换换货就算了!"主人呆在当场,看看这一大早进门的三条汉子,人家是有备而来,局势明摆着,不肯也得肯。这回自己是拿真东西换回了假东西,上回赚的便宜吐出去一大半,而对方其实是花了大钱买到手一堆老普货。主人拿眼睛狠挖小周,对方却只顾低头吸烟,看也不看他一眼。主人咬一咬牙,咽口唾沫,是不认也得认。

四人上了车,直奔下一家。这时,小周的手机响起来,一看是第一家来电,也不敢接,把电话挂了。手机却连声地响,一声声像在骂娘,两边的人都拿余光瞥着忽闪忽闪的手机不作声,小周的脸色很尴尬。

小周忽然想起自己的疏漏,说下一家昨天虽然联系过,是不是也该打个电话知会一声?这建议是完全为着来客考虑,带着点讨好的意味。来客的头往靠背上一仰,没拿正眼看他,闭上眼养起神,说:"好,兄弟你想得就是周到。"小周按了号码打过去,对方果然还没起床,接通电话骂了一句什么,那抱怨之中的意思是告诉这边,自己看在钞票面上也只好起来伺候了。

这是老街曲巷深处的一处古旧小宅院,下了车要步行十几分钟。小周很奇怪,来客把刚才的旅行包丢在车里,并没有随身携带包裹。三个外人空身走在前后,小周被夹在当中,事到如今,他只有故作镇定,表示整个事件跟自己完全无关,自己毫不知情,更是彻底无辜的。走到第二家大门外,小周发现门口站着两个高个子年轻人,其中一位手里拎着个鼓鼓囊囊的旅行包,他把头一缩,没敢动问,去敲门。门一开,三个来客顷刻换上一副冒热气的笑面孔,跟在小周身后挤进了院子。主人还有点睡眼蒙眬,把来人引进屋里,司机却并没有跟进来,而是站在院子当中点上一支烟,仰着脸吐烟圈玩。

主人看了一眼空身的来客,问:"今天老板想看点什么东西呢。"来客开口说:"上次买的货事先问过你新老,你承诺过如假包退包换。"主人头脑猛地一个冷清,下意识扫了一眼来客跟小周,脱口而出问:"东西呢?"小周的眼神很迷离,不敢跟他对视,想在脸上挤出点笑容,自感很尴尬。这话回得太干脆,显然主人已经有了脱身之策——等来客回身去取东西的间隙,他完全可能把他们晾在家里,自己一走了之。然后,甚至可以打个报警电话,说有人私闯民宅。

听见里面问东西,院子里吸烟的司机应声打开院门,外面两个年轻人迈入屋里,身后卷进一阵风,把旅行包往桌子上一放,然后转身又出去，在院子里一阵张望晃悠。主人脑门儿上开始有点冒汗，探头往院子里连看两眼，厉声喝问："你们到底想干什么？"这话说得硬邦邦的，却反而暴露出一种心虚。

来客把前次购买的东西在桌子上摊开，没容他缓过神来，直接摊牌："很简单，屋子正中这张老红木八仙桌还能值个两万块，今天我们扛走，另外的三万就只好请你拿现金了……"来客没有搭理他的提问，显得从容不迫，显然可能还留有更狠的后招。

看看屋里这两位，又看看屋外来回游荡的三位，主人知道今天是躲不过去了，对方显然也是惯走江湖的老手，不那么好糊弄。在古城人现实主义的人生观里，眼前亏是万万吃不得的。主人气一泄，服软了，瘫坐进椅子里，垂下头，带着哀求道："红木桌子是老婆家祖传之物，本地风俗嫁女儿要用祖传红木八仙桌陪嫁，可不敢让你们扛走，老婆回来要离婚啊。"另外有一层意思他不好说破，在家里钓"胖头鱼"能上钩，全靠这张老红木桌子充当道具呢，日后的生意还做不做啦。

看他说得可怜，来客将他一军，反问："那你自己说，怎么办？"

主人连忙道："上次的钱还剩下两万，其他的，都赌输了，写借据，日后一定还！"说完，他望向小周，小周没有反应。

来客其实也只是漫天要价，等着他就地还价，现在既然说到可以拿出两万现金，自然是趁他心慌意乱快刀斩乱麻，见好就收。来客收下现金，拿出一张白纸，让他写下三万块钱的借据，说："这个城里我认识谁啊，债主的名字就写小周吧，以后让他来要账！"主人暗自庆幸来客入套，居然容他写一张毫无兑现希望的借据就能蒙混过关，自然求之不得。听来客指名，小周心里一跳，他本想解释上几句，但看到来客的架势和脸色，虽然一时想不明白缘由，却也不敢作声。

主人写妥借据，保证一年之内还款，还按上了指印，这种活他干起来也是轻车熟路。来客隐然一笑，折叠好借据，转身出门，走到门边，拍了小周肩膀一下，小周这才惊醒过来，跟出门去。

小周不知道自己是如何被簇拥着又坐进车里去的，等他坐定，发现此刻车厢里加上自己已经是六个人了，他们在往第三家奔去。

小周只觉得眼前起了一层白雾，看什么都恍惚，也没心思摘下眼镜擦一擦，他历来灵活的脑子今天彻底短路了，是想什么也想不透彻。他知道，挣扎是徒劳的，索性什么也不想了，只是跟着他们从这户转到那户，一切的问题，等把这群瘟神送走以后再说吧。

整整一个上午，跑了四户人家，今天发生的所有事情都像是事先设计好、排练过的一样，没有浪费一分钟时间，他们的脚没有滞留过一步，他们的话没有多说过一句。一切的速度都太快，事情发展得如同流水划过手掌，你是怎么也抓不住一点点脉络。小周觉得自己就像是在大江大河里被洪水裹挟着翻了十八个滚，丝毫也由不得他自己，刚想伸出头来透口气，迎面就猛地一个巨浪，把他轰得眼花胸闷，好几次人差点晕厥过去。

车子把小周送回家的时候，已经过了正午，他垂着头走在头里，后面跟着四个客人。要在往常，他必定神采飞扬，健步如飞，那将是多么神气活现的时刻啊，他又有"朋友"从外地来，拜托他帮忙，在水城寻访古董。这是多么令人羡慕的事情啊，他的小西装后摆飘起，他的白色健身鞋踩在地面上噔噔作响。可是今天，他像是中了暑，也可能是晕车，没一点精神，脸色煞白，嘴唇发灰，甚至有点反胃，老是有种想要呕吐的感觉。

走进自家堂屋，桌子上五个冷菜早就摆放妥当，小周垂头丧气说不出话来，低声招呼了一句："大家先吃饭吧。"他不想让母亲和老婆看出端倪来,那是多么丢脸的一桩丑事啊。在这个水城里,你要去干点上下其手的勾当其实并不是多么稀奇的事,可你要是失了手,被当堂识破,还被别人玩了个底儿掉,那就一点面子也没有啦。在这个讲究吃喝玩"辣"的水城里,没什么都可以,就是不能没有钱;你甚至没有钱也可以,却不能没有"面子",再苦再累再难,人们都是奔着一张脸在活啊。现在倒好,身为一个足智多谋的"二先生",连里子都没有了。坍台啊。

来客摆摆手,说:"先不急吃饭,这张借据你看看。"小周接过那张纸,上面白纸黑字写着某人借他三万元整,鲜红的指印按在上面,像拍死了一只吸足血的蚊子。小周抬头看着来客,猜不透他的意思。

来客说:"借据上写的是你名字,这账日后自然由你负责去收,现在我想用三万元买你这两椅一几,可愿意?"这一对修配过的清末红木屏风椅,最多也就值个一万出头,现在四条大汉在自己家里杵着,人家拿三万的借据来交换,自己还能说不同意吗?这种局势,只要一翻脸,人家跟你算总账也是有可能的,还不吃了眼前亏?再说,现在对方是用三万块来"买",明面上也没叫你吃硬亏,不偷不抢,公平交易,对你也是既往不咎,还想怎样?

来客将那张纸塞进他手心里,另外三个人每人一把家伙,搬起出了门。临跨出大门,来客拍拍小周肩膀,道:"今天饭就不吃了,我的钱,也不是抢来的。大家都是行里人,这一趟,我是做的蚀本生意,你心里自然也有数。还是那句老话——相逢是缘吧!"

来客抬脚迈出门,突然把大门"嘭"地拉上。小周一只脚没来得及收住,赶紧往后一缩,踩在另一只脚的脚面上,人被关在了门里,鼻子差点顶到门板,镜片上又起了一层白雾。

下午变天了,骤然下起暴雨,还打着滚地雷。雨点砸在水城每家

286

每户的房顶上,腾起阵阵灰黄烟雾,初时还听得清似黄豆蹦跳进瓷器里的一片脆响,渐渐地,那声音越来越混沌,逐步交织成水帘倾泻之势。小周却感觉这雨都在向他的心头袭击,倒灌,像一根根银针,又细又密,又冷又尖。小周觉得,这个时候自己最适合的状态就是病倒,病他个昏天黑地、充耳不闻、死活不管。他刚躺上床,就发觉自己浑身发冷,一阵瘫软,便再也抬不起眼皮,爬不起身来,蜷缩进棉被里面也无济于事——他真的发起烧来,于是关闭手机,闷头睡了好几天。

这几天里,好几拨儿同伙都在找他。小周命令妻子和母亲躲在屋里不要声张,白天不准出门,就是晚上也不要出去。大门就是被他们敲碎了也不开,只当是没听见,谅他们也不敢破门而入。水城里见多了听多了此类状况,家里的两个女人不敢多问一句,连走路都轻手轻脚。左邻右舍听到"咣咣"响彻巷子的捶门声,都在纳闷:这个小周,以前也没听说他嗜赌啊,怎么也有债主逼到门上来了?

水城就巴掌大的地方,那几位同伙偶尔在牌桌上相遇,谈到"失踪"的小周,从对方不经意间流露出来的蛛丝马迹,一下判断出原来对方跟自己一样,这次也是当事人,吃了瘪、失了手、闹了笑话,便各自在心里记上一笔,嘴上却什么都不提。又不是什么光彩的事,有什么好多说的。在水城这地方,在这个行业里面,得手才算风光,谁管你是诈是骗。凡是得手的"生意",在他自己嘴里肯定一口咬定是货真价实,决不欺心。有钱的就是爷,只以成败论英雄,谁来跟你论真假?没钱也要装出有钱,装出生意兴隆的样子来,那才显得有面子,人家才高看你一眼。更何况,同行是冤家,每个人的短处和洋相,还是不要被别人拿捏去为好,那叫作软肋,同行角斗之际往往是致命的所在。在市场里受了伤,自己舔,自己愈合。成功了,是水平高、东西好;不成功,那叫命不好。

　　这个行业里到处是谜团,到处是秘密,谁跟谁都是人心隔肚皮,斗着心劲,哪怕天天面对面坐着,你也未必的知道对方在想些什么、干些什么。个个儿是手眼通天、神通广大的主儿,谁又不防着谁?偶尔有性子粗率、口风不严的伙计不小心泄露出一句两句来,相同遭遇的同行心底跟明镜似的,面上却假装没听懂,不接你的口。而不明就里的人如果好奇询问,往往也是有问无答,讳莫如深,并打探不到多少实情。这种事情,大家经历得多了,也就不足为奇了。有成必有败嘛,有得必有失嘛,都几十岁的人了,谁没点走麦城的人生阅历? 就像这牌桌上赌博,把把你赢,你不早成巴菲特了?

　　在昏昏沉沉的那几天里,小周像是时断时续在做着梦,一遍又一遍,恍然回到童年时代,他怎么也走不出那个场景。那是个吃穿都不富裕的年代啊,一年到头就盼着到亲戚家去吃顿喜酒、寿宴、新年走亲饭,好解解馋。院子里吹鼓手的一曲《丹凤朝阳》荡气回肠,大家都伸长脖子朝灶间那边张望,一碗碗"肉坨子"端上来了,坐在旁边的亲戚对他说:"小孩,你一边吃,心里一边要数着数啊,每个人可以吃六个肉坨子,你不要吃亏少吃了!"他信以为真,吃到第三个的时候,却发现碗底里只剩下一个,主人家把这留下的一个还端下去了,他急得哇哇大哭起来。小周似乎每次都是被自己这一声号哭惊醒的,他擦擦眼角流淌下来的热泪,在心里想:是啊,那个时候,水城的家家户户可不都有一张漂亮的红木八仙桌嘛,家家户户进门的地方不都摆放着传了不知几辈人的铜香炉、木佛像嘛,讲究一点的人家走进去,古旧的竹雕、字画、瓷器,又算个什么稀罕物件呢! 这些东西怎么一转眼的工夫都消失了呢? 社会真的发展得如此迅猛彻底了吗?要是现在满世界都是古董,那该是多么美妙的一桩事啊!他又何苦为了生计而处心积虑天天谋划算计,何苦跟那些守在家里"钓鱼"的卖家攻守同盟演戏一样设局呢。他该是大开中门,等着外面那些做发财梦的大城市人挤挤挨挨来找他来求他啊。如果来人是个财大气粗的"胖头鱼",他就坐地涨价,绝不准他杀价。如果来的是一个不懂行的瘟生,他还不卖给他,怕日后被别人"打枪"反悔,找上门来纠缠不清、无理取闹。他也该跟大城市古玩城里的店主老板一样,端起大古董商的架子,对前来进货的外地同行首先立下几条铁硬的店规:凡所售货品一概"不包真""不包老""不包退",银货两讫,出门不认……

他又想到了上海来客他们,去那几户人家,只上过一趟门,古旧深巷之中那样冷僻曲折的所在,他们居然也能够毫不费劲就找得到。现在看明白了,他们第一次上门其实早就留有后手,路线、门头都一一默识于心。要说心眼儿活,要说心机深,水城人就是再油滑,又哪里是大城市人的对手呢? 在这座古老的水城里,上海司机一路开了大半天的车,却从来没有问过一声方向,在老居民区进出都熟门熟路,停车就像在自家门口一样准确无误,细想想,怎么可能是第一次进入水城来? 又或者,他们早一两天就已经潜伏下来,隔夜里早就踩过了点。先到哪家,后到哪家,安排得如此缜密,你就是再精明也一下子难以应付得过来,那还怎么能够逃得脱他们的手掌心?

自然,外面的人再厉害,他小周也不怕,跟他们毕竟难得遭遇一回两回,认栽就是了。说到底,"小上海"的古玩贩子跟大上海的古董商打了一场遭遇战,纵然惨败,也实在没什么值得大惊小怪的。可是本地那些人,却抬头不见低头见,你只要在这个行业里混,哪能不打照面,总不能一直把自己反锁在家里面吧,到底如何才能逃过这一场风波呢? 现在他们一定在背后吃定是他小周"叛变",把全部秘密出卖给外人,勾结外面人来倒翻账,把好几家都弄得人仰马翻,搞砸了大伙的生意。否则人家只进了一趟水城,怎么可能半天时间里,把四五家地头蛇都一锅端了。他不敢开机,他是知道的,只要一开机,就会有无数个电话冲进来。责骂几句是无所谓的,怕的是各家要跟他清算前趟的提成以及追究这趟的责任。前面成交的东西现在退的退了,换的也换了,有些货品本来就是他小周本人的,放到别人家里头卖出了手,货款早已两清,现在却拿本家的东西再换了回来,这笔乱茅胡子的账还怎么算得过来? 就他小周自身而言,前番到手的红利早已花光,小孩要读书,补课费用可概不赊欠的,家里要门面开销,自己生意上也要进货和交际。别人请吃了夜宵,你回请一顿两顿早茶总是应当应分的,人在社会上走不就是个有来有往嘛,这钱实在是不禁花……

气闷归气闷,生活总得继续。大城市有大城市的险恶,可如果不到大城市去"挖金矿",不跟大城市人打交道,你这生意怎么做? 大城市的那些同行是精明,他们的生猛带有强悍的特征,这点让小周这种小地方的人内心发怵,甚至产生逃避的念头。可是,当你不断从水城里走出去,所到之处越多,打过交道的人越众,领略过的人生百味越复杂,慢慢你自当发现:不正是这些人,他们才是自己引以为傲的优质客户资源嘛,这些令人望而生畏的人,被大城市调教出来,不正是为了到水城这种地方来行使勾兑的天职嘛,这就是一个时代的脉动,也是小周他们的宿命,谁又能抗拒社会发展的洪流呢。

几天之后,小周起床了。天还有点擦黑,他决定出门去,趁酷暑来临之前,继续到苏州、无锡、南京去摆摆地摊,找找机缘。

至于眼下这笔烂账,按水城这地方习俗,等过段时间,大家都很快会淡忘的。

真诚地生活　"为难"地写作

——苏迅小说阅读札记

刘巍　陆畅

　　苏迅的为人与为文一样儒雅,举手投足、字里行间都有一股子"雅"气。他的叙事核心凝结在"玉"上,"玉色斑斓"是透视人生的棱镜,仅这一如琢如磨的对象选择便得艺术的通融之道,平中有奇、朴中见骨,是一种低调的奢华。苏迅和他所写的玉一样有着颐养人生、丰润世界的古韵与气度。苏迅的文字能指皆为柴米油盐的日常,怎么洒扫,怎么烹饪,怎么识货、进货与砍价,可形成文章后却总有"形而上"的所指,是转型期人心所向,是喧嚣迷茫中飘忽不定的理性和情感。这或许与他的创作经历有关:白天忙于事务性的工作,只能留一些晚上的时间供自己在文字的世界里徜徉。如同他在《貔貅必须微笑》中描述的:"在机关这种环境,想要超身事外又不至于显得过分消极,有一个业余爱好是很不错的分身术,其实也是一种障眼法。他于是毫不隐讳自己玩玉的热情,身上隐蔽处随时佩戴着十余件宝贝,还源源不断随时更换。他平日很少有情致跟同事、领导谈论单位里的人或事,但是只要一聊到玉器古玩,便眉飞色舞,滔滔不绝。"流

291

年碎影被作家的主体情思所浸润，一端是身边的日常，一端是想象的审美；一端是社会的时弊，一端是感情的超拔，知识、经验、情感、哲理等维度便统一于他笔下的小说世界。苏迅的小说有一条清晰的线索，这线索背后是他清晰的创作理念。"在我动小说之初，给自己定的标准是：写实主义、正常逻辑、批判精神。"后来的事实证明，这理念以隐匿却始终在场的方式贯穿着他的写作。作者将他的心性、智慧、耐力都融入了变数，在这不确定的空间里，小说的意义才能增值。

真诚地生活

生活是作家安身立命的根基，也是作家写作的底气。文学作品是作家与生活的相遇和相恋，生活的灵感促成了作家的创作动机，再经与文字的磨合而成。作家的生活与普通人无异，吃饭、穿衣、工作、睡觉，只是作家的心思更细密，对生活的感受更敏感，并且作家能够将身处其中的生活以小说的方式加以表达，这表达本身又凝聚了知识、经验、情感、智慧、领悟。有的作家，他的人生经历着生灵涂炭，却在文学世界构筑了一个美轮美奂的"希腊小庙"，作品是为人类的爱与美做恰如其分的诠释；有的作家，他的人生并非贫困疾苦，却在作品中极度渲染内心的阴霾；还有作家把文学当成生活本身的一部分，作品就好像他随手记下的心得或备忘录，二者本身就是一体的。苏迅就是这样的作家。

真诚生活的第一个层面就是，哪里有生活，哪里就是舞台。苏迅的作品没有南方那种诗意而氤氲的气息、柔软到缠绵的人事纠葛。他的小说有时间上的片段性和空间上的归属感。这时间是世纪之交,玉在身价倍涨的时期;这空间便是苏州"相王弄",五方杂陈之地。他的小说《能工刘双清》中对此处有十分生动的描写:

> 在一阵电钻的嗞嗞声中,刘双清捧着个紫砂茶壶出了一阵神,这一晃,二十多年就过去了。
>
> ⋯⋯⋯⋯⋯⋯
>
> 相王弄原本是一条平凡得不能再平凡的弄堂,曲折蜿蜒,两头窄中间略宽,出入口子是只容摩托车开进开出,这样的弄堂先天带着点隐晦色彩。在遍布里弄的古城这地方,自然是不会引起世人注目的。谁也说不清,从何年开始,外来的雕玉作坊怎么在相王弄里慢慢聚集起来的。

苏迅的小说多为中短篇,可独立成篇,也可连缀起来成为系列。生活是普通的,普通人的生活中哪有那么多大悲大喜,苏迅的作品是转型期一代人的生活真相,是他们心灵最深处的坚硬和柔软,记录他们怎样由农村、小镇而城市,怎样由体制内而体制外,怎样从古玩界的门外汉而成为相王弄的"高手"。苏迅不是生活的临摹者,不是临水照花人,他本身就是生活的一部分;他和他笔下的人物,是生活的实践者,也是生活的求解者。就像他在《相王弄·玉雕·岁月》中说的:"原料过分昂贵的作品,技艺很难从工艺真正突破为艺术。因为除却技术本身对作者的制约,还有原料对人的禁锢⋯⋯工艺或者艺术尽可能少地凭借外物,技艺才会纯粹。"这里的原料本指"玉",在此借喻为"生活"也不为过。苏迅小说里的男人多为国有企业的职工,因各种原因离职,入了古玩这一行,有些经验,有些钱,有些算计,对女人、对古玩都一往情深;而他笔下的女人则美丽、精明、工于心计,熟谙人情世故却也不乏"里仁为美"的品质。这些人以大致差不多的外貌、年龄、身份,出现在大致相同的场景中,却也各自有着各自的亮点。苏迅的小说世界是各色人物的和合归一。

苏迅自己说:"毋庸讳言,面对现实,我们的笔越来越力不从心,写作的无力和失重状态会让人言不由衷,以致失去必要的文学诚意,甚至望而却步,彻底消解写作的冲动。要使写作有重量,则必须真诚地生活。"苏迅在创作谈《谢谢真诚地生活过》中还曾经说道:"这些故事,源于真诚的生活。我差不多花了二十年时间,在古玩艺术品市场里学习、生活,包括搏杀。二十年来,我既是这个市场的旁观者,也是亲身践行者;我既是消费者,同时也是得益者。因此我观察到、体会到的很多东西,是一般人很难触碰到的。"

真诚生活的第二个层面是,托物起兴,审美之超拔。作家铁凝说:"作家应该有一种本领,有一种俯视生活的本领,而不是仰视生活。"也就是说,作家既要在生活之中,又要能够凌驾生活。所谓"起兴",是作家将个性化的感性经验、情感想象、理性智慧付诸具体物象,使其既具有"物"的一般属性,又可建构起超出一般的审美超拔属性。玉,在苏迅的小说里是"兴",是思想的对象、意识的赋形,是知识加载的外化。他的小说多是围绕着玉的,做玉、品玉、卖玉、买玉。读苏迅的小说,仿如堕入了认知的山谷,他总会告诉读者关于玉的知识,这知识仿如岩层,每一层检测出来都是富矿:和田籽料与和田山料、俄籽料、俄山料、青海料,包括部分老坑和磨料;古代琢玉的基本技术,如阴刻线条、打孔、打凹应该如何呈现,浮雕、透雕、圆雕不同的细节应该如何处理,等等。苏迅说他总是自觉不自觉地认为,他所写作的这一系列关于古玩艺术品市场人和事的小说,应该也必须带有一定的知识性和专业性,否则便是"知识空载",没有写的必要了。苏迅的小说《高手》中对于玉知识的呈现十分丰富,如:"说起这个看古玉,虽说辨料是首要的,但是懂工艺才是重中之重的关键,其他如包浆、沁色、器型、文化内涵,等等,都可以先靠后放一放。不会看工艺,就不能说会看古玉。李家栋就奇怪了,以前也接触过几个据说很牛的行家,都说古玉的沁色包浆是关键。"

当然,知识性和趣味性是一体的,否则便没有了小说的意蕴。法国雕塑艺术家奥古斯特·罗丹这样说:"艺术,就是所谓静观、默察;是深入自然,渗透自然,与之同化的心灵的愉快;是智慧的喜悦,在良知照耀下看清世界,而又重视这个世界的智慧和喜悦。艺术,是人类最崇高的使命,因为艺术是要锻炼人自己了解世界并使别人了解世界。"这最高使命便是考验作家的能力了,因为作家要在生活的基础之上将自己的认识融化渗入进审美对象,并将其表达为自己懂得也让读者懂得的超拔之物。毕竟,生活是要经由作家的消化、吸收、打磨才能成为艺术品的,就如作家王安忆回忆的:"在我最初的写作里面,经验占了很大的一部分。我觉得一个人在年轻的时候是很贪婪的,似乎是张开了所有的感官,每一个毛孔都在不断地吸收经验,像海绵吸水的意义,把自己注得非常饱满。这个时候写作就是把吸

295

入的东西慢慢地释放出来,让它流淌出来。我最初的写作说宣泄也罢、描写也罢,其实就是在释放自己的经验。"如何吸纳、如何释放便是作家与作家的区别性、异质性存在。

苏迅常常在知识累积的同时,用小说的结构来增强意蕴。正如《现代小说技巧初探》一书中所述:"谈现代小说创作的时候,我们应用结构的概念来代替情节的概念,结构大于情节……情节是对现实生活的一种艺术的概括,是从生活中提炼出来的。但生活中并非只有情节,还有许多非情节的因素。文学作品想要全面地反映丰富多彩的现实生活,便应该找寻新的办法,以便容纳那些非情节的因素,诸如社会生活的风俗画面、人内在的精神世界,包括心理活动、意识与下意识、思考与情绪,如此等等。现代小说为了容纳这些非情节的因素,便不得不摆脱以情节为小说结构的路子,去找寻新的结构方式。"可见,结构大于情节,结构需要一点点坐实。

如《高手》中的这段描写:"老郑妻子起身把橱窗里的电子灯都打开,黑丝绒衬底的展柜一下子就有了景深,白得如同雪夜的反光,而那漆黑的瞳仁就被点亮了。"如这般写作的细节被点亮,玉变得活色生香,才使得知识并不枯燥,跟着也活泛了起来。又如《貔貅必须微笑》中的描写:

本来事情到这里就该结束了,哪怕其中也充满着荒唐的成分,但毕竟以皆大欢喜收场,没有一个是悲剧。那样的话,整个轮回所付出的全部代价,都将由我一个来承受,反正我又不会说话,没有叫屈的权利。

作为一只具有两百余年历史的貔貅，我一度饱经风霜，世故老成，现在，面对这个全新的世界，我却深深感觉到了自己无可救药的幼稚。面对命运的安排，我保持着必须的微笑，让自己再一次回归进无边的寂静中去……

张光芒教授对此有着十分准确的概括：真诚生活提供的原材料只是支撑生命体的必需品，作为"物质文化"能让作家舟行其中，而真正使生活经验化茧为蝶的却是作家巧夺天工的文学创造力，否则文学便会是"自传契约"，是生活的复写而非点化。只有打破"自传契约"，克服创作谈崇拜情结，才能最大程度地唤回文学批评的主体性和创造本质，也才能更大程度地提升文学的美感。

"为难"地写作

美国诗人 W.S.默温在接受访谈时说的：写作是我们知之甚少的东西。有了丰富的知识与经验积累，写出现实并不难，对生活经验进行总结提升也不难，难的是对生活、对人生进行通透的解读，明了这其中的不完美，又能在这不完美中寻找超拔的美丽。人写作，是要在对象的世界里寻找精神的归宿。太现实的写作，没有质感和张力；过于关注形式陌生化的写作，又远离了文学的初衷。这就要求作家有"内在的尺度"去平衡生活与写作之间的关系，含而不露的表达让小说写作成为一种缓慢的美的享受过程。清代作家袁枚在《续诗品·勇改》中说："千招不来，仓猝忽至。十年矜宠，一朝捐弃。人贵知足，惟学不然。人功不竭,天巧不传。知一重非,进一重境。亦有生金,一铸而定。"这"知一重非,进一重境"的境界既是做人的困境,亦是为文的难度。写作常常只能是作家的思想与写作技巧的和解,表达内容的含蓄与思考空间的多向度在苏迅的小说世界里表现为结尾的未完成和小说技巧让位于思维理念。

结尾的未完成。生活本身是敞开的,作家的精神世界是敞开的,所以小说的结局可以是作家将小说中人物最后加以交代,是封闭完整的;也可以是开放阙如的,像生活本身一样有过去的讯息,也有未来的动向。苏迅小说的结局常常又不是现实主义的闭环式结构,如契诃夫所言,小说前文提及的挂在墙上的猎枪,一定会在终篇前的某个时间打响。苏迅的小说常常是"未完成"的,意犹未尽也好,留下悬念也罢,并无一个给定的答案,小说的结局不是故事的完成。《人生来处翠华浓》就是不"完整"也不"确定"的范本,在小说结构上构不成一个闭合的圆环,以问号开始,以更大的问号终结。"中秋节的前一天,有人说起袁正海死了""这几十年的时光,怎么一眨眼工夫就全过去了呢……现在,走得急的连这个人都没了。还说什么呢"。再如苏迅在《老怪的爱情》结尾处写道:"后来,老怪似乎明白了,这城市里面的爱情,跟移动公司的手机收费其实是一个道理,是可以免收通话费的,但是,它必须有个起步价。"主人公"老怪"的这个"怪",既是他一个城市外来者与城市文化的格格不入,也是身在城市被市井文化浸润日久且深入神髓之后的过犹不及。类似的结局还出现在《能工刘双清》中,师徒二人在经历技艺与人事的纷争之后,小伍说:"师傅,我想重新进怀瑾阁学习制玉。"刘双清顿了一下,说出一句答非所问的话："我，想家了……"所有的恩怨、希冀尽在不言中。文学史上，一个俨然给出答案的小说并非真实的生活写照，生活中哪有那么多完整性和确定性。鲁迅就认为"大团圆"的结局是作者不敢正视现实人生的黑暗与苦难的佐证，是作者有意无意地粉饰现实，是一种危害极大的反现实主义手法。

技巧与理念。当技艺凝固为程式，那么通往艺术之路的大门也同时关闭。苏迅的写作是直面问题的，对问题场域的划定与求解是他的写作理念，为达某种目的而设置人物、情节、环境和对话，只是作家的写作才能常常使这理念显得自然而然。作者在《高手》创作谈中自述道："'高手'的身上有我的某种理想寄托：他不凡庸，也不脱离现实，脚踏实地生活在物质世界，但是他有灵魂，有着自己的精神世界。"在这篇小说里，"高手"所遭遇的先后出场的几位来客，都是有隐喻的：玩伴象征友情；古玩生意场上的老手"老皮匠"象征欲望；青年来访者李家栋象征执念；老板顾总象征财富；"高个子"行家象征开放，不一而足。正如张学昕先生所写："其实，每一个作家都想在文本里实现或完成自己对存在世界和生活的重新编码，诉诸文本也是借助文本，用自己的哲学，悉心地勾勒出他所发现的世界的真实图像。"

来看作者在《高手》里写作的一段平行交错的蒙太奇，一半是实，一半是虚；一半是玉器行里卖家和买家的对决，一半是功夫双方的过招：

　　　　老郑感觉到对方的手搭上来了，推手中叫作"粘"，一旦双臂"粘"住,力的运动就该开始了……今天这位帅气的访客倒也敞亮,直接就出题目考试,比以前来过的几个藏头露尾、鬼头鬼脑的所谓高手,要可爱。

既已"粘"住,手就推过来了,正在捕捉你的重心。这是一件表面呈现出酱红色的小巧青玉琮,器身雕琢云雷纹,那花纹很是奇特,构图松垮垮的。圆劲滚动,重心游走不定,力点似有若无。老郑拿琮在手,看内膛管钻痕迹,看四肩上切割工艺,看纹饰细节,看各个面上包浆状态,看旧化程度。力是绵绵不绝,可进可退,随时变化方向。老郑心下了然,抬头问道:"不知怎样的众说纷纭?"对方也是高手,脚掌拖地,轻退半步,重心却左右更替,换了方位,但力还是从手上过来了。"高个子"如实陈述道:"有说老的,有说新的,有说宋代仿古的,也有说民国造假的。请郑兄提供点意见?"绞住对方手臂粘向肘部,将对方纵向力改变为横向去。老郑笑笑:"我的看法是,东西是老的。"这把来力带着切劲,懂劲者不顶不丢。"高个子"疑惑道:"就这么简单?"力其实并没加大,只是切准了对方的空档,借来的力又被缓缓送回去。老郑欣赏这位访客的率真,没有卖关子,接着说下去:"玉琮是西周的,纹饰是清晚期民国后添的。"这圆浑的内劲没有明确的力点,却无处不在,让对手无从招架。"高个子"大拇指一竖:"兄!我是研究了一年才弄明白的,您只用了十分钟!"对方重心已失,上身摇动,这边便轻轻收了势,双方还是面对面保持着两尺的间距,一如没有开始之前的状态。老郑给对方续茶:"惭愧,惭愧,偶尔说中而已。"

作者运用了"平行蒙太奇"的手法将写实与写意、表象与隐喻、对白与通感等现代小说技巧融合在一起。这种蒙太奇常以不同时空发生的两条或数条情节线并列表现,分头叙述而统一在一个完整的结构之中,这样处理可以扩大写作的信息量,加强情节的节奏,这里面有声音、有色彩、有空间的位移、有视角的转换。作者多用这种手法表现人物复杂丰富的内心世界。

　　就像苏迅自己所说:"《高手》里面的'高手'依次有出场,个个儿身怀绝技,有点像企业家面试。就小说的写作技巧而言,如果把这几个人交织在一块来写,情节将会更精彩更容易'出戏',当然写作难度也会增大。如果仅仅考虑写作技术层面和文学效果,这样去写虽然有点冒险,但是这个险是值得冒一下的——可是,我不能这样去写,因为那不符合真实性原则,我不能任由自己的'创作思维'去胡编乱造,以致违反生活的内在逻辑。"

　　无论怎样真诚地生活,无论怎样"为难"地写作,作家的任务就是要在自己的时代以自己的方式记录下对"人"的理解,否则这一段历史终将覆灭。正如法国哲学家保罗·利科所言:"在历史之下是记忆与遗忘。在记忆与遗忘之下,是生命。书写生命却是另一种历史,永未终结。这是有关生存和艺术的命题。"

时间将为审美制造间离效果

——写在小说集《高手》之后的话

苏迅

王家卫执导的电视剧《繁花》镜头摇晃、音效嚣闹、光影凌乱且节奏夸张，让我想起防盗门猫眼里观察到的略带变形的一张张人脸。导演也算用心良苦，试图以技术手法本身来呈现那个时代热力四射的本质——欲望横流，泥沙俱下，而又充满某种清澈的希望，人人身体里面都像安上了一架发动机，轰轰作响。是啊，可不就是这样一个躁动时代嘛。有评论家说，语言即文学本身，大概与此同理。可是王家卫毕竟对二十世纪八九十年代的上海隔膜，很多情节失真致使作品价值降解。而事实上，过分偏执于技术本身乃专业化带来的后果之一，不仅评论家常常矫枉过正，写作者也常犯此类毛病。朱光潜曾说过，"在文学作品中，语言之先的意象，和情绪意旨所附丽的语言，都要尽善尽美，才能引起美感"，指的就是这个道理吧。

我们身处的这个世界纷乱无序，错综迷离，复杂程度远超我们这些普通人想象。文学的生命在于"真"，文学需立文字之诚，凡是"伪"的东西终将被淘汰。一个写作者对时代的认知、对现实的理解、对生活的判断是否准确,是作品能否成立的前提和基础。身处信号纷繁的历史长河里,文学要向"真"字取信,何其难也。时光车轮滚滚向前,它是不跟你讲理的,不管人们喜欢或是不喜欢,所有的东西都将在它下面遭受无情碾压,并烟消云散。现实终止之处,文学便产生了。去弥补人生和自然的缺陷,或许就是写作者的天职。

到底是写什么重要,还是怎么写重要?这个疑惑不仅悬挂在理论家的头顶,同时也经常盘旋在写作者的眼前。现代人总喜欢割裂两头,言其极端,而写作者需要做的,只是行走在这张摆动的跷跷板上,展开双臂努力保持平衡,让自己能够持续走下去。哪里才是平衡点?谁知道呢,不失身掉下来断手断脚就行了,管那么多干吗?一个写作者,如果拥有独特的写作素材和写作领域,那诚然是命运垂顾所致。自然,其实所有的幸运同时也是个体抉择的结果。以平常心论,阳光之下无奇事,这也是事实。

《高手》这本书里所写的人与事大凡没有离开玉器市场、古董市场,这是个带点神秘色彩的江湖,表面风平浪静、慢条斯理,底下却暗潮涌动、缠斗纷扰。这个市场跟大环境同频共振,同呼吸共命运,是整个社会的缩影。话虽如此,我更愿意说另一本小说《凡尘磨镜录》里的话:"我也是近几年才看明白,其实在这个世上,没有比市场里挣来的钱更干净的东西了。"我愿意写一写市场,这里最见人心与人性,这里面的人物都曾经那么鲜活地存在过,带着特定年代的优点和缺点,他们的面目即是时代的风貌,也将成为历史的印记。

这本集子共收录作品13篇,全部在《北京文学》《大家》《清明》《天津文学》《广西文学》以及《湘江文艺》等文学期刊发表过,其中9

篇有幸被《小说月报》转载。这本书能够在百花文艺出版社面世,则更是我的荣幸和福分。

要见事物本身的美,须把它摆在适当的距离之外去看。

时间可以制造审美的间离效果,它或许是有史以来最为公正的裁判员。我站在时光之河的这边凝望,等待流水年华递给我一句山歌——这个时候,人心是反常的,我不惧怕岁月匆匆,反而担心它走得太慢,以致无从听见那一声回响。那该是多么令人遗憾的事情啊。

2024 年 5 月 24 日